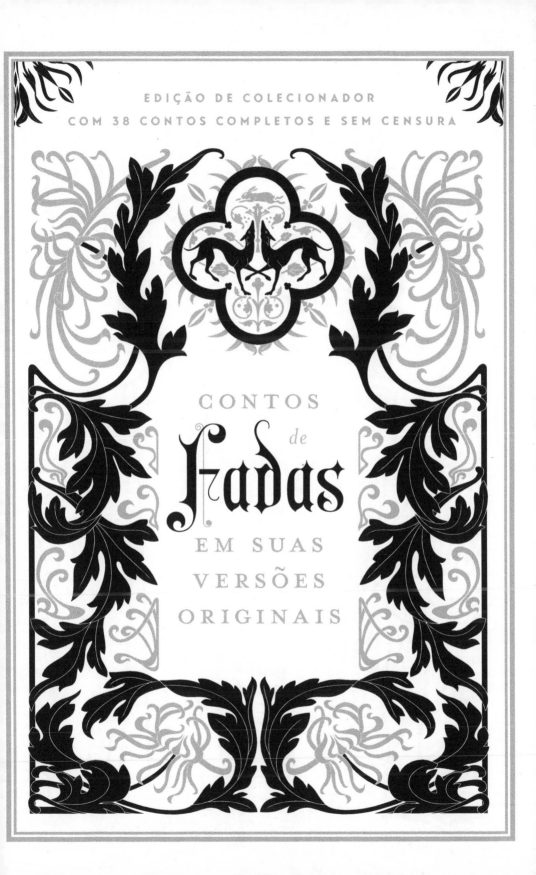

EDIÇÃO DE COLECIONADOR
COM 38 CONTOS COMPLETOS E SEM CENSURA

CONTOS

de

Fadas

EM SUAS

VERSÕES

ORIGINAIS

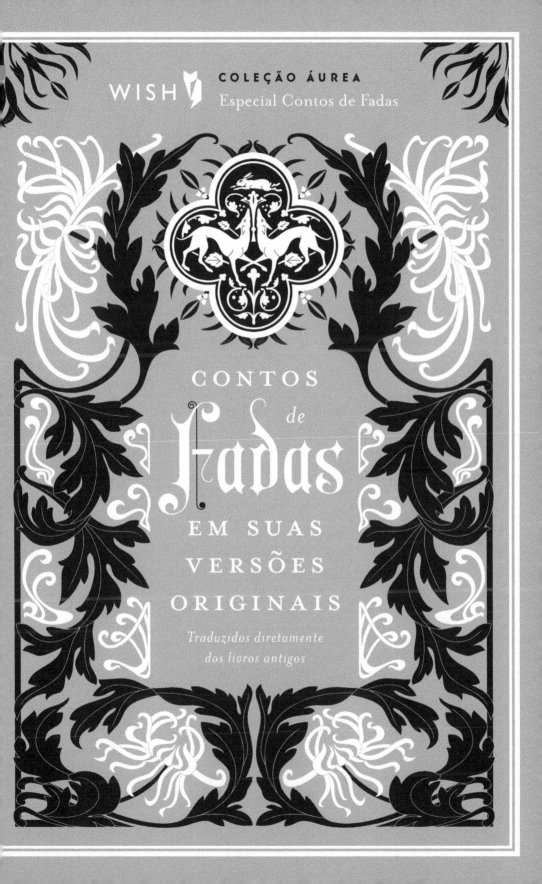

WISH

COLEÇÃO ÁUREA
Especial Contos de Fadas

CONTOS *de* Fadas

EM SUAS VERSÕES ORIGINAIS

*Traduzidos diretamente
dos livros antigos*

Organização	*Tradução*
Marina Avila	Cláudia Mello Belhassof, Felipe Lemos, Kamila França, Ariane Muniz e Carolina Caires Coelho
Capa e Projeto Gráfico	
Marina Avila	
	Revisão
Edição	Karine Ribeiro, Clara Madrigano,
Valquíria Vlad	Jéssica Dalcin e Kamile Girão

1ª edição BuoBooks | 2021

Dados Internacionais de Catalogação na Publicação (CIP)
(Câmara Brasileira do Livro, SP, Brasil)
Catalogação na fonte Bibliotecária responsável: Ana Lúcia Merege - CRB-7 4667

C 763

Contos de fadas em suas versões originais : edição de colecionador /
curadoria de Marina Avila; tradução de Felipe Lemos, Carolina Caires
Coelho, Kamila França; prefácio de Ana Lúcia Merege. – São Caetano
do Sul, SP: Wish, 2019.

448 p. : il.

Vários autores.

ISBN 978-85-67566-18-4 (Capa dura; edição de luxo)

1. Contos de fadas 2. Literatura 3. Antologia (Contos de fadas)
  I. Avila, Marina II. Lemos, Felipe III. Coelho, Carolina Caires
  IV. França, Kamila V. Merege, Ana Lúcia

CDD 398.2

Índice para catálogo sistemático:

1. Contos de fadas 398.2

Editora Wish
editorawish.com.br | @editorawish
São Caetano do Sul | SP | Brasil

A leitura de todos os bons livros é uma conversa
com as mais honestas pessoas dos séculos passados.

RENÉ DESCARTES

Ilustração

Cinderela, por

ARTHUR RACKHAM

Sumário

Contos de fadas em suas versões originais

Contos Raros

A História por trás dos Contos de Fadas

POR ANA LÚCIA MEREGE

O que são os contos de fadas? De onde vieram? Por que, depois de tanto tempo, ainda são lembrados e passados adiante – e qual a importância de conhecermos suas versões originais?

Para responder a essas perguntas é preciso fazer uma viagem no tempo, regressando milênios, quando as primeiras sociedades começavam a se organizar. Em todas foi fundamental o uso da linguagem para trocar informações, explicar fenômenos da natureza, dar sentido ao mundo e à própria vida por meio de relatos e histórias transmitidas de geração a geração.

À medida em que as civilizações se desenvolveram, as narrativas se tornaram mais complexas, e logo surgiriam os cânticos e poemas sagrados que estão nas raízes de toda a Literatura.

Os contos de fadas têm a mesma origem, mas se diferenciam dos clássicos por não possuir caráter heroico ou religioso. Derivam de histórias populares, passadas adiante por contadores anônimos, frequentemente mulheres. Platão, no século IV a.C., já se referia ao *mythos graós*, o "conto das velhas", usado pelas amas para entreter crianças; velhas narradoras aparecem também nos contos orientais, como os das "Mil e Uma Noites", e nos *lais*, cantigas e *fabliaux* da Literatura medieval. E, embora os contos de fadas, numa definição mais ampla, sejam universais – pois encontramos histórias semelhantes em várias partes do mundo –, as narrativas tradicionais, tais como as conhecemos através de autores como Charles Perrault e os Irmãos Grimm, são, na verdade, um produto dessa mescla de influências. O Oriente, com o qual os europeus realizaram trocas culturais na Idade Média; a Antiguidade Clássica, que nos legou a palavra "fada", derivada de *fata*, uma variante de *fatum* ("destino" em latim); e o elemento autóctone, proveniente dos mitos celtas e nórdicos, de onde vieram os duendes, as florestas mágicas e os castelos de torres envoltas em bruma.

Durante séculos, os contos de fadas sobreviveram através da tradição oral, até que se consolidassem os primeiros registros. A obra precursora do gênero é "Piacevoli Notti", de Giovan Francesco Stra-

> "DURANTE SÉCULOS, OS CONTOS DE FADAS SOBREVIVERAM ATRAVÉS DA TRADIÇÃO ORAL, ATÉ QUE SE CONSOLIDASSEM OS PRIMEIROS REGISTROS."

parola, que, publicada em 1550, em Veneza, reunia contos de fadas, contos populares como "O Gato de Botas", e histórias do cotidiano. Em 1634-36, coube ao napolitano Giambattista Basile escrever o "Pentamerone", que muitos afirmam ser a pedra fundamental do conto de fadas literário moderno, e que traz as primeiras versões escritas de "Cinderela" e "A Bela Adormecida".

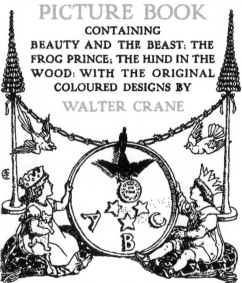

OLD-TIME STORIES
told by
MASTER
CHARLES
PERRAULT
*translated from
the French by
A. E. Johnson
with illustrations
by*
W. HEATH
ROBINSON

NEW YORK
DODD, MEAD & COMPANY

BEAUTY and THE BEAST
PICTURE BOOK
CONTAINING
BEAUTY AND THE BEAST; THE
FROG PRINCE; THE HIND IN THE
WOOD; WITH THE ORIGINAL
COLOURED DESIGNS BY
WALTER CRANE

DODD, MEAD AND COMPANY
NEW YORK

ACIMA: *Old Time Stories,*
Charles Perrault, W. Heath
Robinson (il.), 1921

AO LADO: *Beauty and
the beast picture book,* Walter
Crane (il.), 1911

A última, com o título "Sol, Lua e Talia", você irá encontrar neste livro.

O "divisor de águas" na história dos contos de fadas foi o francês Charles Perrault, cuja coletânea "Contos da Mamãe Gansa", publicada em 1697, é também considerada o marco do surgimento da Literatura Infantil. Isso porque Perrault foi o primeiro a ter o *insight* de que os contos podiam servir para transmitir ensinamentos morais às crianças, o que era feito por meio de versinhos no final de cada texto – a famosa "moral da história". No frontispício de sua obra, a figura de uma mulher idosa, que fiava e contava histórias, reforça o arquétipo da "velha sábia", detentora da memória familiar, que vem de tempos ancestrais e que ainda hoje associamos aos contos de fadas e histórias populares.

Por falar em mulheres, não podemos deixar de mencionar as "preciosas", como eram conhecidas algumas damas da sociedade francesa que se dedicavam à Literatura e defendiam os direitos femininos. A mais conhecida é Jeanne-Marie Leprince de Beaumont, que publicou

MANUSCRITO ORIGINAL DOS IRMÃOS
GRIMM: *Grimm, Jacob and Wilhelm, composite
manuscript with 45 fairy tales and one saga (autograph,
unsigned)*, Irmãos Grimm, 1810. Fondation Martin
Bodmer, Suíça, vetorizado

IL PENTAMERONE
Del Caualier
GIOVAN BATTISTA BASILE,
Ouero
LO CVNTO DE LI CVNTE
Trattenemiento de li Peccerille

DI GIAN ALESIO ABBATTVTIS.
Nouamente reſtampato, e co tutte
le zeremonie corriette .

All'Illuſtriſſimo Sig. e Padron Oſſ.
IL SIGNOR
PIETRO EMILIO GVASCHI
Dottor delle leggi, e degniſſimo
Eletto del Popolo
Della Fedeliſſima Città di Napoli.

IN NAPOLI . Ad iſtanza di
ANTONIO BVLIFON Libraro
all'Inſegna della Sirena M. DC. LXXIV.

Con Licenza de' Superiori, e Priuilegio.

várias coletâneas entre 1750 e 1755 e a quem devemos a versão mais tradicional de "A Bela e a Fera", presente neste livro. Pouco depois, porém, a racionalidade preconizada pelo Iluminismo levou os contos de fadas ao esquecimento, do qual só sairiam no início do século XIX, graças a estudiosos de Linguística e Folclore.

Os mais famosos dentre estes foram os irmãos Jacob e Wilhelm Grimm, que pretendiam preservar as histórias tradicionais alemãs antes que a urbanização as modificasse. Para registrá-las, eles não apenas ouviram narradores – principalmente mulheres, destacando-se Frau Dorothea Viehmann –, mas também recorreram a fontes escritas e compararam versões. As histórias foram publicadas entre 1812 e 1815 no livro "Contos da Infância e do Lar" e refletiam a moral da época, na qual os virtuosos eram recompensados e castigos terríveis eram reservados aos vilões.

Embora não tenham se tornado tão conhecidos quanto Perrault e os Irmãos Grimm, outros estudiosos se dedicaram a recolher contos populares em seus países. Na Noruega, Peter Asbjørnsen e Jörgen Moe ouviram muitas versões de cada história para compor textos literários, publicados em 1841 com o título "Contos Populares Noruegueses" (alguns contos presentes no livro "Os Melhores contos de fadas Nórdicos", publicado pela Editora Wish em 2019). O russo Alexander Afanasyev registrou histórias do folclore eslavo, ouvidas de narradores e enviadas por correspondentes, e entre 1855 e 1867 lançou os oito fascículos de "Contos de Fadas Russos", contendo mais de 600 histórias. E Joseph Jacobs, australiano radicado no Reino Unido, publicou coletâneas de contos do mundo todo, com ênfase nos ingleses e

PRIMEIRA EDIÇÃO DE IL PENTAMERONE, 1674: Livro original de diversas histórias como *A Bela Adormecida*, além de outras desconhecidas, escrito por Giambattista Basile na Itália. O conteúdo era tão restrito a adultos que, ainda hoje, o livro permanece com pouca popularidade.

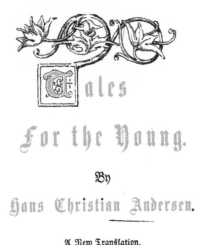

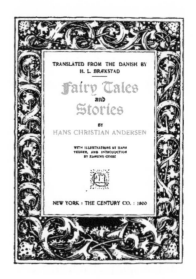

nos celtas, dos quais editou quatro livros entre 1892 e 1894.

Um último nome a destacar é o do dinamarquês Hans Christian Andersen, que publicou seis volumes de contos para crianças entre 1835 e 1842. Muitos, como "A Rainha da Neve" e "A Pequena Sereia", foram inspirados em histórias populares nórdicas, embora Andersen reivindicasse sua autoria. O escritor é considerado um dos principais nomes do conto de fadas literário, no qual os motivos e narrativas universais são retomados e transformados pelo gênio e pela criatividade do artista.

Assim, provenientes de vários países, publicados em sucessivas edições – algumas ricamente ilustradas – e traduzidos para o mundo todo, os contos de fadas chegaram aos dias de hoje. Sua projeção cresceu muito a partir do século XX, com a divulgação pelo cinema e outras mídias, como os quadrinhos, a televisão e, recentemente, o espaço virtual. Algumas produções seguem fielmente a narrativa original, enquanto outras contribuem para passar adiante versões muito modificadas, adaptadas de acordo com a época e o público a que se destinam. Não se trata de um erro ou de algo intrinsecamente

vencer obstáculos. E, ainda que as releituras possam resultar em livros, filmes e séries interessantes, o ideal é que se saiba onde e como as histórias surgiram, de forma a não perder de vista seu real significado.

> "(...) TENDO NOS ACOMPANHADO AO LONGO DE GERAÇÕES, OS CONTOS DE FADAS ESTÃO PROFUNDAMENTE LIGADOS À NOSSA MEMÓRIA COLETIVA, DIALOGAM COM NOSSOS ANSEIOS E COM NOSSOS MEDOS E EVOCAM FORÇAS QUE NOS AUXILIAM A VENCER OBSTÁCULOS"

Um livro como este, que apresenta os contos de fadas em suas versões originais e em traduções bem cuidadas, é, portanto, extremamente bem-vindo, em especial para aqueles dentre nós que se dedicam a passar essas histórias adiante. Vamos saborear esses

ruim – até os registros tradicionais são produto de sua época, o que se verifica ao comparar, por exemplo, as versões de Perrault e dos Irmãos Grimm para o mesmo conto –, mas, por outro lado, adaptar uma dessas obras é correr o risco de perder a magia, o simbolismo e o próprio sentido da história. Isso porque, tendo nos acompanhado ao longo de gerações, os contos de fadas estão profundamente ligados à nossa memória coletiva, dialogam com nossos anseios e com nossos medos e evocam forças que nos auxiliam a

textos, refletir sobre eles e utilizá-los, mesmo que a par de outras versões e recursos, ao atuar como narradores e mediadores. Assim, o encantamento será renovado, e os contos de fadas continuarão entre nós, fortalecendo e inspirando novas gerações de heróis e heroínas ao longo de sua jornada.

Ana Lúcia Merege
Bibliotecária e curadora
da Divisão de Manuscritos da
Biblioteca Nacional
Autora do ensaio "Os Contos
de Fadas" e dos livros de Athelgard

AGRADECIMENTOS

O passado mágico
e a fascinante colaboração

POR MARINA AVILA

É com grande admiração, respeito e carinho aos autores, ilustradores e editores de séculos passados que decidimos publicar esta coleção de contos de fadas em uma versão de luxo e capa dura. Os contos enveredam-se pelo passado sombrio de nossa sociedade, sem receios de demonstrar todas as sutis advertências – muitas já consideradas ultrapassadas –, em delicadas sentenças repletas de psicologia e significados.

É um resgate importante e encantador de gênios antigos.

Este, assim como outros projetos da editora Wish, só foi realizado graças à confiança e parceria de nossos leitores, que participam de financiamentos coletivos para livros de luxo e colecionáveis.

Inicialmente idealizada em um projeto de TCC, a coleção teve sua primeira edição impressa em apenas 300 exemplares. Devido à ajuda dos apoiadores e da equipe em nosso extenso trabalho de pesquisa, os dois volumes seguintes foram financiados com sucesso, e agora alcançam sua primeira edição *hardcover*, que acompanhará contos de fadas de diversas regiões do mundo através da *Coleção Áurea*.

É uma honra e um prazer poder disponibilizar estes contos no Brasil, muitos inéditos em língua portuguesa.

Leitor, seja bem-vindo a este universo mágico. *Boa leitura!*

Marina Avila
Editora da Wish e
idealizadora da coleção

Hansel and Gretel
and·other·stories
by
the·brothers
Grimm

illustrated·by·kay·
nielsen·✳·✳·✳·

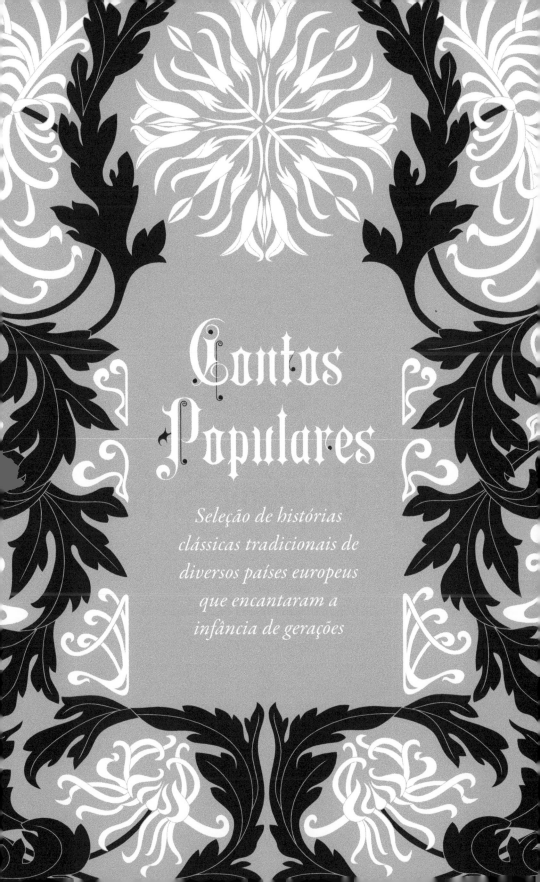

Contos Populares

Seleção de histórias
clássicas tradicionais de
diversos países europeus
que encantaram a
infância de gerações

HANS CHRISTIAN ANDERSEN

1837   LONGO

A Pequena Sereia

Den lille Havfrue | Dinamarca

A aclamada história de Hans Andersen conta sobre uma jovem sereia que buscava uma alma imortal como a dos humanos. Para isso, precisava trocar seu mundo de águas pela terra e conquistar o coração de um príncipe.

EM NO FUNDO DO MAR, A ÁGUA É AZUL COMO AS pétalas das mais bonitas centáureas e pura como o cristal mais transparente. Mas é profundo, mais profundo do que qualquer âncora pode alcançar. Seria preciso empilhar uma quantidade de torres de igreja, umas sobre as outras, a fim de verificar a distância que vai do fundo à superfície. Lá é a morada do povo do mar.

Agora, não pense nem por um instante que não há nada lá além de areia nua e branca. Ó, não! As mais maravilhosas árvores e plantas crescem no fundo do mar. Seus talos e folhas são tão leves que o menor movimento da água faz com eles se agitem, como se estivessem vivos. Todos os peixes, grandes e pequenos, deslizam por entre seus galhos, assim como os pássaros o fazem no ar. No lugar mais profundo está o castelo do rei do mar, cujos muros são feitos de coral, e as janelas compridas e pontudas são feitas do mais claro âmbar. O teto é formado de conchas que se abrem e fecham com a corrente. É uma visão linda. Cada concha encerra uma pérola deslumbrante, e a menor delas honraria a mais bela coroa de qualquer rainha.

Há muitos anos que o rei do mar estava viúvo e sua velha mãe mantinha a casa. Era uma mulher inteligente, mas orgulhosa de sua linhagem. Era por isso que usava doze ostras em sua cauda, enquanto todos os outros de alta posição tinham de se contentar com seis. Sobre outros aspectos, ela merecia elogios pelos cuidados que tinha para com as suas netas bem-amadas: as princesinhas do mar. Eram seis lindas crianças e a mais moça era a mais encantadora. Sua pele era clara e delicada como uma pétala de rosa. Seus olhos eram azuis como um lago profundo. Todavia, como todas as outras, não tinha pés e seu corpo terminava numa longa cauda de peixe.

Durante o dia inteiro, as princesas do mar brincavam nos grandes salões do castelo, onde flores viçosas cresciam direto das paredes. As grandes janelas de âmbar ficavam abertas e os peixes entravam por elas nadando, assim como as andorinhas entram voando em nossas casas quando abrimos as janelas. Os peixes deslizavam até as princesinhas, comiam em suas mãos e aguardavam um afago.

Fora do castelo, havia um belo jardim com árvores de um azul penetrante e de um vermelho flamejante. Seus frutos cintilavam como ouro e suas flores, agitando sem cessar seus talos e suas folhas, assemelhavam-se a labaredas. O próprio solo era da mais fina areia, porém azul como uma chama de enxofre. Um singular fulgor azulado envolvia tudo que estava à vista. Se você estivesse lá embaixo, não saberia que estava no fundo do mar, sem nada além do céu acima e abaixo de você. Quando havia calmaria, era possível vislumbrar o sol, que parecia uma flor púrpura de cujo cálice jorrava luz.

Cada uma das princesinhas tinha seu próprio terreno no jardim, no qual podia cavar e plantar a seu bel-prazer. Uma arrumou seu canteiro de flores na forma de uma baleia; outra achou mais interessante moldar o seu como uma sereiazinha; mas a caçula fez o seu bem redondo como o sol e só quis flores rubras como o brilho dele. Era uma criança curiosa, sossegada e pensativa. Enquanto as irmãs adornavam seus jardins com as coisas maravilhosas que obtinham de navios naufragados, ela não admitia nada além de flores rosa-avermelhadas, que eram como o sol lá no alto, e uma estátua de mármore. A estátua era de um encantador rapaz, esculpida em pura pedra branca, que havia descido ao fundo do mar depois de um naufrágio. Perto dela, a princesinha havia plantado um salgueiro cor-de-rosa, que cresceu esplendidamente e deixava sua fresca folhagem cobrir a estátua até o solo azul, arenoso, do oceano. Sua sombra ganhava um matiz violeta e, como os ramos, nunca ficava parada. As raízes e a copa da árvore pareciam estar sempre brincando, tentando beijar uma à outra.

Não havia nada de que as princesas gostassem mais do que ouvir sobre o mundo dos seres humanos, acima do mar. Sua vovozinha lhes contava tudo o que sabia sobre os navios e as cidades, as pessoas e os animais. Uma coisa em especial as impressionava com sua beleza: saber que as flores exalavam uma fragrância – não havia nenhuma no fundo do mar – e também que as árvores na floresta eram verdes e que os peixes que voavam nas árvores sabiam cantar tão docemente que era um prazer ouvi-los. A avó chamava os passarinhos de peixes. De outro modo, as princesinhas do mar, que nunca tinham visto um pássaro, não a teriam compreendido.

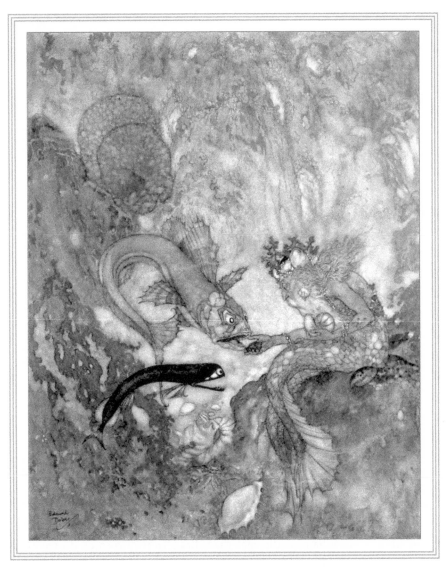

EDMUND DULAC

— Quando vocês completarem quinze anos – disse a avó —, vamos deixá-las subir até a superfície e se sentar nos rochedos à luz do luar, para ver os grandes navios passarem. Verão florestas e também cidades.

No ano seguinte, uma das irmãs completaria quinze anos, mas as outras... bem, cada uma era um ano mais nova que a outra, de modo que

HELEN STRATTON, 1899

a mais nova teria de esperar nada menos que cinco anos para subir das profundezas do mar para a superfície e ver como são as coisas por aqui, mas cada uma prometia contar às outras tudo que visse e o que lhe parecia mais interessante naquela primeira visita, pois nunca estavam satisfeitas com o que a avó contava. Havia uma infinidade de coisas sobre as quais ansiavam ouvir.

Nenhuma das sereias era mais curiosa do que a caçula, e era também ela, tão quieta e pensativa, a que tinha de suportar a mais longa espera. Em muitas noites, ela se postava à janela aberta e fitava, através das águas azul-escuras, os peixes sacudirem suas nadadeiras e caudas. Olhava bem para o alto e podia ver a lua e as estrelas, embora sua luz fosse muito pálida – através da água, pareciam muito maiores que aos nossos olhos. Se uma nuvem escura passava acima dela, sabia que era uma baleia que nadava sobre a sua cabeça ou um navio cheio de passageiros. Aquelas pessoas nem sonhavam que uma sereiazinha estendia suas mãos brancas para o casco do navio que fendia as águas.

Assim que fez quinze anos, a mais velha das princesas foi autorizada a subir à superfície do oceano. Quando voltou, tinha dezenas de coisas para contar.

— O mais delicioso – ela disse — foi ficar deitada em um banco de areia perto da praia numa noite de lua, com o mar calmo. Foi possível contemplar a grande cidade, onde as luzes brilhavam como milhares de estrelas.

Podia ouvir músicas harmoniosas e o ruído de carros e pessoas. Podia ver todas as torres das igrejas e ouvir os sinos tocando e, exatamente por não ter chegado perto de todas essas maravilhas, ansiava ainda mais por todas elas.

Ó, como a irmã caçula bebia aquelas palavras! E, mais tarde, à noite, ficou junto à janela aberta, fitando através das águas azul-escuras, pensando na cidade grande com seus ruídos e luzes, e até imaginou ouvir os sinos das igrejas tocando para ela.

No ano seguinte, a segunda irmã teve permissão para subir mar acima e nadar aonde quisesse. Chegou à superfície bem na hora do pôr do sol.

— Foi a visão mais bela de todas – ela contou. — Todo o céu parecia ouro e as nuvens... – Bem, ela simplesmente não conseguia descrever como eram lindas ao passar, em tons de carmesim e violeta, sobre sua cabeça.

Mais veloz ainda que as nuvens, um bando de cisnes selvagens voou como um longo e branco véu sobre a água, rumo ao sol poente. Ela nadou nessa direção, mas o sol se pôs e sua luz rósea foi engolida pelo mar e pela nuvem.

Depois chegou a vez da terceira irmã. Era a mais ousada de todas e nadou até um largo rio que desaguava no mar. Avistou admiráveis colinas verdes cobertas com videiras; castelos e fazendas situados no meio de florestas soberbas e imensas; ouviu o canto dos pássaros; e o sol era tão quente que teve de mergulhar muitas vezes na água para refrescar o rosto ardente. Numa pequena enseada, topou com um bando de criancinhas humanas, divertindo-se, completamente nuas, na água.

Quis brincar com elas, mas ficaram aterrorizadas e fugiram. Depois, um animalzinho preto foi até a água. Era um cachorro, mas nunca tinha visto um. O animal latiu tanto que ela ficou assustada e nadou para o mar aberto. Porém, disse que jamais esqueceria a magnífica floresta, as colinas verdes e as lindas criancinhas que sabiam nadar, embora não possuíssem caudas.

A quarta irmã não foi tão ousada. Preferiu ficar no meio do mar selvagem, onde a vista se perdia ao longe, todavia foi exatamente isso, ela lhes contou, que tornou sua visita tão maravilhosa. Podia ver por milhas e milhas ao seu redor, e o céu se arredondava em volta da água como um grande sino de vidro. Vira navios, mas a uma distância tão grande que pareciam gaivotas. Os golfinhos brincavam nas ondas e as baleias esguichavam água tão poderosamente de suas narinas que pareciam estar cercadas por uma centena de chafarizes.

E agora era a vez da quinta irmã. Como seu aniversário caía no inverno, ela viu coisas que as outras não tinham visto da primeira vez. O mar perdera sua cor azul e adquirira um tom esverdeado, e sobre ele flutuavam enormes *icebergs*.

— Cada um parecia uma pérola – ela disse —, mas eram mais altos que as torres de igrejas construídas pelos seres humanos.

Apareciam nas formas mais fantásticas e brilhavam como diamantes. Ela se sentara num dos maiores *icebergs* e todos os navios pareciam ter medo dele, pois passavam navegando rapidamente e muito distante do lugar onde ela estava sentada, com o vento gracejando seus longos cabelos.

Mais tarde naquela noite, uma tempestade cobriu o céu de nuvens. Trovões estrondeavam, relâmpagos chispavam e as ondas escuras elevavam os enormes blocos de gelo tão alto que os tiravam da água, fazendo-os reluzir na intensa luz vermelha. Todos os navios recolheram as velas e, em meio ao horror e ao alarme geral, a sereia permaneceu sentada tranquilamente no *iceberg* flutuante, vendo os relâmpagos azuis ziguezaguearem no mar resplandecente.

Na primeira vez que as irmãs subiram à superfície, ficaram encantadas de ver tantas coisas novas e bonitas. Porém, quando ficaram mais velhas e podiam emergir sempre que queriam, mostravam-se menos entusiasmadas. Sentiam saudade do fundo do mar. E depois de um mês diziam que, afinal de contas, era muito mais agradável lá embaixo – era tão reconfortante estar em casa! No entanto, muitas vezes, ao entardecer, as cinco irmãs davam-se os braços e flutuavam juntas. Suas vozes eram encantadoras, como nenhuma criatura humana poderia possuir.

Antes da aproximação de uma tempestade, quando esperavam o naufrágio de um navio, as irmãs costumavam nadar diante do barco e cantar docemente as delícias das profundezas do mar. Diziam aos marinheiros para não terem medo de mergulhar até o fundo, mas eles nunca entendiam suas canções. Pensavam estar ouvindo os uivos da tempestade e nunca viam as maravilhas que as sereias prometiam. E assim que o navio

EDMUND DULAC

afundava, os homens se afogavam e somente seus cadáveres chegavam até o palácio do rei do mar.

Quando as irmãs subiam pela água de braços dados, a caçula sempre ficava para trás, sozinha, acompanhando-as com os olhos. Teria chorado, mas as sereias não têm lágrimas e sofrem muito mais que nós.

Music & Song resounded from the deck

REX WHISTLER, 1935

— Ó! Se pelo menos eu tivesse quinze anos – ela dizia. — Sei que vou gostar muito do mundo lá de cima e de todas as pessoas que vivem nele.

Então, finalmente, ela fez quinze anos.

— Bem, agora você logo escapará das nossas mãos – disse a velha rainha, sua avó. — Venha, deixe-me vesti-la como suas outras irmãs.

E pôs no seu cabelo uma coroa de lírios brancos em que cada pétala de flor era metade de uma pérola. Depois, a velha senhora mandou trazer oito grandes ostras para prender firmemente na cauda da princesa e mostrar sua alta posição.

— Ai! Isso dói – disse a Pequena Sereia.

— Sim, a beleza tem seu preço – respondeu a avó.

Como a Pequena Sereia teria gostado de se livrar de todos aqueles adornos e pôr de lado aquela pesada coroa! As flores vermelhas de seu jardim assentavam-lhe muito melhor, mas não ousou fazer nenhuma alteração.

— Adeus! – disse ao subir pela água tão leve e límpida quanto as bolhas que se elevam à superfície.

O sol acabara de se pôr quando ela ergueu a cabeça sobre as ondas, mas as nuvens ainda estavam tingidas de carmesim e ouro. No alto do céu pálido e rosado, a estrela vespertina iluminava clara e vívida. O ar estava ameno e fresco, e o mar aprazível. Um grande navio de três mastros estava à deriva na água, com apenas uma vela içada porque o vento estava brando. Os marinheiros estavam refestelados no cordame ou nas jardas. Havia música e canto a bordo e, quando escureceu, uma centena de lanternas foi acesa. Com suas muitas cores, tinha-se a impressão de que as bandeiras de todas as nações flutuavam no ar.

A Pequena Sereia nadou até a escotilha da cabine e, cada vez que uma onda a levantava, podia ver através do vidro transparente uma quantidade de homens magnificamente trajados. O mais belo deles era um jovem príncipe, com grandes olhos escuros. Não tinha mais de dezesseis anos. Era seu aniversário e era por isso que havia tanto alvoroço. Quando o jovem príncipe saiu para o convés, onde os marinheiros estavam dançando, mais de uma centena de foguetes zuniram rumo ao céu num esplendor, tornando o céu tão brilhante quanto o dia. A Pequena Sereia ficou tão assustada que mergulhou, escondendo-se sob a água, mas rapidamente pôs a cabeça para fora de novo. E veja! Parecia que as estrelas lá do céu estavam caindo sobre ela. Nunca vira fogos de artifícios. Grandes sóis rodopiavam ao seu redor; lindos peixes de fogo refulgentes lançavam-se no ar azul, e todo esse brilho se refletia nas águas claras e calmas embaixo. O próprio navio estava tão deslumbrantemente iluminado que se podiam ver não só todas as pessoas que lá estavam como também a corda mais fina. Que elegante parecia o jovem príncipe quando apertava as mãos dos marinheiros! Ele ria e sorria enquanto a música soava pelo ar da noite agradável.

Já era muito tarde, mas a Pequena Sereia não conseguia tirar os olhos do navio ou do belo príncipe. As lanternas coloridas se apagaram; os foguetes não mais subiam no ar; e o canhão cessara de dar tiros. Contudo, o mar estava inquieto e era possível ouvir um som queixoso sob as ondas. Ainda assim, a Pequena Sereia continuou na água, balançando-se para cima e para baixo para olhar a cabine. O navio ganhou velocidade e uma após outra as suas velas foram desferidas. As ondas cresciam, nuvens negras se agrupavam no céu e relâmpagos faiscavam à distância. Uma terrível tempestade estava se formando. Por isso os marinheiros recolheram as velas, enquanto o vento sacudia o grande navio e o arrastava pelo mar impetuoso. As ondas subiam mais e mais altas, até se assemelharem a enormes montanhas, ameaçando derrubar o mastro. Ainda assim, o navio mergulhava como um cisne entre elas e voltava a subir em cristas sublimes e espumosas. A Pequena Sereia pensou que devia ser divertido para um navio navegar daquele jeito, mas a tripulação pensava diferente. O barco gemia e rangia; suas pranchas sólidas rompiam-se sob as violentas pancadas do mar; o mastro partiu-se ruidosamente em dois, como um junco. O navio inclinou quando a água se precipitou no porão.

De repente, a Pequena Sereia percebeu que o navio estava em perigo. Ela mesma tinha de ter cuidado com as vigas e os destroços à deriva. Em certos momentos, ficava tão escuro que não conseguia enxergar nada, mas, então, o clarão de um relâmpago iluminou todos a bordo. Agora era cada por um si. Ela estava à procura do jovem príncipe e, no momento em que o navio se partia, viu-o desaparecer nas profundezas do mar. Por um instante, ficou bastante entusiasmada, pois pensou que agora ele poderia viver no seu mundo. Mas logo se lembrou que os seres humanos não vivem debaixo d'água e que ele só chegaria morto ao palácio de seu pai.

HELEN STRATTON

Não, não, ele não podia morrer. Assim, ela nadou entre os destroços que o mar arrastava, indiferente ao perigo de ser esmagada. Mergulhava profundamente e emergia das ondas, e finalmente encontrou o jovem príncipe. Ele mal conseguia nadar no mar tempestuoso. Seus membros fraquejavam, seus belos olhos estavam fechados, e certamente teria se afogado se a Pequena Sereia não tivesse ido a seu socorro. Ela segurou-lhe a cabeça acima da água e abandonou-se com ele aos caprichos das ondas.

Quando amanheceu, a tempestade cessara e não havia rastro do navio. O sol despontou da água, vermelho e resplandecente, e pareceu devolver a cor às faces do príncipe; mas os olhos dele permaneciam fechados. A sereia beijou-lhe a fronte e ajeitou-lhe para trás o cabelo molhado. Aos seus olhos, ele parecia a estátua de mármore que tinha em seu jardinzinho. Beijou-o de novo e fez um pedido para que ele pudesse viver.

Logo a sereia viu diante de si terra firme, com suas majestosas montanhas azuis, no alto das quais brilhava a branca neve, parecendo cisnes aninhados. Perto da costa, havia adoráveis florestas verdes e junto a uma delas erguia-se um prédio alto; se era uma igreja ou um convento ela não sabia dizer. Limoeiros e laranjeiras cresciam no jardim e ao lado da porta havia três altas palmeiras. A pequena baía se formava nesse ponto e a água era plenamente calma, embora muito profunda. A sereia nadou com o belo príncipe até a praia, coberta de fina areia branca. Ali colocou-o sob o sol quente, fazendo um travesseiro de areia para sua cabeça.

Sinos soaram do prédio branco e várias moças apareceram no jardim. A Pequena Sereia afastou-se, nadando para bem longe da praia, e escondeu-se atrás de uma pedra grande que se elevava acima da água. Cobriu o cabelo e o peito com espuma do mar para que ninguém pudesse vê-la. Depois ficou espiando para ver quem ajudaria o pobre príncipe.

Não demorou muito e surgiu uma jovem. Pareceu muito assustada, mas só por um instante, e correu para buscar ajuda. A sereia viu o príncipe voltar a si, e ele sorriu para todos ao seu redor. Porém, não havia nenhum sorriso para ela, pois ele não tinha ideia de quem o salvara. Depois que foi levado para o prédio, a Pequena Sereia se sentia tão infeliz que mergulhou de volta para o palácio do pai.

Ela sempre fora silenciosa e pensativa, mas agora estava mais do que nunca. Suas irmãs lhe perguntaram o que vira durante sua primeira visita à superfície, mas ela não lhes contava nada. Em muitas manhãs e entardeceres, subia até o local onde deixara o príncipe. Viu as frutas do jardim amadurecerem e observou-as serem colhidas. Viu a neve derreter nos picos. Contudo, nunca via o príncipe e por isso sempre voltava para casa ainda mais cheia de tristeza do que antes. Seu único consolo era ficar em seu jardinzinho, com os braços em torno da estátua de mármore, tão parecida com o príncipe. Nunca mais cuidou das suas flores, que se espalhavam selvagemente ao longo dos caminhos, entrelaçando seus longos galhos nos ramos das árvores, até obscurecer tudo.

Por fim, ela não conseguiu mais guardar aquilo consigo e contou tudo a uma de suas irmãs. Logo as outras ficaram sabendo, mas ninguém mais, exceto algumas outras sereias que não diriam nada a ninguém a não ser às suas melhores amigas. Uma delas foi capaz de lhe dar notícias sobre o príncipe. Ela também vira os festejos realizados a bordo e disse mais sobre o príncipe e a localização de seu reino.

— Venha, irmãzinha – disseram as outras princesas. E com os braços nos ombros uma das outras, subiram em uma longa fila até a superfície, bem diante do lugar onde se erguia o castelo do príncipe.

O castelo, construído de uma pedra amarela e luzidia, tinha longas escadarias de mármore, sendo que um dos degraus levava direto para o mar. Esplêndidas cúpulas douradas elevavam-se do teto e, entre as colunas que cercavam toda a construção, havia esculturas de mármore que pareciam vivas. Através do vidro transparente das altas janelas, era possível ver magníficos aposentos ornados com suntuosas cortinas de seda e tapeçarias. As paredes eram cobertas com enormes pinturas e era um prazer contemplá-las. No centro do maior salão, havia uma fonte que lançava seus jorros espumantes até a cúpula de vidro do teto, através do qual o sol brilhava na água e nas belas plantas que cresciam ali.

Agora que sabia onde o príncipe vivia, passava muitos pores do sol e muitas noites naquele lugar. Nadava até muito mais perto da costa do que as outras ousavam. Chegou a avançar pelo estreito canal para ir até a varanda de mármore que projetava uma longa sombra sobre a água. Ali ela se sentava e observava o jovem príncipe, que pensava estar completamente só ao clarão da lua.

Muitas vezes, à noite, a Pequena Sereia o via sair ao mar em seu esplêndido barco, com bandeiras hasteadas, ao som de música harmoniosa. Espiava do meio dos juncos verdes, e quando o vento levantava o longo véu branco e prateado do seu cabelo, e pessoas a viam, imaginavam apenas que era um cisne, estendendo as asas.

Em muitas noites, quando os pescadores saíam em alto mar com suas tochas, ela os ouvia elogiar o jovem príncipe, e suas palavras a deixavam ainda mais feliz por lhe ter salvado a vida. E ela recordava como aninhara a cabeça dele em seu peito e com que carinho o beijara. Mas ele não sabia nada disso e nunca sequer sonhara que ela existia.

A Pequena Sereia foi se afeiçoando mais e mais aos seres humanos e ansiava profundamente pela companhia deles. O mundo em que viviam parecia tão mais vasto que o seu próprio! Veja, eles podiam navegar o oceano em navios e escalar montanhas íngremes bem acima das nuvens. E as terras que possuíam, suas florestas e seus campos, se estendiam muito além de onde sua vista alcançava. Havia uma porção de outras coisas que ela teria gostado de saber e suas irmãs não eram capazes de responder a todas as suas curiosidades. Por isso, foi visitar sua velha avó, que sabia tudo sobre o mundo superior, como chamava tão apropriadamente os países acima do mar.

— Quando não se afogam – perguntou a Pequena Sereia —, os seres humanos podem continuar vivendo para sempre? Não morrem como nós, aqui embaixo no mar?

— Sim, sim – respondeu a velha senhora. — Eles também terão que morrer, e seu tempo de vida é mais curto que o nosso. Nós por vezes alcançamos a idade de trezentos anos, mas quando nossa vida aqui chega ao fim, simplesmente nos transformamos em espuma na água. Aqui não temos túmulos daqueles que amamos. Não temos uma alma imortal e nunca teremos outra vida. Nós somos como o junco verde. Uma vez cortado, cessa de crescer. Já os seres humanos têm almas que vivem para sempre, mesmo depois que seus corpos se transformam em pó. Elas voam através do ar puro até chegarem às estrelas brilhantes. Assim como subimos à flor da água e contemplamos as terras dos seres humanos, eles atingem belos reinos desconhecidos – regiões que nunca conheceremos.

— Por que não podemos ter uma alma imortal? – a Pequena Sereia perguntou, angustiada. — Eu daria de boa vontade todos os trezentos anos que tenho para viver se pudesse me tornar uma humana por apenas um dia e participar do mundo celestial.

— Você não deveria se preocupar com isso. Somos muito mais felizes e vivemos melhor aqui do que os seres humanos lá em cima.

— Então estou condenada a morrer e flutuar como espuma do mar, a nunca mais ouvir a música das ondas ou ver as lindas flores e o sol vermelho? Não há nada que eu possa fazer para conquistar uma alma imortal?

— Não – disse a velha senhora. — Só se um ser humano a amasse tanto que você importasse mais para ele que pai e mãe. Se ele a amasse de todo o coração e deixasse o padre pôr a mão direita sobre a sua como uma promessa de ser fiel e verdadeiro por toda a eternidade. Nesse caso, a alma dele deslizaria para dentro do seu corpo e você, também, obteria uma parcela da felicidade humana. Ele lhe daria uma alma e, no entanto, conservaria a dele próprio. Mas isso jamais acontecerá. Sua cauda de peixe, que achamos tão bonita, parece repulsiva à gente da terra. Sabem tão pouco sobre isso que acreditam realmente que as duas desajeitadas escoras que chamam de pernas são belas.

A Pequena Sereia suspirou e olhou melancolicamente para sua cauda de peixe.

— Devemos ficar satisfeitas com o que temos – disse a velha senhora. — Vamos dançar e nos alegrar durante os trezentos anos de nossa existência, isso é realmente muito tempo. Depois da morte, poderemos descansar e pôr o sono em dia. Hoje, teremos um baile na corte.

Não se pode fazer ideia na terra de tal magnificência. As paredes e o teto do grande salão do baile eram feitos de cristal espesso, mas transparente. Centenas de conchas enormes, rosa-vermelho e verde-relva, dispostas de cada lado, cada uma com uma chama azul que iluminava todo o salão e, luzindo através das paredes, iluminavam também o mar. Inúmeros peixes, grandes e pequenos, podiam ser vistos nadando em direção às paredes de cristal. As escamas de alguns fulgiam com um brilho púrpura-avermelhado e as de outros, como prata e ouro. No meio do salão, corria um grande rio nos quais moluscos e sereias dançavam ao seu próprio som melodioso.

Nenhum ser humano tem voz tão encantadora. Ninguém cantava mais docemente que a Pequena Sereia e todos a aplaudiram. Por um instante, houve alegria em seu coração, pois ela sabia que tinha a voz mais bela em terra ou no mar. Mas, em seguida, seus pensamentos se voltaram para o mundo acima dela. Não conseguia esquecer o belo príncipe e a grande dor de não ter a alma imortal que ele possuía. Assim, se arrastou para fora do palácio do pai e, enquanto todos lá dentro cantavam e se divertiam, foi se sentar em seu jardinzinho, desolada.

De repente, ela ouviu o som de uma buzina ecoando através da água e pensou:

Ah, lá vai ele, navegando lá em cima. Aquele a quem amo mais do que meu pai ou minha mãe, ele que está sempre em meus pensamentos e em cujas mãos eu confiaria alegremente minha felicidade. Arriscaria qualquer coisa para conquistá-lo e a uma alma imortal. Enquanto minhas irmãs dançam no castelo de meu pai, vou à procura da feiticeira do mar. Sempre tive um terrível medo dela, mas talvez possa me ajudar e me dizer o que fazer.

E assim, a Pequena Sereia deixou seu jardim e partiu para onde a feiticeira morava, no lado mais distante dos redemoinhos espumantes.

Nunca estivera lá antes. Naquele lugar, não cresciam flores nem relva do mar. Não havia nada além do fundo arenoso e cinzento que se estendia até os turbilhões, onde a água rodopiava com o estrondo da roda de moinho e sugava para as profundezas tudo que podia. Tinha de passar pelo meio desses furiosos torvelinhos para chegar até a feiticeira do mar. Por um longo trecho, não havia outro caminho senão pela lama quente e borbulhante – que a feiticeira chamava de seu charco.

A casa da feiticeira ficava atrás do charco, no meio de uma floresta quimérica. Todas as árvores e arbustos eram verdadeiros pólipos, metade animal e metade vegetal. Pareciam serpentes de cem cabeças crescendo do solo. Tinham galhos que pareciam braços longos e viscosos, com dedos tão flexíveis que se assemelhavam a vermes. Nó por nó, da raiz até a ponta, estavam constantemente em movimento e agarravam hermeticamente qualquer coisa que pudessem aproveitar do mar e não soltavam mais. A Pequena Sereia ficou apavorada e se deteve à beira da mata. Seu coração palpitava de medo e ela esteve prestes a desistir. Mas então, lembrou-se do príncipe e da alma humana e retomou sua coragem. Ela prendeu em torno da cabeça seu longo e esvoaçante cabelo para que os pólipos não a pudessem agarrar. Depois, cruzou os braços sobre o peito e disparou adiante como um peixe lançado na água, no meio dos sórdidos pólipos, que estendiam em sua direção seus braços e dedos buliçosos. Ela notou como cada um deles havia agarrado algo e imobilizava firmemente, com uma centena de pequenos braços que pareciam aros de ferro. Esqueletos brancos de seres humanos que haviam perecido no mar e afundado nas águas profundas olhavam dos braços dos pólipos. Lemes e arcas de navios estavam fortemente agarrados em seus braços, juntamente com esqueletos de animais terrestres e – o mais terrível de tudo – uma sereiazinha, que eles haviam capturado e estrangulado.

Chegou então a um grande charco lodoso, onde enormes e corpulentas cobras-d'água ondeavam-se no lamaçal, mostrando seus horrendos ventres amarelo-esbranquiçados. No meio do charco, havia uma casa construída com os ossos de humanos naufragados. Lá estava a feiticeira do mar, deixando um sapo se alimentar na sua boca, assim como as pessoas nutrem às vezes um canário com um torrão de açúcar. Ela chamava as asquerosas cobras-d'água de seus pintinhos e deixava-as rastejar sobre seu peito.

— Eu sei exatamente o que você deseja – disse a feiticeira do mar. — Como você é estúpida! Mas você deve seguir seu caminho, que vai lhe trazer infortúnio, minha linda princesa. Você quer se livrar de sua cauda de peixe e no lugar ter um par de tocos para andar como um ser humano, a fim de que o jovem príncipe se apaixone por você e lhe dê uma alma imortal.

E com isso, a feiticeira soltou uma gargalhada tão alta e maléfica que o sapo e as cobras caíram estatelados no chão.

— Você veio na hora certa – disse a feiticeira. — Amanhã, quando o sol se levantar, eu não serei mais capaz de ajudá-la. Vou preparar um elixir para você. Terá de nadar até a costa com ele antes do nascer do sol, sentar-se na praia e tomá-lo. Sua cauda, então, se dividirá em duas e encolherá para se transformar naquilo que os seres humanos chamam de "belas pernas". Mas vai doer. Você sentirá como se uma espada afiada a cortasse. Todos que a virem dirão que você é a mais bela humana que já encontraram. Manterá seus movimentos graciosos, nenhuma dançarina jamais deslizará tão suavemente, mas cada passo que der a fará sentir como se estivesse pisando em uma faca afiada, o bastante para fazer sangrar seus pés. Se estiver disposta a suportar tudo isso, posso ajudá-la.

— Sim – disse a Pequena Sereia com voz hesitante, mas voltou seus pensamentos para o príncipe e ao prêmio de uma alma imortal.

— Pense nisso com cuidado – alertou a feiticeira. — Uma vez tomada a forma de um ser humano, nunca mais voltará a ser uma sereia. Você não será capaz de descer nadando ao encontro do palácio de seu pai e de suas irmãs. A única maneira de conseguir uma alma imortal é conquistando o amor do príncipe e fazer com que ele esqueça o pai e a mãe por amor a você. Ele deve tê-la sempre em seus pensamentos e permitir que o padre una suas mãos para que se tornem marido e mulher. Se o príncipe se casar com outra pessoa, na manhã seguinte seu coração se quebrará e você se tornará espuma na crista das ondas.

— Estou pronta – declarou a Pequena Sereia, pálida como uma morta.

— Mas terá que me recompensar – disse a feiticeira. — Você não receberá minha ajuda sem nada em troca. Você tem a mais formidável voz entre todos que aqui habitam no fundo do mar. Provavelmente, pensa que encantará o príncipe com ela, mas terá que dá-la para mim. Vou lhe

HARRY CLARKE

exigir o que possui de melhor como pagamento por minha poção. Você entende, tenho de misturar nela um pouco do meu próprio sangue para que o elixir seja afiado como uma espada de dois gumes.

— Mas se tirar a minha voz, o que me restará? – perguntou a Pequena Sereia.

— Sua encantadora figura – disse a feiticeira —, seus movimentos graciosos e seus olhos expressivos. Com eles, pode simplesmente fascinar um coração humano... Bem, onde está sua coragem? Estire a língua e deixe-me cortá-la fora como pagamento. Depois, receberá sua poderosa poção.

— Assim seja – concordou a Pequena Sereia, e a feiticeira pôs seu caldeirão no fogo para destilar a poção mágica.

— Limpeza antes de tudo – ela disse, enquanto esfregava o recipiente com um feixe de víboras que tinha atado num grande nó.

Em seguida, deu um talho no próprio seio e deixou gotejar o negro sangue no caldeirão. O vapor que subiu criava formas estranhas, assustadoras de se ver. A feiticeira continuava a juntar coisas novas dentro do caldeirão e, quando o elixir começou a ferver, parecia um choro de crocodilo. Finalmente, a poção mágica ficou pronta e era exatamente cristalina como água.

— Aí está você! – disse a feiticeira ao cortar a língua da Pequena Sereia, que agora estava muda e não conseguia falar e cantar.

— Se os pólipos a apanharem quando você retornar pela mata – orientou a feiticeira —, basta jogar sobre eles uma única gota desta poção e os braços e dedos deles serão dilacerados em mil pedaços.

Porém, a Pequena Sereia não precisou disso. Os pólipos se encolheram aterrorizados quando avistaram a luzente poção em sua mão como uma estrela cintilante. E assim, passou rapidamente pela mata, pelo charco e pelos atroadores redemoinhos.

A Pequena Sereia pôde contemplar o palácio do pai. As luzes do salão de baile estavam apagadas. Certamente, lá estavam todos dormindo a essa altura. Mas não se atreveu a ir vê-los, pois agora estava muda e prestes a deixá-los para sempre. Ela sentiu como se seu coração fosse partir de tanta dor. Entrou secretamente no jardim, pegou uma flor dos leitos de cada uma das irmãs, soprou mil beijos em direção do palácio e depois subiu à superfície através das águas azul-escuras.

O sol ainda não despontara no horizonte quando ela avistou o palácio do príncipe e subiu os degraus de mármore. A lua esplendia límpida e vívida. A Pequena Sereia bebeu a acre poção e parecia que uma faca de dois gumes trespassava seu corpo delicado. Ela desmaiou e caiu morta.

O sol se levantou e, radiante através do mar, acordou-a. Ela sentiu uma dor cruciante. Mas bem ali, na sua frente, estava o belo príncipe. Os olhos dele, negros como carvão, a encaravam tão intensamente que ela baixou os seus, e percebeu que sua cauda de peixe desaparecera e que tinha um bonito par de pernas brancas como as que qualquer jovem poderia desejar. Porém, estava completamente nua e assim se envolveu em seu longo e esvoaçante cabelo. O príncipe perguntou-lhe quem era e como chegara até ali, e ela só conseguia fitá-lo com um olhar doce e triste com seus olhos azuis, pois, é claro, não podia falar. Então, ele a tomou pela mão e a levou para o palácio. Cada passo que ela dava, como prenunciara a feiticeira, a fazia sentir dores atrozes como se estivesse pisando em facas e agulhas afiadas, mas suportou de bom grado. Caminhou com a leveza de uma bolha de sabão ao lado do príncipe. Este e todos que a viram ficaram maravilhados com a beleza de seus movimentos graciosos.

Deram-lhe vestidos suntuosos de seda e musselina. Ela era a criatura mais bela no palácio, mas era muda, não conseguia falar e cantar. Lindas escravas vestidas de seda e ouro apareceram e dançaram diante do príncipe e de seus parentes reais. Uma cantou mais lindamente que todas as outras, e o príncipe bateu palmas e sorriu para ela. Isso entristeceu a Pequena Sereia, pois sabia que ela própria podia cantar ainda mais lindamente. E pensou: *Ó, se ele soubesse que dei minha voz para sempre, a fim de estar com ele.*

Em seguida, as escravas dançaram uma dança muito elegante, deslizando ao som da mais encantadora música. E a Pequena Sereia ergueu seus belos braços brancos, ficou na ponta dos dedos dos pés e deslizou pelo piso, dançando como ninguém dançara antes. A cada passo, parecia mais e mais formosa e seus olhos atraíam mais profundamente que o canto das moças escravas.

Todos ficaram encantados, especialmente o príncipe, que a chamou de sua pequena desamparada. Ela continuou dançando, apesar da sensação de estar pisando em facas afiadas cada vez que seu pé tocava o solo.

HELEN STRATTON

O príncipe disse que ela nunca deveria deixá-lo e ela teve permissão para dormir do lado de fora de sua porta, em uma almofada de veludo.

O príncipe ordenou produzir para ela um traje de amazona para que pudessem andar a cavalo. Cavalgaram juntos por florestas perfumadas, onde ramos verdes roçavam seus ombros e passarinhos cantavam em meio às folhas frescas. Ela subiu com o príncipe ao topo das altas montanhas e, embora seus delicados pés sangrassem e todos pudessem notar o sangue, ela apenas sorria e acompanhava o príncipe até onde podiam ver as nuvens abaixo deles, parecendo um bando de pássaros que viajam para terras distantes.

No palácio do príncipe, quando todos dormiam, ela descia a escadaria de mármore e ia refrescar os pés ardentes na água fria do mar. E então, pensava nos que estavam lá embaixo nas profundezas. Uma noite, suas irmãs subiram de braços dados, cantando melancolicamente enquanto flutuavam sobre a água. Acenou para elas, que a reconheceram e lhes contaram o quão infelizes havia feito a todos. Depois disso, passaram a visitá-la todas as noites, e uma vez ela viu ao longe sua velha avó, que não vinha à superfície do mar havia muitos anos, e também o velho rei do mar com sua coroa na cabeça. Ambos estenderam as mãos para ela, mas não se aventuraram tão perto da costa como as suas irmãs.

Com o tempo, ela foi se tornando mais estimada para o príncipe. Ele a amava como se ama uma pequena criança, pois jamais lhe ocorreu fazer dela sua rainha. E, no entanto, ela precisava se tornar sua esposa, pois do contrário nunca receberia uma alma imortal e, na manhã do casamento dele, se dissolveria em espuma do mar.

— Você gosta de mim mais do que a todos? – os olhos da Pequena Sereia pareciam perguntar quando ele a tomava nos braços e beijava sua adorável fronte.

— Sim, você é muito preciosa para mim – dizia o príncipe —, por ter o coração mais amável que todos. E você é mais dedicada a mim que qualquer outra pessoa. Você me lembra uma moça que conheci uma vez, mas que provavelmente nunca verei de novo. Eu estava em um naufrágio e as ondas lançaram-me em terra firme, perto de um templo sagrado, onde várias jovens cumpriam seus deveres. A mais nova delas me encontrou na praia e salvou minha vida. Eu a vi apenas duas vezes. Ela é a única no mundo a quem eu poderia amar. Porém, você é tão parecida com ela que quase tirei a imagem dela da minha mente. Ela pertence ao templo sagrado e minha boa fortuna enviou você para mim. Nunca nos separaremos.

Ah, mal sabe ele que fui eu quem lhe salvei a vida, pensou a Pequena Sereia. *Carreguei-o pelo mar até o templo na floresta e esperei na espuma que alguém viesse ajudá-lo. Vi a bonita jovem que ele ama mais do que a mim.* Suspirou profundamente, pois não sabia derramar lágrimas. *Ele diz que a menina pertence ao templo sagrado e que por isso nunca retornará ao mundo. Eles nunca se encontrarão novamente. Eu estou ao seu lado e vejo-o todos os dias. Eu vou cuidar dele, amá-lo e dar minha vida por ele.*

Não muito tempo depois, houve um rumor de que o príncipe se casaria e que a esposa seria a bela filha de um rei vizinho, e por isso ele estava equipando um soberbo navio. O príncipe ia fazer uma visita a um reino vizinho – era assim que diziam, dando a entender que estava indo ver a noiva. Ele tinha uma grande comitiva, mas a Pequena Sereia sacudia a cabeça e ria. Conhecia os pensamentos do príncipe muito melhor do que qualquer outra pessoa.

— Eu tenho que ir – ele disse a ela. — Tenho de visitar essa princesa, porque meus pais insistem nisso. Mas eles não podem me forçar a trazê-la para cá como minha esposa. Nunca poderia amá-la. Ela não é bela como a moça do templo, a quem você se assemelha. Se eu fosse forçado a escolher uma noiva, preferiria escolher você, minha querida mudinha, com seus olhos expressivos.

Então, beijava a boca rosada da sereia, brincava com seu longo cabelo e pousava sua cabeça contra seu coração, fazendo-a sonhar com a felicidade humana e uma alma imortal.

— Você não tem medo do mar, não é, minha querida mudinha? – ele perguntou no convés do esplêndido navio que os transportaria ao reino vizinho. E ele lhe falou das poderosas tempestades e de calmarias, dos estranhos peixes das profundezas e do que os mergulhadores tinham visto lá embaixo. Ela sorria às histórias dele, pois sabia melhor do qualquer outra pessoa das maravilhas do fundo do mar.

À noite, quando havia lua sem nuvens e todos estavam dormindo, exceto o timoneiro em seu leme, a Pequena Sereia sentava-se junto na amurada do navio, olhando para baixo através da água clara. Tinha a impressão de poder ver o palácio do pai, com sua velha avó postada no alto dele com a coroa de prata na cabeça, tentando enxergar por entre a rápida corrente na quilha do navio. Em seguida, suas irmãs apareceram das ondas e a fitavam com olhos cheios de tristeza, agitando suas mãos brancas. Acenava e sorria para elas, e teria gostado de lhes dizer que estava feliz e que tudo ia bem para ela. Mas o grumete surgiu exatamente naquele instante e as irmãs mergulharam, fazendo crer ao marinheiro que a coisa branca que vira era apenas espuma na água.

Na manhã seguinte, o navio entrou no porto da magnífica capital do rei vizinho. Os sinos das igrejas estavam tocando e, das torres, podia-se ouvir o toque de trompetes. Soldados saudaram com reluzentes baionetas e bandeiras coloridas. Todos os dias, havia festejo. Bailes e espetáculos se sucederam, mas a princesa ainda não tinha aparecido. As pessoas diziam que ela estava sendo criada e educada num templo sagrado, onde estava aprendendo todas as virtudes reais. Finalmente, ela chegou.

A Pequena Sereia estava ansiosa para ver a beleza dela e teve que admitir que nunca vira pessoa mais encantadora. Sua pele era clara e delicada e, por trás dos cílios longos e escuros, seus olhos azuis sorridentes brilhavam com muita sinceridade.

— É você – disse o príncipe. — Você é aquela que me salvou quando estava estendido na praia, semimorto.

E estreitou nos braços sua noiva, de face corada.

— Ó, estou muito feliz – ele disse à Pequena Sereia. — Meu desejo mais caro, mais do que eu ousava esperar, foi satisfeito. Você compartilhará da minha felicidade, porque é mais devotada a mim do que ninguém.

A Pequena Sereia beijou a mão dele e sentiu como se seu coração estivesse partido. O dia do casamento dele significaria a sua morte e ela se transformaria em espuma nas ondas do oceano.

Todos os sinos das igrejas repicavam enquanto os arautos percorriam as ruas para proclamar o noivado. Óleo perfumado queimava em preciosas lâmpadas de prata em cada altar. O padre balançava o incensário enquanto o noivo e a noiva uniam as mãos e recebiam a bênção do bispo. Vestida de seda e ouro, a Pequena Sereia segurava a cauda da noiva, mas seus ouvidos nunca tinham ouvido aquela música festiva e seus olhos nunca tinham visto os ritos sagrados. Ela pensava em sua última noite na terra e em tudo que havia perdido neste mundo.

Na mesma noite, os noivos embarcaram no navio. Os canhões troavam, as bandeiras brandiam e, no centro do navio, fora erguida uma suntuosa tenda de púrpura e ouro. Estava repleta de luxuosas almofadas para os recém-casados, que deveriam dormir ali naquela noite fresca e calma. As velas inflaram com a brisa e o navio deslizou leve e suavemente sobre os mares claros.

Quando escureceu, acenderam lanternas de várias cores e os marinheiros dançaram alegremente no convés. A Pequena Sereia não pôde deixar de pensar naquela primeira vez em que tinha emergido do mar e contemplado uma cena de festejos jubilosos igual a esta. E agora ela entrou na dança, desviando e precipitando-se com a leveza de uma andorinha acuada. Clamores de admiração a cumprimentaram de todos os cantos. Nunca antes ela dançara com tanta elegância. Era como se facas afiadas estivessem cortando seus delicados pés, mas ela não sentia nada, pois a ferida em seu coração era muito mais dolorosa. Ela sabia que aquela era a última noite que veria o príncipe, por quem abandonara sua família e seu lar, sacrificara sua linda voz e sofrera horas de agonia sem que ele suspeitasse de nada. Era a última noite em que respiraria o mesmo ar que ele ou contemplaria o mar profundo e o céu estrelado. Uma noite eterna, sem pensamentos ou sonhos, aguardava por ela, que não tinha alma e nunca ganharia uma. Tudo era regozijo e diversão a bordo até muito depois da meia-noite. Ela riu e dançou com os outros, embora em seu coração ruminasse a morte. O príncipe beijava sua adorável noiva, que brincava com seu cabelo escuro e, de braços dados, os dois se retiraram para a magnífica tenda.

O navio estava tranquilo e silencioso. Apenas o timoneiro estava junto ao seu leme. A Pequena Sereia inclinou-se com seus braços brancos na amurada e olhou para o leste, em busca do sinal da rósea aurora. O primeiro raio do sol, ela sabia, traria sua morte. De repente, viu suas irmãs emergindo. Estavam tão pálidas como ela própria, mas seus longos e belos cabelos não mais ondulavam ao vento – tinham sido cortados.

— Demos nosso cabelo à feiticeira – disseram elas — para que nos ajudasse a salvá-la da morte que a espera esta noite. Ela nos deu um punhal, veja, aqui está. Vê como é afiado? Antes do nascer do sol, você tem de cravá-lo no coração do príncipe. Então, quando o sangue morno dele tocar seus pés, eles se unirão e se transformarão numa cauda de peixe, e você será sereia de novo. Poderá voltar conosco para a água e viver seus trezentos anos antes de ser transformada em espuma do mar salgado. Apresse-se! Ou ele ou você morrerá antes do amanhecer. Nossa velha avó tem sofrido tanto que seu cabelo branco tem caído, como os nossos sob a tesoura da feiticeira. Mate o príncipe e volte para nós! Mas não demore, veja as estrias vermelhas no céu. Em poucos minutos, o sol despontará e então você morrerá. – Com um suspiro estranho e profundo, elas submergiram.

A Pequena Sereia afastou a cortina púrpura da tenda e viu a bela noiva adormecida, com a cabeça apoiada no peito do príncipe. Inclinando-se, ela beijou a nobre fronte dele e depois olhou para o céu, onde o rubor da aurora se tornava mais e mais luminoso. Fitou o punhal afiado em sua mão e novamente fixou os olhos no príncipe, que sussurrou o nome da noiva em seus sonhos – só ela estava em seus pensamentos. Levantou as mãos que tremiam enquanto empunhava o punhal – e então ela o lançou para longe nas ondas. A água ficou vermelha onde caiu, e algo parecido com gotas de sangue ressumou dela. Com um último olhar para o príncipe, os olhos esmaecidos, ela se jogou do navio para o mar e sentiu seu corpo se dissolver em espuma.

E logo o sol começou a subir do mar. Seus raios cálidos e suaves caíram sobre a espuma fria como a morte, mas a Pequena Sereia não tinha a sensação de estar morrendo. Ela viu o sol esplendoroso e, pairando ao seu redor, centenas de criaturas adoráveis – podia perfeitamente, através delas, ver as velas brancas do navio e as nuvens rosadas no céu. E a voz delas era a voz da melodia, embora etérea demais para ser ouvida por ouvidos mortais, assim como nenhum olho mortal poderia contemplá-las. Não tinham asas, mas sua leveza as fazia flutuar no ar. A Pequena Sereia viu que tinha um corpo como o delas e que estava se elevando cada vez mais acima da espuma.

— Onde estou? – perguntou, e sua voz soava como a dos outros seres, mais etérea do que qualquer música terrena podia soar.

— Entre as filhas do ar – responderam as outras. — Uma sereia não possui uma alma imortal, e jamais pode ter uma a menos que conquiste o amor de um ser humano. A eternidade de uma sereia depende de um poder que independe dela. As filhas do ar tampouco têm uma alma eterna,

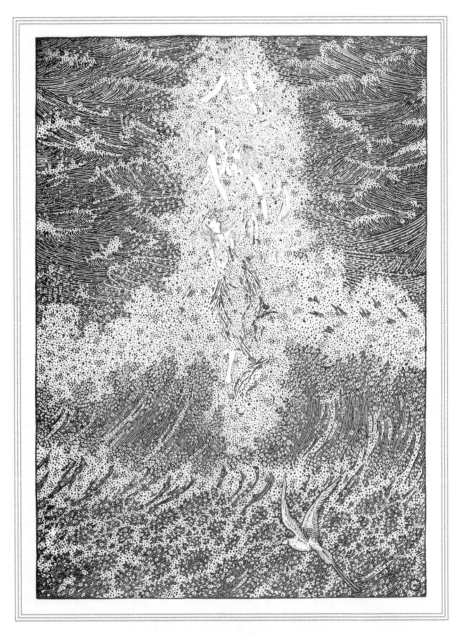

DUGALD STEWART WALKER, 1914

mas podem conseguir uma através de suas boas ações. Devemos voar para os países quentes, onde o ar pestilento significa morte para os seres

HELEN STRATTON

humanos. Devemos levar brisas frescas. Devemos espalhar a fragrância das flores através do ar e enviar consolo e cura. Depois que tivermos praticado todo o bem que podemos em trezentos anos, conquistaremos uma alma imortal e teremos participação na felicidade eterna da humanidade. Você, pobrezinha, tentou com todo o seu coração fazer o que estamos fazendo. Você sofreu e perseverou e se elevou ao mundo dos espíritos do ar. Agora, com trezentos anos de boas ações, você também pode ganhar uma alma imortal.

A Pequena Sereia levantou seus braços de cristal para o céu e, pela primeira vez, conheceu o gosto das lágrimas.

No navio, havia muito alvoroço e sons de vida por todo lado. A Pequena Sereia viu o príncipe e a bela noiva à sua procura. Com enorme melancolia, eles fitavam a espuma perolada, como se soubessem que ela se precipitara nas ondas. Invisível, ela beijou a fronte da noiva, sorriu para o príncipe e em seguida, com as outras filhas do ar, subiu para uma nuvem rosa-avermelhada que atravessava o céu.

— Assim flutuaremos por trezentos anos, até finalmente chegarmos ao reino celestial.

— E podemos alcançá-lo ainda mais cedo – sussurrou uma das suas companheiras. — Invisíveis, flutuamos para dentro de lares humanos em que há crianças, e para cada dia que encontramos uma boa criança, que faz merecer o amor dos pais, Deus abrevia nosso tempo de sofrimento. A criança nunca percebe quando voamos em seu quarto e sorrimos com alegria, e assim um ano é reduzido dos trezentos. Mas quando vemos uma criança perversa ou maldosa, então, derramamos lágrimas de dor, e cada lágrima acrescenta mais um dia ao nosso tempo de provação.

ANTOINE GALLAND

APROX.
1717

LONGO

Aladdin e a Lâmpada Maravilhosa

علاء الدين | Oriente Médio

*Sendo um conto escrito pelo francês Antoine
Galland – que o ouviu da contadora de
histórias Youhenna Diab –, a origem de
Aladdin é incerta. Chinesa ou árabe, a
aventura é conhecida até hoje pela magia e um
performático gênio da lâmpada.*

ERA UMA VEZ UM POBRE ALFAIATE QUE TINHA UM filho chamado Aladdin – um rapaz imprudente e desocupado que não fazia nada além de brincar o dia todo nas ruas com rapazes desocupados como ele. Isso tanto entristeceu o pai que ele morreu. E apesar das lágrimas e orações da mãe, Aladdin não se corrigiu. Certo dia, quando ele estava brincando nas ruas como de costume, um desconhecido perguntou sua idade e se ele não era filho de Mustapha, o alfaiate.

— Sim, senhor – respondeu Aladdin —, mas ele morreu há muito tempo.

Com isso, o desconhecido, que era um mago africano famoso, o abraçou e beijou, dizendo:

— Sou seu tio e o reconheci pela semelhança com meu irmão. Vá até sua mãe e lhe diga que estou chegando.

Aladdin correu para casa e contou à mãe sobre o tio recém-descoberto.

— É verdade, filho – disse ela —, seu pai tinha um irmão, mas eu sempre achei que ele estava morto.

Mesmo assim, ela preparou o jantar e pediu para Aladdin procurar o tio, que chegou carregado de vinho e frutas. Ele se abaixou e beijou o local onde Mustapha costumava sentar, pedindo à mãe de Aladdin que não ficasse surpresa por não tê-lo visto antes, pois ele havia passado quarenta anos fora do país. Ele então se virou para Aladdin e perguntou qual era sua ocupação, e o rapaz baixou a cabeça enquanto a mãe caía no choro. Ao saber que Aladdin era desocupado e não aprendera nenhuma profissão, ele se ofereceu para comprar uma loja para ele e estocá-la com mercadorias. No dia seguinte, comprou um belo conjunto de roupas para Aladdin e lhe mostrou todos os locais da cidade, levando-o de volta para casa ao cair da noite. Sua mãe ficou radiante ao ver o filho tão elegante.

No dia seguinte, o mago levou Aladdin a belos jardins, para além dos portões da cidade. Eles se sentaram perto de uma fonte, e o mago tirou um bolo de dentro da bolsa e dividiu entre os dois. Então eles seguiram em frente, até quase chegarem às montanhas. Aladdin estava tão cansado que implorou para voltar, mas o mago o seduzia com histórias agradáveis e o fazia seguir em frente mesmo contra sua vontade.

Por fim, chegaram à duas montanhas divididas por um vale estreito.

— Não vamos mais seguir – disse o tio. — Vou lhe mostrar algo maravilhoso. Basta você colher uns gravetos enquanto acendo o fogo.

Quando o fogo estava aceso, o mago jogou ali um pó que trazia consigo, ao mesmo tempo em que dizia umas palavras mágicas. A terra tremeu um pouco e se abriu diante deles, revelando uma pedra lisa e quadrada com uma argola de bronze no meio para puxá-la. Aladdin tentou fugir, mas o mago o pegou e lhe deu um soco que o derrubou.

— O que foi que eu fiz, tio? – perguntou ele, se lamentando.

— Não tenha medo de nada, mas me obedeça – disse o mago, com delicadeza. — Sob esta pedra jaz um tesouro que é seu, e mais ninguém pode tocar nele. Por isso você deve fazer exatamente o que eu lhe disser.

Ao ouvir a palavra tesouro, Aladdin se esqueceu dos próprios medos e agarrou a argola como foi instruído, dizendo os nomes do pai e do avô. A pedra se ergueu com alguma facilidade e revelou alguns degraus.

— Desça – disse o mago. — No fim desses degraus você vai encontrar uma porta aberta que leva a três grandes salões. Levante e prenda a barra de sua túnica, e passe por eles sem tocar em nada, senão você vai morrer no mesmo instante. Esses salões levam a um jardim com ótimas árvores frutíferas. Caminhe até chegar a um nicho em um terraço onde há uma lâmpada iluminada. Tire o óleo que ela contém e traga-a para mim.

Ele tirou um dos anéis em seu dedo e o deu a Aladdin, desejando prosperidade.

Aladdin encontrou tudo como o mago dissera, pegou algumas frutas das árvores e, depois de pegar a lâmpada, voltou à entrada da caverna. O mago gritou apressado:

— Ande logo e me dê a lâmpada. – Isso Aladdin se recusou a fazer até estar fora da caverna. O mago se enfureceu com a atitude de Aladdin e, jogando mais pó no fogo, disse algumas palavras. Com isso, a pedra rolou de volta para onde estava.

O mago deixou a Pérsia para sempre, o que demonstrava abertamente que ele não era tio de Aladdin, mas um mago astucioso que tinha lido nos livros de magia sobre uma lâmpada mágica que o transformaria no homem mais poderoso do mundo. Apesar de saber onde encontrá-la, ele só poderia recebê-la das mãos de outra pessoa. Tinha escolhido o tolo Aladdin para esse objetivo, na intenção de pegar a lâmpada e matá-lo em seguida.

Durante dois dias, Aladdin ficou no escuro, chorando e se lamentando. Por fim, entrelaçou as mãos em oração e, ao fazer isso, esfregou o anel que o mago tinha se esquecido de pegar de volta. Imediatamente, um gênio enorme e assustador saiu da terra, dizendo:

— O que você quer de mim? Sou o Escravo do Anel e vou lhe obedecer em tudo.

Sem medo, Aladdin respondeu:

— Me tire deste lugar! – E, com isso, a terra se abriu e ele estava do lado de fora. Assim que seus olhos conseguiram suportar a luz, ele foi para casa, mas desmaiou na entrada. Quando voltou a si, contou à mãe o que tinha acontecido e lhe mostrou a lâmpada e as frutas que tinha colhido no jardim, que, na verdade, eram pedras preciosas. Depois pediu um pouco de comida.

— Ó, meu filho – disse ela —, não tenho nada em casa, mas fiei um pouco de algodão e vou sair para vendê-lo.

Aladdin disse para ela guardar o algodão, pois ele podia vender a lâmpada. Como estava muito suja, ela começou a esfregá-la, para conseguir um valor maior. Instantaneamente, um gênio repugnante apareceu e perguntou o que ela queria. Ela desmaiou, mas Aladdin, pegando a lâmpada, disse com coragem:

— Traga alguma coisa para eu comer!

O gênio retornou com uma tigela e doze bandejas de prata contendo carnes ricas, dois copos de prata e duas garrafas de vinho. A mãe de Aladdin, quando se recuperou, disse:

— De onde vem esse banquete esplêndido?

— Não pergunte, apenas coma – respondeu Aladdin.

Então eles se sentaram à mesa para o café-da-manhã, e Aladdin contou à mãe sobre a lâmpada. Ela implorou que ele a vendesse e não se envolvesse com diabos.

— Não – disse Aladdin —, já que o acaso nos tornou conscientes de suas virtudes, vamos usar a lâmpada e o anel do mesmo jeito, e eu sempre vou mantê-lo no meu dedo.

Quando terminaram de comer tudo que o gênio tinha trazido, Aladdin vendeu uma das bandejas de prata e continuou fazendo isso até acabar com todas. Depois recorreu ao gênio, que lhe deu outro conjunto de bandejas, e assim eles viveram por muitos anos.

Certo dia, Aladdin ouviu uma ordem do sultão proclamando que todos deveriam ficar em casa e fechar as janelas enquanto a princesa, sua filha, ia até a casa de banho e voltava. Aladdin foi tomado pelo desejo de ver o rosto dela, o que era muito difícil, já que sempre usava um véu. Ele se escondeu atrás da porta da casa de banho e espiou por um buraco. A princesa levantou o véu ao entrar, e era tão linda que Aladdin se apaixonou à primeira vista. Ele foi para casa tão mudado que a mãe sentiu medo. Falou que amava a princesa tão profundamente que não conseguia viver sem ela e ia pedir ao pai para se casar com ela. A mãe, ao ouvir isso, caiu na gargalhada, mas Aladdin finalmente a convenceu a ir até o sultão e levar seu pedido. Ela pegou um guardanapo e colocou sobre as frutas mágicas do jardim encantado, que brilhavam e reluziam como as joias mais lindas. Ela as levou consigo para agradar ao sultão e saiu, confiando na lâmpada. O grão-vizir e os senhores do conselho tinham acabado de entrar quando ela apareceu no salão e se colocou diante do sultão. No entanto, ele não percebeu sua presença. Ela foi lá todos os dias durante uma semana e ficou em pé no mesmo lugar.

Quando o conselho se dissolveu no sexto dia, o sultão disse para o vizir:

— Vejo uma certa mulher na câmara de audiências todos os dias carregando alguma coisa em um guardanapo. Chame-a na próxima vez, para eu poder descobrir o que ela deseja.

No dia seguinte, com um sinal do vizir, ela foi até o pé do trono e ficou ajoelhada até o sultão lhe dizer:

— Levante-se, boa mulher, e me diga o que deseja.

Ela hesitou, então o sultão mandou todos saírem, exceto o vizir, e pediu que ela falasse livremente, prometendo perdoá-la de antemão por

EDMUND DULAC, 1914

qualquer coisa que ela pudesse dizer. Ela falou do violento amor que o filho sentia pela princesa.

— Já rezei para ele esquecê-la – disse ela —, mas foi em vão. Ele ameaçou fazer uma coisa desesperada se eu me recusasse a pedir a mão da princesa a Vossa Majestade. Agora eu rezo para que me perdoe e ao meu filho, Aladdin.

O sultão lhe perguntou delicadamente o que havia no guardanapo, e ela desenrolou as joias e as apresentou.

Ele ficou estupefato e, se virando para o vizir, disse:

— O que me diz? Devo entregar a princesa a alguém que a valoriza a esse ponto?

O vizir, que a queria para o filho, implorou para o sultão mantê-la por três meses, durante os quais ele esperava que o próprio filho conseguisse lhe dar um presente mais rico. O sultão lhe concedeu isso e disse à mãe de Aladdin que, apesar de consentir com o casamento, ela não deveria aparecer diante dele outra vez pelos próximos três meses.

Aladdin esperou pacientemente por quase três meses, mas depois de dois meses terem se passado, sua mãe, indo à cidade para comprar óleo, viu que todos estavam comemorando e perguntou o que estava acontecendo.

— Você não sabe – foi a resposta — que o filho do grão-vizir vai se casar com a filha do sultão hoje à noite?

Sem fôlego, ela correu e contou a Aladdin, que no início ficou estupefato, mas depois se lembrou da lâmpada. Ele a esfregou, e o gênio apareceu, dizendo:

— Qual é o seu desejo?

Aladdin respondeu:

— O sultão, como sabes, quebrou sua promessa comigo, e o filho do vizir vai ficar com a princesa. Minha ordem é que hoje à noite você traga para cá a noiva e o noivo.

— Mestre, eu obedeço – disse o gênio.

Aladdin foi então para os seus aposentos, para onde, à meia-noite, o gênio transportou a cama contendo o filho do vizir e a princesa.

— Pegue esse homem recém-casado – disse ele — e coloque-o lá fora, no frio, e volte ao raiar do dia.

Assim, o gênio tirou o filho do vizir da cama, deixando Aladdin com a princesa.

— Não tema nada – disse Aladdin a ela —, você é minha esposa, prometida a mim pelo seu pai injusto, e nenhum mal vai lhe acometer.

A princesa estava assustada demais para falar e passou a noite mais miserável de sua vida, enquanto Aladdin deitava ao lado dela e dormia profundamente. Na hora marcada, o gênio pegou o noivo trêmulo, colocou-o no lugar e transportou a cama de volta para o palácio.

No mesmo instante, o sultão foi dar bom-dia para a filha. O filho infeliz do vizir saltou e se escondeu, enquanto a princesa não dizia uma palavra e estava muito triste.

O sultão mandou a mãe ir vê-la, e ela disse:

— Como pode, filha, você não querer falar com seu pai? O que aconteceu?

A princesa deu um suspiro profundo e finalmente contou à mãe que, durante a noite, a cama foi carregada até uma casa estranha e o que tinha acontecido lá. A mãe não acreditou nem um pouco nela, mas a fez se levantar e considerar que tinha sido um sonho sem propósito.

Na noite seguinte, aconteceu exatamente a mesma coisa. E na manhã após o ocorrido, quando a princesa se recusou a falar, o sultão ameaçou cortar sua cabeça. Ela então confessou tudo, pedindo que ele perguntasse ao filho do vizir se aquilo era verdade. O sultão pediu ao vizir que perguntasse ao filho, que falou a verdade, acrescentando que, por mais que amasse a princesa, ele preferia morrer a ter que passar por outra noite tão apavorante quanto aquela, e que queria se separar dela. O desejo foi concedido, e os banquetes e as comemorações chegaram ao fim.

Quando os três meses se passaram, Aladdin mandou a mãe ir lembrar ao sultão da sua promessa. Ela ficou no mesmo lugar de antes, e o sultão, que tinha se esquecido de Aladdin, se lembrou imediatamente dele e mandou buscá-la. Ao ver a pobreza da mulher, o sultão se sentiu menos inclinado do que nunca a manter a palavra e pediu o conselho do vizir, que o aconselhou a colocar um preço tão alto na princesa que nenhum homem conseguiria pagar.

O sultão então se virou para a mãe de Aladdin, dizendo:

— Boa mulher, um sultão deve se lembrar das próprias promessas, e eu vou me lembrar da minha. Mas antes seu filho deve me mandar quarenta bacias de ouro lotadas de joias, carregadas por quarenta escravos, conduzidos pela mesma quantidade de mestres, vestidos de maneira esplêndida. Diga a ele que espero a resposta.

A mãe de Aladdin fez uma reverência e foi para casa, pensando que tudo estava perdido.

Ela transmitiu a mensagem a Aladdin, acrescentando:

— Ele vai esperar pela sua resposta por muito tempo!

— Não tanto quanto você pensa, mãe – respondeu o filho. — Eu faria muito mais do que isso pela princesa.

Ele invocou o gênio e, em poucos instantes, oitenta pessoas, escravos e mestres, chegaram e encheram a casa pequena e o jardim.

Aladdin os mandou para o palácio, dois a dois, seguidos pela mãe. Estavam tão bem-vestidos, com joias tão esplêndidas nos cintos, que todos se reuniram para vê-los e ver as bacias de ouro que carregavam na cabeça.

Eles entraram no palácio e, depois de se ajoelharem diante do sultão, formaram um semicírculo ao redor do trono com os braços cruzados, enquanto a mãe de Aladdin os apresentava ao sultão.

Ele não hesitou mais, e disse:

— Boa mulher, retorne e diga a seu filho que espero por ele de braços abertos.

Ela não perdeu tempo para contar a Aladdin, fazendo-o se apressar. Mas Aladdin chamou o gênio antes.

— Quero um banho aromatizado – disse ele —, roupas bordadas com abundância, um cavalo superior ao do sultão e vinte escravos para me servir. Além disso, seis escravos, lindamente vestidos, para servir à minha mãe; e, por fim, dez mil peças de ouro em dez bolsas.

Ele mal falou e aconteceu. Aladdin montou em seu cavalo e passou pelas ruas, os escravos distribuindo ouro enquanto seguiam. Aqueles que brincavam com ele na infância não o reconheciam, pois tinha crescido e ficado muito bonito.

Quando o sultão o viu, desceu do trono para cumprimentá-lo, e o conduziu até um salão onde um banquete estava servido, na intenção de casá-lo com a princesa naquele mesmo dia.

Mas Aladdin se recusou, dizendo:

— Preciso construir um palácio adequado para ela. – E saiu.

Quando estava em casa, ele disse ao gênio:

— Construa um palácio com o mármore mais requintado, enfeitado com jaspe, ágata e outras pedras preciosas. No meio você deve construir um grande salão com uma claraboia, as quatro paredes com grandes quantidades de ouro e prata, cada lado com seis janelas, cujas treliças devem ser enfeitadas com diamantes e rubis, exceto uma, que deve ficar inacabada. Deve haver estábulos e cavalos, cavalariços e escravos. Vá e cuide disso!

O palácio estava terminado no dia seguinte, e o gênio o carregou até lá e lhe mostrou todas as suas ordens cumpridas fielmente, até mesmo o tapete de veludo se estendendo do palácio de Aladdin até o do sultão. A mãe de Aladdin então se vestiu com cuidado e andou até o palácio com seus escravos, enquanto ele a seguia montado no cavalo. O sultão enviou músicos com trombetas e címbalos para encontrá-los, de modo que o ar ressoava com música e aclamações. Ela foi levada até a princesa, que a cumprimentou e a tratou com muita honra. À noite, a princesa se despediu do pai e seguiu pelo tapete até o palácio de Aladdin, com a mãe dele ao lado, ambas seguidas pelos escravos. Ela ficou encantada ao ver Aladdin, que correu para recebê-la.

— Princesa – disse ele —, culpe sua beleza pela minha ousadia se eu a tiver desagradado.

Ela lhe disse que, ao vê-lo, obedeceu de bom grado ao pai nessa questão. Depois que o casamento aconteceu, Aladdin a conduziu até o salão, onde um banquete estava servido, e ela jantou com ele e depois dançou até a meia-noite.

No dia seguinte, Aladdin convidou o sultão para ver o palácio. Ao entrar no salão com vinte e quatro janelas e seus rubis, diamantes e esmeraldas, ele gritou:

— É uma maravilha do mundo! Só há uma coisa que me surpreende. Foi por acidente que uma janela ficou inacabada?

— Não, senhor, por projeto – retrucou Aladdin. — Eu gostaria que Vossa Majestade tivesse a glória de terminar este palácio.

EDMUND DULAC, 1914

O sultão ficou satisfeito e mandou chamar os melhores joalheiros da cidade. Mostrou a eles a janela inacabada e pediu que a enfeitassem igual às outras.

— Senhor – respondeu o porta-voz —, não conseguimos encontrar joias suficientes.

O sultão mandou buscar as próprias joias, que logo foram usadas, mas sem propósito, pois, em um mês, o trabalho não tinha chegado nem à metade. Aladdin, sabendo que a tarefa era inútil, fez com que eles desfizessem o trabalho e levassem as joias de volta, e o gênio terminou a janela sob sua ordem. O sultão ficou surpreso de receber suas joias de volta e visitou Aladdin, que lhe mostrou a janela terminada. O sultão o abraçou, enquanto o vizir invejoso desconfiou que era um trabalho de encantamento.

Aladdin conquistou o coração das pessoas com seu comportamento gentil. Foi nomeado capitão dos exércitos do sultão e ganhou várias batalhas para ele, mas continuou modesto e educado como antes, e assim viveu em paz e satisfeito por muitos anos.

Mas bem longe, na África, o mago se lembrou de Aladdin e, com suas artes mágicas, descobriu que Aladdin, em vez de perecer miseravelmente na caverna, tinha escapado e se casado com uma princesa, com quem vivia em grande honra e riqueza. Ele sabia que o filho do alfaiate pobre só poderia ter realizado isso com a lâmpada, e viajou dia e noite até chegar à capital da China, empenhado em promover a destruição de Aladdin. Quando passou pela cidade, ouviu pessoas falando por toda parte sobre um palácio maravilhoso.

— Perdoem minha ignorância – perguntou —, mas que palácio é esse de que estão falando?

— Você nunca ouviu falar do palácio do príncipe Aladdin – foi a resposta —, a maior maravilha do mundo? Posso orientá-lo a chegar lá, se quiser vê-lo.

O mago agradeceu e, tendo visto o palácio, soube que tinha sido construído pelo gênio da lâmpada e ficou louco de raiva, determinado a pegar a lâmpada e, mais uma vez, jogar Aladdin na mais profunda pobreza.

Infelizmente, Aladdin tinha ido caçar por oito dias, o que deu tempo suficiente ao mago. Ele comprou uma dúzia de lâmpadas de cobre, colocou-as em um cesto e foi até o palácio, gritando, seguido por uma multidão zombeteira:

— Troco lâmpadas velhas por novas!

A princesa, sentada no salão das vinte e quatro janelas, mandou uma escrava descobrir o motivo de tanto barulho, e ela voltou rindo, de modo que a princesa a repreendeu.

— Madame – respondeu a escrava —, quem consegue não rir ao ver um velho tolo se oferecendo para trocar lâmpadas novas e boas por velhas?

Outra escrava, ao ouvir isso, disse:

— Tem uma velha na cornija que podemos pegar.

Bem, essa era a lâmpada mágica, que Aladdin havia deixado ali, já que não podia levá-la para caçar. A princesa, sem saber seu valor, riu e disse à escrava para pegá-la e fazer a troca.

Ela foi e disse ao mago:

— Me dê uma lâmpada nova em troca desta.

Ele a pegou e pediu à escrava para escolher uma, em meio às zombarias da multidão. Ele pouco se importava, continuou gritando para vender as lâmpadas e saiu pelos portões da cidade. Foi a um lugar solitário, onde ficou até o cair da noite, quando pegou a lâmpada e a esfregou. O gênio apareceu e, sob o comando do mago, o carregou, com o palácio e a princesa, para um lugar isolado na África.

Na manhã seguinte, o sultão olhou pela janela em direção ao palácio de Aladdin e esfregou os olhos, pois ele havia sumido. Mandou chamar o vizir e perguntou o que tinha acontecido com o palácio. O vizir também olhou pela janela e ficou perdido no assombro. Mais uma vez desconfiou de um encantamento e, desta vez, o sultão acreditou nele. Mandou trinta homens a cavalo para trazer Aladdin acorrentado. Eles o encontraram voltando para casa a cavalo e o obrigaram a seguir com eles a pé. No entanto, o povo que o amava seguiu, armado, para garantir que ele não ia se machucar. Ele foi levado até o sultão, que ordenou ao carrasco que lhe cortasse a cabeça. O carrasco fez Aladdin se ajoelhar, cobriu seus olhos e ergueu a cimitarra para golpear.

Nesse instante, o vizir, que viu a multidão forçar a entrada no pátio e escalar as paredes para resgatar Aladdin, pediu que o carrasco parasse.

O povo realmente parecia tão ameaçador que o sultão desistiu e ordenou que Aladdin fosse desamarrado e o perdoou diante da multidão.

Aladdin agora implorava para saber o que tinha feito.

— Seu falso desgraçado! – disse o sultão. — Aproxime-se! – E mostrou a ele, pela janela, o local onde seu palácio se erguia.

Aladdin ficou tão atônito que não conseguia dizer uma palavra.

— Onde está o palácio e minha filha? – exigiu o sultão. — Pelo primeiro não estou tão profundamente preocupado, mas minha filha deve voltar para mim, e você deve encontrá-la ou perder a cabeça.

Aladdin implorou para ter quarenta dias para encontrá-la, prometendo que, se fracassasse, ele voltaria e sofreria a morte ao bel-prazer do sultão. Seu pedido foi concedido, e ele saiu triste da presença do sultão. Durante três dias, andou de um lado para o outro como um louco, perguntando a todo mundo o que tinha acontecido com o palácio, mas eles só riam e sentiam pena. Ele chegou às margens de um rio e se ajoelhou para fazer suas orações antes de se jogar. Ao fazer isso, ele esfregou o anel mágico que ainda usava.

O gênio que ele tinha visto na caverna apareceu e perguntou qual era o seu desejo.

— Salve a minha vida, gênio – pediu Aladdin —, e traga meu palácio de volta.

— Isso não está ao alcance dos meus poderes – disse o gênio. — Sou apenas o escravo do anel; você deve pedir ao escravo da lâmpada.

— Mesmo assim – disse Aladdin —, você pode me levar até o palácio e me colocar sob a janela da minha querida esposa. – Ele imediatamente se viu na África, sob a janela da princesa, e caiu no sono por puro cansaço.

Foi acordado pelo canto dos pássaros, e seu coração estava mais leve. Via claramente que todas as suas desgraças se deviam à perda da lâmpada, e se perguntou, em vão, quem a tinha roubado.

Naquela manhã, a princesa acordou mais cedo que nos outros dias desde que fora levada para a África pelo mago, cuja companhia era obrigada a aguentar uma vez por dia. No entanto, ela o tratava com tanta grosseria que ele não ousava morar ali. Enquanto ela se vestia, uma de suas mulheres olhou pela janela e viu Aladdin. A princesa correu e abriu a janela. Com o barulho, Aladdin olhou para cima. Ela o chamou para subir, e grande foi a alegria dos dois amantes ao se verem novamente.

Depois de beijá-la, Aladdin disse:

— Eu imploro, princesa, em nome de nosso Deus, antes de qualquer outra coisa, pelo seu bem e pelo meu, me diga o que aconteceu com uma velha lâmpada que deixei na cornija no salão de vinte e quatro janelas quando fui caçar.

— Ai de mim! – disse ela. — Sou a causa inocente das suas tristezas. – E lhe contou sobre a troca da lâmpada.

— Agora eu sei – gritou Aladdin — que devemos isso ao mago africano! Onde está a lâmpada?

— Ele a carrega consigo – disse a princesa. — Eu sei porque ele a tirou do peito para me mostrar. Ele deseja que eu quebre meu juramento para com você e me case com ele, dizendo que você foi decapitado por ordem do meu pai. Ele está sempre falando mal de você, mas eu só respondo com as minhas lágrimas. Se eu continuar, não duvido que ele seja violento.

Aladdin a consolou e a deixou por um breve período de tempo. Ele trocou de roupas com a primeira pessoa que encontrou na cidade e, depois de comprar um certo pó, voltou para a princesa, que o deixou entrar por uma pequena porta lateral.

— Use seu vestido mais lindo – disse a ela — e receba o mago com sorrisos, fazendo-o acreditar que você me esqueceu. Convide-o para jantar e diga que deseja provar o vinho do país dele. O mago vai buscar um e, enquanto ele estiver longe, vou lhe dizer o que fazer.

Ela ouviu Aladdin com atenção e, quando ele saiu, ela se arrumou alegremente pela primeira vez desde que saiu da China. Colocou um cinto e uma tiara de diamantes e, vendo no espelho que estava mais linda do que nunca, recebeu o mago, dizendo, para seu grande espanto:

— Decidi que Aladdin está morto e que todas as minhas lágrimas não vão trazê-lo de volta, por isso estou decidida a não chorar mais. Con-videi você para jantar comigo, mas estou cansada dos vinhos da China e gostaria de provar os da África.

O mago voou até o porão, e a princesa colocou o pó que Aladdin lhe dera na própria taça. Quando ele voltou, ela pediu para ele beber pela

EDMUND DULAC, 1914 (DETALHE)

saúde dela no vinho da África, entregando a própria taça em troca da dele, como sinal de conciliação.

Antes de beber, o mago fez um discurso em homenagem à beleza dela, mas a princesa o interrompeu, dizendo:

— Deixe-me beber antes e você pode dizer o que quiser depois. — Ela levou a taça até os lábios e a manteve ali, enquanto o mago engolia a bebida até o fim e caía para trás sem vida.

A princesa então abriu a porta para Aladdin e jogou os braços ao redor do seu pescoço, mas Aladdin a afastou, pedindo que ela o deixasse, pois ele tinha outras coisas a fazer. Ele foi até o mago morto, pegou a lâmpada na roupa dele e fez o gênio carregar o palácio e tudo que estava nele de volta para a China. Isso foi feito, e a princesa em seus aposentos só sentiu dois pequenos choques e pouco depois estava em casa novamente.

O sultão, que estava sentado em seu closet, sofrendo pela filha perdida, por acaso levantou o olhar e esfregou os olhos, pois lá estava o palácio como antes! Ele correu para lá, e Aladdin o recebeu no salão de vinte e quatro janelas, com a princesa ao lado. Aladdin contou o que tinha acontecido e mostrou o corpo do mago morto, para que ele acreditasse. Um banquete de dez dias foi realizado, e parecia que Aladdin ia viver o resto da vida em paz; mas não era para ser assim.

O mago africano tinha um irmão mais jovem, que era, se possível, mais perverso e mais astucioso. Ele viajou até a China para vingar a morte do irmão e foi visitar uma mulher devota chamada Fatima, achando que ela podia ser útil. Ele entrou nos aposentos dela e apontou uma adaga para o seu peito, dizendo para ela se levantar e fazer o que ele mandava sob pena de morte. Ele trocou as roupas com as dela, pintou o rosto como o dela, colocou seu véu e a assassinou, para ela não contar o segredo. Em seguida, foi para o palácio de Aladdin, e todo mundo que pensava que ele era a mulher sagrada se reuniu ao redor dele, beijando suas mãos e implorando sua bênção.

Quando chegou ao palácio, havia tanto barulho ao seu redor que a princesa pediu para sua escrava olhar pela janela e perguntar o que estava acontecendo. A escrava disse que era a mulher sagrada, curando as pessoas de suas enfermidades com um único toque, e a princesa, que há muito tempo desejava ver Fatima, mandou chamá-la. Ao se aproximar da princesa, o mago ofereceu uma reza pela sua saúde e prosperidade. Quando terminou, a princesa o fez se sentar perto dela e implorou para ele ficar sempre com ela. A falsa Fatima, que não desejava nada melhor, consentiu, mas manteve o véu por medo de ser descoberta. A princesa lhe mostrou o salão e perguntou o que ele achava.

— É verdadeiramente belo – disse a falsa Fatima. — Na minha mente, só precisa de uma coisa.

— E o que seria? – indagou a princesa.

— Se ao menos um ovo de roca[1] estivesse pendurado no meio dessa claraboia, seria a maravilha do mundo.

Depois disso, a princesa só conseguia pensar em um ovo de roca, e quando Aladdin voltou da caça, ele a encontrou muito mal-humorada. Ele implorou para saber o que estava faltando, e ela lhe disse que todo o seu prazer com o salão foi destruído pelo desejo de um ovo de roca pendurado na claraboia.

— Se for só isso – respondeu Aladdin —, você logo estará feliz.

Ele a deixou e esfregou a lâmpada, e quando o gênio apareceu, ordenou que ele trouxesse um ovo de roca. O gênio gritou tão alto e terrivelmente que o salão estremeceu.

— Desgraçado! – gritou. — Não basta tudo que eu fiz por você, mas ainda quer me ordenar a trazer meu mestre e pendurá-lo no meio dessa claraboia? Você e sua esposa e seu palácio merecem ser queimados e virar cinzas... Mas esse pedido não vem de você, e sim do irmão do mago africano que você destruiu. Ele agora está no seu palácio disfarçado como a mulher sagrada, que ele assassinou. Foi ele que colocou esse desejo na cabeça da sua esposa. Se cuide, porque ele quer matá-lo. — E, ao dizer isso, o gênio desapareceu.

Aladdin voltou para a princesa, dizendo que estava com dor de cabeça e pedindo que a sagrada Fatima fosse chamada para colocar as mãos na sua testa. Mas, quando o mago se aproximou, Aladdin, sacando a adaga, enfiou-a no seu coração.

— O que você fez? – gritou a princesa. — Você matou a mulher sagrada!

— Não – respondeu Aladdin —, era um mago perverso. – E contou como ela havia sido enganada.

Depois disso, Aladdin e sua esposa viveram em paz. Ele foi o sucessor do sultão quando este morreu, e reinou por muitos anos, deixando para trás uma longa linhagem de reis.

[1] Roca é uma lendária e imensa ave de rapina presente no livro *As Mil e Uma Noites*, nas aventuras de Simbad, o marinheiro. Um ovo de Roca poderia ter dois metros de altura. [N.E.]

JEANNE-MARIE LEPRINCE DE BEAUMONT

1756

LONGO

A Bela e a Fera

La Belle et la Bête | França

*O clássico francês com mais de trinta adaptações
para teatro, cinema e livros conta a história de
um príncipe transformado em monstro por uma
fada, que ainda precisa aprender a gentileza
para voltar a ser humano.*

ERA UMA VEZ UM RICO MERCADOR QUE TINHA SEIS filhos: três meninos e três meninas. Sendo um homem sensato, ele não poupou despesas na educação das crianças e deu-lhes todo tipo de mestres. Suas filhas eram lindas, especialmente a mais nova; quando ela era pequena, todos a admiravam e a chamavam de *A Pequena Bela*. Conforme ela cresceu, ainda respondia pelo nome de *Bela*, o que deixava suas irmãs com muita inveja. A mais jovem, além de muito bonita, era melhor que suas irmãs. As duas mais velhas tinham muito orgulho por serem ricas. Elas se punham ares ridículos; não visitavam outras filhas de mercadores e nem mantinham a companhia de ninguém, exceto pessoas de qualidade. Saíam todos os dias para festas aprazíveis, bailes, peças e concertos, e riam de sua irmã mais nova porque ela passava a maior parte de seu tempo lendo bons livros. Como era sabido que as garotas teriam grandes fortunas, muitos mercadores eminentes procuravam-nas, mas as mais velhas diziam que jamais se casariam, a menos que fosse com um Duque, ou um Conde, no mínimo. Bela, muito civilmente, agradecia àqueles que a cortejavam, contudo dizia-lhes que era ainda muito jovem para se casar e escolhia ficar com seu pai ainda mais alguns anos.

De uma vez só, o mercador perdeu toda a sua fortuna, exceto uma pequena casa-de-campo muito distante da cidade. Ele disse a seus filhos, com lágrimas nos olhos, que deveriam ir lá e trabalhar para seu sustento. As duas mais velhas disseram que não deixariam a cidade, pois tinham muitos amantes que, elas tinham certeza, ficariam felizes em tê-las, mesmo ambas não tendo mais fortuna; mas nisso estavam enganadas, pois foram desprezadas e abandonadas em sua pobreza. Como as duas não eram amadas por conta de seu orgulho, todos diziam:

— Elas não merecem nossa pena. Estamos felizes por vê-las humilhadas. Deixem-nas ir e deem-lhes ares de qualidade quando ordenharem as vacas e se ocuparem dos laticínios. Mas – acrescentavam — estamos muito preocupados com a Bela. Ela era uma criatura tão charmosa, de temperamento doce, que falava tão bem com os pobres; tinha um caráter tão afável e meigo!

De fato, muitos cavalheiros teriam se casado com ela, mesmo sabendo que não tinha um tostão; mas ela lhes dissera que não pensaria em deixar seu pobre pai em apuros e estava determinada a ir com ele para o campo, a fim de consolá-lo e ajudá-lo. A pobre Bela foi uma das primeiras a ficar muito triste com a perda de sua fortuna.

— Mas – dizia a si mesma — mesmo que eu chorasse muito, isso não faria as coisas melhorarem. Devo tentar fazer-me feliz sem a fortuna.

Quando eles chegaram à casa-de-campo, o mercador e seus três filhos ocuparam-se da agricultura e da lavoura. Bela levantava-se às quatro da manhã e se apressava para limpar a casa e deixar o café-da-manhã pronto para a família. No começo, ela achou tudo muito difícil, pois não estava acostumada a trabalhar como uma serva, mas em menos de dois meses ficou mais forte e saudável do que nunca. Depois de concluir seu trabalho, ela lia, tocava o cravo, ou então cantava enquanto fiava. Ao contrário dela, suas duas irmãs não sabiam como passar seu tempo; levantavam às dez e não faziam nada exceto perambular o dia inteiro, lamentando a perda de suas roupas e companhias finas.

— Olhe só nossa irmã mais nova – diziam uma à outra. — Que criatura pobre, estúpida e vil ela é para se contentar com essa situação infeliz.

O bom mercador era de uma opinião bem diferente. Ele sabia muito bem que Bela ofuscava as irmãs, em sua pessoa e em sua mente, e admirava sua humildade, diligência e paciência; pois suas irmãs não apenas deixavam-na fazer todo o trabalho de casa, como também a insultavam a cada momento.

A família vivera um ano nesse retiro até o dia em que o mercador recebeu uma carta, com o relato de que um navio, a bordo do qual ele tinha bens, havia chegado a salvo. Essa notícia virou as cabeças das irmãs mais velhas, que imediatamente se empavonaram com esperanças de retornar à cidade. Elas estavam muito cansadas da vida no campo e, quando viram seu pai preparado para partir, imploraram para que ele comprasse novos vestidos, chapéus, anéis e toda sorte de frivolidades. Bela, ao contrário, não pediu nada, pois pensou consigo mesma que todo o dinheiro que seu pai receberia mal seria suficiente para comprar todas as coisas que suas irmãs queriam.

— O que você vai querer, Bela? – perguntou seu pai.

— Já que o senhor é tão bondoso por pensar em mim – respondeu ela —, tenha a bondade de me trazer uma rosa, pois como nenhuma cresce por esta região, são uma raridade.

Não que Bela se importasse com uma rosa, mas pediu por algo para que não parecesse por seu exemplo condenar a conduta de suas irmãs, que teriam dito que ela o fez só para chamar atenção. O bom homem seguiu em sua jornada; todavia, quando chegou lá, questionaram legalmente as mercadorias e, depois de muitos problemas e dores de cabeça sem propósito, voltou tão pobre quanto antes.

Ele estava a cinquenta quilômetros de sua casa, pensando no prazer que teria ao rever seus filhos de novo, quando, em meio a uma grande floresta, perdeu-se. Choveu e nevou terrivelmente e, além disso, o vento era tão forte que o jogou duas vezes de cima de seu cavalo. Com a noite chegando, ele começou a temer morrer de fome ou frio, ou mesmo ser devorado por lobos, que ouvia uivando à sua volta. Então, de repente, olhando por entre um longo caminho de árvores, viu uma luz à distância e, indo um pouco mais adiante, percebeu que vinha de um palácio iluminado do topo à base. O mercador agradeceu aos céus por sua feliz descoberta e apressou-se para o palácio; porém ficou muito surpreso ao não encontrar ninguém nos pátios. Seu cavalo o seguiu e, vendo um amplo estábulo aberto, entrou e encontrou feno e aveia; o pobre animal faminto comeu vorazmente.

O mercador o amarrou à manjedoura e andou até o palácio, onde não viu ninguém; mas, entrando por um grande salão, encontrou uma lareira acesa e uma mesa muito bem servida, com apenas um lugar posto. Como havia tomado muita chuva e neve, aproximou-se do fogo para se aquecer.

— Eu espero – disse — que o mestre deste lugar, ou seus servos, perdoem a minha liberdade; suponho que não demore até que um deles apareça.

Esperou um tempo considerável, até que o relógio bateu às onze horas e ninguém apareceu. Ele estava com tanta fome que não podia mais resistir: apanhou um frango e o comeu em duas mordidas, tremendo enquanto o fazia. Depois disso, bebeu algumas taças de vinho e, ficando mais corajoso, saiu pelo corredor e cruzou por vários grandes aposentos, de mobília magnífica, até chegar a um quarto que tinha uma cama excelente; e, como estava muito fatigado e já passava da meia-noite, concluiu que era melhor fechar a porta e dormir.

Eram dez horas na manhã seguinte quando o mercador acordou. No momento em que ia se levantar, ficou abismado ao ver um conjunto de belas roupas, do tamanho das suas próprias, que estavam muito estragadas.

— Certamente – disse — este palácio pertence a alguma boa fada, que viu e sentiu pena de minha aflição.

Ele olhou pela janela, mas, em vez de neve, viu os mais encantadores caramanchões, entrelaçados com as mais lindas flores que já contemplara. Então, retornou ao grande salão onde havia jantado na noite anterior e encontrou um pouco de chocolate pronto em cima de uma mesinha.

— Obrigado, boa Madame Fada – agradeceu em voz alta —, por ser tão cuidadosa e me dar um café-da-manhã; fico extremamente grato a você por todos os seus favores.

O bom homem tomou seu chocolate e foi procurar por seu cavalo. Passando por um caramanchão com rosas, lembrou-se do pedido de Bela e pegou um galho no qual havia muitas. Imediatamente, ele ouviu um grande barulho, viu uma fera medonha vindo em sua direção e quase desmaiou.

— Você é muito ingrato – rosnou a fera a ele, com uma voz terrível. — Eu salvei a sua vida ao recebê-lo em meu castelo e, em pagamento, você rouba as minhas rosas, que eu estimo mais do que qualquer coisa no universo. Mas você morrerá por isso; dou-lhe não mais que um quarto de hora para se preparar e dizer suas preces.

O mercador caiu sobre os joelhos e levantou as duas mãos:

— Meu senhor – disse —, imploro o seu perdão! De verdade, eu não tinha intenção de ofender ao apanhar uma rosa para uma de minhas filhas, que desejava que eu lhe levasse uma.

— Meu nome não é Meu Senhor – respondeu o monstro —, e sim Fera! Eu não amo elogios, não! Eu gosto de pessoas que falam o que pensam; e então não imagine que me convenço por qualquer de seus discursos bajuladores. Mas você diz que tem filhas; eu o perdoarei, com a condição

W. HEATH ROBINSON

de que uma delas venha por vontade própria e sofra em seu lugar. Não aceito suas palavras; siga seu caminho e jure que, se sua filha se recusar a morrer em seu lugar, você retornará dentro de três meses.

O mercador não tinha a intenção de sacrificar suas filhas a esse monstro horrendo, mas pensou que, obtendo esse adiamento, poderia ter a satisfação de vê-las uma última vez; então jurou que retornaria e a Fera lhe disse para ir embora quando quisesse.

— Mas – acrescentou — você não partirá de mãos vazias. Volte para o quarto onde dormiu e verá um baú vazio; encha-o de qualquer coisa que quiser e eu o enviarei até a sua casa.

Então, a Fera se retirou.

— Bem – disse o bom homem a si mesmo —, se devo morrer, terei o consolo de deixar ao menos alguma coisa aos meus pobres filhos.

Ele retornou ao quarto e, encontrando uma boa quantidade de pedaços largos de ouro, encheu o grande baú que a Fera mencionara, trancou-o e depois pegou seu cavalo no estábulo, deixando o palácio com tanta tristeza quanto tinha alegria ao entrar. O cavalo, sozinho, tomou um dos caminhos da floresta e, em algumas horas, o bom homem já estava em casa. Seus filhos vieram até ele mas, em vez de receber seus abraços com prazer, ele os olhou e, segurando o galho que trazia nas mãos, começou a chorar:

— Aqui, Bela – disse. — Pegue estas rosas; mas você não sabe o quanto elas custarão ao seu infeliz pai.

Então, ele relatou a sua aventura fatal. Imediatamente, as duas mais velhas lançaram clamores lamentáveis e disseram toda sorte de coisas deselegantes à Bela, que não chorara em momento algum.

— Veja o orgulho dessa infeliz! – exclamaram elas. — Ela não pediu por roupas finas como nós, é verdade; queria ser diferente e agora será o fim de nosso pobre pai! Mesmo assim, ela sequer derrama uma lágrima!

— Por que eu deveria? – rebateu Bela. — Seria muito desnecessário, pois meu pai não sofrerá por minha causa. Já que o monstro aceitará uma de suas filhas, vou me entregar à sua fúria e estou muito feliz ao pensar que a minha morte vai salvar a vida de meu pai e será uma prova de meu terno amor por ele.

— Não, irmã – discordaram os seus três irmãos. — Isso não acontecerá. Nós vamos encontrar o monstro e ou o mataremos, ou morreremos tentando!

— Nem imaginem tal coisa, meus filhos – falou o mercador. — O poder da Fera é tamanho que eu não tenho esperança de que vocês o vençam. Estou encantado com a boa e generosa oferta de Bela, mas não posso concordar. Eu estou velho e não tenho mais muito tempo de vida, então posso perder alguns anos dela pelo que sinto apenas por vocês, minhas doces crianças.

— Na verdade, meu pai – disse Bela —, o senhor não irá ao castelo sem mim. Não pode me impedir de segui-lo.

Não adiantava nada que dissessem, Bela ainda insistia em partir para o belo palácio; e suas irmãs adoraram a ideia, pois sua virtude e qualidades amáveis as deixavam com inveja e ciúmes.

O mercador estava tão aflito com a ideia de perder sua filha que esqueceu completamente o baú cheio de ouro. Mas à noite, quando se retirara para dormir, tão logo fechou a porta de seu quarto, ele o achou ao lado de sua cama. Estava determinado, porém, a não dizer aos filhos que havia ficado rico, porque eles desejariam retornar à cidade e ele não queria deixar o campo; mas confiou à Bela o segredo. Ela o informou que, em sua ausência, dois cavalheiros vieram e cortejaram suas irmãs; ela implorou ao pai para consentir os casamentos e dar-lhes a fortuna, pois ela era tão boa que perdoava de coração todas as desfeitas das mais velhas. Essas criaturas malvadas chegaram a esfregar cebola nos olhos para forçar algumas lágrimas quando se despediram da irmã; porém, seus irmãos ficaram preocupados. Bela era a única que não derramou lágrimas ao partir, pois não queria aumentar a aflição deles.

O cavalo tomou a estrada direta para o palácio; e, pela noite, eles o perceberam iluminado como da primeira vez: o cavalo foi sozinho para o estábulo, e o bom homem e sua filha seguiram até o grande salão, onde encontraram uma mesa servida esplendidamente e dois lugares postos. O mercador não tinha vontade de comer, mas Bela se esforçou para parecer animada; sentou-se à mesa e se serviu. Depois, pensou consigo mesma:

A Fera certamente busca engordar-me antes de me comer, já que provê tamanha abundância.

Assim que jantaram, ouviram um grande barulho, e o mercador, aos prantos, deu adeus à sua filha, pois sabia que a Fera se aproximava. Bela estava tristemente aterrorizada por sua forma horrenda, mas tomou tanta coragem quanto podia. O monstro perguntou se ela viera por vontade própria:

— Sim... – respondeu, trêmula.

— Você é muito boa, e fico agradecido a você. Homem honesto, siga seu caminho pela manhã, mas nunca pense em retornar a este lugar. Adeus, Bela.

— Adeus, Fera – ela respondeu, e imediatamente o monstro se retirou.

— Ó, filha! – disse o mercador, abraçando-a. — Estou quase morto de susto. Acredite em mim, é melhor você voltar e me deixar ficar aqui.

— Não, pai – falou Bela, resoluta. — O senhor partirá amanhã de manhã e me deixará aos cuidados e proteção da Providência.

Eles foram para a cama e pensaram que não dormiriam a noite inteira, mas mal se deitaram e caíram em sono profundo. Bela sonhou que uma Linda Dama vinha até ela e dizia:

— Fico contente, Bela, com sua boa vontade; essa sua ação de dar sua própria vida para salvar a de seu pai não será em vão.

Bela acordou e contou seu sonho ao seu pai. Ela achou que isso ajudou a consolá-lo um pouco mais, mas ele não conseguiu deixar de chorar amargamente quando teve de deixar sua querida filha.

Tão logo ele partira, Bela sentou-se no grande salão e também começou a chorar. Todavia, como era uma senhorita de muita determinação, resolveu não ficar apreensiva no pouco tempo que ainda tinha para viver, pois acreditava firmemente que a Fera a devoraria naquela noite.

Contudo, pensou que podia muito bem andar um pouco até então e observar esse belo castelo que não podia deixar de admirar. Era um lugar muito agradável, e ela ficou muito surpresa ao ver uma porta em que estava escrito: "Aposentos de Bela". Ela a abriu depressa e ficou deslumbrada com a magnificência que reinava naquele lugar; mas o que mais chamou sua atenção foi uma grande biblioteca, um cravo, e muitos livros de música.

— Bom – disse a si mesma. — Vejo que não desejam me entediar, já que tenho tanto o que fazer. Se fosse para passar um dia aqui – refletiu —, não haveria necessidade de tanto preparo.

Esse pensamento deu-lhe coragem renovada e, abrindo a biblioteca, pegou um livro e leu essas palavras em letras douradas:

"Bem-vinda, Bela,
Esqueça o medo que te invade.
Aqui é rainha, é senhora;
Diga seus desejos, sua vontade
E serão cumpridos sem demora."

WALTER CRANE, 1874

— Infelizmente – suspirou —, não há nada que deseje mais que ver meu pobre pai e saber o que ele faz.

Tão logo disse isso e, ao pôr os olhos em um grande espelho, ela viu sua própria casa, onde seu pai chegava com um ar abatido. Suas irmãs foram encontrá-lo e, inobstante seus esforços para parecerem tristes, sua alegria por ter se livrado de sua irmã era visível em cada gesto. Um momento depois, tudo desapareceu, assim como a apreensão de Bela diante desta prova da complacência da Fera.

Ao meio-dia, ela encontrou o almoço servido e, à mesa, foi contemplada com um excelente concerto musical, ainda que não visse ninguém. Mas à noite, quando ia se sentar para jantar, ouviu o barulho que a Fera fazia e não conseguiu evitar sentir-se aterrorizada.

— Bela – disse o monstro —, não vai me dar permissão de vê-la jantar?

— Como você quiser – concordou Bela, tremendo.

— Não! – respondeu a Fera. — Você é a senhora aqui; precisa apenas pedir que eu vá. Se minha presença é incômoda, eu imediatamente me retirarei. Mas, diga-me, não me acha muito feio?

— É verdade – disse Bela —, pois não posso mentir. Porém, acredito que você é bondoso.

— Sou sim – concordou o monstro. — Porém, além de minha feiura, não tenho sensibilidade. Eu sei muito bem que sou uma criatura pobre, tola, estúpida.

— Não é sinal de tolice pensar assim – falou Bela —, pois nunca um tolo pensou isso, ou teve tão humilde conceito de seu próprio entendimento.

— Então coma, Bela – disse o monstro —, e tente se divertir em seu próprio palácio, pois todas as coisas aqui são suas, e eu ficaria muito incomodado se você não estivesse feliz.

— Você é muito afável – ela respondeu. — Eu mesma estou muito satisfeita com a sua gentileza e, quando penso nisso, a sua deformidade mal aparece.

— Sim, sim – disse a Fera. — Meu coração é bom, mas ainda sou um monstro.

— Entre a humanidade – continuou Bela — há muitos que merecem esse nome mais do que você. Eu prefiro você, assim como é, àqueles que, sob forma humana, escondem um coração traiçoeiro, corrupto e ingrato.

— Se eu tivesse sensibilidade o suficiente – falou a Fera —, faria um belo elogio para agradecê-la, mas sou tão enfadonho que só posso dizer que lhe agradeço muito.

Bela comeu uma bonita ceia e havia quase superado seu medo do monstro, porém sentiu que desmaiaria quando ele lhe perguntou:

— Bela, você seria a minha esposa?

Ela demorou um tempo antes de dar-lhe a resposta, pois estava com medo de deixá-lo zangado se recusasse. Enfim, porém, disse, tremendo:

— Não, Fera.

Imediatamente, o pobre monstro começou a suspirar e sibilar tão assustadoramente que todo o lugar ecoava. Mas Bela logo se recuperou do medo, pois a Fera disse, em uma voz fúnebre:

— Então adeus, Bela. – E deixou a sala, virando-se de vez em quando para olhá-la enquanto saía.

Quando Bela ficou só, sentiu muita compaixão pela pobre Fera.

— Infelizmente – lamentou —, é muito triste que algo tão bondoso seja tão feio.

Bela passou três meses muito felizes no palácio. Todas as noites, a Fera a visitava e falava com ela durante a ceia, muito racionalmente, com muito bom-senso, mas nunca com o que o mundo chama de argúcia; e Bela diariamente descobria alguma nova qualidade do monstro. Vendo-o frequentemente, havia se acostumado à sua deformidade de tal modo que, em vez de temer a hora de sua visita, ela muitas vezes olhava o relógio para ver quando seriam nove horas, pois a Fera nunca deixava de aparecer àquela hora. Havia apenas uma coisa que a preocupava: toda noite, antes de ir para a cama, o monstro sempre a perguntava se ela seria sua esposa. Um dia, ela respondeu:

— Fera, você me deixa incomodada. Eu queria poder concordar em ser sua esposa, mas sou muito sincera para fazer você acreditar que isso um dia vai acontecer. Eu sempre o estimarei como amigo; tente ficar satisfeito com isso.

— Eu preciso – disse a Fera —, pois infelizmente sei muito bem de meu infortúnio; mas eu a amo com toda a minha afeição. Contudo, devo me considerar feliz por você estar aqui. Prometa que nunca me deixará.

Bela ruborizou diante destas palavras. Ela havia visto em seu espelho que seu pai estava doente por causa de sua perda e ela queria vê-lo de novo.

WALTER CRANE, 1901

— Eu poderia – respondeu — prometer de verdade nunca o deixar por completo, mas tenho um desejo tão grande de rever meu pai que morrerei de tristeza se me recusar essa satisfação.

— Preferiria eu mesmo morrer – falou o monstro — a dar-lhe a menor preocupação: eu a mandarei até seu pai. Você ficará com ele, e a pobre Fera morrerá de tristeza.

— Não – disse Bela, chorando. — Eu o amo demais para ser a causa de sua morte: dou-lhe minha palavra de que retornarei em uma semana. Você me mostrou que minhas irmãs estão casadas e que meus irmãos partiram para o exército. Apenas deixe-me passar uma semana com meu pai, que está só.

— Você estará lá amanhã de manhã – assegurou a Fera. — Mas lembre-se de sua promessa: você só precisa pôr seu anel na mesa antes de ir para a cama quando decidir retornar. Adeus, Bela.

A Fera suspirou como de costume, desejando-lhe boa-noite, e Bela foi dormir muito triste por vê-lo tão aflito. Quando ela acordou na manhã seguinte, estava na casa de seu pai e, ao tocar um sinete que estava ao lado de sua cama, viu uma empregada entrar que, ao vê-la, deu um grito. O bom homem correu escada acima e achou que morreria de tanta felicidade ao ver sua querida filha novamente. Ele a segurou nos braços por um bom quarto de hora. Logo que o entusiasmo inicial arrefeceu, Bela começou a pensar em levantar e teve medo de não encontrar roupas para usar, mas a empregada disse-lhe que acabara de descobrir, no quarto ao lado, um grande baú cheio de vestidos cobertos de ouro e diamantes. Bela agradeceu à boa Fera por seu cuidado e, pegando um dos mais simples, pensou em dar os outros de presente a suas irmãs. Mal ela disse isso, o baú desapareceu. Seu pai lhe disse que a Fera insistia que ela mesma ficasse com eles; e imediatamente os vestidos e o baú voltaram de novo.

Bela se vestiu e, enquanto isso, mandaram buscar as irmãs, que se apressaram para lá com os maridos. Elas estavam muito infelizes. A mais velha se casara com um cavalheiro extremamente belo, é verdade, mas tão apaixonado por sua própria pessoa que só queria saber de si mesmo e menosprezava a esposa. A segunda casara com um homem de argúcia, contudo ele só fazia uso dela para atormentar todo mundo, sua esposa principalmente. As irmãs de Bela adoeceram de inveja quando a viram vestida como uma princesa e mais linda do que nunca; nem toda sua amabilidade podia aplacar sua inveja, que já estava prestes a explodir quando ela lhes disse como estava feliz. Elas foram até o jardim espairecer, aos prantos, e uma disse à outra:

— No que essa criaturinha é melhor que nós para ser tão mais feliz?

— Irmã – falou a mais velha —, um pensamento me veio à mente: vamos tentar mantê-la ocupada por mais de uma semana e talvez o monstro estúpido fique tão enraivecido por ela ter quebrado sua palavra que a devore!

— Certo, irmã – respondeu a outra. — Já que é assim, devemos demonstrar a ela o máximo de bondade possível.

Depois de terem decidido fazer isso, ambas voltaram e se comportaram tão afetuosamente com sua irmã que a pobre Bela chorou de alegria. Quando a semana acabou, elas choraram, arrancaram os cabelos e pareceram tão tristes por se separarem dela que Bela prometeu ficar mais uma semana.

Enquanto isso, Bela não podia evitar pensar na aflição que certamente causaria à pobre Fera, a quem ela sinceramente amava e desejava ver novamente. Na décima noite que passou na casa de seu pai, sonhou que estava no jardim do castelo e que via a Fera estendida no gramado e que, quase morrendo e com uma voz moribunda, reprovava a sua ingratidão. Bela acordou assombrada e chorou copiosamente.

— Eu sou muito má – disse — por agir tão cruelmente com a Fera, que tentou tanto me agradar em tudo! É culpa dele ser tão feio e ter tão pouca sensibilidade? Ele é generoso e bom, e isso é suficiente. Por que neguei casar-me com ele? Eu devia estar mais feliz com o monstro do que minhas irmãs com seus maridos. Não é argúcia ou beleza em um marido que fazem uma mulher feliz, e sim virtude, docilidade e complacência; e a Fera tem todas essas qualidades valiosas. É verdade, eu não sinto a ternura do afeto por ele, mas sei que tenho a maior gratidão, estima e amizade. Eu não vou fazê-lo infeliz. Se eu fosse tão ingrata, jamais me perdoaria.

Tendo dito isso, Bela levantou-se, pôs seu anel na mesa e deitou-se novamente. Assim que deitou, ela caiu no sono e, quando acordou na manhã seguinte, ficou exultante por estar novamente no castelo da Fera. Ela pôs um de seus mais belos vestidos para agradá-lo e esperou pela noite com a maior impaciência. Enfim, a tão esperada hora chegou; o relógio bateu às nove horas, mas a Fera não apareceu. Bela então temeu ter sido a causa de sua morte. Correu chorando e torcendo suas mãos pelo palácio, como uma desesperada. Depois de ter procurado em todo lugar, lembrou-se de seu sonho e correu até o canal no jardim, onde sonhou que o vira. Lá, encontrou a pobre Fera esticada, sem sentidos e, como imaginara, morta. Ela se jogou sobre ele sem medo algum e, descobrindo que seu coração ainda batia, pegou água no canal e derramou sobre sua cabeça. A Fera abriu seus olhos e disse-lhe:

— Você esqueceu a sua promessa e eu fiquei tão aflito por perder você que decidi morrer de fome. Mas como tive a felicidade de ver você novamente, morro satisfeito.

— Não, querida Fera – falou Bela. — Você não pode morrer. Viva para ser meu marido! Deste momento em diante, eu lhe dou a minha mão e juro não ser de ninguém exceto você. Ai! Eu achei que lhe tinha apenas amizade, mas a tristeza que sinto agora me convence que não posso viver sem você.

Bela mal pronunciou essas palavras e viu o palácio brilhar em luzes; e fogos-de-artifício, instrumentos musicais, tudo parecia dar notícia de algum grandioso evento. Mas nada chamava a sua atenção; ela se virou para sua querida Fera, por quem tremera de medo, e qual não foi a sua surpresa! A Fera desaparecera e ela viu, aos seus pés, um dos mais belos príncipes que já contemplara, que agradeceu por ter posto um fim em sua maldição de ter sido por tanto tempo uma Fera. Apesar desse príncipe merecer toda sua atenção, ela não pôde evitar perguntar onde estava sua Fera.

— Você o vê aos seus pés – disse o Príncipe. — Uma fada malvada me condenou a permanecer sob aquela forma até que uma bela virgem concordasse em se casar comigo. A fada também me ordenou a esconder esse fato; apenas você poderia ser generosa o suficiente para se deixar levar pela bondade de meu coração e, mesmo oferecendo-lhe minha coroa, eu não posso me desincumbir das obrigações que tenho para com você.

EDMUND DULAC

Bela, justificadamente surpresa, deu ao encantador Príncipe sua mão para que se levantasse. Eles foram juntos ao castelo e ela ficou extasiada ao ver, no grande salão, seu pai e toda sua família, a quem a Linda Dama, que aparecera em seu sonho, tinha trazido até lá.

— Bela – disse a Dama —, venha e receba a recompensa de suas escolhas sensatas. Você preferiu a virtude à argúcia ou à beleza, e merece achar uma pessoa na qual todas essas qualidades estão unidas. Você será uma grande rainha, e eu espero que o trono não diminua sua virtude ou a faça esquecer quem é. Quanto a vocês, damas – disse a Fada às duas

WALTER CRANE. 1901

irmãs —, conheço seus corações e toda a malícia que contêm. Tornem-se duas estátuas, mas mesmo transformadas, ainda mantenham a sua razão. Vocês ficarão em frente ao portão do palácio de sua irmã, e que seja sua punição contemplar a sua felicidade. Não estará em seu poder retornar ao seu estado natural até que superem suas falhas, todavia temo que vocês sejam estátuas para sempre. Orgulho, raiva, gula e preguiça são às vezes conquistadas, porém a conversão de uma mente maliciosa e invejosa é um tipo de milagre.

Então, a Fada deu-lhes um golpe com sua varinha e, em um momento, todos que estavam no salão foram transportados ao palácio do Príncipe. Seus súditos o receberam com alegria e ele se casou com Bela e viveu com ela por muitos anos; e sua felicidade, por ser fundada na virtude, era completa[2].

2 A decisão por utilizar a versão de Jeanne-Marie Leprince de Beaumont (1756) em vez de Gabrielle-Suzanne Barbot de Villeneuve (1740), deve-se a extensão do conto mais antigo atingir cerca de 90 páginas, o que infelizmente tornou inviável a publicação em conjunto com uma vasta seleção de contos. [N.E.]

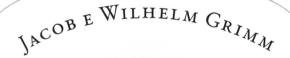

JACOB E WILHELM GRIMM

1812

MÉDIO

Branca de Neve

Sneewittchen | Alemanha

*Em uma história sobre inveja, vingança e fuga,
uma criança é caçada por sua madrasta para que
não se torne a moça mais bela do Reino. Mais
tarde, seu corpo é presenteado a um príncipe, mas
não é um beijo de amor que a acorda.*

CERTO DIA, NO MAIS FRIO DO INVERNO, QUANDO FLOCOS de neve do tamanho de penas pendiam do céu, uma rainha estava costurando, sentada perto de uma janela com moldura de ébano. Enquanto costurava, olhou para a neve, espetando o dedo na agulha, e três gotas de sangue caíram sobre a neve alvíssima.

O vermelho era tão bonito sobre o branco da neve que a rainha exclamou:

— Gostaria de ter uma filha branquinha como a neve, com a boca vermelha como o sangue e os cabelos tão negros como a moldura de ébano da minha janela.

Pouco tempo depois, deu à luz uma menininha que era branca como a neve, tinha os lábios vermelhos como o sangue e os cabelos negros como o ébano. Por isso, recebeu o nome de Branca de Neve. A rainha morreu logo após o nascimento da criança.

Um ano depois, o rei se casou com outra mulher. Era uma belíssima dama, porém muito orgulhosa e arrogante, não tolerava a ideia de que alguém pudesse ser mais bonita do que ela. Possuía um espelho mágico e, sempre que ficava diante dele para se admirar, perguntava:

— Espelho, espelho meu, quem é a mais bela de todas?

O espelho respondeu:

— Ó, Rainha, sois de todas a mais bela.

Então, ela sorria feliz, pois sabia que o espelho sempre falava a verdade.

Branca de Neve estava crescendo e a cada dia ficava mais e mais formosa. Quando chegou à idade de sete anos, ficou tão bonita quanto o dia brilhante e mais bela do que a própria rainha. Um dia, a madrasta perguntou ao espelho:

— Espelho, espelho meu, quem é a mais bela de todas?

O espelho respondeu:

— Minha Rainha, sois muito bela ainda, mas Branca de Neve é mil vezes mais linda.

Ao ouvir estas palavras, a rainha começou a tremer e seu rosto ficou verde de inveja. A partir daquele momento, passou a odiar Branca de Neve. Sempre que seus olhos pousavam nela, sentia seu coração frio como uma pedra. A inveja e o orgulho brotaram como ervas daninha em seu coração. De dia ou de noite, ela não tinha um momento de paz.

Um dia, chamou o caçador e ordenou:

— Leve a menina para a floresta. Nunca mais quero vê-la novamente. Traga-me seus pulmões e seu fígado como prova de que a matou.

O caçador obedeceu e levou a princesinha para um passeio na floresta. Em certo momento, Branca de Neve virou de repente e se deparou com o caçador com uma faca na mão, pronto para desferir-lhe um golpe mortal. Inocente, começou a chorar e a suplicar:

— Ai, querido caçador, poupe minha vida. Eu prometo correr para a floresta e nunca mais voltar.

Branca de Neve era tão bonita que o caçador teve pena dela e disse:

— Fuja, pobre criança.

Os animais selvagens irão devorá-la antes do tempo, pensou. E sentiu como se um grande peso fosse tirado de seu peito, pois não queria matar a menina. Naquele instante, passou ali um filhote de javali e o caçador o matou a estocadas, retirando em seguida seus pulmões e seu fígado para levá-los à rainha. Retornando ao palácio, entregou os órgãos à perversa que, exultante de satisfação, levou pessoalmente ao cozinheiro, dando-lhe instruções para fervê-los em salmoura. Depois de preparados, a rainha os comeu, pensando que estava se alimentando dos restos mortais da enteada.

Neste ínterim, a pobre menina vagava sozinha na vasta floresta. Estava muito assustada e começava a escurecer. Cada árvore e cada galho parecia tomar formas fantasmagóricas. Desesperada, pôs-se a correr cada vez mais adentro, embrenhando-se na mata, passando sobre pedras pontiagudas e arbustos espinhosos. De vez em quando, feras passavam por ela, mas não lhe faziam mal. Ela corria tão apavorada que mal sentia as pernas.

Ao cair da noite, viu ao longe uma pequena cabana e entrou para se abrigar. Nessa casa, todas as coisas eram minúsculas, mas tudo indescritivelmente limpo e organizado. Havia uma mesinha com sete pratinhos sobre uma toalha muito branca. Cada pratinho tinha uma colher pequena e, ao lado, sete garfinhos e sete faquinhas, sem esquecer as sete canequinhas. Sedenta e com fome, Branca de Neve comeu algumas verduras,

R. ANNING BELL, 1912

um pouco de pão de cada pratinho e tomou um gole de vinho de cada canequinha. Do outro lado, viu sete caminhas enfileiradas e, extenuada por tantas emoções, tentou deitar nelas, mas pareciam não lhe caber.

A primeira era muito longa, a segunda muito curta, já a sétima caminha era perfeita. Então, ela fez sua oração e adormeceu profundamente.

Estava escuro lá fora quando os donos da casa retornaram. Eram sete anões garimpeiros que passavam o dia nas montanhas, escavando a terra em busca de minérios. Acenderam suas sete lanterninhas e, quando a casa se iluminou, perceberam que alguém tinha estado lá, pois nem tudo estava do jeito que tinham deixado.

O primeiro anão perguntou:

— Quem sentou na minha cadeirinha?

O segundo perguntou:

— Quem comeu no meu pratinho?

O terceiro perguntou:

— Quem comeu o meu pãozinho?

O quarto perguntou:

— Quem comeu minhas verdurinhas?

O quinto perguntou:

— Quem usou meu garfinho?

O sexto perguntou:

— Quem cortou com a minha faquinha?

O sétimo, enfim, perguntou:

— Quem bebeu na minha canequinha?

O primeiro anão olhou ao redor, reparou que seu lençol estava amassado, e disse:

— Quem subiu na minha caminha?

Os outros vieram correndo e cada um gritava: "Alguém dormiu na minha cama também". Até que os olhos do sétimo anão caíram sobre sua pequena cama e viram Branca de Neve ali, dormindo. Começou a gritar, chamando os outros que prontamente acudiram e ficaram tão assombrados que todos ergueram suas sete lanterninhas para ver melhor Branca de Neve.

— Meu Deus, meu Deus! – exclamavam boquiabertos. — É a mais bela criança que já vimos!

Os anões ficaram tão encantados com a princesinha que resolveram não acordá-la e deixaram-na dormindo na caminha. O sétimo anão dormiu por uma hora com cada um de seus companheiros durante a noite.

Pela manhã, Branca de Neve acordou. Quando viu os anõezinhos em volta de sua cama, olhando para ela, ficou bem assustada, mas eles foram muito amáveis e perguntaram:

— Qual é o seu nome?

— Meu nome é Branca de Neve – ela respondeu.

— Como você chegou à nossa casa?

Branca de Neve contou tudo que lhe acontecera, de como a madrasta mandou matá-la e como o caçador poupara sua vida. Contou que saiu correndo pela floresta por várias horas até chegar à cabana deles.

Os anões lhes disseram:

— Se cozinhar, arrumar as camas, lavar, costurar, tricotar e manter tudo limpo e organizado, pode ficar conosco, e nós vamos dar-lhe tudo que precisa.

— Sim, com prazer – ela respondeu.

Desde esse dia, Branca de Neve passou a cuidar da casa para os anões. De manhã bem cedo, eles saíam para trabalhar no alto das montanhas em busca de ouro e prata. Ao cair da noite, voltavam e encontravam um gostoso jantar prontinho, à espera deles. Como a menina passava os dias sozinha, os bons anões recomendaram seriamente:

— Cuidado com sua madrasta. Em breve, ela vai saber que você está aqui. Não deixe ninguém entrar na casa.

A rainha, porém, acreditando que havia comido os pulmões e o fígado de Branca de Neve, estava certa de que agora era a mulher mais linda do mundo. Foi até o espelho e perguntou:

— Espelho, espelho meu, quem é a mais bela de todas?

O espelho respondeu:

— És sempre bela, minha Rainha. Mas na colina distante, cercada por sete anões, Branca de Neve ainda vive e floresce, e sua beleza jamais foi superada.

Ao ouvir essas palavras, a rainha ficou abismada, pois sabia que o espelho era encantado e por isso não podia mentir. Depois, quase explodiu de tanto ódio ao compreender que o caçador a enganara e que Branca de Neve continuava viva. Não perdeu tempo e, cheia de inveja, pôs-se imediatamente a maquinar uma maneira de se livrar dela.

Desceu aos porões do castelo onde costumava praticar feitiçaria e, utilizando seus conhecimentos de bruxa, ficou irreconhecível, tornando-se semelhante a uma velha. Nesse disfarce, viajou para além das sete colinas até a casa dos sete anões. Lá chegando, fingiu ser uma vendedora e anunciou:

— Belas mercadorias, preço excelente.

Ouvindo isso, Branca de Neve olhou pela janela e disse:

— Bom dia, minha senhora. O que você tem para vender?

— Coisas boas, coisas bonitas – a bruxa respondeu. — Os mais finos cordões para corpete. – E puxou rendas e tecidos de seda de muitas cores.

Eu posso deixar esta boa mulher entrar, pensou Branca de Neve e, correndo o ferrolho da porta, comprou o cordão mais bonito.

A bruxa, muito esperta, disse:

— Ó, minha filha, você é tão bonita, mas está tão desarrumada. Venha, deixe que eu arrume o cordão para você.

Branca de Neve, completamente inocente, colocou-se diante da velha e deixou que ela lhe arrumasse. A perversa apertou tanto o cordão e tão depressa que Branca de Neve ficou sem fôlego e caiu desmaiada, como se estivesse morta.

— Agora quero só ver quem é afinal a mais bela de todas – disse a velha, que logo saiu correndo.

Não demorou a anoitecer e os sete anões voltarem para casa. Quando entraram, deram com sua amada Branca de Neve estendida no chão e ficaram horrorizados. Ela não se movia, e eles acreditavam que ela estivesse morta. Ergueram-na para colocá-la sobre a cama, quando perceberam o cordão do corpete fortemente amarrado e, então, o cortaram em dois. A princesinha começou a respirar e pouco a pouco voltou à vida. Quando os anões souberam o que tinha acontecido, advertiram:

— A velha vendedora era a rainha disfarçada. Tome mais cuidado e não deixe ninguém entrar, a menos que estejamos em casa.

Assim que chegou ao castelo, a primeira coisa que a rainha fez foi dirigir-se ao espelho e perguntou:

— Espelho, espelho meu, quem é a mais bela de todas?

O espelho respondeu como sempre fazia:

— Aqui está a mais bela, minha Rainha querida. Branca de Neve ainda vive e floresce e sua beleza jamais foi superada.

Ao ouvir as palavras do espelho, a rainha ficou possessa de raiva e o sangue gelou em suas veias.

— Mas desta vez – ela disse — vou sonhar com algo que irá destruí-la.

Usando toda a bruxaria em seu poder, ela criou um pente envenenado. Então, mudou de roupa e se disfarçou mais uma vez como uma velha mulher. Viajou para além das sete colinas, até a casa dos sete anões, bateu à porta e gritou:

— Belas mercadorias, preço excelente.

Branca de Neve olhou pela janela e disse:

— Vá embora, não posso deixar ninguém entrar.

— Mas você pode pelo menos dar uma olhada – disse a velha, que tirou o pente envenenado e ergueu-o no ar.

A princesinha gostou tanto que, completamente inocente, abriu a porta. Quando acordaram o preço, a velha afirmou:

— Agora vou dar ao seu cabelo um bom penteado.

A pobre Branca de Neve não suspeitou de nada e deixou a mulher seguir em frente. Assim que o pente tocou seus cabelos, o veneno fez efeito e a menina caiu sem sentidos no chão.

— Você está acabada – disse a malvada mulher, correndo para longe.

Felizmente, os anões estavam a caminho da cabana, pois era quase noite. Quando chegaram, viram Branca de Neve no chão como se estivesse morta e suspeitaram da madrasta imediatamente. Ao examiná-la, descobriram o pente envenenado. Logo que o puxaram, Branca de Neve recobrou à vida e disse-lhes o que tinha acontecido. Novamente, avisaram-na para não para abrir a porta a ninguém.

No castelo, em frente ao espelho a rainha perguntou:

— Espelho, espelho meu, quem é a mais bela de todas?

O espelho respondeu como antes:

— Aqui está a mais bela, minha Rainha querida. Branca de Neve é a mais bela que já vi.

— Branca de Neve tem que morrer! – vociferou. — Mesmo que me custe a vida.

CARL OFFTERDINGER E HEINRICH LEUTEMANN

A rainha entrou no calabouço, onde ninguém jamais pôs os pés, e fez uma maçã envenenada. A aparência da fruta encantada era maravilhosa – branca com as faces vermelhas –, se você a visse, você ansiaria comê-la. Mas bastaria a menor mordida para levar-lhe à morte.

Assim que terminou de preparar a maçã enfeitiçada, usando de artimanhas, transmutou-se desta vez na forma de uma velha camponesa e partiu para além das sete colinas, até a casa dos sete anões.

A bruxa bateu à porta. Branca de Neve olhou pela janela e disse:

— Não posso deixar ninguém entrar. Os sete anões não permitem isso.

— Está tudo bem – respondeu a velha camponesa. — Vou me livrar das minhas maçãs em breve. Aqui, vou lhe dar uma.

— Não – disse Branca de Neve. — Não devo aceitar nada de estranhos.

— Você tem medo de que esteja envenenada? – perguntou a velha. — Olhe, vou cortar a maçã ao meio. Você come a metade vermelha e eu como a outra branca.

A maçã havia sido feita de modo astucioso, apenas a parte vermelha tinha veneno. Branca de Neve estava com água na boca de tanto desejo pela bonita maçã e, quando viu a camponesa morder seu pedaço, não resistiu. Estendeu a mão para fora da janela e pegou a outra metade. Assim que mordeu, caiu morta no chão. A rainha, triunfante, olhou-a caída e desatou a rir:

— Branca como a neve, boca vermelha como o sangue, cabelos negros como o ébano! Desta vez, aqueles horríveis anões não conseguirão trazê-la à vida.

Chegando ao castelo, dirigiu-se de imediato ao espelho mágico e perguntou:

— Espelho, espelho meu, quem é a mais bela de todas?

E, finalmente, a resposta:

— Ó Rainha, sois vós a mais bela do reino.

E a invejosa rainha mal podia se conter de tanta felicidade.

Ao cair da noite, os anões voltaram para casa e encontraram Branca de Neve caída no chão. Nem um sopro de ar em seus lábios. Ela estava morta. Ergueram-na para procurar algo em volta que pudesse ser venenoso. Desamarraram-lhe o corpete, pentearam-lhe o cabelo, lavaram-na com água e vinho, mas tudo foi em vão. A criança querida se fora e nada poderia trazê-la de volta. Depois de colocá-la em um esquife, todos os sete anões se sentaram ao redor e a velaram. Choraram a mais profunda tristeza durante três dias. Estavam prestes a enterrá-la, mas ela ainda parecia tão viva com as belas bochechas vermelhas!

Um dos anões disse:

— Não podemos enterrá-la.

E, então, construíram um caixão de vidro transparente, que permitia Branca de Neve ser vista por todos os lados, com inscrições em ouro com seu nome e os dizeres que ali estava a filha de um rei. Levaram o caixão até o topo de uma montanha e mantinham sempre um deles em vigília. Os animais também foram lamentar por Branca de Neve; primeiro uma coruja, depois um corvo e, por último, uma pomba.

Branca de Neve permaneceu no caixão por um longo e longo tempo. Entretanto, seu corpo não se decompôs e dava a impressão de estar dormindo. Suas feições continuavam as mesmas, branca como a neve, boca vermelha como o sangue e cabelos negros como o ébano.

Certo dia, o filho de um poderoso rei atravessava a floresta quando chegou à casa dos anões para pedir hospedagem por uma noite. Quando subiu no alto da montanha, à procura dos donos da cabana, deparou-se com o caixão e a bela Branca de Neve deitada dentro dele, rodeado pelos sete anões. Leu os dizeres em letras douradas e, encantado com a beleza da princesinha, disse:

— Deixai-me levar o caixão. Eu darei o que pedirem.

Os anões responderam:

— Nós não venderíamos nem por todo o ouro do mundo.

O príncipe respondeu:

— Deem-me, então, como presente, pois depois que a vi não posso mais viver sem ela. Vou honrá-la e tratá-la como se fosse minha amada.

Os bons anões, comovidos com o profundo sentimento do príncipe, se apiedaram dele e lhe entregaram o caixão. O príncipe mandou vir seus servos, a quem ordenou que pusessem o ataúde sobre os ombros e o transportassem. Mas aconteceu que tropeçaram em um arbusto e o solavanco

DARSTELLUNG VON ALEXANDER ZICK

desprendeu o pedaço de maçã envenenada alojado na garganta de Branca de Neve. Ela prontamente voltou à vida e exclamou:

— O que aconteceu, onde estou?

O príncipe, radiante de alegria, disse:

— Você vai ficar comigo. – E contou-lhe o que acontecera. — Eu te amo mais que tudo no mundo! Venha comigo para o castelo de meu pai, seja minha noiva!

Branca de Neve sentiu um grande amor pelo príncipe e partiu com ele. Em breve, as núpcias foram celebradas com enorme esplendor.

A perversa madrasta de Branca de Neve também foi convidada para a festa do casamento. Vestiu suas mais belas roupas, postou-se diante do espelho e perguntou:

— Espelho, espelho meu, quem é a mais bela de todas?

O espelho respondeu:

— Minha Rainha, sois muito bela ainda, mas a jovem rainha é mil vezes mais linda.

A malvada mulher soltou uma maldição e estava tão paralisada de raiva que não sabia o que fazer. No começo, não queria comparecer à festa de casamento. Mas resolveu ir e conhecer a jovem rainha.

Quando entrou no castelo, Branca de Neve a reconheceu no mesmo instante. A madrasta, ao perceber que se tratava da princesinha, ficou tão aterrorizada que não conseguiu ceder um centímetro dali. Sapatos de ferro já haviam sido aquecidos para ela sobre fogo em brasas. Foram levados por tenazes e colocados bem na sua frente.

A bruxa foi obrigada a calçar os sapatos de ferro em brasa e dançar em torno de si até, finalmente, cair morta.

JACOB E WILHELM GRIMM

1812  CURTO

A Bela Adormecida

Dornröschen | Alemanha

*A princesa Rosamond cai em um sono profundo
por cem anos, após ser encantada por uma mulher
sábia. A versão mais antiga deste conto é* Sol, Lua
e Talia, *de Giambattista Basile.*

EM TEMPOS PASSADOS, VIVIAM UM REI E UMA RAINHA que diziam um ao outro, todos os dias de suas vidas:

— Quem dera tivéssemos uma criança!

Ainda assim, eles não concebiam nenhum filho. Então, uma vez, quando a rainha estava se banhando, um sapo saltou para fora da água e, agachado no chão, disse-lhe:

— Teu desejo será cumprido. Antes que um ano se passe, trarás uma menina ao mundo.

Conforme o sapo havia previsto, a rainha deu à luz a uma filha tão linda que o rei não conseguiu se conter de alegria. Ele ordenou uma grande festa e não só convidou seus parentes, amigos e conhecidos, como também as mulheres sábias, a fim de que pudessem ser gentis e favoráveis para com a criança. Existiam treze delas em seu reino, mas só havia doze pratos de ouro para elas comerem e, por isso, uma teve de ser deixada de fora.

A festa foi celebrada com todo o esplendor e, à medida que se aproximava do fim, as mulheres sábias aproximaram-se para apresentar à criança seus presentes maravilhosos: uma concedeu-lhe virtude; outra, beleza; uma terceira, riquezas, e assim por diante, dando à menina tudo o que havia no mundo para se desejar. Quando onze delas já haviam dito o que vieram dizer, surgiu a décima terceira, que não fora convidada, queimando de fúria e vingança. Sem cumprimentos ou respeito, gritou em alta voz:

— No seu décimo quinto aniversário, a princesa espetará o dedo num fuso de roca e morrerá!

Sem falar mais uma palavra, ela virou-se e deixou a sala. Todos estavam apavorados com tal agouro, quando a décima segunda veio à frente, pois ainda não havia concedido o seu dom. Embora não pudesse acabar com a profecia maligna, poderia amaciá-la. Então, ela disse:

— A princesa não morrerá, mas cairá em um sono profundo durante cem anos.

Ora, o rei, desejando salvar sua filha de tal infortúnio, ordenou que todos os fusos de fiar em seu reino fossem queimados.

A princesa cresceu, adornada com todos os dons das mulheres sábias. Ela era tão linda, modesta, doce, gentil e inteligente que ninguém que a visse poderia deixar de amá-la.

Um dia, quando a menina já estava com quinze anos de idade, o rei e a rainha viajaram para o exterior, deixando a jovem sozinha no castelo. Ela vagava por todos os cantos e recantos, e em todas as câmaras e salões, como bem entendesse, até que finalmente chegou a uma antiga torre. Subiu a escada estreita e sinuosa que a levou a uma pequena porta, com uma chave enferrujada encaixada na fechadura. Ela girou a chave e a porta se abriu. Lá, no quartinho, estava sentada uma velha com um fuso, diligentemente a fiar.

— Bom dia, senhora – disse a princesa. — O que você está fazendo?

— Estou a fiar – respondeu a velha, balançando a cabeça.

— Que coisa é esta que gira tão rápida? – perguntou a moça que, tomando o fuso na mão, começou a girá-lo. Mas assim que o tocou, a profecia maligna se cumpriu e ela espetou o dedo. Nesse exato momento, a princesa tombou de costas sobre a cama e lá ficou, em um sono profundo. Este sono caiu sobre todo o castelo. O rei e a rainha, que haviam retornado e estavam no grande salão, adormeceram, e com eles toda a corte. Os cavalos em suas baias, os cães no quintal, os pombos no telhado, as moscas na parede e o fogo que acendeu na lareira dormiram como o resto. A carne no espeto parou de assar, e o cozinheiro, que estava indo puxar o cabelo do ajudante de cozinha por algum erro que ele tinha feito, deixou-o ir e foi dormir. O vento cessou, e nem uma folha caiu das árvores sobre o castelo.

Então, ao redor daquele lugar, cresceu uma sebe de espinhos que ficava mais grossa a cada ano, até que finalmente todo o castelo estava escondido e nada dele podia ser visto, exceto o cata-vento no telhado. Um rumor chegou ao exterior sobre a bela Rosamond a dormir, pois assim era chamada a princesa. De tempos em tempos, apareciam muitos filhos de reis que tentavam forçar um caminho através da sebe; mas era impossível, pois os espinhos entrelaçavam-se como mãos fortes. Os jovens acabavam sendo capturados por eles e, incapazes de se libertar, tinham uma morte lamentável.

Muitos e longos anos depois, veio para o país um príncipe que ouviu a história de um velho sobre um castelo de pé atrás da sebe de espinhos, onde jazia uma bela princesa encantada chamada Rosamond, adormecida há cem anos junto com o rei, a rainha e toda a corte. O velho ouvira de

GUSTAVE DORÉ, 1866

seu avô que os filhos de muitos reis tentaram atravessar a cerca, mas foram apanhados e perfurados pelos espinhos e tiveram uma morte miserável. Em seguida, disse o jovem:

— No entanto, eu não tenho medo de tentar. Conquistarei tal sebe e verei a bela Rosamond. – O velho bondoso tentou dissuadi-lo, mas ele não quis ouvir suas palavras.

Finalmente os cem anos estavam no fim, e o dia em que Rosamond deveria ser despertada havia chegado. Quando o príncipe se aproximou da cerca de espinhos, ela transformou-se em uma cerca de belas e grandes flores, que se curvaram para deixá-lo passar, fechando-se em seguida em uma sebe espessa. Ao chegar ao pátio do castelo, o rapaz viu os cavalos e cães de caça adormecidos e, no telhado, os pombos estavam sentados com as cabeças debaixo das suas asas. Já no castelo, as moscas na parede

KAY NIELSEN

dormiam, o cozinheiro na cozinha tinha sua mão erguida para golpear seu ajudante, e a empregada estava com a galinha d'água preta no colo, pronta para ser depenada.

Em seguida, ele subiu mais alto e viu no salão toda a corte deitada, dormindo; acima deles, em seus tronos, dormiam o rei e a rainha. Ainda assim, o príncipe foi mais longe, e tudo estava tão silencioso que podia ouvir sua própria respiração. Finalmente, ele chegou à torre, subiu a escada em caracol e abriu a porta do pequeno quarto onde Rosamond jazia.

Quando a viu, tão adorável em seu sono, não pôde desviar os olhos; e, então, abaixou-se e beijou-a. A princesa despertou e, ao abrir os olhos, contemplou-o gentilmente. Ela levantou-se e eles saíram juntos. O rei, a rainha e a corte inteira despertaram, olhando uns para os outros com espanto. Os cavalos no pátio levantaram-se e se sacudiram; os cães levantaram e abanaram a cauda; os pombos no telhado tiraram as cabeças de debaixo das suas asas, olharam em volta e voaram para o campo; as moscas na parede rastejaram um pouco mais longe; o fogo da cozinha pulou, brilhou e cozinhou a carne; o espeto no forno começou a assar; o cozinheiro deu um tapa tão forte no seu ajudante que ele rugiu de dor, e a empregada continuou depenando as galinhas d'água.

Em seguida, o casamento do Príncipe e Rosamond foi realizado com todo o esplendor, e eles viveram muito felizes juntos, até o final de suas vidas.

HANS CHRISTIAN ANDERSEN

1844

LONGO

A Rainha da Neve

Snedronningen | Dinamarca

*Inspirador de sucessos cinematográficos, A Rainha
da Neve é uma aventura fantástica pelo resgate
de Kay por Gerda, em uma amizade cálida que
vence o frio de uma promessa desafiadora.*

Primeira História

AQUELA QUE LIDA COM UM ESPELHO E OS SEUS FRAGMENTOS

AGORA QUE VAMOS COMEÇAR, VOCÊ PRECISA TOMAR nota: quando chegarmos ao final da história, você saberá mais sobre um hobgoblin[3] realmente perverso.

Ele era um dos piores tipos; na verdade, era mesmo um demônio. Um dia, estava em alto estado de alegria porque havia inventado um espelho com essa peculiaridade: todas as coisas boas e belas refletidas nele, encolhiam até praticamente sumirem. Já todas as coisas ruins e inúteis se destacavam e pareciam piores. As mais belas paisagens pareciam espinafre cozido, e as melhores pessoas se tornavam hediondas, ou então ficavam de ponta-cabeça e sem corpos.

Seus rostos ficavam distorcidos e irreconhecíveis e, se eles tivessem uma pequena sarna, mesmo que pequena, ela parecia que se espalharia por todo o nariz e a boca.

— Isso é muito divertido! – dizia o demônio. Se um bom e piedoso pensamento passasse pela mente de qualquer um, se tornava um sorriso sarcástico e assustador no espelho, o que causava uma alegria imensa a ele.

O demônio mantinha uma escola e todos os seus estudantes reportaram que um milagre havia acontecido: agora, pela primeira vez, era possível ver a verdadeira forma do mundo e da humanidade. Eles correram por toda parte com o espelho, até que não existisse mais um país ou pessoa que não tivesse sua imagem distorcida. Queriam inclusive voar até o céu com o artefato para zombar dos anjos; mas, quanto mais alto voavam, mais riam e mal podiam se conter, até que o espelho escapou das suas

---

[3] Hobgoblin é um termo muito usado em contos antigos populares para descrever um espírito maligno que lembra um goblin ou um duende. [N.E.]

mãos e caiu na terra, partindo-se em milhões e bilhões de pedacinhos. O estrago foi ainda maior. Alguns desses pedacinhos não eram maiores do que um grão de areia e se espalharam pelo mundo inteiro, entrando nos olhos das pessoas. Quando se prendiam lá, ou distorciam tudo que elas olhavam ou as faziam perceber coisas nunca notadas antes. Cada minúsculo grão de vidro tinha o mesmo poder que o espelho completo possuía, e algumas pessoas acabaram com um pouco do vidro nos seus corações, que se tornavam um pedaço de gelo. Era terrível!

Alguns dos fragmentos eram tão grandes que foram usados como vidros para janela, mas não era aconselhável olhar para os amigos através deles. Outros pedaços foram transformados em óculos, e era um mau negócio para as pessoas que os usavam. O demônio maligno riu até se partir em dois: era hilário ver a travessura que havia feito. Alguns desses fragmentos ainda estavam flutuando pelo mundo, e você ouvirá sobre o que aconteceu com eles.

Segunda História

SOBRE UM GAROTINHO
E UMA GAROTINHA

Numa cidade grande tão lotada de casas e pessoas, onde os moradores tinham de se contentar com pequenas floreiras, viviam duas pobres crianças que conseguiram ter jardins maiores que vasos de flores. Eles não eram irmãos, mas eram afeiçoados um ao outro como se fossem.

Viviam com seus pais em dois quartos no sótão, que ficavam de frente um para o outro. O telhado de uma casa tocava o da outra, com apenas uma calha de chuva entre eles. Ambos tinham uma janelinha no quarto, e só precisavam cruzar a calha para entrarem na outra casa.

Nessas janelas, os pais das crianças deixavam um grande vaso, onde cresciam ervas para seu uso, e uma pequena roseira. Havia uma em cada recipiente, e ambas cresciam com esplendor. Então, ocorreu aos pais deles

a ideia de colocar os jarros ao longo da calha, de casa para casa, e eles então aparentavam ter duas paredes de flores. As videiras de ervilha pendiam sobre as bordas das caixas, e as rosas formavam longas trepadeiras que se entrelaçavam em volta das janelas. Era quase como um arco triunfal verde. Os vasos eram bastante altos e as crianças sabiam que não deviam subir neles, mas muitas vezes foram autorizadas a levar seus banquinhos para fora de casa, sob as roseiras, e lá brincavam jogos agradabilíssimos.

O inverno, claro, colocava um fim a esses divertimentos. As janelas foram muitas vezes cobertas com a geada; mas as crianças aqueciam moedas de cobre no fogão e as pressionavam contra o vidro congelado, fazendo adoráveis buraquinhos redondos. Era através deles que as crianças se espiavam amigavelmente, uma em cada janela. O nome do menino era Kay, e da menina, Gerda. No verão, eles podiam alcançar um ao outro com um salto pela janela, mas no inverno tinham de descer todas as escadas de uma casa e subir as escadas da outra. Do lado de fora, a neve caía e se amontoava.

— Vejam as abelhas brancas fervilhando – disse a velha avó.

— Elas têm uma abelha rainha também? – perguntou o menino, pois sabia que havia uma rainha entre as abelhas reais.

— Sim, elas têm – respondeu a avó. — Ela vai aonde o enxame fica mais espesso. É a maior de todas e nunca pousa no chão, sempre voando para o céu de nuvens escuras. Em várias noites de inverno, ela voa pelas ruas e espreita pelas janelas, e então o gelo congela os vidros em padrões maravilhosos como flores.

— Ó, sim, nós vimos isso – disseram as crianças, e assim eles sabiam que era verdade o que a vovó contava.

— Pode a Rainha da Neve vir aqui? – perguntou a menina.

— Deixa ela vir – falou o menino —, e vou colocá-la no fogão, onde vai derreter.

Mas a avó alisou o cabelo do garoto e lhe contou outras histórias.

À noite, quando o pequeno Kay estava em casa e meio despido, ele subiu na cadeira junto à janela e olhou para fora pelo pequeno buraco. Alguns flocos de neve caíam, e um destes, o maior, manteve-se no limite do parapeito da janela. Ele cresceu mais e mais, até que se tornou a figura de uma mulher vestida com a mais fina névoa branca, que parecia ser feita de milhões de flocos estrelados. Ela era delicadamente adorável, mas toda de gelo brilhante e deslumbrante. Ainda assim, estava viva; seus olhos brilharam como duas estrelas, porém não havia descanso ou paz neles. Ela aquiesceu para a janela e acenou com a mão. O menino ficou assustado e pulou da cadeira; foi aí que ele se convenceu de que um pássaro bem grande tinha voado perto da sua janela.

O dia seguinte foi brilhante e gélido. Então veio o degelo e, logo depois, a primavera. O sol brilhou, botões verdes começaram a aparecer, as andorinhas construíram seus ninhos e as pessoas abriram suas janelas. As crianças voltaram a jogar em seus jardins improvisados nos telhados.

No verão, as rosas desabrocharam esplendidamente. A menina tinha aprendido um hino que falava sobre rosas, o que a fez pensar em suas próprias flores. Ela cantou para o menino, e então ele a acompanhou:

— Onde rosas cobrem o vale florido, lá, Menino Jesus, te aclamamos!

As crianças deram-se as mãos, beijaram as rosas e regozijaram-se na luz brilhante dos raios de Deus, falando com as flores como se o Menino Jesus estivesse lá. Que dias lindos de verão foram estes, e o quão deleitoso foi se sentar sob as roseiras desabrochadas, que pareciam nunca cansar de florescer cada vez mais!

Um dia, Kay e Gerda estavam olhando para um livro de imagens de pássaros e animais. Era por volta de cinco horas da tarde no relógio da igreja quando Kay disse:

— Ó, alguma coisa atingiu meu coração e tenho algo em meu olho!

A menininha colocou seus braços ao redor do pescoço do amigo, que piscou os olhos; não havia nada ali.

— Creio que saiu – ele falou, mas não tinha saído. Era um daqueles grãos do vidro do espelho mágico. Você deve se lembrar daquele terrível espelho, no qual todas as coisas que eram boas e grandes, se refletidas nele, tornavam-se pequenas e ruins, enquanto coisas ruins se ampliavam e cada falha ficava muito aparente.

Pobre Kay! Um granulo desses fora direto para seu coração, que logo viraria um pedaço de gelo. Ele não sentia mais o pedacinho, mas ainda estava lá.

EDMUND DULAC, 1911

— Por que você está chorando? – ele perguntou para sua amiga. — Chorar te faz parecer feia; não há nada de errado comigo. Que horrível! – o menino gritou de repente. — Tem uma larva naquela rosa, e aquela ali está bem entortada. Afinal, elas são rosas nojentas, e as caixas onde estão crescendo também! – Ele chutou o vaso e arrancou duas rosas.

— O que você está fazendo, Kay!? – exclamou a menininha. Quando ele viu o alarme em sua expressão, arrancou outra rosa e então correu para dentro de sua própria janela, deixando a pequena Gerda sozinha.

No momento em que ela pegou o livro de fotos outra vez, Kay lhe disse que era um livro apenas para crianções que usam roupas grandes. Quando a avó dele contou histórias para os dois, o garotinho sempre tinha um "mas" – gostava de ir para trás da cadeira dela, roubar seus óculos e imitá-la. Ele imitava a avó muito bem e fazia as pessoas rirem. Logo, podia imitar todos na sua rua, zombando de todas as peculiaridades e falhas dos seus vizinhos.

— Ele se tornará um cara esperto – as pessoas diziam. Mas era tudo culpa daqueles pedaços de vidro no coração e no olho do menino, que o fez desprezar também a pequena Gerda, completamente devotada ao amigo. Kay brincava de jogos bem diferentes agora, e parecia ter crescido.

Em um dia de inverno, quando a neve caía com rapidez, ele trouxe uma lente de aumento bem grande; estendeu a parte de baixo de seu casaco azul e deixou que os flocos de neve caíssem nele.

— Agora olhe pela lente de aumento, Gerda! – ordenou. Cada floco de neve estava ampliado, e parecia muito com uma adorável flor, ou uma estrela bem pontuda. — Vê como eles são brilhantemente construídos? Muito mais interessantes do que as flores reais, e não têm uma falha sequer. Se não derretessem, seriam perfeitos.

Pouco tempo depois, Kay apareceu usando suas grossas luvas e com seu trenó nas costas. Ele gritou bem na orelha da Gerda:

— Eu tenho permissão para dirigir na grande praça, onde os outros meninos brincam! – E então se foi.

Na grande praça, os garotos mais corajosos costumavam prender seus pequenos trenós aos carrinhos de fazenda e ir bem longe assim. Eles não se cansavam de se divertir dessa maneira. Durante os jogos dos meninos, um trenó grande chegou; estava pintado de branco, e seu ocupante usava um casaco de pele também branco e um boné. O veículo deu duas voltas ao redor da praça, e Kay rapidamente amarrou o seu próprio trenó logo atrás do maior. E aí eles partiram, mais rápido e mais rápido, entrando pela estrada. O motorista aquiesceu sua cabeça na direção de Kay de maneira amigável, como se eles se conhecessem. Toda vez que Kay tentava soltar sua pequena condução, a pessoa aquiescia novamente e o menino continuava onde estava, enquanto ambos seguiam para fora dos portões da cidade. Então, a neve começou a cair tão pesadamente que, à medida que os dois avançavam, o garotinho não conseguia mais ver um palmo à sua frente.

Ele desfez o nó das cordas e tentou escapar do trenó grande, mas de nada adiantou – o seu trenó pequeno trotava rápido atrás do outro, e eles seguiam em frente, mais velozes do que o vento. Kay gritou, porém ninguém o ouviu. O veículo gigante irrompia pelos montes de neve, saltando de vez em quando, como se eles estivessem pulando sobre cercas e valas. O menino estava muito assustado e queria rezar, mas só conseguia se lembrar das regras de multiplicação.

Os flocos de neve cresceram mais e mais, até começarem a se parecer com galinhas brancas enormes. De repente, a grande cortina de neve se abriu, o trenó grande parou e o condutor se levantou, com seu casaco e boné ocultados em neve. Era uma moça alta e ereta, toda em branco brilhante – a Rainha da Neve em pessoa.

— Nós viemos em bom ritmo – ela disse. — Mas está frio o suficiente para matar alguém; entre debaixo do meu casaco de couro de urso.

A Rainha levou Kay para o seu trenó e o envolveu em seu casaco de peles. O menino sentiu como se estivesse afundando em um monte de neve.

— Você ainda está com frio? – ela perguntou e o beijou na testa. Ugh! Foi mais frio que gelo e atingiu direto o coração dele, que já era mais da metade gelo. Por um momento, era como se Kay estivesse morrendo. Mas, então, aquilo pareceu o ajudar; ele não sentia mais o frio e estava mais confortável.

Meu trenó! Não se esqueça do meu trenó!, era a única coisa na qual pensava. Estava preso a uma das galinhas brancas que os acompanhavam, voando atrás deles. A Rainha do Gelo beijou Kay novamente, e então ele esqueceu tudo sobre a pequena Gerda, a avó e todos os outros que ficaram em casa.

— Agora eu não posso mais te beijar – ela disse —, ou vou te beijar até matá-lo.

Kay olhou para ela – era tão linda! Um rosto mais inteligente e belo não poderia ser imaginado. Ela agora não parecia ser feita de gelo, como pareceu do lado de fora da janela, quando acenou sua mão para ele. Aos seus olhos, a Rainha era perfeita, e o menino não se sentia nem um pouco amedrontado. Ele lhe contou que sabia fazer aritmética de cabeça, até frações, e que também sabia o número de medidas de tamanho e habitantes do país. Ela sempre sorria para ele, e Kay então pensou que certamente não sabia o suficiente. Olhou para cima, em direção ao largo céu, aonde eles subiam mais e mais. Enquanto voavam numa nuvem escura, uma tempestade se formava ao redor deles e o vento soprava em seus ouvidos como canções antigas e conhecidas.

Eles voaram sobre florestas e lagos, oceanos e ilhas. O vento gélido soprava abaixo deles; os lobos uivavam, os corvos grasnavam sobre a neve brilhante, mas lá em cima, a lua brilhava clara e fortemente – e Kay olhou para ela naquela longa, longa noite de inverno. Naquele dia, ele dormiu aos pés da Rainha da Neve.

Terceira História

O JARDIM DA MULHER
QUE ERA TREINADA EM MAGIA

Mas como estava a pequena Gerda depois de todo esse tempo em que Kay a havia deixado? Onde ele poderia estar? Ninguém sabia, ninguém podia dizer nada sobre ele. Tudo o que os outros meninos sabiam é que o tinham visto amarrar seu pequeno trenó em um trenó maior e esplêndido, que dirigiu rua adentro e para fora dos portões da cidade. Muitas lágrimas foram derramadas; a pequena Gerda chorou muito e amarguradamente. As pessoas diziam que ele havia morrido, ou que caíra no rio que corria perto da cidade. Ó, que dias longos e tenebrosos de inverno foram esses!

Por fim, a primavera veio junto com os raios de sol.

— Kay se foi e está morto – disse a pequena Gerda.

THE SNOW QUEEN APPEARS TO LITTLE KAY

— Eu não acredito – respondeu o raio de sol.

— Ele se foi e está morto – ela repetiu para as andorinhas.

— Nós não acreditamos nisso – disseram as andorinhas e, finalmente, a pequena Gerda não acreditou também.

— Vou colocar meus sapatos vermelhos novos – ela decretou numa manhã —, aqueles que o Kay nunca viu, e então vou descer até o rio e perguntar sobre ele.

Era bem cedo pela manhã. A menina beijou a velha avó, que ainda estava dormindo, colocou os sapatos vermelhos e foi sozinha, portão afora, em direção ao rio.

— É verdade que você levou o meu colega? Eu te darei meus sapatos vermelhos se você o trouxer de volta para mim.

Gerda achou que as pequenas ondulações assentiram de um jeito curioso, então tirou os sapatos vermelhos – seus pertences mais queridos – e jogou ambos no rio. Eles caíram próximos à costa e foram carregados diretamente de volta para ela pelas pequenas ondulações. Aparentemente, o rio não aceitara sua oferta, pois não havia levado o pequeno Kay. De toda forma, a garotinha pensou que não havia os jogado longe o suficiente. Por isso, subiu num bote que ficava em meio aos juncos e caminhou até o fim dele, de onde lançou os seus sapatos na água de novo. Mas o bote estava solto, e os seus movimentos o impulsionaram, fazendo-o flutuar para longe da costa. A menina tentou sair, mas, antes que pudesse alcançar o outro lado do bote, ele já estava a mais de uma jarda da costa, flutuando para longe bem rapidamente.

A pequena Gerda estava terrivelmente assustada e começou a chorar, porém ninguém a escutou, exceto os pardais, e eles não poderiam carregá-la de volta para a costa. Ainda assim, as aves voaram ao seu lado gorjeando, como que a querendo animar:

— Estamos aqui, estamos aqui!

O bote flutuava rapidamente com a corrente. A pequena Gerda estava sentada e imóvel, com apenas suas meias em seus pés. Seus sapatinhos vermelhos flutuavam logo atrás, mas eles não conseguiam acompanhar a embarcação, que se distanciava cada vez mais rápido.

Ambas as margens do rio estavam muito bonitas, com belas flores, árvores antigas, encostas pontuadas por ovelhas e gado. Porém, não havia nenhuma pessoa.

Talvez o rio esteja me levando ao pequeno Kay, pensou Gerda, e isso a animou. Ela se sentou mais ereta e observou as belas margens esverdeadas por horas.

Então, ela chegou a um grande jardim de cerejeiras. Havia uma pequena casa lá, com curiosas janelas azuis e vermelhas, um telhado de sapê e dois soldados de madeira em pé, do lado de fora, apresentando armas enquanto ela navegava por lá. Gerda pensou que eles estivessem vivos e gritou, mas é claro que eles não responderam.

A menina estava bem próxima dos dois, pois a corrente levou o bote para próximo da margem. Gritou novamente, mais alto do que antes, e então uma velha mulher saiu da casa. Ela se apoiava em um bastão de madeira e usava um grande chapéu de sol, que estava coberto de belíssimas flores pintadas.

— Pobre criança – lamentou a velha. — Como foi que você foi levada por esse grande e forte rio para o grande, grande mundo sozinha?

A mulher caminhou para dentro da água e pegou o bote com o seu cajado de madeira; puxando-o até a margem e tirando a pequena Gerda de lá. A garotinha estava encantada por estar em terra seca novamente, mas sentia um pouco de medo da mulher estranha.

— Venha, diga-me quem é você e como veio parar aqui – pediu a idosa.

Quando Gerda lhe contou história toda e perguntou se ela havia visto Kay, a mulher negou, mas ressaltou que ele poderia chegar a qualquer momento. Disse, também, que Gerda não devia ficar triste, e sim comer das cerejas e ver suas flores, que eram mais bonitas do que as de qualquer livro de imagens. Cada uma tinha uma história para contar. Assim, a idosa conduziu a criança para dentro da casinha e trancou a porta.

As janelas eram bem altas e, através dos seus painéis vermelhos, azuis e amarelos, a luz do sol entrava e criava uma curiosa mistura de cores dentro do cômodo. Na mesa, havia as mais deliciosas cerejas e Gerda, que já não estava mais tão assustada, tinha permissão para comer quantas quisesse. Enquanto ela comia, a mulher penteava o seu cabelo com um pente dourado, para que seus fios cacheassem e brilhassem como ouro ao redor de seu lindo e pequeno rosto, tão doce quanto uma rosa.

— Esperei muito tempo por uma menininha como você! – disse a velha mulher. — Você verá como nos daremos bem juntas.

Enquanto ela penteava o cabelo de Gerda, a menina esquecia tudo sobre Kay, pois a mulher era treinada nas artes da magia. Porém, ela não era uma bruxa ruim – apenas colocava feitiços nas pessoas em vez de ficar entediada, e ela desejava muito permanecer com Gerda. Então, a velha foi ao jardim e acenou seu bastão de madeira sobre as roseiras e, não importando o quão belamente elas estivessem florescendo, todas foram afundadas dentro da rica terra escura, sem deixar traços para trás. A mulher tinha medo de que Gerda visse as rosas, se lembrasse de Kay e quisesse fugir.

Só depois disso, ela levou a menina ao jardim florido. Que cheiro delicioso havia! E todos os tipos de flores imagináveis para cada estação estavam nesse jardim adorável – nenhum livro de gravuras poderia ser mais brilhante e mais lindo. Gerda pulou de alegria e brincou até o sol se pôr por trás das altas árvores de cerejeira. Então, foi colocada numa cama adorável, com cobertas rosadas e revestimentos recheados de violetas. A criança dormiu e sonhou sonhos agradáveis como qualquer rainha no dia de seu casamento.

No dia seguinte, ela brincou com as flores no jardim novamente – e muitos dias se passaram do mesmo modo. Gerda conhecia cada flor, mas não importava quantas fossem, sempre pensava que alguma estava faltando, embora não soubesse qual.

Um dia, ela estava sentada olhando o sombreiro da velha, que tinha flores pintadas. A mais bela delas era uma rosa – a idosa havia esquecido aquela quando baniu todas as outras do seu jardim. Era a consequência de ser distraída.

— O quê?! – exclamou Gerda. — Não há rosas aqui? – E pulou no meio do canteiro de flores à procura, mas foi em vão.

Suas lágrimas quentes caíram no mesmo lugar onde as rosas costumavam ficar e, no instante em que as gotas mornas umedeceram a terra, as roseiras reapareceram tão florescidas quanto quando afundaram. Gerda abraçou-as e as beijou, e então pensou naquelas que havia em casa. Isso a fez pensar no pequeno Kay.

— Ó, como me atrasei! – disse a pequena garota. — Eu já deveria estar procurando por Kay! Vocês não sabem onde ele está? – perguntou às rosas. — Vocês acham que ele já está morto?

— Ele não está morto – responderam as rosas. — Estivemos embaixo da terra, você sabe, e todos os mortos estão lá, mas Kay, não.

— Ó, obrigada! – agradeceu a pequena Gerda, e então ela foi para as outras flores. Olhou em suas pétalas e perguntou: — Vocês sabem onde o Kay está?

Mas todas as flores estavam ao sol e sonhavam com suas próprias histórias. Embora Gerda tenha ouvido muitas, muitas delas, nenhuma sabia qualquer coisa sobre Kay.

E o que disseram os Lírios-tigre?

— Você consegue ouvir o tambor? *Tum-turum*, ele só tem duas notas. *Tum-turum*, sempre as mesmas. O gemido de mulheres e o choro do pregador. A mulher hindu em seus trajes longos e vermelhos está na pilha, enquanto ela e seu marido morto são rodeados pelas chamas. Mas a mulher só pensa no homem vivo no círculo, cujos olhos queimam com um fogo mais quente que o das chamas que consomem o corpo. As chamas do coração morrem no fogo?

— Eu não entendo nada disso – comentou a pequena Gerda.

— Essa é minha história – explicou o Lírio-tigre.

O que diz o convólvulo?

— Um velho castelo eleva-se alto sobre um estreito caminho na montanha, coberto de erva-daninha, que quase esconde as velhas paredes vermelhas e que se arrasta, folha sobre folha, ao redor da sacada onde está uma bela donzela. Ela inclina-se sobre a balaustrada e olha atentamente a estrada. Nenhuma rosa ainda em seu botão é mais bonita do que ela, nenhuma flor de macieira sacudida pelo vendo move-se mais levemente. Seu vestido de seda farfalha gentilmente quando ela se inclina e diz: *Ele não virá nunca?*

— Você está falando do Kay? – Gerda perguntou.

— Estou apenas falando de minha própria história, meu sonho – respondeu o convólvulo.

O que disse a pequena campânula branca?

W. HEATH ROBINSON

— Entre duas árvores, uma corda com uma tábua está pendurada; é um balanço. Duas garotinhas, com vestidos cheios de neve e fitas verdes esvoaçando de seus chapéus, estão sentadas nele. Seu irmão, que é maior que elas, está em pé, atrás. Seus braços estão enrolados na corda para obter um melhor suporte, e ele segura numa mão um pequeno arco e, na outra, um tubo de argila. Ele está soprando bolhas de sabão. Conforme o balanço se move, as bolhas voam em suas cores mutantes; a última ainda está presa no tubo, que se desprende com o movimento do balanço. Um pequeno cachorro preto corre para perto, quase tão leve quanto as bolhas. Ele se sustenta nas patas traseiras e quer ser levado para o balanço, mas este não para. O cachorrinho cai com um latido raivoso; os irmãos zombam do cão e a bolha estoura. Uma tábua balançante, uma fumaça flutuante – essa é minha história!

— Eu me arrisco a dizer que o você me conta é muito bonito, mas você fala de modo tão triste e nunca menciona o pequeno Kay.

O que diz o jacinto?

— São três irmãs bonitas, todas muito delicadas e bem transparentes. Uma vestia um manto carmim; outra, um azul, e o terceiro manto era todo branco. As três dançavam de mãos dadas à beira do lago, sob a luz do luar. Eram seres humanos, não fadas da floresta. O ar fragrante as atraía, e elas desapareceram dentro da floresta; lá, o cheiro era ainda mais forte. Três caixões deslizam de lá em direção ao lago, e neles estão as moças. Os vagalumes voam levemente ao seu redor com suas pequenas tochas bruxuleantes. As moças estão dormindo ou estão mortas? O cheiro de flor diz que estão mortas. O sino da noite dobra morbidamente.

— Você me entristece – disse a pequena Gerda. — Seu perfume é tão forte que me faz pensar nas moças mortas. Ó, o pequeno Kay está mesmo morto? Todas as rosas que estiveram embaixo da terra dizem que não.

— Ding, dong – soaram os sinos do jacinto. — Não tocamos pelo pequeno Kay, não sabemos nada sobre ele. Tocamos nossa música, a única que sabemos.

E Gerda seguiu para os ranúnculos, que brilhavam por entre suas folhas verde escuras.

— Vocês são pequenos sóis brilhantes – comentou Gerda. — Digam-me se vocês sabem onde posso encontrar meu colega de brincadeiras.

Os ranúnculos brilharam e devolveram o olhar de Gerda. Que música eles cantariam? Não seria sobre Kay.

— O sol divino e ofuscante brilhou num pequeno pátio no primeiro dia da primavera. Seus raios roubaram a parede branca vizinha, perto de onde brotou a primeira flor amarela da estação, que brilhou como ouro polido ao sol. Uma velha senhora trouxera sua poltrona para o sol; a neta, uma pequena e bonita serva, veio visitá-la brevemente e a beijou. Havia ouro no beijo, no coração. E ouro nos lábios, ouro no chão, e ouro no alto, nos raios matinais! Essa é minha história – contou o ranúnculo.

— Ó, minha pobre avó! – suspirou Gerda. — Deve estar ansiando para me ver e aflita por mim, como esteve pelo Kay. Mas eu logo estarei em casa de novo e levarei Kay comigo. É inútil perguntar às flores por ele. Elas só sabem suas próprias histórias e nunca têm nenhuma informação para me dar.

Então, ela puxou seu vestidinho para que pudesse correr mais rápido, mas os narcisos atingiram suas pernas quando ela pulou por cima deles. Gerda aproveitou a oportunidade e disse:

— Talvez vocês possam me contar algo.

Ela se curvou para perto da flor e ouviu. O que ela disse?

— Eu posso me ver, eu posso me ver! – exclamou o narciso. — Ó, quão doce é minha fragrância. Lá em cima, no sótão, há uma garotinha seminua dançando; primeiro ela fica numa perna só, depois na outra, e parece poder pisar o mundo todo sob seus pés. É apenas um delírio de palco. Ela derrama um pouco de água de um bule num monte que segura; é seu sutiã. "Limpeza é uma coisa boa", diz. Seu vestido branco está pendurado num cabide. Ele também foi lavado no bule e secado no teto. Ela o veste e amarra um lenço açafrão ao redor do pescoço, o que faz o vestido parecer mais branco. Veja como ela se equilibra! Eu posso me ver, eu posso me ver!

— Não me importo nem um pouco com nada disso – disse Gerda. — É inútil me contar essas coisas.

E, então, foi até o fim do jardim. A porta estava trancada, mas ela empurrou a tranca enferrujada, e esta cedeu. A porta escancarou-se, e a pequena Gerda correu para o mundo afora de pés descalços. Olhou para trás por três vezes, porém ninguém a perseguia. Por fim, não podia correr mais e sentou-se numa enorme pedra. Quando olhou ao redor, viu que o verão já havia acabado; já estava quase no fim do outono. Gerda nunca teria percebido isso de dentro do jardim, onde o sol sempre brilhava e as flores de todas as estações sempre brotavam.

— Ó, como desperdicei meu tempo! – lamentou. — É outono. Não posso descansar mais! – E levantou-se para continuar.

Como estavam desgastados e feridos seus pequenos pés, e tudo ao redor parecia tão gelado e melancólico! As longas folhas de salgueiro estavam bastante amarelas. A neblina úmida caía das árvores como chuva, uma folha se desprendia atrás da outra, e somente o abrunheiro ainda dava frutos – mas os abrunhos eram azedos e irritavam os dentes. Ó, quão cinzas e tristes eles pareciam na imensidão do mundo!

Quarta História

PRÍNCIPE E PRINCESA

Gerda logo foi obrigada a descansar novamente. Um grande corvo pulava na neve, bem à sua frente. Ele esteve parado, olhando para ela por bastante tempo, balançando a cabeça. Agora dizia "kra, kra[4], bom dia, bom dia" o melhor que podia; ele quis ser gentil com a garotinha e perguntou aonde estava indo sozinha no mundo tão grande.

Gerda entendeu a palavra "sozinha" e percebeu que sabia seu significado muito bem. Por isso, contou ao corvo toda a história de sua vida e suas aventuras, e perguntou se ele tinha visto Kay.

O corvo balançou a cabeça seriamente e disse:

— Talvez eu tenha, talvez eu tenha.

— O quê? Você realmente acha que o viu? – bradou a garotinha, quase esmagando-o com seus beijos.

---

[4] Onomatopeia dinamarquesa para o som do corvo, semelhante ao português "crou, crou!" [N.E.]

W. HEATH ROBINSON

— Calma, calma! – pediu o corvo. — Se tiver sido o pequeno Kay que vi, talvez ele já deve ter se esquecido de você por causa da Princesa.

— Ele está morando com uma Princesa? – perguntou Gerda.

— Sim, escute – pediu o corvo: — É muito difícil falar a sua língua. Se você entender a língua dos corvos, posso falar muito melhor.

— Não, nunca aprendi – lamentou. — Mas minha avó sabia e costumava falar. Se ao menos eu tivesse aprendido...!

— Não importa. Vou contar o melhor que puder, embora talvez eu me saia muito mal.

Então ele contou e ela ouviu:

— Neste reino onde estamos agora, vive uma Princesa que é muito inteligente. Ela leu todos os jornais do mundo e os esqueceu, de tão esperta que é. Um dia, estava sentada no seu trono, o que, dizem, não é muito divertido de se fazer, e começou a cantarolar algo que parecia: "por que eu não me caso, por quê? Por que não, mesmo?". E ela decidiu se casar quando encontrasse um marido que tivesse uma resposta pronta assim que lhe fosse feita uma pergunta. Ela chamou todas a damas da corte que, ao ouvirem sua pretensão, agradaram-se.

"'Gostei da ideia', disseram. 'Estava pensando a mesma coisa outro dia'. Cada palavra que digo é verdade, pois eu tenho uma companheira domesticada que anda pelo palácio sempre que deseja. Ela quem me contou toda a história."

Naturalmente, sua companheira era um corvo, pois "diga-me com quem andas e te direi quem és", e um corvo sempre escolhe outro.

— Os jornais saíram imediatamente com bordas de coração e as iniciais da Princesa. Espalharam a notícia de que qualquer homem jovem que fosse bonito o suficiente poderia ir ao Palácio falar com ela. O que falasse confortavelmente e bem seria escolhido pela Princesa como seu marido. Sim, sim, pode acreditar em mim, é tão verdadeiro quanto eu sentado aqui. As pessoas começaram a chegar em multidões, havia um burburinho, um corre-corre, mas ninguém foi sortudo o suficiente para ser escolhido, nem no primeiro dia e nem no segundo. Eles poderiam até falar bem nas ruas, porém, quando passavam pelos portões do castelo e viam os guardas em uniformes prateados, e quando subiam as escadas passando por filas de lacaios em librés bordados a ouro, sua coragem os abandonava. Ao chegarem aos brilhantemente iluminados salões de recepção e ficarem em pé em frente ao trono, onde a Princesa se sentava, não pensavam em nada para dizer. Apenas ecoavam as últimas palavras dela, e claro que não era isso que ela queria.

"Era como se todos tivessem tomado um tipo de 'pó do sono', que os deixava letárgicos; eles não se restabeleciam até que saíssem às ruas novamente, e então tinham muito a dizer. Havia uma longa fila deles, desde os portões em baixo até o Palácio acima."

— Fui ver por mim mesmo – disse o corvo. — Eles estavam com fome e sede, mas não recebiam nada no Palácio, nem mesmo um copo de água natural. Alguns mais espertos tinham levado consigo sanduíches, porém não compartilhavam com seus vizinhos; eles achavam que, se os outros aparecessem para a Princesa parecendo famintos, haveria mais chances para si próprios.

— Mas e o Kay, o pequeno Kay?! – perguntou Gerda. — Quando ele veio? Estava no meio da multidão?

— Dê-me tempo, dê-me tempo! Estamos chegando nele. Foi só no terceiro dia que uma pequena personalidade veio marchando cheia de graça, sem carruagem e nem cavalo. Os olhos dele brilhavam como os seus, e ele tinha cabelos longos e bonitos, mas suas roupas eram esfarrapadas.

— Ó, esse é o Kay! – exclamou Gerda alegremente, batendo as mãos. — Finalmente eu o encontrei!

— Ele tinha uma pequena mochila nas costas! – completou o corvo.

— Não, devia ser seu trenó. Estava com ele quando sumiu!

— Pode ser. Não olhei muito atentamente; mas sei da minha companheira que, quando ele entrou pelos portões do Palácio e viu os guardas em seus uniformes prateados e os lacaios nas escadas em seus librés dourados, não estava nem um pouco envergonhado. Apenas acenou para eles e disse: "Deve ser muito cansativo ficar em pé nas escadas. Vou entrar!" Os salões estavam flamejantes com as luzes. Conselheiros privados e excelências sem número estavam andando descalços, carregando vasos de ouro o bastante para te assustar! Suas botas estalaram temerosamente, mas ele não estava nem um pouco triste.

— Ó, tenho certeza de que era o Kay! – disse Gerda. — Eu sei que ele tinha um par de botas novas, ouvi-as estalando do quarto da avó.

— Sim, e estalaram mesmo! – confirmou o corvo. — Mas nada o fazia temer e ele continuou direto até a Princesa, que estava sentada numa pérola tão grande quanto uma roda de fiar. Pobre, simples garoto! Todas as damas da corte e suas servas; todos os cortesãos e seus cavalheiros, cada um ajudado por um pajem, estavam em volta. Quanto mais próximos da porta estavam, maior era sua arrogância. Até o filho do soldado raso, que usava pantufas e estava no vão da porta, era quase tão orgulhoso que não podia ser mirado.

— Deve ter sido horrível! E, ainda assim, Kay ganhou a Princesa!

— Se eu não fosse um corvo, deveria tê-la tomado eu mesmo, se bem que sou comprometido. Dizem que ele falou tão bem quanto eu poderia ter falado quando uso a língua dos corvos; pelo menos, é o que diz minha companheira. Ele era a imagem da boa aparência e da coragem, e não tinha vindo com nenhuma intenção de ganhar a Princesa, apenas de ouvir sua sabedoria. Ele a admirava tanto quanto ela o admirava!

— Então era o Kay mesmo – confirmou Gerda. — Ele é tão inteligente que pode fazer mentalmente contas até com frações. Ó, você não pode me levar ao Palácio?

— É fácil falar – disse o corvo. — Mas como devemos lidar com isso? Vou falar com minha companheira domesticada a respeito; ela terá algum conselho para nos dar, arrisco dizer, mas sinto-me obrigado a dizer que uma garotinha como você nunca será admitida!

— Ó, serei, sim. Quando Kay souber que estou aqui, ele virá logo me buscar.

— Espere por mim aqui perto das escadas – orientou o corvo, que balançou a cabeça e voou.

A noite havia caído antes que ele voltasse.

— Kra, kra! – disse. — Ela manda saudações. E aqui está um pãozinho para você que ela pegou da cozinha, onde há pão o bastante. Você deve estar com fome! Não é possível que você entre no Palácio; está descalça, e os guardas de prata e os lacaios de ouro jamais a deixariam passar. Mas não chore, daremos um jeito. Minha companheira conhece uma escadinha nos fundos que leva até o quarto, e ela sabe onde guardam a chave.

Eles entraram no jardim, numa grande avenida onde as folhas caíam gentilmente, uma a uma. Quando as luzes do Palácio se apagaram, uma após a outra, o corvo guiou Gerda para a porta dos fundos, que estava entreaberta.

Ó, como o coração de Gerda batia de medo e de saudade! Era como se ela estivesse prestes a fazer algo errado, mas só queria saber se era mesmo o pequeno Kay. *Ó, devia ser ele!*, ela pensou, imaginando os olhos espertos e o longo cabelo do amigo. Gerda se lembrou exatamente do sorriso que ele dava quando costumavam sentar sob as roseiras em casa. Achou que ele ficaria contente em vê-la e em ouvir sobre o longo caminho que ela havia percorrido para encontrá-lo, e como todos estavam tristes em casa por sua ausência. Ó, era alegria misturada com medo!

Eles haviam chegado às escadas, onde uma pequena lamparina queimava numa estante. Ali estava a ave domesticada, girando e virando a cabeça para olhar Gerda, que fez uma cortesia como a avó a havia ensinado.

— Meu noivo me falou tão bem de você, pequena donzela – ela disse. — Sua vida, Vita, como é chamada, é muito tocante! Se você puder pegar a lamparina, vou à frente. Devemos tomar esta via direto e não podemos encontrar ninguém.

— Parece que há alguém vindo atrás de nós – disse Gerda, enquanto olhava algo passando atrás de si, lançando uma sombra nas paredes. Eram cavalos com crinas moventes e pernas esguias, sobre os quais caçadores, homens e mulheres, estavam montados.

— Ah, são apenas os sonhos! – explicou a ave. — Eles vêm para levar os pensamentos das damas e dos cavalheiros para caçar. Isso é bom, pois você poderá vê-los melhor na cama enquanto dormem. Mas não se esqueça de mostrar gratidão!

— Não é preciso falar disso – disse o corvo da floresta.

Eles entraram no primeiro quarto; estava decorado com cetim róseo bordado de flores. Novamente, as sombras dos sonhos apareceram, mas sumiram tão rapidamente que Gerda não pôde distingui-las. Os salões eram um mais bonito do que o outro, suficientes para desorientar qualquer um.

Agora eles chegaram ao quarto. O teto parecia uma palmeira real com folhas de cristal e, no meio do aposento, havia duas camas, cada uma como um lírio pendurado de um caule de ouro. Uma era branca, onde estava a Princesa; a outra era vermelha, e nela deitava aquele que Gerda procurava – o pequeno Kay! Ela se curvou ao lado de uma das folhas carmim e viu um pescoço marrom. Era Kay. Chamou seu nome em voz alta e aproximou a lamparina dele. Novamente, os sonhos invadiram o quarto a cavalo – ele acordou virou a cabeça – e não era o pequeno Kay.

Apenas o pescoço do Príncipe era igual, mas ele era jovem e bonito. A princesa espiou de sua cama branco-lírio e perguntou o que estava acontecendo. A pequena Gerda gritou e lhes contou a história, e o que os corvos haviam feito para ajudá-la.

— Pobrezinha! – disseram o Príncipe e a Princesa. Eles parabenizaram os corvos e disseram que não estavam bravos com eles, mas que não deveriam fazer aquilo de novo. Ainda assim, lhes deram uma recompensa.

— Vocês gostariam de ter sua liberdade? – perguntou a Princesa. — Ou preferem postos permanentes de corvos da corte, com privilégios da cozinha?

Ambos os corvos fizeram cortesias e pediram os postos permanentes, pois pensavam no seu futuro. Por isso, disseram que "seria muito bom ter algo para a velhice".

O Príncipe levantou-se e permitiu que Gerda dormisse em sua cama; era o melhor que poderia fazer. A menina juntou suas mãozinhas e pensou: *como são boas as pessoas e os animais.* Então fechou os olhos e adormeceu. Os sonhos voltaram mais uma vez; mas agora pareciam anjos, e puxavam um pequeno trenó com Kay sentado em cima, que acenou. Porém, era só um sonho, então tudo desapareceu e Gerda acordou.

No dia seguinte, ela estava vestida em seda e veludo da cabeça aos pés. O Príncipe e a Princesa perguntaram se a menina não gostaria de ficar no Palácio e se divertir ali, mas tudo o que Gerda pediu foi uma carruagem pequena, um cavalo, e um par de botas para percorrer a imensidão do mundo procurando Kay.

Eles lhe deram o par de botas e um agasalho para as mãos. Gerda estava belamente vestida e, quando estava pronta para partir, surgiu uma charrete de ouro puro em frente à porta. O brasão de armas do Príncipe e da Princesa estava gravado nela e brilhava como uma estrela.

O cocheiro, o soldado e a vanguarda, pois havia até mesmo uma vanguarda, usavam coroas douradas. Os próprios Príncipe e Princesa ajudaram a garotinha com a carruagem e a desejaram sucesso. O corvo da floresta, que não era casado, acompanhou-a pelos primeiros cinco quilômetros; ele sentou-se ao lado de Gerda, pois não podia ir com as costas para os cavalos. Já a sua companheira ficou à porta e acenou-lhe com as asas. Ela não pôde ir com eles, pois estava com dor de cabeça desde que se tornara pensionista da cozinha – consequência de comer demais. A charrete estava carregada com biscoitos de açúcar, e ainda havia frutas e biscoitos de gengibre debaixo do assento.

— Tchau, tchau – gritaram o Príncipe e a Princesa. A pequena Gerda chorava, e o corvo também. Ao fim dos primeiros quilômetros, o corvo se despediu, e essa foi a parte mais difícil de todas. Ele voou para uma árvore e bateu suas grandes e pretas asas até onde pôde ver a charrete, que brilhava como o sol mais forte.

Quinta História

A PEQUENA LADRA

Eles dirigiram por uma floresta escura, onde a charrete iluminava o caminho e cegava os ladrões com seu brilho; era mais do que eles podiam suportar.

— É ouro, é ouro! – eles gritaram e, lançando-se à frente, tomaram os cavalos e mataram a vanguarda, o cocheiro e o soldado. Só então puxaram a pequena Gerda para fora da carruagem.

— Ela é robusta e bela; é mantida à base de nozes! – disse uma velha ladra, que tinha uma longa barba e sobrancelhas que se penduravam sobre seus olhos. — É tão boa quanto um cordeiro gordo, e como deve ser saborosa!

Ela sacou sua faca afiada, que brilhava horrivelmente.

— Ó! – gritou a mulher no mesmo instante, pois sua filhinha havia vindo atrás de si e estava mordendo sua orelha. Ela se pendurou nas costas da mãe, tão selvagem como um animal. — Sua criança má! – disse a mãe, mas a garotinha salvara Gerda.

— Ela irá brincar comigo – anunciou a pequena ladra. — Ela irá me dar o agasalho, o vestido bonito e irá dormir na minha cama.

A menina mordeu a mãe novamente e a fez dançar. Os ladrões riram e debocharam:

— Olhem ela dançando com sua cria!

— Quero entrar na carruagem – disse a pequena ladra, que sempre conseguia o que queria porque era muito mimada e teimosa. Ela e Gerda entraram na carruagem e dirigiram sobre restolhos e pedras, seguindo cada vez mais para dentro da floresta. A pequena ladra era tão grande quanto Gerda, mas muito mais forte. Tinha ombros mais largos e pele mais escura, seus olhos eram bastante pretos, com uma expressão quase melancólica. Ela colocou seus braços ao redor da cintura de Gerda e disse:

— Eles não vão te matar enquanto eu não ficar com raiva de você. Você deve mesmo ser uma Princesa!

— Não – negou a pequena Gerda, e então contou todas as suas aventuras e o quanto gostava de Kay.

A ladra olhou sinceramente para ela, balançou a cabeça e disse:

— Não irão te matar caso eu esteja com raiva de você, pois eu mesma farei isso – então ela secou os olhos de Gerda e colocou suas próprias mãos dentro do agasalho, que era tão macio e quente.

Por fim, a charrete parou. Elas estavam no jardim do castelo de um ladrão, que tinha as paredes rachadas de cima a baixo. Corvos e gralhas voavam para dentro e para fora de todos os buracos, e enormes buldogues, que pareciam prontos para devorar alguém, pulavam tão alto quanto podiam, mas não latiam, pois não era permitido. Uma grande fogueira queimava no centro do piso de pedra do antigo salão fumegante. A fumaça subia até o teto, como se tentasse encontrar uma saída. Uma sopa fervia no caldeirão grande sobre o fogo, e lebres e coelhos tostavam em espetos.

— Você dormirá comigo e com todos os meus bichos hoje à noite – anunciou a ladra.

Depois de comerem e beberem, as duas foram para um canto repleto de palha e tapetes. Havia quase uma centena de pombos nos caibros e vigas que pareciam dormir, mas se mexeram um pouco quando as crianças entraram.

— São todos meus – disse a pequena ladra, agarrando um que estava mais próximo. Ela o segurou pelos pés e o sacodiu até que ele bateu as asas. — Beije-o – pediu, atirando-o na face de Gerda. — Estes são pombos da floresta – ela continuou, apontando para as ripas pregadas num buraco enorme na parede. — Eles são muito numerosos e voariam para fora se não estivessem trancados. Aqui está minha velha e querida Bæ – indicou, puxando pelo chifre uma rena que estava amarrada e que tinha um anel de cobre brilhante no pescoço. — Precisamos mantê-la por perto, senão ela foge. Toda noite, faço cócegas nela com minha faca; ela tem medo.

A garotinha puxou uma longa faca de um buraco na parede e passou pelo pescoço da rena. O pobre animal relinchou e chutou, e a ladra riu, puxando Gerda consigo para a cama.

— A faca fica com você quando vai dormir? – Gerda perguntou, parecendo assustada.

— Eu sempre durmo com uma faca – respondeu a pequena ladra. — Você nunca sabe o que irá acontecer. Mas agora me conte de novo o que você me disse sobre esse pequeno Kay e por que você saiu pelo mundo.

Então Gerda contou tudo novamente, enquanto os pombos da floresta arrulhavam em seus ninhos e os outros dormiam. A pequena ladra agarrou o pescoço da garotinha e adormeceu com a faca na outra mão, e logo estava roncando. Mas Gerda não conseguiu fechar os olhos; ela não sabia se deveria viver ou morrer. Os ladrões estavam sentados ao redor do fogo, bebendo e comendo, e a mulher velha girava numa perna só. Era uma visão terrível para a pobre garota.

Foi quando os pombos da floresta disseram:

— Kurre, Kurre[5]! Nós vimos o pequeno Kay; seu trenó foi levado por uma galinha branca e ele estava sentado no trenó da Rainha da Neve. Flutuavam sobre as árvores, enquanto estávamos em nossos ninhos. Ela soprou sobre nós, mais jovens, e todos morreram, menos nós dois. Kurre, Kurre!

— O que vocês estão dizendo aí em cima? – perguntou Gerda. — Aonde foi a Rainha da Neve? Vocês sabem algo sobre isso?

---

5 Onomatopeia dinamarquesa semelhante ao nosso "pru, pru!" [N.E.]

VILHELM PEDERSEN

— Provavelmente ela foi para a Lapônia, pois sempre há gelo e neve por lá. Pergunte para a rena que está amarrada aí.

— Há gelo e neve, e é um lugar esplêndido – confirmou a rena. — Você pode correr e pular por onde quiser nas chapadas brilhantes. A Rainha da Neve possui acampamentos de verão lá, mas seu castelo permanente é no Polo Norte, numa ilha chamada Spitzenbergen!

— Ó, Kay, pequeno Kay! – suspirou Gerda.

— Fique quieta, ou vou enfiar essa faca em você! – ameaçou a ladra.

Pela manhã, Gerda contou tudo o que os pombos da floresta haviam dito, e a pequena ladra pareceu bastante assustada. Porém, ela balançou a cabeça e disse:

— Não importa, não importa! Você sabe onde é a Lapônia? – perguntou à rena.

— Quem saberia melhor do que eu? – disse o animal, com os olhos dançando. — Nasci e cresci lá, e costumava pular pelos campos de neve.

— Escute – disse a ladra —, você verá que todos os homens saíram, mas a mãe ainda está aqui e ficará aqui. Mais tarde, ela beberá um pouco daquela garrafa grande e depois irá cochilar. Aí eu farei algo por você.

A ladra pulou para fora da cama, correu para junto da mãe, puxou sua barba e disse:

— Bom dia, minha cabrinha barbuda! – E a mãe apertou seu nariz até que estivesse vermelho e azul, mas era tudo afeto.

Assim que a mãe bebera a garrafa e caíra no sono, a pequena ladra foi para junto da rena e disse:

— Eu teria o maior prazer do mundo em mantê-la aqui, para fazer cócegas com minha faca, porque é muito divertido. Porém, não importa. Vou desamarrar o nó do seu pescoço e lhe deixar sair para que corra até a Lapônia, mas você precisa dar o melhor de si e levar essa garotinha para o Palácio da Rainha da Neve por mim, onde seu colega está. Tenho certeza de que a ouviu falando, pois ela falou alto o bastante e você geralmente bisbilhota as conversas!

A rena pulou de alegria. A ladra ajudou Gerda a subir e teve a ideia de amarrá-la ao animal; aliás, até pôs um pequeno travesseiro para a menina sentar.

— Aqui, irei devolver suas botas, pois será muito frio. Mas vou ficar com o agasalho, é muito bonito para dividi-lo. Ainda assim, você não deve ter frio. Aqui também estão as luvas de minha mãe, vão vesti-la até os cotovelos! Agora suas mãos parecem com as da minha mãe!

Gerda derramou lágrimas de prazer.

— Não quero que choramingue! – disse a pequena ladra. — Deve se sentir bem! Aqui estão dois pedaços de pão e um presunto, assim você não ficará com fome.

As coisas foram amarradas no lombo da rena. A pequena ladra abriu a porta, chamou os cachorros grandes, cortou o cabresto com sua faca e disse à rena:

— Agora corra, mas cuide da minha garotinha!

Gerda esticou as mãos nas grandes luvas para a ladra e disse adeus; e então a rena atirou-se sobre os arbustos, através da grande floresta, sobre pântanos e chapadas, tão rápida quanto podia. Os lobos uivavam e as gralhas grasnavam, enquanto as luzes vermelhas tremeluziam no céu.

— Aí estão minhas velhas luzes do norte – indicou. — Veja como brilham!

E a rena prosseguiu mais rápida do que nunca, dia e noite. O pão foi comido, o presunto também, e então elas chegaram à Lapônia.

Sexta História

A MULHER LAPOA
E A MULHER FINLANDESA

Elas pararam num casebre bastante atingido pela pobreza. O teto escorregava até o chão, e a porta era tão baixa que as pessoas precisavam se rastejar para entrar ou sair. Não havia nada na casa a não ser uma velha lapoa, que fritava um peixe sobre uma lamparina a óleo. A rena contou toda a história de Gerda, mas antes narrou a sua primeiro, pois a considerava mais importante. Gerda estava tão abatida pelo frio que não podia falar.

— Ó, pobres criaturas! – exclamou a velha lapoa. — Vocês possuem um longo caminho pela frente! Ainda precisam percorrer centenas de quilômetros até *Finmarken*, pois a Rainha da Neve está visitando aquela região, e ela queima fogos azuis toda noite. Vou escrever algumas palavras num pedaço de peixe salgado, pois não tenho papel. Levem até a mulher finlandesa lá em cima. Ela irá direcioná-las melhor do que eu.

Quando Gerda já estava aquecida, e havia comido e bebido algo, a lapoa escreveu as palavras no peixe seco e lhe entregou, pedindo-lhe que tomasse cuidado. A velha amarrou a menina à rena novamente e elas partiram. Brilhando instáveis, as luzes do norte se prolongaram a noite toda. Por fim, a pequena caravana chegou a *Finmarken*, e bateram na chaminé da finlandesa, pois ela não tinha porta.

Estava tão quente ali dentro que a mulher finlandesa andava quase nua. Era pequena e muito suja, e logo desamarrou as coisas de Gerda, retirando suas luvas e botas; caso contrário, o calor murcharia a criança. Então, pôs um pedaço de gelo na cabeça da rena e leu três vezes o que estava escrito no peixe. Quando já havia memorizado o texto, colocou o peixe na panela para o jantar. Não havia razão para não o comer, e ela nunca estragava nada.

Novamente, a rena contou primeiro sua história, depois a de Gerda. A finlandesa piscou seus olhos sábios, mas não disse nada.

— Você é tão esperta – disse a rena. — Sei que pode dobrar todos os ventos do mundo com um pouco de algodão de costura. Quando um capitão desata um nó, ele pega bom vento. Quando desata dois, sopra--se mais forte; se ele desata o terceiro e o quarto, traz uma tempestade sobre sua cabeça forte o suficiente para derrubar árvores. Você não vai dar a essa garotinha algo para beber, para que ela tenha a força de doze homens para derrotar a Rainha da Neve?

— A força de doze homens... — raciocinou a finlandesa. — Sim, há de ser suficiente.

Ela se dirigiu para uma estante e pegou um pedaço dobrado de pele, desenrolando-o. Havia símbolos estranhos escritos nele, e a mulher finlandesa os leu até gotas de suor pingarem de sua testa.

A rena implorou mais uma vez para que a finlandesa desse algo a Gerda, e a criança olhou para ela com olhos muito pidões, cheios de lágrimas. A mulher começou a piscar novamente, puxou a rena para um canto, onde cochichou algo enquanto colocava gelo fresco em sua cabeça:

— O Pequeno Kay está certamente com a Rainha da Neve, e está encantado com tudo que há lá. Ele acha que é o melhor lugar do mundo, isso porque tem um caco do espelho em seu coração e um grão nos olhos. Eles precisam sair primeiro, ou ele nunca mais será humano e a Rainha da Neve irá mantê-lo sob seu poder!

— Você não pode dar a Gerda nada que a dê poder para vencê-los?

— Eu não posso dar mais poder do que ela já tem. Não vê como é grande? Não vê como homens e bestas precisam servi-la? Como ela prosseguiu tão bem quando estava descalça? Não devemos subestimar o poder que tem; está em seu coração, porque ela é uma criança inocente. Se não atingir a Rainha da Neve por ela mesma, então não podemos ajudá-la. Os jardins da Rainha começam daqui a apenas três quilômetros.

Você pode levá-la até lá. Deixe-a perto de um grande arbusto na neve coberto de frutas vermelhas. E não fique lá conversando, corra de volta para mim!

Então a finlandesa colocou Gerda no lombo da rena, e ambas partiram o mais rápido que possível.

— Ó, não peguei minhas botas nem minhas luvas! – gritou a pequena Gerda.

Logo ela sentiu a necessidade delas naquele vento cortante, mas a rena não ousou parar e correu até chegar ao arbusto com frutas vermelhas. Lá, baixou Gerda, beijou-a na boca, enquanto lágrimas brilhantes rolavam por seu rosto; só então voltou o mais rápido que pôde. E lá ficou a pobre Gerda, sem sapatos nem luvas, no meio da congelante *Finmarken,* barrada pelo gelo.

A menina correu o mais rápido que podia. Um regimento inteiro de flocos de neve veio em sua direção; eles não caíam do céu, pois estava bastante claro, com as luzes do norte brilhando forte. Não, esses flocos de neve corriam pelo chão e, quanto mais se aproximavam, maiores ficavam. Gerda lembrou-se de quão grandes e engenhosos eles pareciam sob a lente de aumento, mas o tamanho destes era monstruoso. Eles estavam vivos; eram a guarda de frente da Rainha da Neve e assumiam formas curiosas. Uns pareciam horrendos e grandes porcos-espinho; outros, novelos de cobras, com suas cabeças apontando para fora. Outros ainda pareciam pequenos ursos obesos, cobertos de cerdas, porém todos eram ofuscantes flocos de neve brancos e vivos.

A pequena Gerda rezou um Pai Nosso. O frio era tão intenso que congelava sua respiração quando saía de sua boca; ela podia vê-la como uma nuvem de fumaça à sua frente. A névoa ficou mais densa e mais densa, até que se transformou em pequenos anjos brilhantes, que cresceram quando tocaram o chão. Todos usavam elmos, carregavam escudos e lanças nas mãos. Mais e mais apareceram; ao fim da sua oração, Gerda estava rodeada por uma legião inteira. Eles furaram os flocos de neve com suas lanças e os estilhaçaram em centenas de pedaços, e a pequena Gerda caminhou destemida pelos guerreiros. Os anjos tocaram suas mãos e seus pés, e ela quase não sentiu mais o frio. Ainda assim, andou rapidamente em direção ao Palácio da Rainha da Neve.

Agora veremos o que há com Kay. Ele não pensava mais em Gerda, e não fazia ideia de que ela estava bem do lado de fora do Palácio.

Sétima História

O QUE ACONTECEU NO PALÁCIO DA RAINHA DA NEVE E DEPOIS

As paredes do Palácio eram feitas de neve caída, e as janelas e portas, de vento mordente. Havia centenas de quartos, delineados exatamente onde a neve caiu e iluminados pelas mais fortes luzes boreais. O maior se alongava por muitos quilômetros, embora todos fossem imensos e vazios, reluzindo em seu gelar. Não havia nenhuma alegria neles, nem mesmo uma dança para os ursos polares, quando as tempestades já poderiam ter virado orquestras e os ursos polares, andado sobre as patas traseiras, exibindo suas boas maneiras. Não havia uma festinha de jogos, como "quem chegar por último", ou "pique-cola" – não, nem mesmo uma fofoca entre xícaras de café das senhoras raposas do ártico. Imenso, vasto e frio eram os salões da Rainha da Neve. As luzes do Norte iam e vinham com tamanha regularidade que era possível contar os segundos entre as idas e vindas. No meio desses infindáveis salões níveos, havia um lago congelado. A superfície estava quebrada em milhares de pedaços, mas cada um era tão parecido com o outro que formavam uma obra de arte perfeita. A Rainha da Neve sentava-se bem no meio dele quando estava em casa, e dizia estar sentada sobre o "Espelho da Razão", que era o melhor e o único do mundo.

O pequeno Kay estava azul de frio – não, quase preto; mas ele não sabia, pois a Rainha da Neve o havia batizado com cacos de gelo, e seu coração estava um pouco melhor que uma estalactite. Ele perambulava, puxando pedaços afiados e lisos de gelo que se encaixavam em toda sorte

de formatos. Era como o "Quebra-Cabeça Chinês" que jogamos em casa, com o qual fazemos formas com pedaços de madeira.

Os padrões de Kay eram muito engenhosos, pois era o "Quebra-cabeça de Gelo da Razão". Para ele, eram de primeira qualidade e da maior importância; isso porque ainda havia um grânulo de vidro em seus olhos. Kay fez muitos padrões e palavras, mas nunca encontrava a maneira correta de fazer uma palavra em particular, a que estava mais ansioso para formar – "eternidade". A Rainha da Neve havia dito que, se pudesse formá-la, ele seria seu próprio mestre, e ela lhe daria o mundo todo e um novo par de patins. Ainda assim, ele estava falhando.

— Agora irei voar para os países quentes – informou a Rainha. — Quero espiar os caldeirões negros! – Ela se referia aos vulcões Etna e Vesúvio. — Preciso embranquecê-los um pouco; faz bem para eles, para os limões e para as uvas também! – E, assim, ela partiu.

Kay estava sentado e sozinho no meio daqueles infinitos e vazios salões de gelo. Olhava para os pedaços de gelo, pensava e pensava, até que algo cedeu dentro dele. Sentou-se tão rígido e imóvel que alguém poderia pensar que ele havia morrido congelado.

Foi quando a pequena Gerda entrou no Palácio, através dos enormes portões, com um vento cortante. Ela rezou sua oração vespertina, e o vento cessou como se embalado para dormir. Andou pelo grande salão vazio e viu Kay, reconhecendo-o rapidamente. Envolveu-o com seus braços, apertando-o com firmeza, e gritou:

— Kay, pequeno Kay! Enfim consegui te encontrar!

Mas ele continuou sentado, rígido e frio.

A pequena Gerda derramou lágrimas quentes; elas caíram sobre o peito de Kay e penetraram em seu coração. Lá, derreteram a pedra de gelo e dissolveram um pouco do espelho que estava lá dentro. Ele olhou para ela, e Gerda cantou:

— Onde rosas cobrem o vale florido, lá, Menino Jesus, que te aclamamos!

Então Kay explodiu em lágrimas. Chorou tanto que o grão de espelho foi levado para fora dos seus olhos. Ele a conhecia, e gritou com alegria:

— Gerda, minha pequena Gerda! Onde esteve durante esse tempo todo? Onde *eu* estive? – Ele olhou ao redor e disse: — Como está frio aqui, e como é vazio!

Kay continuou segurando Gerda, que ria e chorava de alegria. A alegria deles era tão celestial que até os pedaços de gelo dançavam alegres ao seu redor. E, quando eles pararam, lá estava a palavra! No formato que a Rainha da Neve ordenou que Kay encontrasse, se ele quisesse se tornar independente e ter o mundo e um novo par de patins.

Gerda beijou suas bochechas e elas ficaram rosadas. Beijou seus olhos, e eles brilharam como os dela. Beijou suas mãos e seus pés, e Kay ficou são e forte. A Rainha da Neve podia voltar para casa quando quisesse, a liberdade de Kay estava escrita em letras brilhantes de gelo.

Eles se deram as mãos e caminharam pelo grande Palácio. Falaram da avó e das rosas no telhado. Onde quer que fossem, o vento estava calmo e o sol passava pelas nuvens. Quando chegaram ao arbusto repleto de frutas vermelhas, encontraram, à espera deles, a rena, que havia trazido outra rena consigo, mais jovem e com o úbere pleno. As crianças beberam seu leite quente e beijaram-lhe a boca. Os animais carregaram Kay e Gerda primeiro para a mulher finlandesa, em cuja cabana eles se aqueceram e receberam direções para voltar para casa. Depois, foram para a mulher lapoa; ela tinha novas roupas para eles e preparara seu trenó.

As renas foram ao lado dos amigos até as fronteiras do país. Lá, apareciam os primeiros botões verdes, e as crianças deram adeus às renas e à lapoa. Ouviram os primeiros filhotes de passarinhos piando e viram os botões na floresta. Dela, surgiu uma jovem garota num cavalo bonito, que Gerda conhecia, pois fora ela quem puxara a carruagem dourada. A moça tinha um chapéu escarlate na cabeça e pistolas no cinto; era a pequena ladra, que crescera e cansara de ficar em casa. Estava cavalgando para o norte para ver o que acharia de lá antes de ir para as outras partes do mundo. Ela os viu, e a ladra a reconheceu, deleitada:

— Você é um belo rapaz para sair perambulando! – ela disse para Kay. — Eu gostaria de saber se você vale ter alguém correndo até o fim do mundo por você!

Mas Gerda bateu em sua bochecha e perguntou sobre o Príncipe e a Princesa.

— Estão visitando outros países – respondeu a ladra.

— E o corvo? – Gerda perguntou.

— Ah, o corvo morreu! – ela disse. — A ave domesticada é viúva, e anda por aí com um pouco de lá preta enrolada na perna. Ela sofre amargamente, mas é tudo besteira! Enfim, conte-me como conseguiu e onde encontrou o pequeno Kay!

Gerda e Kay contaram toda a história.

— Plif, plof, tudo se resolveu, afinal! – ela disse, e segurou as mãos dos dois, prometendo que, se passasse alguma vez pela cidade deles, iria visitá-los. Então, a pequena ladra partiu para a imensidão do mundo.

Kay e Gerda continuaram andando de mãos dadas e, aonde quer que fossem, sempre encontravam a mais prazerosa primavera e flores brotando. Logo, reconheceram a cidade grande onde moravam, com todas as torres altas, nas quais os sinos ainda dobravam estrondosos e alegres. Foram direto para a porta da avó, subiram as escadas e entraram no quarto. Tudo estava como eles haviam deixado, e o velho relógio batia no canto, com seus ponteiros indicando os números. Ao passarem pela porta, perceberam que agora eram adultos. As rosas se entrançavam ao redor da janela aberta e lá estavam duas cadeirinhas. Kay e Gerda sentaram-se nelas, ainda de mãos dadas. Toda a grandiosidade do Palácio da Rainha da Neve havia passado pelas suas memórias como um sonho ruim. A avó, sentada à divina luz do sol, lia a Bíblia.

— Sem que vos torneis pequenas crianças, não podeis entrar no reino dos Céus.

Kay e Gerda olharam-se nos olhos e, subitamente, o significado daquele velho hino surgiu.

— Onde rosas cobrem o vale florido, lá, Menino Jesus, te aclamamos!

E lá eles ficaram sentados, crescidos e ainda crianças no coração. Era verão – um quente e belo verão.

JACOB E WILHELM GRIMM

1812

CURTO

Rapunzel

Rapunzel | Alemanha

Uma menina de longas tranças é presa em uma torre como vingança por um roubo de flores. Porém, a clássica história de resgate não é concluída com um final feliz, mas sim com um reencontro pouco usual.

*E*RA UMA VEZ UM HOMEM E UMA MULHER QUE HÁ muito tempo desejavam inutilmente ter um filho. Finalmente, a mulher pressentiu que sua fé estava prestes a conceder-lhe o desejo.

Na casa deles, havia uma pequena janela na parte dos fundos, pela qual se via um magnífico jardim cheio das mais belas flores e das mais viçosas hortaliças. Em torno deste vasto jardim, erguia-se um muro altíssimo que ninguém se atrevia a escalar, porque tudo pertencia a uma temida e poderosa feiticeira.

Um dia, a mulher debruçou-se na janela e, olhando para o jardim, viu um pequeno canteiro onde era plantado rapunzel, um tipo de alface. As folhas pareciam tão frescas e verdes que abriram seu apetite e ela sentiu um enorme desejo de prová-las. Esse desejo aumentava a cada dia, mas ela sabia que jamais poderia comer daquele rapunzel. Até que começou a definhar e empalidecer. Então, o marido se assustou e perguntou:

— O que tens, esposa querida?

— Ah – ela respondeu —, vou morrer se eu não puder comer um pouco daquele rapunzel do jardim atrás de nossa casa.

O homem, que a amava muito, pensou: *Preciso conseguir um pouco daquele rapunzel antes que minha esposa morra, custe o que custar!*

Ao cair da noite, o marido subiu no muro, pulou para o jardim da feiticeira, arrancou às pressas um punhado de rapunzel e levou para sua mulher. Ela fez imediatamente uma saborosa salada e comeu ferozmente. Estava tudo tão gostoso, mas tão gostoso, que no dia seguinte seu apetite por ele triplicou. Então, o marido não viu outra forma de acalmar a esposa, senão buscar mais um pouco.

Na escuridão da noite, pulou novamente o muro. Mas assim que pôs os pés no jardim, ele foi terrivelmente surpreendido pela feiticeira que estava em pé bem diante dele.

— Como ousa entrar em meu jardim e roubar meu rapunzel como um ladrãozinho barato? – disse ela com os olhos chispando de raiva. — Há de sofrer por isso!

— Ó, por favor – implorou ele —, tenha misericórdia, fui coagido a fazê-lo. Minha esposa viu seu rapunzel pela janela e sentiu um desejo tão intenso que morreria se não o comesse.

A feiticeira se acalmou e disse-lhe:

— Se o que está dizendo é verdade, permitirei que leve tanto rapunzel quanto queira. Só imporei uma condição: irá me dar a criança que sua mulher vai trazer ao mundo. Cuidarei dela como se fosse sua própria mãe e nada lhe faltará.

O homem, em seu terror, consentiu com tudo. Quando a esposa deu à luz, a feiticeira apareceu pontualmente, levou a criança e deu-lhe o nome de Rapunzel.

Rapunzel cresceu e se tornou a criança mais bonita sob o sol. Quando fez doze anos, a feiticeira a levou para a floresta e trancou-a em uma torre que não tinha escadas, nem portas. Apenas bem no alto havia uma pequena janela. Quando a velha desejava entrar, colocava-se embaixo da janela e gritava:

— Rapunzel, Rapunzel, jogue suas tranças!

Rapunzel tinha magníficos cabelos compridos, finos como fios de ouro. Quando ouvia o chamado da feiticeira, desenrolava suas tranças e prendia os cabelos em um dos ganchos da janela. Assim, as tranças caíam até o chão e a feiticeira subia por elas.

Depois de um ou dois anos, o filho de um rei estava cavalgando pela floresta e passou pela torre. Quando estava bem próximo, ouviu uma voz encantadora e parou para ouvir a bela melodia. Esta era Rapunzel, que em sua completa solidão passava seus dias cantando. O príncipe queria subir e procurou em volta da torre uma porta, mas nenhuma foi encontrada. Ele montou em seu cavalo e voltou para o castelo.

Sobretudo, o canto tinha tocado tão profundamente seu coração que passou a ir à floresta todos os dias, até a torre, para ouvir a doce voz. Certa vez, ele estava em pé atrás de uma árvore, quando viu a feiticeira e a ouviu clamando:

— Rapunzel, Rapunzel, jogue suas tranças!

Então, a moça jogou as tranças e a feiticeira subiu até ela.

WALTER CRANE

KAY NIELSEN

Se essa é a escada pela qual se sobe à torre, também tentarei eu subir, pensou ele.

E no dia seguinte, quando começou a escurecer, o príncipe foi para a torre e gritou:

— Rapunzel, Rapunzel, jogue suas tranças!

Imediatamente, o cabelo caiu e o filho do rei subiu.

Assim que o viu, Rapunzel ficou terrivelmente assustada, pois nunca tinha visto um homem. Mas o príncipe começou a falar de forma muito gentil e cheio de sutilezas, bem como um amigo. Disse que seu coração ficou transtornado ao ouvi-la e que não teria paz se não a conhecesse. Então, Rapunzel se tranquilizou e quando o príncipe lhe perguntou se o aceitava como marido, reparou que ele era jovem e belo.

Ele vai me amar mais do que a velha mãe Gothel, pensou Rapunzel. E colocando as mãos na dele, respondeu:

— Eu irei contigo de boa vontade, mas não sei como descer. Traga uma meada de seda cada vez que vier, e com ela vou tecer uma escada. Quando estiver pronta, eu descerei e poderá me levar em seu cavalo.

Combinaram que, até chegada a hora de partir, ele viria todas as noites, porque a velha sempre vinha durante o dia. Assim foi, e a feiticeira de nada desconfiava até que um dia Rapunzel perguntou:

— Diga-me, mãe Gothel, por que é mais difícil içar a senhora do que o jovem filho do rei? Ele chega até mim em um instante.

— Ah, criança má! – vociferou a feiticeira. — O que eu a ouço dizer? Eu pensei que a tinha separado de todo o mundo e ainda você me traiu!

Em sua ira, agarrou as belas tranças de Rapunzel, envolveu-as em sua mão esquerda, pegou uma tesoura com a direita e, *zip, zap*, as tranças foram cortadas e caíram no chão. A mãe Gothel era tão impiedosa que levou a pobre Rapunzel para um deserto, onde ela teria de viver em grande sofrimento e miséria.

Porém, no mesmo dia em que expulsou Rapunzel, a feiticeira prendeu as tranças cortadas no gancho da janela. Quando o príncipe veio e chamou:

— Rapunzel, Rapunzel, jogue suas tranças!

H. J. FORD, 1890

Ela deixou o cabelo cair. O filho do rei subiu, mas não encontrou sua amada Rapunzel; em seu lugar aguardava a feiticeira com um olhar maléfico e peçonhento.

— Aha! – ela gritou zombeteira. — Veio buscar sua querida esposa? Mas o belo pássaro já não canta no ninho, a gata a pegou e vai riscar os seus olhos também. Rapunzel está perdida para ti, nunca mais irá vê-la.

O príncipe ficou fora de si e, em seu desespero, se atirou pela janela da torre. Ele escapou com vida, mas os espinhos em que caiu perfuraram os seus olhos. Então, perambulou cego pela floresta; não comia nada além de frutos e raízes. Tudo o que fazia era lamentar e chorar a perda de sua amada.

Andou por muitos anos sem destino e na miséria. E finalmente chegou ao deserto no qual Rapunzel vivia, na penúria, com seus filhos gêmeos, um menino e uma menina que haviam nascido ali.

Ouvindo uma voz que lhe parecia tão familiar, o príncipe seguiu na direção de Rapunzel e, quando se aproximou, ela logo o reconheceu e se atirou em seus braços a chorar. Duas de suas lágrimas caíram nos olhos dele e, no mesmo instante, o príncipe pôde enxergar novamente. Então, levou-a para o seu reino, onde foram recebidos com grande alegria e festas. Lá viveram completamente felizes por muitos e muitos anos.

CHARLES PERRAULT

1697　　　　　CURTO

Chapeuzinho Vermelho

Le Petit Chaperon Rouge | França

Variando entre um alerta e uma história de terror, Chapeuzinho Vermelho *acompanha uma garotinha enganada por um lobo no caminho da casa da avó e reforça as origens da expressão "Não fale com estranhos".*

E RA UMA VEZ UMA MENINA DE UM POVOADO, A MAIS linda que você já viu ou conheceu. Sua mãe era fascinada por ela e sua avó era ainda mais, tendo feito um casaco vermelho com capuz para a menina, que lhe cabia tão bem que, aonde quer que ela fosse, era conhecida como Chapeuzinho Vermelho.

Certo dia, a mãe tinha feito alguns bolos e disse a ela:

— Vá ver como sua avó está, pois eu soube que ela estava doente; leve um bolo e este potinho de manteiga para ela.

Logo em seguida, Chapeuzinho Vermelho saiu sem demora em direção ao povoado em que a avó morava. No caminho, precisava passar por uma floresta, e lá encontrou aquele velho camarada astuto, o sr. Lobo, que achou que deveria comê-la imediatamente, mas tinha medo de fazer isso, pois havia lenhadores por perto. Ele perguntou para onde ela ia, e a pobre menina, sem saber como era perigoso parar e ouvir um lobo, respondeu:

— Estou indo ver minha avó e estou levando um bolo e um potinho de manteiga que minha mãe mandou.

— Ela mora longe daqui? – perguntou o Lobo.

— Ah, sim! – respondeu Chapeuzinho Vermelho. — No lado mais distante daquele moinho que você vê ali; a casa dela é a primeira do povoado.

— Bem, eu estava pensando em visitá-la também – retrucou o Lobo —, então vou pegar este caminho e você pega o outro, e vamos ver quem chega lá primeiro.

O Lobo começou a correr o mais rápido possível pelo caminho mais curto, que ele havia escolhido, enquanto a menina seguia pelo caminho mais comprido e se divertia colhendo nozes ou perseguindo borboletas e fazendo pequenos ramalhetes com todas as flores que encontrava.

Não levou muito tempo para o Lobo chegar à casa da avó. Ele bateu: *toc, toc.*

— Quem está aí?

— É sua netinha, Chapeuzinho Vermelho – respondeu o Lobo, imitando a voz da menina. — Trouxe um bolo e um potinho de manteiga que minha mãe mandou.

A boa avó, que estava doente na cama, gritou:

— Puxe o carretel e o trinco vai subir.

O Lobo puxou o carretel e a porta se abriu. Ele pulou em cima da pobre velhinha e a comeu em pouco tempo, pois estava sem comer havia três dias. Em seguida, fechou a porta e se deitou na cama da avó para esperar Chapeuzinho Vermelho. Nesse instante, ela chegou e bateu à porta: *toc, toc.*

— Quem está aí?

Chapeuzinho Vermelho ficou com medo no início, ao ouvir a voz rouca do Lobo, mas, pensando que a avó estava resfriada, respondeu:

— É sua netinha, Chapeuzinho Vermelho. Trouxe um bolo e um potinho de manteiga que minha mãe mandou.

O Lobo gritou, desta vez com uma voz mais suave:

— Puxe o carretel e o trinco vai subir.

Chapeuzinho Vermelho puxou o carretel e a porta se abriu.

Quando o Lobo a viu entrar, se escondeu embaixo das cobertas e disse:

— Coloque o bolo e o potinho de manteiga no armário e venha para a cama comigo.

Chapeuzinho Vermelho tirou o casaco e foi para o lado da cama, mas ficou perplexa ao ver como a avó parecia diferente de quando estava de pé e vestida.

— Vovozinha – exclamou ela —, que braços compridos você tem!

— É para abraçar você melhor, minha menina.

— Vovozinha, que pernas compridas você tem!

— É para correr melhor, querida.

— Vovozinha, que orelhas compridas você tem!

— É para ouvir melhor, querida.

— Vovozinha, que olhos enormes você tem!

— É para ver melhor, querida.

— Vovozinha, que dentes enormes você tem!

— É para comer você melhor! – E, ao dizer essas palavras, o Lobo malvado pulou em cima da Chapeuzinho Vermelho e a comeu.

Ora, crianças, tomem cuidado e, principalmente, eu rezo
Vocês mocinhas tão delicadas e belas,

HARRY CLARKE

Quando encontram todo tipo de gente, tenham cuidado
Para não ouvir o que eles podem dizer;
Pois não se pode achar estranho se você o fizer,
Se o Lobo decidir comer algumas.
O Lobo, digo aqui, pois vocês vão descobrir
Que existem muitos lobos de raças diferentes;
Alguns têm modos calmos e são domesticados,
Sem malícia ou temperamento, iguais,
A maioria prestativos e doces do seu jeito,
Gostam de seguir suas presas jovens,
E vão rastreá-las até suas casas – todo dia!
Quem, entre nós, não aprendeu até agora a saber,
Os lobos mais perigosos são inimigos gentis e de língua afiada!

Versão de Jacob e Wilhelm Grimm

Rotkäppchen | Alemanha | 1812

E RA UMA VEZ UMA MENININHA QUE ERA AMADA POR todos que a conheciam, mas principalmente, era muito amada por sua avó. Não havia nada que ela não teria dado a esta criança. Certa vez, a avó lhe deu um capuz de veludo vermelho e a garotinha passou a usá-lo o tempo inteiro, ficando assim conhecida como Chapeuzinho Vermelho.

Um dia, sua mãe disse:

— Pegue aqui, Chapeuzinho Vermelho, bolos e uma garrafa de vinho e leve-os para sua avó. Ela está fraca e doente, e isto fará com que se sinta melhor. Vá logo, antes que o sol esquente muito. Quando estiver na floresta, não se desvie do caminho. Seja uma boa menina e obedeça-me. Caso contrário, você pode cair e quebrar a garrafa e sua avó não terá nada para beber. E ao entrar na casa dela, não se esqueça de lhe dizer bom dia, antes de ficar perambulando pelos cantos.

— Eu vou fazer exatamente o que disse, mamãe.

A avó morava no meio da floresta, a cerca de meia-hora andando da vila. Assim que Chapeuzinho Vermelho colocou o pé na trilha, um lobo se apresentou. Ela não sabia o quão perversa a criatura era e não sentiu medo algum naquele momento.

— Bom dia, Chapeuzinho Vermelho! – saudou o lobo.

— Bom dia, Senhor Lobo! – ela respondeu.

— Para onde está indo tão cedo?

— Para a casa de minha avó.

— O que você tem em seu avental?

— Bolos e vinho, que preparamos ontem. A vovó está doente e fraca, precisa de algo bom para fazê-la sentir-se melhor.

— Onde é a casa de sua avó, Chapeuzinho Vermelho?

— A um quarto de hora mais adentro da floresta, sua casa está entre três grandes carvalhos. Você com certeza conhece a casa, fica cheia de nozes à sua volta.

O lobo pensou consigo mesmo: *Que criatura tenra! Seu gosto sem dúvida será melhor do que a velha. Devo agir astuciosamente para devorar as duas.*

Então, ele caminhou por um curto tempo ao lado dela e disse:

— Veja, Chapeuzinho Vermelho, já notou as belas flores que estão ao seu redor? Pare para admirá-las por um momento. Sei que também não percebeu quão doce é o canto dos pássaros. Você anda com a seriedade de quem faz o caminho da escola, enquanto tudo é mais belo e alegre na floresta.

Chapeuzinho Vermelho levantou os olhos e, quando viu os raios de sol bailando aqui e ali por entre as árvores e belas flores crescendo em volta, pensou: *Se eu levar um buquê de flores viçosas, a vovó ficará encantada. É tão cedo ainda, que uma pausa não fará diferença em minha chegada.*

Então, saiu correndo de um lado para o outro procurando as flores mais bonitas. E sempre que colhia uma, via à frente outra ainda mais bela, e corria para juntá-la a seu buquê, e assim adentrava mais e mais à floresta.

Enquanto isso, o lobo correu à casa da avó e bateu na porta.

— Quem está aí? – perguntou a avó.

— Chapeuzinho Vermelho – respondeu. — Trago bolos e vinho. Abra a porta, vovó.

— Levante o trinco, querida – bradou a avó. — Estou muito fraca e não posso levantar-me da cama.

O lobo levantou o trinco e a porta se abriu. Sem dizer uma palavra, foi direto para a cama da avó. Devorou-a. Então, ele vestiu suas roupas, colocou o gorro para dormir, deitou-se na cama e fechou as cortinas.

Chapeuzinho Vermelho, no entanto, estava correndo à procura de mais flores. Ela colheu tantas que mais nenhuma caberia em seus braços. Só então, lembrou-se de sua avó e partiu a caminho da casa. Ela ficou surpresa ao encontrar a porta aberta e, quando entrou no quarto, sentiu

algo esquisito e disse para si mesma: *Ó, meu Deus! Normalmente, sinto-me muito bem na casa da vovó. Mas alguma coisa está estranha.*

Ela gritou:

— Bom dia! – Mas não recebeu nenhuma resposta. Foi até o quarto e afastou as cortinas. Ali estava sua avó com seu gorro de dormir, cobrindo o rosto e olhando-a estranhamente.

— Ó, vovó – disse Chapeuzinho Vermelho —, que orelhas grandes você tem!

— Para melhor ouvi-la, minha querida – foi a resposta.

— Mas, vovó, que olhos grandes você tem!

— Para vê-la melhor, minha netinha.

— Mas, vovó, que mãos grandes você tem!

— Para melhor abraçá-la.

— Ó! Mas, vovó, que boca grande e assustadora você tem!

— Para comê-la melhor!

E, mal terminou as palavras, o Lobo em um salto estava fora da cama e engoliu abruptamente a pobre Chapeuzinho Vermelho.

Quando o lobo tinha apaziguado seu apetite, deitou-se novamente na cama, adormeceu e começou a roncar muito alto. Um caçador estava passando por perto da casa e pensou consigo mesmo: *Como esta velha ronca alto! É melhor ver se há algo errado.* Então, entrou na casa e foi para o quarto. Quando se aproximou da cama, viu que o lobo estava deitado nela.

— Enfim te encontrei, velho pecador! – disse ele. — Eu tenho te procurado por muito tempo!

Em seguida, o caçador pegou a espingarda e, prestes a atirar, pensou: *Este lobo pode ter engolido a velha, talvez ainda possa salvá-la.* Sendo assim, com um par de tesouras, começou a cortar e abrir o estômago do lobo ainda adormecido. Quando ele fez dois cortes, viu um capuz vermelho brilhando. Depois fez mais cortes e a menina saltou para fora, chorando:

— Ah, como fiquei aterrorizada! Como estava escuro dentro do lobo.

Embora mal conseguisse respirar, a avó frágil conseguiu sair da barriga do lobo.

Sem demora, Chapeuzinho Vermelho buscou pedras grandes para encher o corpo do animal. E o Lobo tentou fugir quando acordou, mas as pedras eram tão pesadas que suas pernas não aguentaram e ele caiu morto.

Em seguida, os três ficaram orgulhosos. O caçador retirou a pele do Lobo e foi para casa com ela. A avó comeu o bolo e bebeu o vinho que Chapeuzinho Vermelho havia trazido, e recuperou a saúde. Mas a menina pensou consigo mesma: *Enquanto eu viver, nunca vou abandonar o caminho e correr pela floresta. Vou fazer conforme as ordens da mamãe, como uma boa menina.*

Há outra história, em que uma vez Chapeuzinho Vermelho foi novamente levar bolos para a sua velha avó. Outro lobo, mais velho que o primeiro, falou com ela, e tentou seduzi-la para dentro da floresta. Chapeuzinho Vermelho, no entanto, estava segura e foi direto pelo caminho correto. Assim que chegou, contou à sua avó que havia encontrado um lobo e que ele tinha dito "bom dia" para ela, mas com um olhar tão perverso em seus olhos que, se não estivessem a céu aberto, a teria devorado ali mesmo.

— Bem – disse a avó —, nós vamos fechar a porta e ele não poderá entrar.

Logo depois, o lobo bateu e clamou:

— Abra a porta, vovó. Sou eu, Chapeuzinho Vermelho. Trouxe alguns bolos.

Mas elas ficaram em completo silêncio e não abriram a porta. Então, o grisalho rondou duas ou três vezes a casa, e finalmente saltou sobre o telhado, com a intenção de esperar até que Chapeuzinho Vermelho fosse para casa à noite, para devorá-la na escuridão. Mas a avó previu o que estava em seus pensamentos.

Na frente da casa, havia um cocho de pedra grande. Ela então disse a neta:

— Pegue o balde, Chapeuzinho Vermelho. Eu fiz algumas salsichas ontem, jogue a água na calha.

Chapeuzinho Vermelho jogou a água na calha até encher. Em seguida, o cheiro das salsichas alcançou as narinas do lobo e ele foi esticando o

GUSTAVE DORÉ

pescoço para olhar em volta de onde vinha o odor. Olhou para baixo e estendeu tanto o pescoço que perdeu o equilíbrio e começou a deslizar, escorregando telhado abaixo, até que caiu no cocho grande e se afogou. Então, Chapeuzinho Vermelho foi alegremente para casa e nunca mais fez mal a ninguém.

1812

MÉDIO

Cinderela

Aschenputtel | Alemanha

*Após tornar-se órfã de mãe, Cinderela é cuidada
pela madrasta e divide a casa com mais duas
irmãs invejosas. Sua beleza e gentileza, porém, lhe
servem mais tarde após perder um dos sapatos
em um baile real.*

*E*RA UMA VEZ UM HOMEM ABASTADO CUJA ESPOSA estava muito doente. Quando ela sentiu que seu fim estava próximo, chamou sua única filha para perto e disse:

— Filha amada, se fores boa e fizer suas orações fielmente, Deus sempre a ajudará e eu olharei por você do céu, assim estaremos juntas para sempre. – Então, ela fechou os olhos e expirou.

A moça visitava diariamente o túmulo de sua mãe e chorava. Nunca deixava de fazer suas orações. Quando o inverno veio e a neve cobriu o túmulo como um lençol branco e depois, quando o sol apareceu no início da primavera, derretendo-a, o homem rico casou-se novamente.

A nova esposa trouxe com ela duas filhas. Eram belas e formosas na aparência, mas tinham corações vis. Começaram tempos muito difíceis para a pobre moça.

— Essa pata-choca estúpida há de se sentar na mesma sala com a gente? – disseram as irmãs. — Para comer, deve ganhar seu pão. Volte para a cozinha que é o seu lugar.

Elas tiraram todos os vestidos bonitos da moça e no lugar deram-lhe um vestido velho e cinza. E para os pés, sapatos de madeira para o desgaste.

— A princesinha orgulhosa, agora, olhe, que miserável – riram.

Então, a mandaram para a cozinha. E lá foi forçada a fazer trabalhos pesados de manhã até à noite: levantar-se cedo antes do nascer do sol, buscar água, fazer o fogo, cozinhar e lavar. Além disso, as irmãs fizeram o máximo para atormentá-la. Zombando-a, jogavam ervilhas e lentilhas no meio das cinzas e a faziam buscá-las. À noite, quando ela estava cansada com o trabalho de seu árduo dia, não tinha cama para deitar-se e era obrigada a descansar ao lado da lareira, entre as cinzas. E como ela sempre parecia empoeirada e suja, foi chamada de Cinderela[6].

Um dia, o pai foi ao mercado e perguntou às suas duas enteadas o que queriam que ele trouxesse.

---

6 O nome provém de *Cinderella*, que por sua vez origina-se da palavra *Cinder* (borralho em inglês) mais o sufixo feminino *ella*. Borralho é sinônimo de cinzas. O termo "gata borralheira" surgiu porque muitos gatos se escondiam nos borralhos de lareiras à noite, quando ficava muito frio e a pedra ainda estava morna, já que conseguiam descer pela chaminé. Os gatos ficavam sujos com as cinzas como Cinderela. [N.E.]

— Roupas finas! – respondeu uma delas.

— Pérolas e joias! – disse a outra.

— O que você deseja, Cinderela? – perguntou ele.

— Pai – disse ela —, traga-me o primeiro galho que se opuser a seu chapéu no caminho de volta para casa.

Então, ele comprou para as duas enteadas roupas finas, pérolas e joias. E no caminho de volta, enquanto cavalgava por uma faixa verde, um galho de avelã chocou-se contra seu chapéu. Ele o quebrou e o levou para casa. Quando chegou em casa, deu às enteadas o que tinha comprado e para Cinderela deu o galho de avelã. Ela agradeceu e foi para a sepultura de sua mãe. Lá plantou o galho, chorando tão amargamente que as lágrimas caíram sobre ele, embebedando-o, e assim floresceu e tornou-se uma boa árvore. Cinderela a visitava três vezes ao dia, chorava e rezava. Toda vez que um passarinho branco sobrevoava a árvore e Cinderela proferia qualquer desejo, o pássaro o realizava.

Neste ínterim, o rei ordenara que fossem convidadas todas as mulheres bonitas e solteiras daquele país para um festival que duraria três dias. A festa era para que seu filho, o príncipe, escolhesse uma noiva entre todas as moças. Quando as duas enteadas souberam que também foram convidadas, sentiram-se muito satisfeitas, chamaram Cinderela e disseram:

— Penteie o nosso cabelo, limpe nossos sapatos, abotoe nossas fivelas rápido; vamos para a festa no castelo do rei.

Quando ouviu isso, Cinderela começou a chorar, pois ela também gostaria de ir ao baile, então pediu permissão à madrasta.

— Ó, você, Cinderela! – disse ela. — Você que está sempre toda coberta de pó e sujeira, quer ir à festa? Como você pretende ir, sendo que não tem vestido nem sapatos?

Mas, como ela insistiu, finalmente a madrasta disse:

— Se você puder, em até duas horas pegar todas as ervilhas que caíram nas cinzas, poderá ir conosco.

A moça foi até a porta dos fundos que dava para o jardim e gritou:

— Pombas, rolinhas e todas as aves do céu, venham e me ajudem a pegar as ervilhas das cinzas. As boas coloquem no prato, as ruins joguem na plantação ou comam.

ARTHUR RACKHAM

Em seguida, vieram à janela da cozinha duas pombas brancas, depois algumas rolinhas e por último uma multidão de todos os outros pássaros do céu; cantando e vibrando, desceram por entre as cinzas. As pombas assentiram com a cabeça e começaram a pegar – *peck, peck, peck, peck* –, depois todas as outras aves começaram a colher – *peck, peck, peck, peck* – e colocaram todos os bons grãos no prato. Antes de uma hora, estava tudo feito e voaram. Então, a moça trouxe o prato para a madrasta, sentindo-se contente e pensando que agora poderia ir à festa, mas a madrasta disse:

— Não, Cinderela, você não tem roupa adequada, você não sabe dançar e todos ririam de você!

E quando Cinderela começou a chorar, a madrasta acrescentou:

— Se você puder escolher em uma hora dois pratos cheios de lentilhas das cinzas, poderá ir conosco.

E a madrasta pensou consigo mesma: *Ela não será capaz de apanhar tudo.*

Quando a madrasta saiu, a moça foi até a porta dos fundos de frente para o jardim e bradou:

— Pombas, rolinhas e todas as aves do céu, venham e me ajudem a pegar as lentilhas das cinzas. As boas, coloquem no prato, as ruins joguem na plantação ou comam.

Então vieram à janela da cozinha duas pombas brancas, depois algumas rolinhas e por último uma multidão de todos os outros pássaros do céu; cantando e vibrando, desceram por entre as cinzas. As pombas assentiram com a cabeça e começaram a pegar – *peck, peck, peck, peck* –, depois todas as outras aves começaram a colher – *peck, peck, peck, peck* – e colocaram todos os bons grãos no prato. E antes da meia-hora, tudo foi feito e voaram novamente. Então a donzela levou os pratos para a madrasta, sentindo-se contente e pensando que agora ela deveria ir à festa, mas a madrasta disse:

— Você não pode ir conosco, pois você não possui nada adequado para vestir e não sabe dançar, você nos envergonharia.

Ela virou as costas para a pobre Cinderela e apressou as suas duas filhas orgulhosamente.

Como não havia mais ninguém na casa, Cinderela correu até o túmulo de sua mãe e, sob o arbusto de avelã, clamou:

— Árvore pequenina, balance seus galhos sobre mim, que a prata e o ouro venham me cobrir.

Então, o pássaro jogou um vestido de ouro e prata e um par de sapatos bordados com seda e prata. Apressada, ela colocou o vestido e foi para o festival. Sua madrasta e irmãs não faziam ideia de quem era a moça, pensavam que deveria ser uma princesa estrangeira, tão bonita em seu

HARRY CLARKE

vestido de ouro. Cinderela nunca pensou que isso pudesse acontecer com ela, que estava sempre em casa, escolhendo as lentilhas e ervilhas das cinzas.

O filho do rei veio ao seu encontro, tomou-a pela mão e dançou com ela. Depois, recusou-se a dançar com qualquer outra moça e o mesmo fazia quando outros rapazes pediam para dançar com a donzela. Ele apenas respondia:

— Ela é minha parceira.

Dançaram até anoitecer. Quando a noite chegou, ela queria ir para casa, mas o príncipe disse que iria escoltá-la, pois esperava saber onde a bela moça vivia. Porém, ela conseguiu fugir e saltou para dentro do pombal. O príncipe esperou até que o pai de Cinderela chegasse, e disse-lhe que a donzela desconhecida havia desaparecido dentro da casa dos pombos. O pai pensou: *Poderia ser Cinderela?*

O pai pegou seu machado e colocou o pombal abaixo, mas não havia ninguém lá. Quando eles entraram na casa, lá estava Cinderela em sua roupa suja entre as cinzas, com óleo da lâmpada queimada em frente à lareira. Cinderela tinha sido muito rápida, saltando para fora do pombal e escapando de seu pai e do príncipe. Escondeu o vestido de ouro que usara atrás da árvore de avelã e o pássaro levou-o embora. Então, com seus trapos, sentou-se entre as cinzas na cozinha.

No dia seguinte, quando a festa começou de novo e os pais levaram suas meias-irmãs, Cinderela foi até a árvore de avelã e disse:

— Árvore pequenina, balance seus galhos sobre mim, que a prata e o ouro venham me cobrir.

Em seguida, o pássaro lançou um vestido ainda mais esplêndido do que o primeiro. E quando ela apareceu entre os convidados, todos estavam espantados com sua beleza. O príncipe estivera esperando; tomou-a pela mão e dançou com ela sozinho. E quando outra pessoa tentava convidá-la para dançar, dizia:

— Ela é minha parceira.

Quando a noite chegou, Cinderela queria ir para casa. O príncipe a seguiu, pois desejava saber a qual casa pertencia, mas ela fugiu mais uma vez e correu para o jardim na parte de trás da casa. Lá havia uma árvore bem grande, com peras esplêndidas, e ela pulou tão levemente entre os ramos que o príncipe não notou o que havia acontecido. Assim, ele esperou novamente até que o pai chegasse, disse-lhe que a moça desconhecida havia escapado dele e que acreditava que ela estava em cima da árvore de peras. O pai pensou: *Não poderia ser Cinderela?*

ARTHUR RACKHAM

O pai pegou um machado e cortou a árvore, mas não havia ninguém nela. Quando entrou na cozinha, lá estava Cinderela entre as cinzas, como de costume, pois ela desceu pelo outro lado da árvore, levou de volta suas roupas bonitas para o pássaro da árvore de avelá e tinha posto suas velhas roupas novamente.

No terceiro dia, quando os pais e as irmãs partiram, Cinderela voltou à sepultura de sua mãe e disse para a árvore:

— Árvore pequenina, balance seus galhos sobre mim, que a prata e o ouro venham me cobrir.

Em seguida, o pássaro lançou um vestido como nunca fora visto, tão magnífico e brilhante, e os sapatos eram de ouro.

Quando ela apareceu com o vestido na festa, ninguém sabia o que dizer, tamanha a admiração. O príncipe dançou com ela sozinho e se qualquer um quisesse dançar com a moça, mais uma vez respondia:

— Ela é minha parceira.

Quando chegou a noite, Cinderela precisava ir para casa e o príncipe estava prestes a ir com ela, quando a moça correu tão rapidamente que ele não pôde segui-la. Mas ele tinha elaborado um plano e espalhou piche nas escadarias, de modo que, quando ela correu, seu sapato esquerdo ficou em um dos degraus. O príncipe pegou o sapato e viu que era de ouro, muito pequeno e delicado. Na manhã seguinte, ele foi até o pai de Cinderela e disse-lhe que ninguém deveria ser sua noiva senão aquela cujo pé no sapato de ouro se encaixasse. Em seguida, as duas irmãs ficaram muito felizes, porque tinham pés bonitos. A mais velha foi para o quarto para tentar colocar o sapato e a mãe foi com ela. Mas o sapato era pequeno demais e seu dedão não cabia, então, sua mãe entregou-lhe uma faca e disse:

— Corte o dedo do pé fora, pois quando for rainha, não precisará dele, já que nunca terá que andar a pé.

A menina cortou o dedo do pé fora, apertou o pé no sapato, engoliu a dor e desceu até o príncipe. Ele a levou em seu cavalo como sua noiva e partiu. Tiveram que passar pela sepultura da mãe de Cinderela. Lá estavam os dois pombos no arbusto de avelã, que clamaram:

Rôo crôo crôo, rôo crôo crôo,
O sangue escorre do sapato "Lá vão eles, lá vão eles!"
O pé é muito grande e muito largo,
Há sangue escorrendo;
Dê meia volta e leve a sua noiva verdadeira.

O príncipe olhou para o sapato e viu o sangue fluindo. Ele deu meia-volta com seu cavalo e voltou à casa da noiva falsa, dizendo que ela não era a verdadeira e que a outra irmã deveria experimentar o sapato. A irmã mais nova entrou em seu quarto, provou o sapato de ouro; os dedos

dos pés ficaram confortáveis, porém o calcanhar era grande demais. Em seguida, sua mãe entregou-lhe a faca e disse:

— Corte um pedaço de seu calcanhar, pois quando for rainha nunca precisará andar a pé.

A menina cortou um pedaço de seu calcanhar, enfiou o pé no sapato, calou a dor e foi até o príncipe, que apanhou sua noiva. Subiram no cavalo e partiram. Quando passaram pela aveleira novamente, os dois pombos disseram:

Rôo crôo crôo, rôo crôo crôo,
O sangue escorre do sapato "Lá vão eles, lá vão eles!"
O pé é muito grande e muito largo,
Há sangue escorrendo;
Dê meia volta e leve a sua noiva verdadeira.

O príncipe olhou para o sapato e viu como o sangue fluía a partir do pé, as meias estavam completamente vermelhas de sangue. Ele voltou à casa da noiva mais uma vez e disse:

— Esta ainda não é minha noiva – disse ele. — Você não tem outra filha?

— Não – disse o homem –, minha falecida esposa deixou-me Cinderela, mas é impossível que ela seja a noiva.

Mas o filho do rei ordenou que ela fosse chamada, entretanto interveio a madrasta:

— Ó, não! Ela é muito suja para se apresentar.

Mas o príncipe insistiu e assim Cinderela tinha que aparecer.

Primeiro, ela lavou as mãos e o rosto até que ficassem completamente limpos, entrou e curvou-se diante do príncipe, que estendeu a ela o sapato de ouro. Ela se sentou em um banquinho, tirou do pé o sapato de madeira pesado e colocou o dourado, que se adequou perfeitamente em seu pé. Quando ela se levantou, o príncipe olhou em seu rosto e soube que aquela era a bela moça que dançou com ele, exclamando:

— Esta é a noiva certa!

CARL OFFTERDINGER
F HEINRICH LEUTEMANN

A madrasta e as duas irmãs ficaram horrorizadas e empalideceram de raiva, mas o príncipe colocou Cinderela em seu cavalo e partiu. E novamente, passaram pela árvore de avelã e os dois pombos brancos falaram:

Rôo crôo crôo, rôo crôo crôo,
O sangue não escorre no sapato,
O pé não é muito grande nem muito largo,
Sua verdadeira noiva está ao seu lado.

Enquanto eles saíam, os pombos voaram e pousaram nos ombros de Cinderela, um à direita, outro à esquerda, e assim permaneceram.

Em seu casamento com o príncipe, as irmãs falsas compareceram na esperança de beneficiarem-se e, claro, para participar das festividades. Assim como num cortejo nupcial, foram à igreja; a mais velha entrou do lado direito e a mais nova à esquerda. Os pombos bicaram um olho de cada vez das duas irmãs, deixando-as completamente cegas. E foram condenadas a ficarem cegas para o resto de seus dias por causa de suas maldades e falsidades.

1835

MÉDIO

Polegarzinha

Tommelise | Dinamarca

Uma pequena menina, do tamanho de um
polegar, nasce em uma flor. Pelo seu diminuto
tamanho, é raptada para casar-se com um sapo
e faz amizade com uma andorinha
de forma a voltar para casa.

ERA UMA VEZ UMA MULHER QUE TINHA O ENORME anseio por ter uma pequena criança, mas não fazia ideia de como conseguir uma. Então, ela foi até uma velha bruxa e lhe pediu:

— Eu quero tanto ter uma criancinha! Você me diria como faço para conseguir uma?

— Nós podemos dar um jeito nisso – disse a bruxa. — Aqui está um grão de cevada para você; este não é do mesmo tipo dos que crescem nos campos dos lavradores, ou do que se usa para alimentar as galinhas. Plante esse grão em um vaso e você verá o que irá aparecer.

— Obrigada, ó, obrigada! – disse a mulher, que deu à bruxa doze moedas.

Então ela foi para casa e plantou o grão de cevada. Uma grande e bela flor nasceu prontamente; parecia com uma tulipa, mas as pétalas estavam fechadas como se ainda fosse um botão.

— Esta é uma flor adorável – exclamou, beijando as belas pétalas vermelhas e amarelas e, quando assim o fez, a flor se abriu com um grande estalo. Era uma tulipa de verdade, mas, bem no meio da flor, em um banquinho verde, havia uma menina muito pequena, adorável e delicada, que não tinha mais do que dois centímetros e meio de altura. Por essa razão, ela foi chamada de Polegarzinha.

O berço dela era uma casca de noz envernizada, com pétalas de violetas para servir de colchão e uma pétala de rosa para cobri-la. Era onde dormia à noite e, durante o dia, brincava por toda a mesa. A mulher havia colocado lá um prato circundado por uma coroa de flores na borda externa, enquanto suas hastes ficavam dentro da água. Nele, sentava-se a pequena Polegarzinha, e velejava de um lado pro outro do prato, usando dois preenchimentos de mesa para remar. Era algo bonito de ver. Ela podia cantar também, com delicadeza e charme que nunca antes foram vistos.

Uma noite, enquanto ela estava deitada em sua bela cama, uma sapa grande e feia pulou pela janela, pois havia uma vidraça quebrada.

Ugh! Quão odiosa era aquela sapa molhada, que saltou diretamente na mesa onde Polegarzinha dormia profundamente, sob a pétala de rosa.

— Aqui está uma adorável esposa para o meu filho – disse a sapa, pegando a casca de noz onde Polegarzinha dormia e saltando para fora da janela com ela, seguindo para o jardim.

Havia um grande córrego no jardim e, bem na margem dele, existia uma região pantanosa e lamacenta, onde a sapa vivia com o seu filho. Ugh! Quão feio e odioso ele era também, exatamente como a própria mãe!

— *Coaks, coaks, brekke-ke-kex* – isso era tudo que ele disse quando viu a adorável garotinha na casca de noz.

— Não fale tão alto, ou você vai acordá-la – repreendeu a sapa velha.

— Ela ainda pode escapar, pois é tão leve quanto um dente-de-leão! Vamos colocá-la em um dos grandes lírios d'água que ficam no rio. Será como uma ilha para ela, que é tão pequena e não poderá fugir de lá enquanto preparamos o salão debaixo da lama, o qual vocês irão habitar.

Uma grande quantidade de lírios d'água crescia naquele rio, e suas folhas grandes pareciam flutuar na superfície da água. A folha que ficava mais afastada da margem também era a maior, e a grande e velha sapa nadou para lá com a casca de noz onde a pequena Polegarzinha estava deitada.

A pobre e minúscula criatura acordou bem cedo de manhã e, quando viu onde estava, começou a chorar amarguradamente. Havia água ao redor de toda a grande folha verde, e Polegarzinha não conseguiria alcançar terra firme por nenhum lado.

A velha sapa sentou-se na lama, enfeitando seu lar com grama e botões amarelos de lírios d'água para torná-lo bonito para a sua nova nora. Então, nadou com o seu filho horroroso até a folha onde Polegarzinha estava; eles queriam buscar a sua cama bonitinha para colocar na suíte nupcial antes de levarem-na para lá. A velha sapa fez uma grande cortesia na água, diante da Polegarzinha, e disse:

— Aqui está meu filho, que será o seu esposo. Vocês viverão juntos com muito conforto na lama.

— *Coaks, coaks, brekke-ke-kex* – era tudo que o filho conseguia dizer.

Então eles pegaram a bela caminha e nadaram para longe com ela. Polegarzinha sentou-se sozinha na grande folha verde e chorou, pois não queria viver com a sapa feia ou ter o seu filho horrendo como marido.

Os peixinhos que nadavam ali por perto tinham, sem dúvida, visto a sapa e ouvido o que ela dissera; então colocaram as cabeças para fora d'água, esperando, eu suponho, ver a garotinha. Tão logo a viram, eles

"HERE IS MY SON."

THOMAS W. HANDFORD, 1889

ELEANOR VERE BOYLE, 1872

a adoraram, e ficaram bem angustiados em pensar que a menina teria de viver com a sapa feia. Não, aquilo nunca deveria acontecer! Os peixes nadaram juntos pela água, ao redor do cabo que dava suporte à folha onde

Polegarzinha estava, e o morderam até parti-lo. O cabo então flutuou solto pelo rio, levando Polegarzinha para longe da sapa.

Polegarzinha navegou de lugar para lugar, e os pequenos passarinhos nos arbustos que a viram, cantaram:

— Que pequena e linda donzela!

A folha em que ela estava flutuou mais e mais longe, até a menininha alcançar terras estrangeiras.

Uma borboletinha bonita e branca voou ao redor dela por algum tempo e, por fim, pousou na folha, pois tinha gostado muito da Polegarzinha. A pequena estava feliz agora, porque a sapa não poderia alcançá-la, e ela estava navegando por lindas paisagens; o sol brilhava na água e parecia ouro líquido.

Então, Polegarzinha pegou sua faixa e amarrou uma ponta ao redor da borboleta e a outra na folha, que foi deslizando mais e mais rápido.

Nesse momento, um grande besouro veio voando, viu Polegarzinha e rapidamente colocou sua garra ao redor da sua cintura, seguindo com ela para cima de uma árvore. Porém, a folha verde flutuou corrente abaixo com a borboleta ainda presa a ela.

Oh Céus! O quão assustada estava a pobre Polegarzinha quando o besouro a carregou para cima da árvore; mas estava ainda mais triste pela borboleta branca que tinha amarrado à folha. Se o bichinho não tivesse sucesso em se soltar, morreria de fome.

Mas o besouro não se importava com isso. Ele colocou Polegarzinha na folha mais larga da árvore, alimentou-a com o mel das flores e disse-lhe que ela era adorável, apesar de não ser como um besouro. Prontamente, todos os outros besouros que moravam na árvore vieram visitá-los. Eles olharam para Polegarzinha e para as jovens moças besouro logo em seguida; então, estremeceram suas antenas e disseram:

— Ela também tem duas pernas, e que impressionantes são!

— Ela não tem antenas – disse uma besouro menina. — E é tão fininha na cintura, argh! Parece um ser humano.

— Como é feia! – exclamaram todas as mamães besouros, mas a pequena Polegarzinha era extremamente bonita.

Esta era também, certamente, a opinião do besouro que a havia capturado. Mas, quando todos os outros disseram que Polegarzinha era feia, ele por fim começou a pensar assim e não a queria mais, deixando-a livre para ir aonde quisesse. O grupo voou da árvore com ela e a colocou em uma margarida, onde Polegarzinha chorou, porque era tão feia que nem os besouros a queriam mais – sendo ela, porém, mais bonita que qualquer coisa que você consiga imaginar, tão delicada e transparente quanto a mais bela pétala de rosa.

A pobre pequena Polegarzinha viveu durante todo o verão bem solitária na floresta. Ela entrançou a grama sozinha e pendurou uma grande folha com ele para abrigá-la da chuva; o mel das flores era a sua comida, enquanto sua bebida era o orvalho que ficava nas folhas pela manhã.

O verão e o outono se passaram dessa maneira, mas então chegou o inverno.

Todos os pássaros que costumavam cantar tão docemente para ela voaram para longe; o abrigo de folha debaixo do qual ela vivia murchou, não deixando nada mais além de um talo amarelo e morto. Ela estremeceu de frio, pois suas roupas estavam gastas e ela era uma criaturinha tão pequena!

Pobre Polegarzinha, certamente morreria congelada! Começou a nevar e, cada vez que um floquinho caía sobre ela, a sensação era parecida com uma pá cheia de neve desabando sobre nós. O fato é que somos grandes, e Polegarzinha tem apenas dois centímetros e meio de altura.

Perto da floresta na qual Polegarzinha estava vivendo, ficava um grande milharal, mas o milho já havia sido colhido e nada mais restava além da palha morta e seca que estava no chão, congelada. O amontoado era quase como uma floresta para ela: oh, como tremia de frio! Então, a pequena chegou até a porta da casa de uma rata do campo. Era um buraco pequenino, que existia por baixo da palha. A rata do campo vivia confortável e aquecida lá, e seu cômodo era cheio de milho, com uma bela cozinha e uma despensa. A pobre Polegarzinha ficou de pé, na entrada, como toda criança mendiga, e implorou por um pedaço de grão de cevada, pois não comera nada em dois dias inteiros.

— Oh, sua pobre criaturinha! – falou a rata do campo, pois no fundo era boa. — Venha para dentro do meu quarto aquecido e jante comigo.

Então ela se afeiçoou à Polegarzinha e disse:

— Será um prazer tê-la comigo aqui por todo o inverno, mas você precisa manter meu quarto limpo e arrumado e me contar histórias, pois gosto muito delas. – E Polegarzinha fez o que a boa velha rata do campo desejava.

— Agora, nós teremos em breve um visitante – anunciou a rata do campo. — Meu vizinho geralmente vem me ver uma vez por semana. Ele tem uma casa muito melhor que a minha; seus cômodos são bem largos e ele usa o mais lindo casaco de veludo preto. Se você o conseguisse como marido, estaria bem acomodada, mas ele não enxerga. Você deve lhe contar todas as mais belas histórias que conhecer.

Mas Polegarzinha não gostou nada disso, e não teria nada a dizer ao vizinho, pois ele era uma toupeira. Ele fez a visita usando o seu casaco de veludo preto. Era bem rico e sábio, disse a rata do campo, e sua casa era vinte vezes maior que a dela. A toupeira era muito educada, contudo não gostava do sol ou de belas flores – de fato, falou apenas um pouco a respeito, pois nunca os havia visto. Polegarzinha teve de cantar para ele, e cantou "Voe para longe, besouro" e "Um monge caminhou pela clareira". Então, o Senhor Toupeira se apaixonou por ela, devido a sua bela voz, mas não disse nada, pois era muito discreto com seus pensamentos.

Ele tinha feito um longo túnel pelo chão de sua casa até a delas, e falou que a rata do campo e Polegarzinha poderiam ir de uma casa a outra sempre que quisessem. Porém, o Senhor Toupeira avisou para não terem medo do pássaro morto que estava na passagem. Era um pássaro todo, com penas e bico, que tinha provavelmente morrido no começo do inverno e que estava enterrado no túnel.

O Senhor Toupeira pegou um pedaço de madeira de pavio em sua boca, pois aquilo brilha como fogo no escuro, e caminhou na frente, para iluminar a passagem escura. Quando eles chegaram ao lugar onde o pássaro morto estava, o Senhor Toupeira ergueu o seu nariz para o teto e empurrou a terra para cima, fazendo um buraco através do qual a luz do sol entrou. No meio do chão, havia uma andorinha morta, com suas belas asas apertadas ao lado de seu corpo, e as pernas e cabeça postas debaixo das asas. Sem dúvida, o pobre pássaro morreu de frio. Polegarzinha ficou com muita pena – amava todos os passarinhos, pois eles cantaram para ela por todo o verão. Porém, o Senhor Toupeira o chutou com suas pernas curtas e disse:

— Agora não irá mais cantar! Deve ser um destino muito miserável nascer como um passarinho! Graças aos céus, nenhum filho meu pode ser um pássaro! Um pássaro como esse não tem nada além de seu canto e esperar por morrer de fome no inverno.

— Sim, como um homem da razão, você pode dizer isso – concordou a rata do campo. — O que tem um pássaro a mostrar com todo o seu cantarolar quando o inverno chega? Tem mesmo que morrer de fome e congelar, ou então fugir!

Polegarzinha nada disse, mas quando os outros deram as costas para o pássaro, ela se ajoelhou e acariciou as penas que cobriam a cabeça do animal e beijou seus olhos assim que os fechou.

Talvez tenha sido este exato pássaro que cantou tão docemente para mim ao longo do verão, pensou. *Que prazer ele me deu, o belo pássaro.*

O Senhor Toupeira fechou o buraco pelo qual entrava a luz do sol e as conduziu de volta a casa delas. Polegarzinha não conseguiu dormir naquela noite, então se levantou da cama e fez um belo e largo tapete de palha. Logo, o carregou e jogou em cima do pássaro, colocando também um pouco de lã de algodão, que achou no quarto da rata do campo, encostada nas paredes. Isso o ajudaria a ter uma cama quente no chão frio.

— Adeus, doce passarinho – ela disse. — Adeus e obrigada por todas as suas doces músicas durante o verão, quando as árvores estavam verdes e o sol brilhava mornamente sobre nós.

Então, ela colocou sua cabeça no peito do passarinho, mas ficou bem espantada com um som, como se algo estivesse batendo no peito dele. Era o coração do pássaro! Ele não estava morto, apenas desfalecido. E, agora que tinha se aquecido, começou a reviver.

No outono, todas as andorinhas voam para longe, para países quentes, mas se uma se atrasa, sente tanto frio que desfalece e permanece deitada assim até estar coberta de neve.

Polegarzinha estremeceu de susto, pois o passarinho era bem maior que ela, que tinha apenas dois centímetros e meio. Mesmo assim,

"THE SWALLOW FLEW UP INTO THE AIR." (*p.* 40.)

THOMAS W. HANDFORD, 1889

juntou coragem, colocou a lã mais próxima do pássaro, buscou a folha de hortelã que usava como colcha e colocou sobre a cabeça da ave. Na noite seguinte, fugiu para fazer tudo isso de novo e o encontrou vivo, mas tão fraco que podia somente abrir os olhos por um momento para olhá-la. Polegarzinha estava de pé com uma pequena tocha em sua mão, pois não tinha outra lanterna.

— Muito, muito obrigado, doce criança – disse o fraco passarinho.
— Você me aqueceu maravilhosamente. Logo terei força para voar em direção ao sol novamente.

— Oh! – ela exclamou. — Está tão frio lá fora, nevando e congelando. Fique na sua cama quentinha, cuidarei de você.

Então Polegarzinha levou água para a andorinha em uma folha. Quando bebeu tudo, o passarinho contou como havia machucado a asa em um galho de espinheiro negro e, portanto, não podia voar tão rápido quanto as suas companheiras, que seguiam para terras distantes e quentes. Por fim, a andorinha caiu no chão, mas não se lembrava de nada depois disso e não fazia a mínima ideia de como chegara ao túnel.

A andorinha ficou lá todo o inverno, e Polegarzinha foi boa para ela, apegando-se ao pobre animal. A pequenina não falou sobre isso nem ao Senhor Toupeira e nem à rata do campo, pois eles não gostavam da desafortunada ave.

Tão logo a primavera chegou e o calor do sol penetrou o chão, a andorinha deu adeus à Polegarzinha, que abriu o buraco que o Senhor Toupeira tinha feito lá em cima. O sol caiu deliciosamente sobre eles, e a andorinha perguntou se Polegarzinha não gostaria de acompanhá-lo. Ela podia sentar em suas costas e eles voariam para longe, em direção à floresta. Mas Polegarzinha sabia que isso chatearia a velha rata do campo.

— Não, eu não posso – respondeu Polegarzinha.

— Adeus, adeus então, menina gentil e bela – despediu-se a andorinha, e voou em direção à luz do sol. Polegarzinha olhou o pássaro partir e lágrimas encheram seus olhos, pois era muito apegada à ave.

— Kvivit, kvivit[7]! – cantou o pássaro, seguindo o seu caminho.

Polegarzinha estava muito triste. Ela não tinha permissão de ir lá fora, em direção à luz do sol. Enquanto isso, o milho que foi semeado no campo próximo à casa da rata do campo cresceu bastante, e estava denso demais para a pobre menininha, que tinha apenas dois centímetros e meio.

— Você deve trabalhar no seu enxoval nesse verão – disse a rata, pois o vizinho delas, o cansativo Senhor Toupeira em seu casaco de veludo preto, havia pedido Polegarzinha em casamento. — Você terá os tecidos para se cobrir, linho e lã, quando for esposa do Senhor Toupeira.

Polegarzinha teve de girar a roca, e a rata do campo contratou quatro aranhas para ajudá-la a tecer dia e noite.

O Senhor Toupeira as visitava todas as noites e lembrava sempre que, quando o verão acabasse, o sol não brilharia mais tão quente, embora agora aquecesse o chão, endurecendo-o como pedra. Sim, quando o verão acabasse, ele celebraria seu casamento; mas Polegarzinha não se agradava com a ideia, pois não se importava nem um pouco com o cansativo Senhor Toupeira.

....

[7] Versão dinamarquesa da onomatopeia "Piu, piu!". [N.E.]

ELEANOR VERE BOYLE, 1872

Toda manhã, ao amanhecer, e toda noite, ao entardecer, ela costumava fugir para a porta. Quando o vento batia no topo do milharal e ela podia ver o céu azul, pensava no quão brilhante e adorável era lá fora, e desejava muito ver a querida andorinha novamente. Mas o passarinho nunca voltou; sem dúvidas, estava bem distante, voando sobre belas florestas.

Quando o outono chegou, todos os trajes de Polegarzinha estavam prontos.

— Em quatro semanas, você deve estar casada – disse a rata do campo. Mas Polegarzinha chorou e disse que não queria casar com o cansativo Senhor Toupeira.

— Perda de tempo-po-po – rebateu a rata de campo. — Não seja obstinada, ou vou te morder com meu dente branco. Você terá um marido maravilhoso; a própria rainha não se compara ao casaco de veludo preto dele! Sua cozinha e sua adega estão sempre cheias. Você deveria agradecer aos céus por tal marido!

Então eles teriam de casar. O Senhor Toupeira veio buscar Polegarzinha; ela deveria viver em um buraco profundo com ele e nunca ir em direção ao calor do sol, pois ele não poderia suportar isso. A pobre criança estava muito triste com a ideia de dar adeus aos belos verões. Enquanto ficou na casa com a rata do campo, tinha ao menos permissão de observar a luz do sol pela porta.

— Adeus, sol brilhante – despediu-se ao erguer seus braços em direção ao céu. — Adeus, adeus! – disse, jogando seus braços pequeninos ao redor de uma pequena flor vermelha que crescia ali. — Dê meu amor ao querido pássaro se você chegar a vê-lo.

— Kvivit, kvivit! – foi o que ouviu nesse momento, sobre sua cabeça. Ela olhou para cima e a andorinha estava passando por ali. Tão logo o passarinho a viu, Polegarzinha ficou encantada. Disse-lhe o quão desgostosa estava por ser obrigada a casar com a toupeira feiosa e por viver no buraco profundo onde o sol nunca alcançava. Ela não conseguia evitar o choro enquanto falava a respeito.

— O inverno está chegando – disse a andorinha. — E estou para voar para países mais quentes. Você virá comigo? Você pode se sentar nas minhas costas! Se amarre com a sua faixa, e então voaremos para longe do feioso Senhor Toupeira e da sua caverna escura. Longe e além das montanhas, para aqueles países quentes onde o sol brilha com grande esplendor e onde é sempre verão e tem montões de flores. Venha voar comigo, doce e pequena Polegarzinha, que salvou minha vida quando eu jazia congelado no escuro daquela passagem subterrânea!

— Sim, eu vou com você – concordou Polegarzinha, sentando-se nas costas do passarinho e apoiando seus pés nas asas abertas dele. Ela se amarrou com cuidado às penas mais fortes, e então a andorinha voou para longe, alto no céu e por sobre das montanhas, onde a neve nunca derrete. Polegarzinha estremeceu com o ar frio, mas então se aproximou das penas do pássaro e apenas colocou sua cabeça para cima, admirando as paisagens.

Então eles alcançaram os países quentes. O sol brilhava mornamente, mais do que de onde eles haviam vindo. O céu era duas vezes mais alto, e as mais belas uvas verdes e azuis cresciam em cachos em margens e sebes. As laranjas e os limões da floresta cheiravam a mirtilo e ervas finas, e belas crianças corriam pelas estradas, brincando com grandes borboletas coloridas. Mas a andorinha não parava de voar, e o país ficava mais e mais belo.

Sob essas árvores magníficas, nas margens do mar azul, havia um belíssimo palácio de mármore muito antigo; vinhas se entrelaçavam umas nas outras ao redor dos pilares imponentes. No topo desses pilares, existiam incontáveis ninhos, e a andorinha carregou Polegarzinha para viver em um deles.

— Aqui está minha casa – disse a andorinha. — Mas se você quiser escolher uma das maravilhosas flores crescendo ali embaixo, eu a colocarei lá, e você viverá tão alegremente o quanto desejar.

— Isso seria adorável! – ela falou, batendo palminhas.

Uma grande colina branca de mármore havia caído no chão e estava lá, quebrada em três partes. Entre essas lacunas, as mais belas flores brancas cresceram. A andorinha levou Polegarzinha lá para baixo e a colocou sobre as largas folhas. Qual não foi o espanto da menina ao encontrar um homem pequenino no meio de uma das flores, tão brilhante e transparente que parecia ser feito de vidro!? Ele tinha uma adorável coroa dourada em sua cabeça e o mais belo par de asas sobre os seus ombros, e não era maior do que Polegarzinha. Era o anjo das flores! Havia também um homem ou mulher similarmente pequenos em cada uma das flores, mas ele era o rei de todos.

— Céus, como ele é belo! – suspirou Polegarzinha, para a andorinha. O pequeno príncipe estava bem assustado com o passarinho, pois era uma ave perfeitamente gigante para ele, que era tão pequeno e delicado. Porém, quando viu Polegarzinha, ficou encantado; ela era uma das mais belas garotas que já havia visto!

Ele então tirou a coroa dourada de sua cabeça e colocou sobre a dela, perguntando o seu nome e se ela aceitava ser sua esposa – e, então, Polegarzinha se tornaria a rainha das flores! Sim, ele era um tipo diferente de marido, o oposto do filho da sapa e do Senhor Toupeira, com o seu casaco de veludo preto.

Polegarzinha aceitou o belo príncipe e, para fora de cada flor, saiu uma daminha e um cavalheiro tão adoráveis que era um prazer apenas olhar para eles. Cada um trouxe um presente para Polegarzinha, mas o melhor de todos foi o par de belas asas de uma grande mosca branca, que foi preso às suas costas, permitindo-a voar de flor em flor. Tudo então se tornou prazer e felicidade; porém, a andorinha sentou-se sozinha em seu ninho e cantou para todos eles o melhor que podia, pois seu coração estava pesado. Ele era apegado a Polegarzinha e desejava nunca se separar dela.

— Você não será mais chamada de Polegarzinha – disse o anjo das flores. — Esse é um nome feio, e você é tão bela! Nós a chamaremos de Maio.

— Adeus, adeus! – despediu-se a andorinha, que voou para longe de novo dos países quentes, cobrindo a distância de volta à Dinamarca. Lá, ele tinha um pequeno ninho sobre a janela do homem que escreveu este conto. O passarinho cantou para ele o seu "Kvivit, kvivit!", e, assim, nós descobrimos toda a história.

JOSEPH JACOBS

1890

CURTO

Os três porquinhos

The Story of the Three Little Pigs | Inglaterra

*Três porcos são mandados para fora de casa à sua
própria sorte, e precisam construir suas casas.
Porém, apenas uma delas é resistente o suficiente
para as bufadas de um lobo mau.*

ERA UMA VEZ, QUANDO OS PORCOS FALAVAM EM RIMA; E os macacos mascavam tabaco; E as galinhas cheiravam o rapé para se tornarem mais resistentes; E os patos faziam quack, quack, quack, O! Havia uma porca com três porquinhos, e como ela não tinha o suficiente para mantê-los, mandou-os mundo afora para fazerem sua própria sorte. O primeiro porquinho que saiu conheceu na estrada um homem com um feixe de palha e lhe disse:

— Por favor, senhor, me dê esta palha para que eu construa uma casa para mim.

O homem atendeu ao pedido, e o porquinho construiu uma casa com a palha. Logo veio um lobo, que bateu na porta e disse:

— Porquinho, porquinho, deixe-me entrar.

Ao que o porco respondeu:

— Não, não, pelo cabelo de meu queixinho, inho, inho[8]!

O lobo então retrucou:

— Então eu vou bufar, e eu vou soprar, e eu vou derrubar a sua casa!

Assim, ele bufou, soprou, derrubou a casa e devorou o porquinho.

O segundo porquinho encontrou um homem com um monte de tojo[9] e disse:

— Por favor, homem, dê-me este tojo para construir uma casa.

O homem atendeu ao pedido, e o porco construiu a sua casa. Então veio o lobo e disse:

— Porquinho, porquinho, deixe-me entrar.

— Não, não, pelo cabelo de meu queixinho, inho, inho!

— Então eu vou soprar, e vou bufar, e vou derrubar a sua casa.

Assim, ele bufou, soprou, soprou e bufou e, finalmente, derrubou a casa e comeu o porquinho.

O terceiro porquinho encontrou um homem com uma carga de tijolos e disse:

....

8 No idioma original, *"let me in"* (deixe-me entrar) e *"chin"* (queixo) fazem uma rima. [N. E.]

9 Tojo: Planta de folhas espinhosas e flores amarelas, que cresce em terrenos silicosos. [N. E.]

LEONARD LESLIE BROOKE, 1904

— Por favor, homem, dê-me estes tijolos para construir uma casa.

O homem deu-lhe os tijolos, e o porquinho construiu sua casa com eles. Então veio o lobo, como fez com os outros irmãos, e disse:

— Porquinho, porquinho, deixe-me entrar.

— Não, não, pelo cabelo de meu queixinho, inho, inho!

— Então eu vou bufar, e eu vou soprar, e eu vou derrubar a sua casa!

Bem, ele bufou e soprou, e bufou e soprou, e soprou e bufou; mas não conseguiu pôr a casa abaixo. Quando notou que não poderia, com todo seu bufar e soprar, derrubar a casa, disse:

— Porquinho, eu sei onde há um bom campo de nabos.

— Onde? – perguntou o porquinho.

— Oh, no sítio do Sr. Smith. E, se você estiver pronto amanhã de manhã, eu te chamarei e iremos juntos para colhermos alguns para o jantar.

— Muito bem – disse o porquinho. — Eu estarei pronto. Que horas você pretende ir?

— Às seis horas.

Bem, o porquinho levantou-se às cinco e obteve os nabos antes que lobo viesse – o que ele fez dentro do horário marcado.

— Porquinho, você está pronto? – perguntou o lobo, pontualmente.

O porquinho disse:

— Pronto? Eu fui e já voltei, e tenho um bom bocado para o jantar!

O lobo sentiu-se muito irritado com isso, mas, de uma forma ou de outra, pegaria aquele porquinho. Então, disse:

— Porquinho, eu sei onde há uma bela macieira.

— Onde? – perguntou o porco.

— Lá naquele belo jardim – respondeu o lobo. — E se você não me enganar, virei te chamar às cinco horas amanhã e colheremos algumas maçãs.

Bem, o porquinho apressou-se na manhã seguinte, às quatro horas, e partiu para as maçãs na esperança de voltar antes que o lobo viesse. Mas ele teve de ir mais longe e precisou subir na árvore, de modo que, assim que começou a descer dela, viu o lobo chegando – que, como você pode supor, o assustava muito. Quando o lobo veio, disse:

— Porquinho, o que é isso?! Você está aqui antes de mim? São boas, essas maçãs?

— Sim, muito – disse o porquinho. — Eu vou jogar-lhe uma.

E ele jogou tão longe que, enquanto o lobo se foi para buscá-la, o porquinho pulou da árvore e correu para casa. No dia seguinte, o lobo voltou e disse para o porquinho:

— Porquinho, haverá uma feira em Shanklin nesta tarde, você vai?

— Ah, sim – disse o porco. — Eu irei. Que horas você estará pronto?

— Às três – disse o lobo.

Assim, o porquinho saiu mais cedo, como de costume, chegou na feira e comprou uma batedeira de manteiga, que estava levando para casa quando viu o lobo se aproximar. Sem saber o que fazer, escondeu-se dentro da batedeira e deixou-a redonda como uma bola, rolando morro abaixo. Isso assustou tanto o lobo que ele logo foi embora. Quando chegou na casa do porquinho, contou-lhe sobre quão assustador tinha sido uma grande e redonda coisa que desceu o morro atrás dele. Em seguida, o porquinho disse:

LEONARD LESLIE BROOKE, 1904

— Rá, eu te assustei, então! Eu tinha ido para a feira e comprei uma batedeira de manteiga e, quando vi você, entrei nela e rolei morro abaixo.

O lobo ficou muito zangado; declarou que iria comer o porquinho e que desceria pela chaminé para pegá-lo. Quando o porquinho viu o que ele estava prestes a fazer, pendurou um caldeirão cheio de água e acendeu um fogo intenso. Assim que o lobo começou a descer, tirou a tampa e ele caiu dentro do tal caldeirão. O porquinho colocou a tampa novamente em um instante, cozinhou e comeu o lobo no jantar, e viveu feliz para sempre.

JACOB E WILHELM GRIMM

1812

MÉDIO

João e Maria

Hänsel und Gretel | Alemanha

*Um casal sem recursos toma uma providência
extrema ao mandar duas crianças sozinhas para
a floresta. O menino, porém, busca maneiras de
sobreviver e ajudar a irmã.*

RÓXIMO A UMA GRANDE FLORESTA, VIVIAM UM pobre lenhador, sua esposa e seus dois filhos: o menino era João, e a menina, Maria[10]. Eles tinham muito pouco para comer e, quando uma grande escassez assolou aquelas terras, o homem não podia mais assegurar o pão diário para a sua família. Uma noite, ele foi se deitar pensando nisso e, virando-se de um lado para o outro, suspirou pesadamente para sua esposa:

— O que será de nós? Não conseguimos alimentar nem a nós mesmos, quem dirá nossos filhos.

— Eu lhe direi o que fazer, marido – respondeu a esposa. — Deixaremos nossas crianças na floresta de manhã cedo. Faremos uma fogueira e daremos um pedaço de pão a cada um. Então, iremos ao trabalho e os deixaremos lá, sozinhos. Eles jamais encontrarão o caminho de casa.

— Não, esposa – disse o homem. — Eu não posso fazer isso. Os animais selvagens aparecerão para devorá-los!

— Tolo! – ela rebateu. — Então nós quatro morreremos de fome! É melhor começar a preparar nossos caixões. – E a mulher o importunou até ele consentir com a ideia.

— Mas eu realmente tenho pena das minhas pobres crianças – disse o homem.

Os irmãos não conseguiam dormir direito por causa da fome. Por isso, acabaram escutando o que sua madrasta falara ao seu pai. Maria chorou amargamente e disse para João:

— É o nosso fim!

— Fique quieta, Maria! – falou João. — E não se lamurie. Pensarei em alguma coisa.

Então, quando os pais adormeceram, João se levantou, colocou seu pequeno casaco e saiu. A lua estava radiante, e seus raios iluminaram as pequenas pedras brancas que estavam de frente para a casa, fazendo-as brilhar como moedas de prata. João encheu o pequenino bolso do seu casaco com todas as pedrinhas que conseguiu pegar. Ao retornar para casa, falou para Maria:

....

10 No original alemão *Hänsel* (João) e *Gretel* (Maria) [N.E.]

Hänsel u. Gretel.

or einem großen Walde wohnte ein armer
Holzhacker mit seiner Frau und seinen zwei
Kindern; das Bübchen hieß Hänsel und das
Mädchen Gretel. Er hatte wenig zu beißen
und zu brechen, und einmal, als große
Teuerung ins Land kam, konnte er auch das
tägliche Brot nicht mehr schaffen. Wie er

HERMANN VOGEL

— Fique tranquila, irmãzinha, e durma calmamente. Nosso Deus não irá nos abandonar. – E ele voltou para a cama e adormeceu.

Ao amanhecer, a madrasta despertou as duas crianças, dizendo:

— Levantem, seus preguiçosos! Estamos indo para a floresta para cortar lenha.

Ela deu um pedaço de pão para cada um e completou:

— Isso é para o almoço, e vocês não devem comer antes da hora. Caso contrário, não terão mais nenhum!

Maria guardou o pão debaixo do seu avental para que João ficasse com seus bolsos cheios de pedras. Então, os quatro rumaram juntos para a floresta. Quando eles já haviam percorrido mata adentro por um certo tempo, João ainda olhava para a sua casa, e fez isso de novo, e de novo, e de novo, até seu pai dizer:

— O que está olhando, João? Tome cuidado para não esquecer as suas pernas!

— Ó, papai! – exclamou o menino. — Estou olhando para a minha gatinha branca, que está no telhado me dizendo adeus.

— Seu jovem estúpido! – rebateu a mulher. — Isso não é sua gata, mas sim a luz do sol refletindo sobre a chaminé!

É claro que João não estava olhando para a sua gata, e sim jogando as pedrinhas ao longo do caminho.

Ao chegarem ao meio da floresta, o pai ordenou às crianças que fossem buscar madeira para fazer uma fogueira que os manteria aquecidos. Quando João e Maria reuniram um pequeno monte, eles atearam fogo a ele. Enquanto a chama crepitava intensamente, a mulher disse:

— Agora, deitem-se ao redor da fogueira, crianças, e nós iremos cortar madeira. Quando terminarmos, viremos pegá-los.

João e Maria obedeceram às ordens de sua madrasta e, quando chegou o meio-dia, comeram seus pedaços de pão. Eles pensavam que seu pai estava na floresta o tempo todo, assim como imaginaram ter escutado os golpes do machado. Porém, era apenas um galho seco pendurado em uma velha árvore, que balançava por causa do vento. Depois de um longo tempo, os olhos das crianças pesaram, tamanha era a sua fadiga, e eles caíram rapidamente no sono. Ao acordarem, já era de noite, e Maria logo começou a chorar:

— Como iremos sair dessa floresta?

Mas João a confortou, dizendo:

— Espere um pouquinho mais, até a lua surgir, e então encontraremos o caminho para casa.

Assim que a lua cheia apareceu, João tomou a mão de sua irmãzinha e seguiu o caminho das pedras brilhantes como prata. Eles caminharam a noite inteira, e somente ao amanhecer chegaram à casa de seu pai. Bateram na porta, sendo atendidos pela esposa, que gritou:

— Suas crianças malvadas! Por que dormiram na floresta? Achamos que nunca voltariam para casa!

Mas o pai estava radiante, pois se arrependera de todo o coração por ter deixado seus filhos sozinhos na floresta.

Não muito tempo depois, quando houve novamente uma grande escassez naquelas áreas, as crianças escutaram novamente sua madrasta falar para seu pai à noite:

— Tudo está acabando. Temos apenas metade de um pão que logo chegará ao fim. As crianças precisam ir embora. Iremos levá-las para bem longe dessa vez, então não serão capazes de voltar. Não há outra coisa a se fazer.

O homem sentiu seu coração triste e pensou: *Seria melhor eu partilhar este último pedaço com meus filhos.*

Mas mesmo que a esposa não o tivesse escutado, ainda assim reprovou seu marido. Quem tinha coragem de cometer o erro uma vez, poderia fazer uma segunda vez – aquele que diz A, deve dizer B também.

As crianças, que não estavam adormecidas, escutaram tudo o que eles falaram. Quando os pais dormiram, João se levantou para conseguir mais pedras, porém, sua madrasta havia trancado a porta e o menino não poderia sair. Ele confortou sua irmãzinha, dizendo:

— Não chore, Maria. Durma tranquilamente, Deus irá nos ajudar.

Na manhã seguinte, a madrasta acordou os irmãos. Ela deu aos dois um pequeno pedaço de pão – ainda menor do que o anterior – e, durante o caminho para a floresta, João esmigalhou o pão, parando para espalhar seus farelos ao longo do caminho.

— João, o que você está fazendo? – questionou o pai.

CARL OFFTERDINGER
& HEINRICH LEUTEMANN

— Estou olhando para meu passarinho sobre o telhado, que diz adeus para mim – respondeu o menino.

— Tolo! – resmungou a madrasta. — Isso não é um passarinho, e sim o brilho do sol sobre a chaminé!

Como na vez anterior, João concordou e continuou a jogar as migalhas de pão ao longo de toda a estrada.

A mulher conduziu as crianças para o interior da floresta, num lugar onde eles nunca foram antes. E assim, mais uma vez, fizeram uma grande fogueira.

— Sentem-se aqui, crianças – disse a madrasta. — E, caso fiquem cansados, poderão dormir. Estaremos na floresta, cortando madeira. Ao final do dia, quando estivermos prontos para partir, viremos pegar vocês.

Ao meio-dia, Maria deu o seu pedaço de pão a João, que esfarelou o que pertencia a ele ao longo de todo o caminho. Então, eles dormiram e, ao anoitecer, ninguém foi buscar as pobres crianças. Quando despertaram, já era noite, e João confortou sua irmãzinha, falando:

— Espere um pouquinho, Maria, até a lua aparecer. Então, poderemos ver os farelos de pão que deixei no caminho e iremos para casa.

Assim que a lua surgiu, eles se levantaram, mas não encontraram nenhum pedaço de pão, porque os pássaros da floresta e dos prados comeram tudo. João pensou que, ainda assim, eles poderiam encontrar o caminho de volta, mas não conseguiram. Passaram a noite toda na floresta, e também a manhã seguinte e o anoitecer – ainda assim, não encontraram o trajeto que os levaria para casa. Ambos estavam famintos, e não tinham nada para comer além das frutinhas que encontraram ao longo da jornada. E quando ficaram cansados a ponto de não conseguirem mais caminhar, deitaram-se debaixo de uma árvore e adormeceram.

Já era a terceira manhã desde que deixaram a casa de seu pai. Eles sempre tentavam encontrar o caminho de volta, mas entravam cada vez mais na floresta. Se não recebessem ajuda logo, morreriam de fome.

Perto do meio-dia, viram um lindo pássaro, branco como a neve, sentado em um galho e cantando tão docemente que os irmãos pararam para escutá-lo. Assim que a canção acabou, o pássaro abriu suas asas e voou para longe deles. João e Maria o seguiram até chegarem a uma pequena casa. O passarinho pousou sobre o telhado, e as crianças se aproximaram

MILDRED LYON, 1922

para olhar o casebre, que era feito de pão, com telhado de bolo e janela de açúcar transparente.

— Vamos pegar um pouco disso – falou João —, e faremos uma bela refeição. Comerei um pedaço deste telhado, Maria, e você pode pegar um pouquinho da janela. Parece muito saborosa!

Então João estendeu a mão e quebrou um pedacinho do telhado, apenas para descobrir o seu sabor, enquanto Maria roía um pedaço da janela. Em pouco tempo, eles escutaram uma voz fininha vindo de dentro da casa:

— Roendo, roendo, como um rato! Quem está roendo a minha casa?

E as crianças responderam:

— Ninguém, é apenas o vento!

Eles voltaram a comer, sem se perturbar mais. João, que achara o telhado muito gostoso, tirou mais um grande pedaço, e Maria puxou outra lasca da vidraça açucarada e se sentou para saboreá-la. Então, a porta se abriu, e uma idosa surgiu, apoiando-se em uma muleta. João e Maria se assustaram e quase derrubaram o que mantinham em suas mãos. A velha, todavia, balançou a sua cabeça e disse:

— Ah, queridas crianças, como chegaram aqui? Vocês devem entrar e ficar comigo para não terem nenhum problema!

A mulher pegou cada criança pela mão e entrou em sua casa pequenina. Lá, os irmãos encontraram uma esplêndida refeição, com leite, panquecas, açúcar, maçã e nozes. Depois que ela mostrou as pequeninas e brancas camas, João e Maria se deitaram nelas, pensando que estavam no céu.

A velha, embora parecesse muito gentil, era na verdade uma perversa bruxa, que construiu a casinha para seduzir crianças. Uma vez que elas estavam dentro, a mulher as matava, cozinhava e as comia, o que era um dia de festa para ela. Seus olhos eram vermelhos, e ela não enxergava muito bem, mas tinha um excelente olfato – como o das bestas – e sabia bem quando humanos estavam por perto. Ao perceber a aproximação de João e Maria, deu uma estrondosa risada e disse, triunfante:

— Eu os tenho! Eles não escaparão de mim!

De manhã cedo, antes das crianças despertarem, a bruxa se levantou e as olhou. Elas dormiam tão tranquilamente, com suas bochechas coradas, que a velha disse para si mesma:

— Que ótima refeição eu farei!

Em seguida, agarrou João com sua mão atrofiada e o levou para uma gaiola, trancando-o atrás da grade. O menino poderia gritar o quanto quisesse, ninguém o salvaria. Logo depois, voltou-se para Maria, que chorava, e a balançou:

— Vamos, sua preguiçosa! Aqueça a água e cozinhe algo bom para seu irmão. Ele não está suculento e precisamos engordá-lo. Assim que estiver gordo o suficiente, eu o comerei!

Maria chorava amargamente, mas isso não teria utilidade nenhuma. Ela precisava fazer o que a bruxa má ordenasse.

E, assim, a melhor comida foi feita para o pobre João, enquanto Maria não comia nada além de conchas de caranguejo. Toda manhã, a velha ia à pequena gaiola e clamava:

— João, me mostre o seu dedo, que eu direi se já está gordo o suficiente.

João, todavia, mostrava um pequenino osso, e a velha, que enxergava muito mal, não podia ver o que era. Acreditando que aquilo era realmente o dedo de João, achava que o menino não estava engordando. Após quatro semanas, João ainda lhe parecia magrinho, e a bruxa perdeu a paciência e disse que não esperaria mais.

— Venha aqui, Maria – ordenou para a garotinha. — Seja rápida e esquente a água. Esteja João gordo ou magro, amanhã irei matá-lo e o cozinharei!

Que aflição para a pobre irmãzinha ter de esquentar a água, e como suas lágrimas rolavam sobre sua face!

— Querido Deus, nos ajude! – suplicava. — Se tivéssemos sido devorados pelos animais da floresta, pelo menos teríamos morrido juntos!

— Me poupe de seus lamentos! – falou a velha. — Eles são inúteis!

Na manhã seguinte, Maria teve de se levantar, acender o fogo e encher a chaleira.

— Primeiro, faremos o cozimento – disse a bruxa. — Eu já aqueci o forno, então sove a massa.

Ela empurrou a pobre Maria para o forno, cujas chamas já crepitavam.

— Entre – ordenou a velha. — Veja se ele já está adequadamente quente para cozinhar o pão.

E Maria, uma vez dentro, seria também cozinhada pela bruxa. Mas a menina, percebendo o que a mulher desejava, disse:

— Não sei como fazê-lo. Como devo entrar?

— Menina estúpida! – bradou a bruxa. — A entrada é grande o suficiente, não consegue ver? Eu posso fazer isso! – E ela parou de falar e colocou a cabeça na boca do forno. Então, Maria a empurrou e fechou a porta de ferro.

Ah, como eram terríveis os uivos da bruxa! Mas Maria não se apiedou e deixou a perversa arder miseravelmente. A menina correu para o seu irmão, abriu a porta da gaiola e comemorou:

— João, estamos livres! A bruxa velha está morta!

João saiu da gaiola como um passarinho enclausurado faria. Como eles comemoraram! Como eles se abraçaram, dançaram e se beijaram! E, já que nada mais tinham a temer, inspecionaram a casa da bruxa, que estava repleta de cofres de pérolas e pedras preciosas.

— Isso é melhor do que pedrinhas brilhantes – disse João, que encheu seus bolsos. E Maria, pensando que poderia levar algo para casa com ela, também deixou seu avental abarrotado.

— Agora, vamos! – exclamou João. — Nós podemos sair da casa da bruxa!

Quando eles retornaram à sua jornada, em poucas horas encontraram um grande córrego.

— Nunca conseguiremos atravessar – disse João. — Não vejo um caminho de pedras e nenhuma ponte.

— E não há um barco sequer – completou Maria. — Mas lá vem uma pata branca. Se eu perguntar, ela poderá nos ajudar. – E a menina falou:
— Patinha, patinha, aqui estamos, João e Maria, sobre a terra. Não temos uma ponte e nem um trampolim; leve-nos em suas lindas costas brancas.

E a pata concordou. João subiu e estendeu a sua mão para a irmã segui-lo.

— Não – respondeu Maria. — Será muito difícil para a pata. Podemos ir separadamente, um atrás do outro.

Assim aconteceu, e eles seguiram alegremente, até chegarem à floresta, que parecia cada vez mais familiar até que, enfim, avistaram a casa de seu pai. Então, os pequenos correram até lá, abriram a porta e pularam sobre o pescoço do lenhador. O pobre homem não teve um minuto de paz desde que abandonou seus filhos na floresta, mas sua esposa morrera de fome. E quando Maria abriu seu avental, pérolas e pedras preciosas caíram sobre todo o aposento. João retirou mais joias do seu bolso. Assim, com todo o cuidado, eles viveram em grande alegria juntos.

1697   MÉDIO

Barba Azul

Barbebleue | França

*Um homem rico casa-se com a bela filha de
uma dama e esconde dela um segredo sangrento.
Desobedecendo a única regra do marido, a moça
abre uma das portas do palácio e se depara com o
passado de Barba Azul.*

RA UMA VEZ UM HOMEM MUITO RICO, QUE TINHA muitas propriedades, todas nobres palácios, na cidade e no campo. Todos os detalhes nos castelos eram belos e suntuosos, suas baixelas de ouro e prata, as cadeiras estofadas com as mais finas tapeçarias e as carruagens adornadas de ouro. Mas, apesar da riqueza, ele tinha uma tristeza: sua barba era azul. A barba o fazia parecer tão feio e assustador que as moças fugiam quando se deparavam com ele.

Nas redondezas, vivia uma distinta dama que tinha duas filhas e ninguém sabia dizer qual delas era a mais bela. O homem pediu a essa senhora que lhe concedesse a mão de uma de suas filhas e deixou que ela mesma escolhesse qual das duas lhe daria. O pedido não agradou a nenhuma delas, pois não queriam se casar com um homem de barba azul. O que tornava a situação ainda mais difícil é que este homem já se casara com muitas mulheres e ninguém sabia o que fora feito das antigas esposas.

A fim de conquistar a amizade da família, Barba Azul levou as duas moças, sua mãe, três ou quatro amigas delas e mais alguns rapazes conhecidos para uma festa em uma de suas casas de campo. A festa durou uma semana inteira e todos se divertiram muito. Fizeram incansáveis passeios, caçadas, pescarias, danças e banquetes. Os convidados estavam tão ocupados pregando peças uns nos outros e se embriagando, que a mais jovem das duas irmãs começou a achar o senhor da barba azul um bom sujeito. Assim que retornaram à cidade, celebraram o casamento.

Um mês se passou e Barba Azul disse à sua esposa que viajaria para tratar de alguns negócios importantes nas províncias. Ele ficaria fora por pelo menos seis semanas e insistiu para que ela se divertisse na sua ausência. E se lhe agradasse, poderia convidar seus amigos mais próximos para passar um tempo na casa de campo. Qualquer coisa para mantê-la de bom humor.

Ele entregou à esposa uma argola cheia de chaves e descreveu:

— Estas são as chaves dos dois grandes armazéns onde guardo meu ouro e minha prata. Esta outra é de onde estão as baixelas que não são de uso diário, esta do quarto onde guardo todas as joias. E, finalmente, esta é a chave mestra para todos os aposentos do palácio. Quanto a esta chave em particular, ela abre o gabinete no final da longa galeria do térreo. Abra

BLUEBEARD.

ONCE on a time there lived a man
    hated by all he knew.
Both that his ways were very bad,
    and that his beard was blue;
But as he was so rich and grand, and
    led a merry life,
A lady he contrived at last to induce
    to be his wife.

For a month after the wedding they
    lived and had good cheer,
And then said Bluebeard to his wife,
    "I'll say good-bye, my dear;
"Indeed, it is but for six weeks that I
    shall be away.
"I beg that you'll invite your friends,
    and feast and dance and play;
"And all my property I'll leave con-
    fided to your care:
"Here are the keys of all my chests,
    there's plenty and to spare."

WALTER CRANE

o que quiser. Vá a qualquer lugar que desejar. Mas proíbo-lhe terminan-
temente de entrar naquele quartinho e, se abrir nem que seja uma fresta
da porta, nada irá protegê-la da minha ira.

A mulher prometeu seguir exatamente as ordens dadas por seu marido. Barba Azul lhe deu um beijo de despedida, entrou na carruagem e
partiu para sua jornada.

Amigos e vizinhos da recém-casada, ansiosos por conhecer o
fausto do palácio, não pensaram duas vezes quando lhes foi concedido o convite. Enquanto o marido estava por lá, eles não se atreveram
a visitá-la, pois aquela barba azul os amedrontava. Sem perder tempo, começaram a explorar tudo que encontravam: os salões ricamente decorados,
os quartos, os armários e roupeiros, cada um mais esplêndido e suntuoso
que o outro. Ficavam boquiabertos diante de tanta riqueza e de tamanha
beleza das tapeçarias, camas, sofás, pratarias, cristaleiras e cristais, tecidos, louças das mais finas. Havia espelhos em que a pessoa poderia ver-se
da cabeça aos pés. Alguns espelhos tinham moldura de vidro, outros de

prata, outros eram bisotados, mas todos eram os mais grandiosos e magníficos que já tinham visto.

Os convidados invejavam a amiga e elogiavam tudo o que viam na casa. Esta, porém, era incapaz de desfrutar de qualquer destas riquezas, pois estava ansiosa para entrar no gabinete do piso térreo. Estava tão atormentada por sua curiosidade que, sem perceber que era uma falta da anfitriã abandonar seus convidados, correu a escada tão depressa que quase quebrou o pescoço. Por fim, chegou à porta da saleta e parou por um momento, considerando quais poderiam ser as consequências de seu ato, desobedecendo à veemente proibição do seu marido. A tentação era grande demais e ela foi incapaz de resistir. Tremendo de emoção, pegou a pequena chave e abriu a porta.

No início, ela não conseguia ver nada, pois as janelas estavam fechadas. Aos poucos, seus olhos foram se acostumando à escuridão e começou a perceber que o assoalho estava pegajoso com sangue coagulado e, pior ainda, naquele sangue se refletia corpos de mulheres mortas, as antigas esposas do Barba Azul, dependurados nas paredes, degoladas e enfileiradas em um espetáculo macabro e aterrador.

A esposa ficou paralisada de pavor e, ao puxar a chave da fechadura, sentiu-a cair de suas mãos trêmulas. Depois de recobrar os sentidos, apanhou a chave, trancou a porta e subiu até o seu quarto para se recompor. Esforço em vão, pois seus nervos estavam em frangalhos e naquele momento nada conseguiria tranquilizá-la. Foi então quando percebeu que a chave do soturno gabinete estava manchada de sangue. Esfregou-a duas ou três vezes, mas o sangue não saía. Tentou lavá-la com areia e sabão e

ainda assim a mancha não saía, pois a chave era encantada e não havia maneira de remover aquele sangue. Bastava limpar o sangue de um lado da chave que ele reaparecia no outro.

Naquela mesma noite, Barba Azul voltou inesperadamente de sua viagem, dizendo que seus negócios se resolveram antes do que pensava, auferindo grandes lucros. Sua esposa fez tudo que pôde para demonstrar que estava radiante com o seu regresso antecipado. Na manhã seguinte, ele pediu de volta as chaves e ela as devolveu, mas suas mãos tremiam tanto que ele adivinhou imediatamente o que acontecera em sua ausência.

— Onde está a chave do gabinete? – perguntou. — Por que não está junto com as demais?

— Devo tê-la deixado em cima da minha penteadeira.

— Não se esqueça de devolvê-la logo mais – disse Barba Azul.

A esposa tentou o quanto pôde esquivar-se de devolver a chave, até que não foi mais possível. Barba Azul recebeu a chave e, após examiná-la muito bem, disse:

— Por que a chave está manchada de sangue?

— Não tenho a menor ideia – respondeu a pobre mulher, pálida como a morte.

— Você não tem ideia, mas eu tenho – replicou Barba Azul. — Você me desobedeceu e entrou no gabinete! Bem, agora, minha senhora, já que você abriu, tomará o seu lugar ao lado das mulheres que lá viu.

Em prantos, a pobre mulher se atirou aos pés do marido, chorando e implorando perdão, jurando arrependimento genuíno por tê-lo desobedecido. O seu sofrimento teria comovido um coração de pedra, mas o coração de Barba Azul era mais rigoroso do que um rochedo.

— Senhora, você deve morrer – o perverso declarou. — Sua hora chegou!

— Já que não há escapatória – ela respondeu, fitando-o com os olhos cheios de lágrimas. — Dá-me apenas algum tempo para que eu possa fazer minhas orações.

— Vou dar-lhe um quarto de hora – disse o marido. — Mas nem um segundo a mais.

Quando a mulher ficou sozinha, chamou sua irmã e disse-lhe:

— Irmã Ana – pois esse era seu nome —, eu imploro, suba para o topo da torre e veja se nossos irmãos estão a caminho daqui. Eles prometeram me fazer uma visita ainda hoje. Se você avistar um deles, faça um sinal para que se apressem.

Ana subiu rapidamente ao alto da torre e, de vez em quando, ouvia a pobre mulher perguntar desesperada:

— Ana, querida irmã Ana, não está vendo ninguém chegar?

E a irmã respondia:

— Não vejo nada, apenas o sol ofuscante e o capim verdejante.

Nesta hora, Barba Azul pegou um sabre enorme e gritou a plenos pulmões:

— Desça já, ou subirei aí para buscá-la!

— Apenas me dê mais um segundo, eu imploro – sua esposa respondeu e logo sussurrou: — Ana, querida irmã Ana, você vê alguém vindo para cá?

— Ó não, querida irmã, apenas um rebanho de ovelhas.

— Trate de descer depressa! – berrou Barba Azul.

— Só mais um segundo – respondeu a esposa, que gritou: — Ana, querida irmã Ana, você vê alguém vindo para cá?

— Eu vejo dois cavaleiros vindo para cá, mas ainda estão muito longe – ela respondeu. Um momento depois, respondeu: — Graças a Deus, são nossos irmãos. Estou fazendo todos os sinais possíveis para que se apressem.

Barba Azul rugiu tão alto que a casa inteira estremeceu. Sua infeliz esposa desceu as escadas aos prantos, com os cabelos revoltos, e se atirou aos pés do marido.

— Nada que você faça poderá me comover – disse Barba Azul. — Prepare-se para morrer.

Com uma mão, agarrou-a pelos cabelos e com a outra ergueu o sabre no ar, pronto para lhe cortar a cabeça. A pobre mulher se virou para ele e, com os olhos esmaecidos, suplicou que lhe desse um momento para se preparar para a morte.

— Não, não – disse Barba Azul. — Prepare-se para conhecer o seu criador.

Ao erguer o braço, bateram à porta com tanta força que Barba Azul ficou simplesmente paralisado. A porta foi arrombada com violência, e por ela entraram dois soberbos cavaleiros que, empunhando as espadas, galoparam em direção a Barba Azul. Reconhecendo os irmãos de sua mulher

– um era um dragão[11] e o outro um mosqueteiro –, fugiu na esperança de escapar, mas os dois irmãos não tiveram misericórdia ao atravessarem seu corpo com as espadas e o deixarem cair morto. A esposa extenuada mal teve forças para se levantar e abraçar os irmãos.

Descobriu-se que Barba Azul não havia deixado herdeiros e a mulher recebeu a posse de todos os seus bens. Ela empregou parte de sua fortuna para casar a irmã Ana com um jovem fidalgo que estava profundamente apaixonado por ela. Outra parte empregou para ajudar seus dois irmãos. E o restante usou para se casar com um nobre homem, que a ajudou a banir a memória dos dias terríveis que passou com Barba Azul.

....

[11] Originalmente, um dragão era um tipo de soldado que se caraterizava por se deslocar a cavalo, mas combater a pé. [N.E.]

JACOB E WILHELM GRIMM

1812 · CURTO

Rumpelstiltskin

Rumpelstilzchen | Alemanha

Um pobre moleiro apresenta sua filha, que supostamente sabe fiar palha em ouro (em uma espécie diferente de alquimia) para o Rei, mas acaba a conduzindo para um estranho acordo.

H AVIA CERTA VEZ UM POBRE MOLEIRO QUE TINHA uma linda filha. Um dia, aconteceu que ele conseguiu falar com o rei e, para gabar-se, disse que sua filha podia fiar ouro a partir de palha. O rei disse ao moleiro:

— Eis uma arte que me apraz! Se sua filha é tão hábil como me diz, traga-a ao meu castelo amanhã para que possa pô-la à prova.

Quando a garota chegou, o monarca a levou a uma sala que estava repleta de palha e deu-lhe uma roda de fiar, dizendo:

— Agora comece a trabalhar e, se pela matina não tiver fiado essa palha em ouro, você morrerá. – E ele mesmo fechou a porta, deixando-a sozinha.

A pobre filha do moleiro ficou lá, sentada, sem saber o que fazer da vida; ela não tinha noção de como fiar ouro da palha, e sua aflição cresceu tanto que começou a chorar. Então, a porta repentinamente abriu, e entrou um homenzinho, que disse:

— Boa noite, filha do moleiro. Por que chora?

— Oh! – respondeu a garota. — Eu tenho de fiar ouro a partir da palha e não entendo desse negócio.

Ao que o homenzinho disse:

— O que me dará se eu fiar pra você?

— Meu colar – disse a garota.

O homenzinho pegou o colar, sentou-se diante da roda, e *zum, zum, zum*! Três giros e a bobina estava cheia. Então ele pegou outra e *zum, zum, zum*! Três giros e aquela estava cheia. Assim ele continuou até a manhã, quando toda a palha tinha sido fiada, e todas as bobinas estavam cheias de ouro. Ao nascer do sol, veio o rei; ao ver o ouro, ficou atônito e muito alegre, pois era muito avarento. Ele fez com que a filha do moleiro fosse levada a outra sala repleta de palha, muito maior do que a última, e disse-lhe que, se ela valorizava a vida, deveria fiar tudo em uma noite. A garota não sabia o que fazer, então começou a chorar. Logo a porta abriu, e o homenzinho apareceu:

— O que me dará se eu fiar toda essa palha em ouro? – perguntou.

— O anel em meu dedo – respondeu a garota.

O homenzinho pegou o anel e começou novamente a rodar, zunindo a roca. Na manhã seguinte, toda a palha estava fiada em ouro reluzente.

O rei ficou incrivelmente jubiloso ao ver a cena mas, como nunca poderia ter ouro o bastante, mandou a filha do moleiro para uma sala ainda maior, cheia de palha, e disse:

— Isso também deve ser fiado em uma noite; se conseguir, será minha esposa. – Ele pensou: *Mesmo que ela seja só uma filha de moleiro, não devo encontrar nenhuma mais rica no mundo inteiro.*

Tão logo a garota foi deixada só, o homenzinho apareceu pela terceira vez e disse:

— O que me dará se eu fiar a palha para ti dessa vez?

— Eu não tenho mais nada para dar – respondeu a garota.

— Então deve me prometer seu primogênito depois que virar rainha – disse o homenzinho.

Mas quem sabe se isso acontecerá?, pensou a garota; porém, como ela não sabia mais o que fazer, por sua necessidade prometeu ao homenzinho o que ele desejava. Logo ele começou a fiar, até que toda a palha virasse ouro. Quando, pela manhã, o rei veio e achou tudo feito de acordo com sua vontade, ele fez com que o casamento fosse celebrado imediatamente, e a bela filha do moleiro tornou-se rainha.

Ao fim de um ano, ela deu à luz uma linda criança e não pensou mais no homenzinho. Um dia, contudo, ele entrou de repente em seu quarto e disse:

— Agora, me entregue o que me prometeu.

A rainha ficou muito aterrorizada e ofereceu todas as riquezas do reino se ele apenas deixasse a criança, mas o homenzinho disse:

— Não, eu prefiro ter algo vivo do que todos os tesouros do mundo.

Então a rainha começou a se lamentar e a chorar, tanto que o homenzinho sentiu pena dela.

— Vou lhe dar três dias – ele disse. – E, se então não puder adivinhar meu nome, deverá me dar a criança.

A rainha pensou a noite inteira em todos os nomes que conhecia, e mandou um mensageiro reino afora perguntar por nomes diferentes. Quando o homenzinho voltou no dia seguinte, ela começou por Gaspar, Belchior e Baltazar, e então repetiu todos os nomes que conhecia e seguiu por toda a lista. Mas depois de cada linha, o homenzinho dizia:

ARTHUR RACKHAM

GEORGE CRUIKSHANK, 1876

— Esse não é meu nome.

No segundo dia, a rainha mandou indagar a todos os vizinhos como eram chamados os servos, e falou ao homenzinho todos os nomes mais incomuns e singulares:

— Talvez seu nome seja Costelassada, Pernovelha, ou Pernaroca?

Mas ele nada dizia, exceto:

— Esse não é meu nome.

Já no terceiro dia, o mensageiro voltou novamente e disse:

— Não fui capaz de encontrar um só nome novo. Mas, quando passei pelo bosque, cheguei a uma alta colina onde a raposa e lebre dormiam, e perto dela havia uma casinha. Em frente à casa, queimava uma fogueira, e ao redor dela dançava um cômico homenzinho. Ele pulava sobre uma perna e gritava: "Hoje estou assando, amanhã vou infundir, um dia depois a criança da rainha entra assim; e como estou amando ninguém descobrir que me chamo Rumpelstilstskin!"

Você não imagina quão feliz a rainha ficou ao ouvir aquele nome! Pouco depois, quando o homenzinho entrou e perguntou:

— Agora, Majestade, qual é meu nome?

Ela disse, primeiramente:

— Você se chama João?

— Não – ele respondeu.

— Você se chama Haroldo? – ela perguntou.

— Não.

E então ela disse:

— Então talvez seu nome seja Rumpelstiltskin!

— O diabo lhe contou! O diabo lhe contou isso! – gritou o homenzinho que, em sua raiva, pisou tão forte com o pé direito que o fez entrar no chão até acima do joelho. Então, ele agarrou seu pé esquerdo com as duas mãos em tal fúria que acabou se partindo no meio, e foi seu fim.

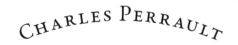

CHARLES PERRAULT

1697

MÉDIO

O Gato de Botas

Le Maître chat ou *le Chat botté* | França

*Com sua língua e mente afiadas, um gato auxilia
seu mestre a conquistar uma esposa especial,
mesmo sendo supostamente a pior das heranças
deixadas por um moleiro.*

*H*AVIA UM MOLEIRO QUE NÃO DEIXOU NENHUM BEM para os três filhos que tinha, exceto por seu moinho, seu burro e seu gato. A partilha foi feita logo. Não chamaram nem escrivão nem advogado; eles teriam devorado todo o pouco patrimônio. O mais velho ficou com o moinho; o segundo, com o burro; e o mais novo, com nada exceto o gato. O pobre jovem estava bem desconfortável por ter recebido uma parte tão ruim.

— Meus irmãos – disse ele — podem ganhar a vida bem se juntarem seus quinhões; quanto a mim, quando eu tiver comido o gato e feito uma luva com sua pele, eu vou morrer de fome.

O Gato, que disfarçadamente escutara a conversa, disse para ele, com um ar grave e sério:

— Não se aflija assim, meu bom senhor. Você não precisa fazer nada a não ser me dar uma sacola e um par de botas feitas para mim para que eu possa correr por sobre terra e galhos; e você verá que eu não sou um quinhão tão ruim como imagina.

O mestre do Gato não se animou muito com o que ele disse, mas ele já o havia visto usar muitos truques espertos para pegar ratos e camundongos, como quando ele costumava se pendurar pelos pés, ou esconder-se ou fingir que estava morto; de modo que ele não se desesperou completamente ao ser oferecida alguma ajuda em sua situação miserável. Quando o Gato obteve o que pediu, calçou as botas muito elegantemente e, colocando sua sacola em volta do pescoço, ele segurou as cordas da sacola com as patas dianteiras e foi até uma toca onde havia grande abundância de coelhos. Ele pôs farelos e serralha em sua sacola e, estirando-se muito, como se estivesse morto, ele esperou que alguns coelhos jovens, ainda não acostumados às armadilhas do mundo, viessem e vasculhassem sua sacola atrás do que ele guardava nela.

Mal ele se deitara e aconteceu o que ele queria. Um jovem coelho, tolo e imprudente, pulou em sua sacola e Monsieur Gato imediatamente puxou as cordas, prendeu-o e o matou sem piedade. Orgulhoso de sua presa, ele foi com ela até o palácio e pediu para falar com Sua Majestade. Ele foi levado escadas acima até os aposentos do Rei e, fazendo uma longa mesura, disse-lhe:

— Eu trouxe para o senhor, Majestade, um coelho do criadouro que meu nobre senhor, o Marquês de Carabás (pois esse era o título que o gato quis dar a seu mestre), ordenou que eu presenteasse a Vossa Majestade em seu nome.

— Diga a seu mestre – falou o Rei — que eu o agradeço e que ele me dá muito prazer.

Em outro momento, ele se escondeu em meio a uma plantação de milho, segurando sua sacola aberta e, quando um par de perdizes entrou nela, ele puxou as cordas e assim as capturou. Ele fez delas também um presente para o Rei, como havia feito antes com o coelho do criadouro. O Rei, do mesmo modo, recebeu as perdizes com muito prazer e deu-lhe algum dinheiro para beber.

O Gato então continuou por dois ou três meses a levar para Sua Majestade, de tempos em tempos, caças de seu mestre. Um dia em especial, quando ele sabia com certeza que o Rei e sua filha, a mais bela princesa do mundo, sairiam em um passeio para espairecer aos leito do rio, ele disse a seu mestre:

— Se o senhor seguir meu conselho, a sua fortuna estará feita. O senhor não tem que fazer mais nada exceto lavar-se no rio, na parte que eu lhe mostrar, e deixar o resto comigo.

O Marquês de Carabás fez o que o Gato recomendou, sem saber razão ou motivo. O Rei passou enquanto ele estava se lavando, e o Gato começou a gritar:

— Socorro! Socorro! Meu senhor, o Marquês de Carabás, está se afogando!

Diante disso, o Rei pôs sua cabeça para fora da janela da carruagem e, vendo que era o Gato que tão frequentemente lhe trazia boa caça, ordenou aos guardas que corressem imediatamente ao auxílio de Sua Senhoria o Marquês de Carabás. Enquanto eles tiravam o pobre Marquês do rio, o Gato veio até a carruagem e contou ao Rei que, enquanto seu senhor se lavava, vieram alguns bandidos e roubaram suas roupas, mesmo ele tendo gritado "Ladrões! Ladrões!" diversas vezes.

Esse Gato astuto as havia escondido embaixo de uma grande rocha. O Rei imediatamente ordenou aos oficiais de seu guarda-roupa que corressem e trouxessem um de seus melhores trajes para o Marquês de Carabás.

O Rei o tratou de modo extraordinário e, como as roupas elegantes enalteceram sobremaneira seu semblante (pois ele era bem-feito e muito bem apessoado), a filha do Rei adquiriu um interesse secreto por ele; e o Marquês de Carabás mal dirigira dois ou três olhares respeitosos e ternos e ela já se apaixonou por ele perdidamente. O Rei sentiu-se obrigado a chamá-lo para a carruagem e para fazer parte do passeio. O Gato, muito feliz por ver seu projeto começando a dar certo, marchou na frente e, encontrando alguns camponeses que estavam cortando as plantas de um prado, disse-lhes:

— Bons homens, vocês que estão cortando, se não disserem ao Rei que o prado no qual vocês trabalham pertence ao meu senhor Marquês de Carabás, serão picotados como ervas para sopa!

O Rei não deixou de perguntar aos camponeses a quem pertencia o prado onde eles estavam.

— Ao meu senhor Marquês de Carabás – eles responderam todos juntos, pois as ameaças do Gato os deixaram terrivelmente assustados.

— Sabe, senhor – disse o Marquês —, este é um prado que nunca deixa de prover uma abundante colheita todo ano.

O Gato, que foi ainda na frente, encontrou alguns ceifadores e disse-lhes:

— Bons homens, vocês que estão ceifando, se não disserem ao Rei que todo esse milho pertence ao Marquês de Carabás, vão ser picotados como ervas para sopa!

O Rei, que passou por lá um momento depois, queria saber a quem pertencia todo aquele milho que ele via.

— Ao meu senhor Marquês de Carabás – responderam os ceifadores.

O Rei ficou muito satisfeito com isso, assim como o Marquês, a quem ele parabenizou em seguida. O Gato, que foi ainda na frente, disse as mesmas palavras a todos que encontrava; e o Rei estava atônito com a vastidão das propriedades do Marquês de Carabás.

WILLIAM HEATH ROBINSON, 1921

Monsieur Gato chegou enfim a um castelo imponente, cujo senhor
era um ogro, o mais rico já visto; pois todas as terras pelas quais o Rei

GEORGE CRUIKSHANK

passara pertenciam àquele castelo. O Gato, que havia tomado o cuidado de se informar sobre quem era esse ogro e o que podia fazer, pediu para falar com ele, dizendo que ele não podia passar por perto de seu castelo sem ter a honra de prestar-lhe homenagem.

O Ogro recebeu-o tão civilizadamente quanto um ogro conseguia, e fê-lo sentar-se.

— Me foi garantido – disse o Gato — que o senhor tem o dom de se transformar em todos os tipos de criaturas que quiser. Pode, por exemplo, se transformar em um leão, um elefante e coisas assim.

— Isso é verdade – respondeu o Ogro bruscamente. — E, para convencê-lo, você me verá virar um leão agora.

O Gato ficou tão aterrorizado diante de um leão tão perto dele que ele imediatamente subiu na calha, não sem muitos problemas e perigo, pois suas botas não eram próprias para se andar no telhado. Um pouco depois, quando o Gato viu que o Ogro havia retomado sua forma original, ele desceu e admitiu que ficara muito assustado.

— Além disso, eu fui informado – disse o Gato —, mas não sei se acredito, que o senhor tem também o poder de adotar a forma dos menores animais; por exemplo, pode se transformar em um rato ou camundongo. Mas eu devo confessar ao senhor que acredito que isso é impossível.

— Impossível! – gritou o Ogro. — Você o verá imediatamente.

E nesse momento ele se tornou um camundongo e começou a correr pelo chão. Tão logo o Gato viu isso, caiu em cima dele e o comeu.

Enquanto isso, o Rei, que via, enquanto passava, esse maravilhoso castelo do Ogro, decidiu adentrá-lo. O Gato ouviu o barulho da carruagem de Sua Majestade correndo pela ponte levadiça, correu e disse ao Rei:

— Vossa Majestade é bem-vindo ao castelo de meu senhor Marquês de Carabás.

— O quê? Meu caro Marquês! – gritou o Rei. — E esse castelo também pertence ao senhor? Não há nada mais rico que este pátio e todas as construções majestosas que o rodeiam! Vamos entrar, por favor.

O Marquês deu sua mão para a Princesa e seguiu o Rei, que entrou primeiro. Eles passaram por um salão espaçoso onde acharam uma refeição magnífica, que o Ogro havia preparado para seus amigos, que deviam visitá-lo naquele mesmo dia mas não ousaram entrar, sabendo que o Rei estava lá dentro. Sua Majestade estava verdadeiramente encantado com as boas qualidades do Marquês de Carabás, como estava sua filha, que tinha se apaixonado violentamente por ele. O Rei, vendo a grande riqueza que ele possuía, disse-lhe, depois de beber cinco ou seis taças:

— Dependerá apenas do senhor, meu caro Marquês, se será ou não meu genro.

O Marquês, fazendo muitas mesuras, aceitou a honra que Sua Majestade lhe conferia; e, então, naquele mesmo dia, casou-se com a Princesa.

O Gato tornou-se um grande Senhor e nunca mais correu atrás de ratos, exceto por diversão.

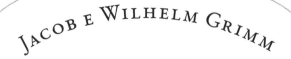

JACOB E WILHELM GRIMM

1812

CURTO

O Príncipe Sapo

*Der Froschkönig oder
der eiserne Heinrich* | Alemanha

*A filha de um Rei encontra um sapo em seu
jardim e, em um acordo, concorda em casar-se
com ele. Mais tarde, porém, tenta se livrar do sapo
de uma forma indelicada.*

NOS TEMPOS ANTIGOS, QUANDO AINDA ERA ÚTIL desejar a coisa que se queria, havia um Rei cujas filhas eram todas belas; mas a mais nova era tão linda que o próprio sol, que já viu tantas coisas, admirava-se cada vez que brilhava sobre ela, por causa de sua beleza. Perto do castelo real, havia um grande bosque escuro e, lá dentro, embaixo de uma velha tília, havia um poço. Quando o dia estava quente, a filha do Rei costumava ir até o bosque e sentar-se na beirada do poço frio. Se tivesse tempo, levava uma bola dourada consigo e jogava-a para cima para pegá-la; e esse era seu passatempo favorito.

Bem, um dia aconteceu que a bola dourada, em vez de cair na pequena mão de donzela que a havia lançado, caiu no chão, perto da borda do poço, e rolou para dentro. A filha do Rei seguiu-a com os olhos enquanto ela afundava, mas o poço era fundo, tão fundo que o fim não podia ser visto. Então ela começou a chorar, e chorou e chorou como se não pudesse ser consolada. Em meio a seu pranto, ela ouviu uma voz dizendo-lhe:

— O que a aflige, filha do Rei? Suas lágrimas derreteriam um coração de pedra.

Quando ela olhou para ver de onde a voz viera, não havia nada exceto um sapo esticando sua cabeça feia e grossa para fora da água.

— Ah, é você, velho patinhador? – perguntou ela. — Choro porque minha bola dourada caiu no poço.

— Não se preocupe, não chore – disse o sapo. — Eu posso ajudá-la; mas o que você me dará se eu trouxer sua bola de volta?

— O que você quiser, caro sapo – respondeu ela. — Qualquer uma de minhas roupas, minhas pérolas e joias, ou mesmo a coroa dourada que eu uso.

— Suas roupas, suas pérolas e joias e sua coroa dourada não são úteis para mim – respondeu o sapo. — Mas se você me amasse, me aceitasse como companheiro e camarada e me deixasse sentar com você à mesa, comer do seu prato, beber de seu copo e dormir em sua cama; se você me prometesse tudo isso, então eu mergulharia sob a água e traria sua bola dourada de volta.

— Ah, sim – ela respondeu. — Eu prometerei tudo isso, o que você quiser, se apenas trouxer minha bola de volta.

ARTHUR RACKHAM

Mas ela disse a si mesma: *Que besteiras ele diz! Como se ele pudesse fazer algo a mais do que sentar pela água e coaxar com os outros sapos, ou pudesse ser o companheiro de alguém.*

Só que o sapo, tão logo ouviu sua promessa, mergulhou a cabeça sob a água e afundou para fora de vista. Depois de um tempo, ele veio à superfície novamente com a bola em sua boca e a jogou na grama.

A filha do Rei ficou exultante ao ver seu belo brinquedo de novo, e ela o apanhou e correu com ele.

— Espere, espere! – gritou o sapo. — Leve-me também; eu não posso correr tão rápido quanto você!

Mas não adiantou, pois por mais que coaxasse atrás dela, ela não o escutava e apressava-se para casa. Logo esqueceu tudo sobre o pobre sapo, que teve de valer-se novamente de seu poço.

No dia seguinte, quando a filha do Rei estava sentada à mesa com o Rei e toda a corte, comendo de seu prato de ouro, alguma coisa saltitou pela escada de mármore e bateu à porta, e uma voz gritou:

— Filha mais nova do Rei, deixe-me entrar!

Ela levantou e foi ver quem podia ser. Ao abrir a porta, deparou-se com um sapo sentado lá fora. Então fechou a porta apressadamente e voltou ao seu lugar, sentindo-se muito desconfortável. O Rei percebeu quão rápido seu coração batia e perguntou:

— Minha criança, do que tem medo? Há um gigante parado à porta, pronto para levá-la embora?

— Ah, não – ela respondeu. — Mas um sapo horroroso.

— E o que o sapo quer? – perguntou o Rei.

— Ó, querido pai – ela lamentou. — Quando eu estava sentada pelo poço ontem, brincando com minha bola dourada, ela caiu na água. Enquanto eu chorava por tê-la perdido, o sapo veio e pegou-a de volta para mim com a condição de que eu o deixasse ser meu companheiro, mas nunca pensei que ele deixaria a água e viria atrás de mim. Agora ele está lá fora e quer entrar.

E então eles todos o ouviram bater à porta uma segunda vez, gritando:

— Filha mais nova do Rei, abra para mim! Perto do poço, o que foi que me prometeu? Filha mais nova do Rei, abra agora para mim!

— Aquilo que você prometeu, você deve cumprir – disse o Rei. — Vá e deixe-o entrar.

Então ela foi e abriu a porta, e o sapo saltou para dentro, seguindo-a pelos calcanhares até ela chegar à sua cadeira. Ele se inclinou e berrou:

— Levante-me para eu sentar perto de você.

Contudo, ela demorou para fazê-lo, até que o Rei a ordenou. Depois que o sapo chegou à cadeira, ele quis ir para a mesa; lá, sentou-se e disse:

— Agora empurre seu prato dourado mais para perto, para que possamos comer juntos.

E assim ela fez, mas todos puderam ver como ela o fazia a contragosto. E, enquanto o sapo regalava-se de bom grado, cada pedaço de comida parecia grudar na garganta dela.

— Já comi o suficiente – disse o sapo, enfim. — E como estou cansado, você deve me levar aos seus aposentos e preparar sua cama de seda. Lá, vamos deitar e dormir.

Então, a filha do Rei começou a chorar, e teve medo do sapo gélido. Ela perguntou se nada o satisfaria além de dormir em sua linda e limpa cama. Nesse momento, o Rei ficou com raiva e bradou:

— Aquilo que você prometeu em uma hora de necessidade, você deve cumprir!

Ela pegou o sapo com seu indicador e polegar, levou-o escada acima e colocou-o em um canto. No momento em que ela se deitara para dormir, ele veio rastejante dizer-lhe:

— Estou cansado e quero dormir tanto quanto você; leve-me aí para cima ou eu direi ao seu pai.

Ela ficou fora de si de tanta raiva, apanhou-o e arremessou-o com toda a força contra a parede, gritando:

— Agora você vai ficar quieto, seu sapo horroroso!

Mas, enquanto ele caía, ele deixou de ser um sapo e virou um príncipe com lindos e bondosos olhos. E aconteceu que, com o consentimento do Rei, eles se tornaram noivos. Ele disse a ela que uma bruxa maligna o havia transformado com seus feitiços e que ninguém exceto a princesa poderia libertado. Assim, os dois deveriam ir juntos ao reino de seu pai.

Veio à porta uma carruagem puxada por oito cavalos brancos, com plumas alvas em suas cabeças e selas douradas; logo atrás da carruagem,

R. ANNING BELL, 1912

estava o fiel Heinrich, o servo do jovem príncipe. O fiel Heinrich havia sofrido tanto quando seu mestre se tornara um sapo que fora forçado a usar três tiras de ferro em volta de seu coração, para impedi-lo de se quebrar com a preocupação e a ansiedade. Assim que o casal entrou na carruagem após sua ajuda, o fiel Heinrich subiu atrás, cheio de felicidade com o salvamento de seu senhor. Quando eles já haviam partido há um bom tempo, o príncipe ouviu um barulho atrás da carruagem, como se algo houvesse quebrado. Ele virou-se e gritou:

— Heinrich, a roda deve ter quebrado!

Mas Heinrich respondeu:

— A roda não quebra, é uma tira de ferro que prendi ao redor do meu coração para diminuir a dor enquanto eu sofria por você.

De novo e mais uma vez, ouviu-se o mesmo som, e o príncipe pensou novamente que era a roda quebrando. No entanto, era o som das outras tiras ao redor do coração do fiel Heinrich se partindo, porque ele agora estava aliviado e feliz.

HANS CHRISTIAN ANDERSEN

1837

CURTO

A Princesa e a Ervilha

Prinsessen paa Ærten | Dinamarca

Para provar ao príncipe se uma princesa é verdadeira ou não, a Rainha propõe posicionar uma ervilha embaixo de vinte edredons e testar sua delicadeza.

ERA UMA VEZ UM PRÍNCIPE QUE QUERIA SE CASAR com uma Princesa, mas apenas uma Princesa de verdade serviria. Então, ele viajou pelo mundo inteiro para encontrá-la e, em todo lugar, as coisas davam errado. Havia princesas em grande quantidade, porém como poderia saber se eram Princesas de verdade? Algo não estava muito certo com todas. Ele voltou infeliz para casa, pois queria ter uma Princesa de verdade.

Certa noite, uma terrível tempestade irrompeu: raiou, relampejou e choveu. Era realmente assustador! No meio disso tudo, ouviu-se uma batida nos portões da cidade. O velho Rei foi abri-lo.

Quem estava lá fora senão uma Princesa, e que visão ela era em toda aquela chuva e vento! Água corria-lhe pelo cabelo para suas roupas e sapatos, e desembocava em seus calcanhares. Mas ela dizia ser uma Princesa de verdade.

Nós logo o descobriremos, a velha Rainha pensou consigo. Sem dizer uma palavra, ela foi até seus aposentos, retirou toda a roupa de cama e pôs apenas uma ervilha sobre o colchão. Então, pegou mais vinte colchões e os empilhou sobre a ervilha; depois pegou vinte edredons de penas e os empilhou sobre os colchões. No topo de tudo, a princesa passaria a noite.

Na manhã, eles perguntaram a ela:

— Dormiu bem?

— Ah! – disse a Princesa. — Não, eu quase nem dormi! Só os céus sabem o que há com aquela cama. Eu deitei em algo tão duro que fiquei roxa no corpo todo. Foi simplesmente terrível.

Eles puderam ver que ela era uma Princesa de verdade e não tiveram mais dúvidas a respeito, já que ela sentira uma ervilha através de vinte colchões e mais vinte edredons de penas. Ninguém exceto uma Princesa poderia ser tão delicada. Então, o Príncipe apressou-se e casou com ela, pois sabia que havia encontrado uma Princesa de verdade.

Quanto à ervilha, eles a puseram em um museu. Lá, ela ainda está exposta, a não ser que alguém a tenha roubado.

Pronto, eis uma história real.

JOSEPH JACOBS

1890 · MÉDIO

João e o pé de feijão

Jack and the Beanstalk | Inglaterra

*João, um camponês com poucos recursos, decide
vender sua única vaca em troca de feijões mágicos.
Ao perceber que são reais, retorna diversas vezes à
casa de um ogro para roubar-lhe os bens.*

ERA UMA VEZ UMA POBRE VIÚVA QUE TINHA UM ÚNICO filho, chamado João, e uma vaca de nome Branca-Leitosa. Tudo o que eles tinham para sobreviver era o leite que a vaca lhes dava toda manhã, que levavam até o mercado e vendiam. Mas, certa manhã, Branca-Leitosa não deu leite e eles não souberam o que fazer.

— O que faremos, o que faremos? – dizia a viúva, espremendo suas mãos.

— Anime-se, mamãe: eu vou sair e conseguir trabalho em algum lugar – respondia João.

— Nós tentamos isso antes, e ninguém o aceitou – lembrava a mãe. — Devemos vender Branca-Leitosa e, com o dinheiro, faremos alguma coisa. Começar um negócio ou algo assim.

— Está bem, mamãe – respondeu João. — É dia de mercado hoje, e vou vender Branca-Leitosa. Então, veremos o que fazer.

Ele tomou o cabresto da vaca em uma mão e partiu. Não havia ido longe quando encontrou um velho esquisito, que lhe disse:

— Bom dia, João.

— Bom dia ao senhor – disse João, que se perguntou como ele sabia seu nome.

— Bem, aonde é que você vai? – o homem procurou saber.

— Eu vou ao mercado para vender nossa vaca.

— Oh, você se parece mesmo com um bom rapaz vendedor de vacas – rebateu o homem. — Eu me pergunto se você sabe quantos feijões formam cinco.

— Dois em cada mão e um em sua boca – disse João, afiado como uma agulha.

— Você está certo – confirmou o homem. — E aqui eles estão, os próprios feijões. – E tirou de seu bolso alguns feijões estranhos. — Como você é tão esperto, eu não me importo de fazer uma troca com você: sua vaca por esses feijões.

— Homessa![12] Aposto que sim!

---

[12] No original, "Walker!" é uma interjeição típica do período vitoriano que expressa incredulidade. Aqui, traduzimos como "Homessa!" para representar a mesma expressão datada; que significaria atualmente "ora essa!". [N.T.]

WALTER CRANE
VERSÃO COM RIMAS

— Ah! Você não sabe o que são esses feijões. Se você os plantar à noite, pela manhã eles terão crescido até o céu.

— Mesmo? Não diga.

— Sim, é verdade. E, se não for, você pode pegar a sua vaca de volta.

— Certo – confirmou João, que lhe entregou o cabresto de Branca-
-Leitosa e pôs os feijões no bolso.

De volta foi João para casa e, como ele não tinha ido muito longe,
não estava escuro na hora em que chegou à sua porta.

— Já de volta, João? – perguntou sua mãe. — Vejo que não está com
Branca-Leitosa, então você a vendeu. Quanto conseguiu por ela?

— Você nunca vai adivinhar – disse João.

— Não, não me diga. Bom garoto! Cinco libras, dez, quinze, não,
não pode ser vinte.

— Eu disse que não conseguiria adivinhar; o que acha desses feijões?
Eles são mágicos, plante-os à noite e...

— O quê?! – exclamou a mãe. — Você foi tão tolo, tão pateta, tão
idiota, a ponto de dar minha Branca-Leitosa, a melhor vaca leiteira da
paróquia, e carne de primeira ainda mais, por um punhado de reles feijões?
Tome! Tome! Tome! E quanto aos seus preciosos feijões, aqui vão eles janela
afora! Agora, já pra cama! Não vai beber e nem comer nada nesta noite.

João subiu as escadas para seu quartinho no sótão. Estava triste e
arrependido, claro, tanto por causa de sua mãe como pela perda do jantar.

Enfim, caiu no sono.

Quando acordou, o quarto parecia estranho. O sol brilhava em uma
parte dele e, mesmo assim, todo o resto estava muito escuro e sombrio.
João levantou-se, vestiu-se e foi até a janela. E o que você acha que ele viu?
Ora, os feijões que sua mãe havia arremessado se tornaram um grande
pé de feijão que subia, subia e subia, até alcançar o céu. O homem falara
a verdade, afinal.

O pé de feijão cresceu tão perto da janela de João que tudo que ele
tinha de fazer era abri-la e pular na planta, que era como uma grande
escada trançada. João escalou, escalou, escalou, escalou, escalou, escalou
e escalou, até que enfim chegou ao céu. Lá, achou uma estrada longa e
larga, que seguia reta como uma flecha. Ele andou por ela, andou e andou, até chegar a uma casa grande e alta. Na entrada, havia uma mulher
grande e esguia.

MILDRED LYON

— Bom dia, senhora – cumprimentou João, bem-educado. — A senhora poderia fazer o favor de me dar um pouco de café-da-manhã? – Pois ele não havia comido nada, como você sabe, na noite anterior, e estava faminto como um urso.[13]

— É café-da-manhã que você quer, é? – perguntou a mulher grande e alta. — É café-da-manhã o que você vai ser se não for embora daqui. Meu marido é um ogro e não há nada que ele goste mais do que um garoto grelhado na torrada. É melhor você ir logo; ele vai chegar já.

— Oh! Por favor, senhora, dê-me algo para comer. Eu não comi nada desde ontem de manhã, mesmo, de verdade, senhora – implorou João. — É melhor eu ser grelhado do que morrer de fome.

....

13 No original, "hungry as a hunter" significa literalmente "faminto como um caçador". [N.T.]

Bem, a mulher do ogro não era um tipo tão ruim, afinal. Então, ela levou João até a cozinha e lhe deu um pouco de pão e queijo e uma jarra de leite. Mas João estava longe de terminar quando *Tum! Tum! Tum!* A casa toda começou a tremer com o barulho de alguém chegando.

— Misericórdia[14]! É o meu velho – exclamou a mulher do ogro. — O que diabos vou fazer? Aqui, venha rápido e pule aqui dentro! – E ela guardou João no forno na hora em que o ogro entrou.

Ele era dos grandes, com certeza. Em seu cinto, carregava três bezerros amarrados pelos calcanhares, que logo desamarrou e jogou na mesa, dizendo:

— Aqui, mulher. Grelhe alguns deles pro café-da-manhã. E o que é esse cheiro?

Fi-fai-fo-fum,
Sinto do sangue inglês o bodum,
Esteja ele vivo ou não,
Usarei seus ossos para moer meu pão.

— Bobagem, querido – disse sua mulher. — Você está sonhando. Ou talvez seja o cheiro dos restos daquele garotinho que você gostou tanto no jantar de ontem. Ande, vá se lavar e se arrumar. Na hora que voltar, seu café-da-manhã estará pronto.

O ogro saiu, e João já ia pular para fora do fogão e correr quando a mulher disse que não o fizesse.

— Espere até que ele durma – explicou ela. — Ele sempre tira uma soneca depois do café.

Bem, o ogro tomou seu café e, depois disso, foi até um grande baú e tirou de lá algumas sacolas de ouro. Então, sentou-se para contar o que tinha até que, enfim, começou a cochilar e a roncar, fazendo toda a casa balançar de novo.

---

14 "Goodness gracious me" é expressão religiosa que indica espanto um pedido de ajuda. [N.T]

João esgueirou-se e saiu na ponta dos pés do fogão. Conforme ele passava pelo ogro, pegou uma das sacolas de ouro debaixo do seu braço e correu até chegar no pé de feijão. Ele jogou lá embaixo a sacola, que, é claro, caiu no jardim de sua mãe, e só então desceu e desceu, até chegar à sua casa e mostrar o ouro à mãe, dizendo:

— Bem, mamãe, eu não estava certo sobre os feijões? Eles são realmente mágicos, entende?

Eles viveram com a sacola de ouro por algum tempo; mas o ouro acabou, então João convenceu-se a tentar a sorte mais uma vez e subir ao topo do pé de feijão. Em uma bela manhã, ele acordou cedo e fez o seu trajeto. Ele escalou, escalou, escalou, escalou, escalou e escalou, até que enfim chegou à estrada novamente e encontrou a enorme casa alta que vira antes. Ali, como esperado, estava a grande mulher esguia, em pé, diante da porta.

— Bom dia, senhora – disse João, ousado como um leão. — A senhora poderia fazer o favor de me dar alguma coisa para comer?

— Vá embora, menino – falou a mulher grande e alta. — Ou meu marido vai comer você no café-da-manhã. Mas você não é o jovem que veio aqui outra vez? Sabe, naquele mesmo dia, meu marido deu falta de uma de suas sacolas de ouro.

— Isso é estranho, senhora – comentou João. — Eu até diria que sei algo sobre isso, mas estou tão faminto que não consigo falar até que coma algo.

Bem, a mulher grande e alta estava tão curiosa que ela o levou para dentro e deu-lhe algo para comer. Mas ele mal começou a mastigar quando *Tum*! *Tum*! *Tum*! Eles ouviram os passos do gigante, e sua mulher escondeu João no fogão.

Tudo aconteceu como antes. O ogro entrou, cantou "Fi-fai-fo-fum" e comeu seu café-da-manhã: três bois grelhados. Então, disse:

— Mulher, traga-me a galinha que põe os ovos de ouro.

Então ela a trouxe, e o ogro ordenou:

— Ponha! – E a galinha pôs um ovo todo de ouro.

Pouco depois, o ogro começou a cochilar e a roncar, balançando toda a casa.

João esgueirou-se, saiu na ponta dos pés do fogão e apanhou a galinha dourada, indo embora antes que qualquer um notasse. Mas, dessa vez, a galinha soltou um cacarejo que acordou o ogro e, tão logo João saiu da casa, ele o ouviu chamar:

— Mulher, mulher, o que você fez com minha galinha de ouro?

E a mulher disse:

— Por quê, querido?

Isso foi tudo o que João ouviu, pois correu para o pé de feijão e desceu como se este pegasse fogo. Quando chegou à sua casa, mostrou à mãe a maravilhosa galinha e disse:

— Ponha! — E ela pôs um ovo de ouro toda vez que ele ordenava.

Bem, João não estava contente e não demorou para se convencer a tentar uma vez mais a sua chance. Em uma bela manhã, acordou cedo e foi até o pé de feijão, e escalou, escalou, escalou e escalou, até que chegou ao topo. Porém, dessa vez, ele sabia que não deveria ir direto à casa do ogro. Quando se aproximou, esperou atrás de um arbusto até ver a mulher do ogro sair com um balde para buscar água. Então, esgueirou-se até a casa e entrou numa panela. Ele não estava lá há muito tempo quando ouviu *Tum*! *Tum*! *Tum*! Como antes, entraram o ogro e sua esposa.

— *Fi-fai-fo-fum! Sinto do sangue inglês o futum* – gritou o ogro. — Eu sinto o cheiro, mulher, eu sinto!

— Sente, querido? – perguntou a sua esposa. — Se for aquele vigaristazinho que roubou seu ouro e a galinha que botava ovos de ouro, ele com certeza entrou no fogão. – E os dois correram até o fogão.

Mas João não estava lá, por sorte, e a mulher do ogro disse:

— Lá vai você de novo com o seu "fi-fai-fo-fum"! Ora, é claro que é o rapaz que você pegou noite passada e que grelhei para o seu café-da-manhã. Que esquecida eu sou, e que descuidado você é por não saber a diferença entre um vivo e um morto.

Então o ogro sentou-se para o café e comeu, mas, de vez em quando murmurava:

— Ora, eu podia jurar... – E levantava e procurava na despensa, nos armários e tudo mais. Por sorte, ele não pensou na panela.

Depois de terminar o café, o ogro chamou:

— Mulher, mulher, traga minha harpa de ouro.

Então ela a trouxe e a colocou sobre a mesa à sua frente. Ao que ele disse:

— Cante! – E a harpa dourada cantou muito lindamente. Ela continuou cantando até que o ogro caiu no sono e começou a roncar como um trovão.

João levantou a tampa da panela silenciosamente, desceu como um rato e rastejou sobre as mãos e joelhos até chegar à mesa. Quando levantou, pegou a harpa de ouro e correu com ela até a porta. Todavia, a harpa gritou muito alto:

— Mestre! Mestre! – E o ogro acordou bem a tempo de ver João correndo com sua harpa.

João correu o mais depressa que pôde, e o ogro o seguiu. Ele o teria logo apanhado, mas João tinha uma vantagem e desviou-se um pouco, porque sabia aonde ia. Quando chegou ao pé de feijão, o ogro não estava a mais de vinte metros de distância e viu João desaparecer de repente. Ao chegar ao fim da estrada, avistou João lá embaixo, descendo incrivelmente rápido. Bem, o ogro não gostou da ideia de confiar-se a tal escada e parou e esperou, o que deu a João mais alguma vantagem. Porém, a harpa gritou:

— Mestre! Mestre! – E o ogro jogou-se sobre o pé de feijão, que envergou com seu peso.

João desceu e desceu, até que estava quase em casa. Então, gritou:

— Mamãe! Mamãe! Traga-me um machado, traga-me um machado!

E sua mãe correu para fora com um machado na mão. Mas, ao chegar pé de feijão, ela paralisou de medo, pois viu o ogro descendo sob as nuvens.

João pulou para baixo, pegou o machado e deu um talho no pé de feijão, cortando-o ao meio. Então, o ogro sentiu o pé de feijão balançar e tremer e parou para ver qual era o problema. João deu outro talho com o machado, e o pé de feijão cortou-se em dois e começou a desabar. Logo o ogro caiu e quebrou o crânio, e o pé de feijão tombou em seguida.

João mostrou à sua mãe a harpa dourada e, exibindo aquilo e vendendo os ovos de ouro, os dois ficaram muito ricos. Ele casou-se com uma gloriosa princesa, e todos viveram felizes para sempre.

JACOB E WILHELM GRIMM

1812   CURTO

As doze princesas dançarinas

Die zertanzten Schuhe | Alemanha

*Doze princesas irmãs voltam para casa todas as
noites com os sapatos cada vez mais usados,
e o Rei busca saber para onde fogem durante
as madrugadas.*

ERA UMA VEZ UM REI QUE TINHA DOZE FILHAS, CADA uma mais linda que a outra. Elas dormiam juntas em um quarto, no qual suas camas ficavam lado a lado. Toda noite, quando estavam no quarto, o Rei trancava a porta e os ferrolhos. Mas de manhã, ao destrancar, ele via que os sapatos das princesas estavam desgastados de tanto dançar e ninguém conseguia descobrir como aquilo acontecera.

Então, o Rei proclamou que quem descobrisse onde suas filhas dançavam à noite poderia escolher uma delas como esposa e ser Rei depois de sua morte. Mas quem quer que se apresentasse e não o descobrisse em três dias e noites, perderia a vida.

Não demorou até que um filho de Rei se apresentasse e se oferecesse para tentar o feito. Ele foi bem recebido e, à noite, foi levado a uma sala adjacente ao quarto-de-dormir das Princesas. Sua cama foi colocada lá, e ele deveria observar onde elas iam para dançar. E, para que elas não fizessem nada em segredo ou fugissem para algum outro lugar, a porta do seu quarto foi deixada aberta.

Mas as pálpebras do Príncipe ficaram pesadas como chumbo, e ele dormiu.

Quando ele acordou pela manhã, todas as Doze tinham dançado, pois seus sapatos tinham buracos nas solas. Nas segunda e terceira noites, aconteceu a mesma coisa, e então sua cabeça foi retirada sem misericórdia. Muitos outros vieram depois disso e tentaram o feito, porém todos perderam suas vidas.

Contudo, um soldado, que tinha um ferimento e não podia mais servir, achou-se na estrada para a cidade onde o Rei vivia. Ali ele conheceu uma Velha, que perguntou aonde ele ia.

— Eu mesmo mal sei – respondeu ele e acrescentou, brincando: — Eu queria descobrir onde as Princesas dançaram até fazer buracos nos sapatos e me tornar Rei.

— Isso não é tão difícil – disse a Velha. — Você não deve beber o vinho que será trazido a você à noite.

Com isso, ela lhe deu um pequeno manto e disse:

— Se você puser isso, ficará invisível e, então, poderá seguir as Doze.

Quando o soldado recebeu esses bons conselhos, tomou coragem, foi até o Rei e anunciou-se como um pretendente. Ele foi tão bem recebido como os outros, e trajes reais foram-lhe cedidos.

Ele foi levado naquela noite, na hora de dormir, até a antecâmara e, quando estava prestes a se deitar, a mais velha veio e lhe trouxe uma taça de vinho. O soldado se deitou, mas não bebeu o vinho.

As Doze Princesas, em seu quarto, riram. A mais velha disse:

— Ele também poderia ter salvado a própria vida.

Com isso, elas levantaram, abriram guarda-roupas, armários, gabinetes e tiraram lindos vestidos; vestiram-se diante dos espelhos, pularam felizes e regozijaram ante o prospecto da dança. Apenas a mais jovem disse:

— Eu não sei o que é isso. Vocês estão felizes, mas eu me sinto estranha. Algum infortúnio vai certamente acontecer conosco.

— Você é uma pateta que está sempre assustada – disse a mais velha. — Já esqueceu como muitos Filhos de Reis já vieram aqui em vão? Eu quase não precisaria dar ao soldado um sonífero; mesmo assim, o palhaço sequer acordaria.

Quando estavam todas prontas, a mais velha foi até a sua cama e deu-lhe umas pancadinhas. Ela imediatamente afundou sob a terra e, uma após a outra, elas desceram pela abertura, a mais velha indo primeiro. O soldado, que tinha observado tudo, não se demorou: pôs seu pequeno manto e desceu após a mais nova.

No meio do caminho escada abaixo, ele pisou no vestido dela. A caçula ficou aterrorizada com isso e gritou:

— O que é isso? Quem está puxando meu vestido?

— Não seja tão tola – disse a mais velha. — Você o prendeu num prego.

Então, eles desceram todo o caminho e, quando chegaram ao fundo, encontravam-se numa incrivelmente bela avenida de árvores, cujas folhas eram de prata e brilhavam e cintilavam. O soldado pensou: *Preciso levar uma prova comigo...*, e quebrou um galho de uma delas, o que fez um grande barulho.

A mais nova gritou de novo:

— Alguma coisa está errada! Vocês ouviram esse estalo?

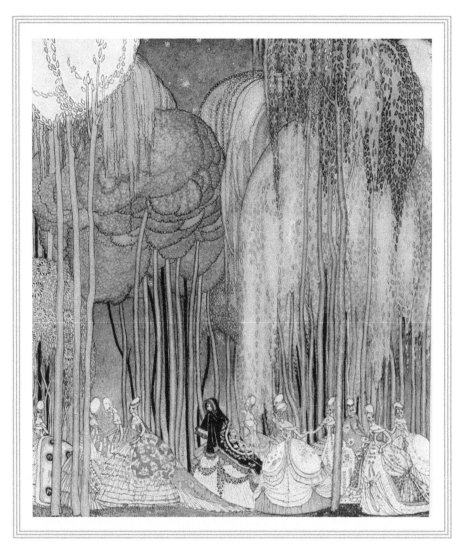

KAY NIELSEN

Mas a mais velha disse:

— Foi um tiro de alegria por nos livrarmos tão rapidamente do nosso Príncipe.

Em seguida, eles foram a uma avenida onde todas as folhas eram de ouro e, depois, a uma terceira em que eram todas de diamantes brilhantes. O soldado tirou um galho de cada uma, o que sempre fazia um estalido;

e, a cada vez que a mais nova recuava de terror, a mais velha sempre dizia que eram tiros de cumprimento.

Eles continuaram até chegar a um lago onde estavam doze pequenos barcos e, em cada um, estava um lindo Príncipe esperando por uma das Doze Princesas. Cada uma entrou em um, mas o soldado sentou-se com a mais nova.

Então o Príncipe dela disse:

— Eu não sei por que o barco está tão mais pesado hoje. Vou ter de remar com toda a minha força se quiser atravessar.

— O que poderia ser – perguntou a mais jovem — senão o tempo quente? Eu me sinto mais quente também.

No lado oposto do lago, ficava um castelo esplêndido e bem-iluminado, de onde ressoava a mais alegre música de trompetes e tambores. Eles remaram para lá, entraram, e cada Príncipe dançou com a jovem que amava, mas o soldado dançou com eles sem ser visto. E, quando uma delas estava com uma taça de vinho em uma mão, ele a bebeu, de modo que a taça ficou vazia no momento em que ela a levou aos lábios. A mais nova ficou alarmada diante disso, todavia a mais velha a mandou ficar quieta.

As Princesas dançaram até às três da manhã, quando todos os sapatos criaram furos e elas foram forçadas a ir embora. Os Príncipes remaram de volta até o outro lado do lago e, dessa vez, o soldado se sentou perto da mais velha. Na margem, eles se despediram de suas Princesas e prometeram retornar na noite seguinte.

Quando elas alcançaram as escadas, o soldado correu na frente e deitou-se em sua cama. No momento em que as Doze Princesas subiram vagarosas e cansadas, ele já estava roncando tão alto que todas podiam ouvi-lo, e elas disseram:

— Estamos tão a salvo quanto ele está condenado.

Elas tiraram seus lindos vestidos, guardaram-nos, puseram os sapatos desgastados embaixo das camas e se deitaram. Na manhã seguinte, o soldado resolveu não falar, mas observar os maravilhosos acontecimentos e, naquela noite, ele as seguiu novamente. Então, tudo foi feito como na primeira vez, e eles dançaram até os sapatos virarem frangalhos. Porém, na terceira vez, ele pegou uma taça como uma prova.

Quando chegou o momento de dar a sua resposta, ele tirou os três galhos e a taça e foi até o Rei, mas as Doze Princesas ficaram atrás da porta para ouvir o que ele diria.

O Rei então perguntou:

— Onde as minhas Doze Filhas dançaram até acabar com os sapatos no meio da noite?

Ele respondeu:

— Num castelo subterrâneo, com Doze Príncipes. – E relatou como tudo acontecera e apresentou-lhe as provas.

O Rei então convocou suas filhas e perguntou-lhes se o soldado dissera a verdade. Quando elas viram que tinham sido descobertas e que toda a falsidade não adiantaria, viram-se obrigadas a confessar tudo. Diante disso, o Rei perguntou qual delas ele queria para sua esposa. Ele respondeu:

— Eu não sou mais jovem, então me dê a mais velha.

Então, o casamento foi celebrado no mesmo dia e o reino foi prometido a ele depois da morte do Rei. Mas os Príncipes ficaram enfeitiçados por tantos mais dias quanto as noites em que haviam dançado com as Doze.

HANS CHRISTIAN ANDERSEN

1838

MÉDIO

O bravo Soldado de chumbo

Den standhaftige tinsoldat | Dinamarca

Um brinquedo feito de chumbo, mas incompleto, atravessa aventuras para retornar para casa e conquistar uma bailarina de papel.

*H*AVIA CERTA VEZ, VINTE E CINCO SOLDADOS DE chumbo[15] que eram todos irmãos, pois foram feitos da mesma velha colher de chumbo. Eles empunhavam armas, olhavam para a frente e vestiam um esplêndido uniforme vermelho e azul. As primeiras palavras que ouviram no mundo foram "Soldados de chumbo!", pronunciadas por um garotinho que bateu palmas com deleite quando a tampa da caixa, dentro da qual eles deitavam, foi retirada. Eles lhe foram dados como um presente de aniversário, e o menino foi à mesa para enfileirá-los. Os soldados eram todos iguais, exceto um, que tinha apenas uma perna; ele tinha sido deixado por último, e já não havia o bastante do chumbo derretido para terminá-lo. Por isso, foi modelado para ficar firmemente de pé sobre uma perna, o que o tornava bastante notável.

A mesa sobre a qual estavam os soldados de chumbo estava coberta com outros brinquedos, mas o mais atraente de se observar era um belo castelo de papel. Através das pequenas janelas, podia-se ver os cômodos; à sua frente, algumas árvores pequeninas cercavam um espelho que deveria representar um lago transparente. Gansos feitos de cera nadavam ali e eram refletidos nele. Tudo era muito bonito, porém a mais bela de todas era uma dama pequenininha, que ficava na porta aberta do castelo; ela também era feita de papel e usava um vestido de musselina clara, com um laço azul estreito sobre os ombros, como um cachecol. Em cima dele, foi colocada uma rosa de ouropel brilhante, tão grande quanto o rosto todo da senhorita. A pequena dama era uma dançarina; esticava ambos os braços e levantava uma de suas pernas tão alto que o soldado de chumbo não conseguia vê-la toda, e ele pensou que ela também tinha só uma perna.

Essa é a esposa ideal para mim, pensou. *Mas ela é tão imponente e mora em um castelo, enquanto eu tenho apenas uma caixa onde viver, com vinte e cinco de nós juntos. Isso não é lugar para ela. Ainda assim, devo tentar conhecê-la.*

Então ele se deitou completamente na mesa, atrás de uma caixa de rapé que havia ali, de forma que conseguisse espiar a pequena e delicada dama, que continuava a se sustentar sobre uma perna, sem perder o equilíbrio.

....

15 No original dinamarquês, o metal utilizado é o latão, podendo ser composto de chumbo. [N.E.]

Quando a noite chegou, os outros soldados foram colocados na caixa, e as pessoas da casa foram dormir. Então, os brinquedos começaram a fazer seus próprios jogos, a visitar uns aos outros, a brigar de mentirinha e a dar bailes. Os soldados de chumbo mexiam-se em sua caixa; eles queriam sair e juntar-se à diversão, mas não conseguiam abrir a tampa. Os quebra-nozes pulavam carniça, e o lápis saltitava pela mesa. Havia tanto barulho que o canário acordou e começou a falar, e em verso. Apenas o soldado de chumbo e a dançarina permaneciam em seus lugares. Ela se mantinha na ponta do pé, com as pernas esticadas, tão firmemente quanto ele ficava em uma perna só. Ele jamais tirou os olhos dela, nem por um momento. O relógio tocou às doze e, com um ressalto, abriu-se a tampa da caixa de rapé; porém, em vez de rapé, saiu de lá um pequeno troll[16] preto; pois a caixa de rapé também era um brinquedo.

— Soldado de chumbo – disse o troll —, não deseje o que não te pertence.

Mas o soldado de chumbo fingiu não ouvir.

— Está bem. Espere até amanhã, então – disse o troll.

Quando as crianças vieram na manhã seguinte, colocaram o soldado de chumbo na janela. Se foi o troll quem o fez ou a corrente de ar, não se sabe; porém a janela abriu-se e lá se foi o soldado, girando do terceiro andar até a rua lá embaixo. Foi uma queda terrível, pois caiu de cabeça; seu capacete e sua baioneta ficaram presos entre as lajes e sua única perna, para cima. A empregada e o garotinho desceram as escadas imediatamente para procurá-lo; mas ele parecia não estar em lugar algum, ainda que uma vez eles quase tenham pisado nele. Se ele tivesse gritado "Estou aqui!", estaria tudo bem, mas era orgulhoso demais para pedir ajuda enquanto usava um uniforme.

Logo começou a chover, e as gotas caíam cada vez mais rápido, até que virou um aguaceiro. Quando acabou, dois garotos por acaso passaram por perto, e um deles disse:

---

16 No original dinamarquês foi usado "trold", uma tradução de troll. Em inglês, preferiram alterar para "goblin", semelhante ao nosso duende. [N.E.]

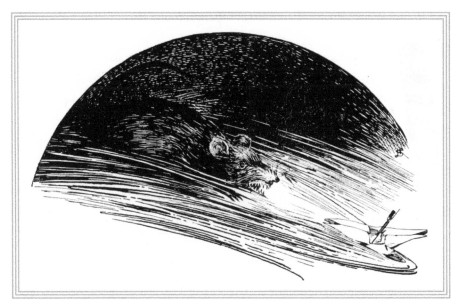

HELEN STRATTON, 1899

— Olha, é um soldado de chumbo! Ele tem que ter um barco para navegar.

Então os meninos fizeram um barco com um jornal, colocaram o soldado dentro e mandaram-no navegar pela sarjeta, enquanto corriam ao seu lado e batiam palmas.

Santo Deus, que ondas grandes surgiram naquela sarjeta! E quão veloz a corrente seguia! A chuva tinha sido muito pesada... O barco de papel balançava para cima e para baixo, e virou algumas vezes tão rapidamente que o soldado de chumbo tremeu, mas continuou firme; seu semblante não mudou e ele olhava para a frente, empunhando seu mosquete. De repente, o barco lançou-se sob uma ponte que fazia parte de um bueiro, e então tudo ficou escuro como a caixa do soldado de chumbo.

Onde estarei indo agora?, pensou. *Isso é culpa do troll, tenho certeza. Ah, bem, se a pequena dama estivesse aqui comigo no barco, eu não me importaria com nenhuma escuridão...*

Quando menos esperou, apareceu um enorme rato d'água que vivia por ali.

— Você tem um passaporte? – perguntou o rato. — Dê-me imediatamente.

Mas o soldado de chumbo permaneceu em silêncio e segurou seu mosquete mais firmemente do que nunca. O barco navegou adiante e o rato o seguiu. Como ele rangeu os dentes e gritou para os pedaços de madeira e palha!

— Parem-no, parem-no! Ele não pagou pedágio e não mostrou o passe!

Porém, a correnteza prosseguia cada vez mais forte. O soldado de chumbo já podia ver a luz do sol brilhando onde o arco findava. Logo, ouviu um tipo de rugido terrível o bastante para amedrontar o homem mais bravo. No final do túnel, o esgoto caía em uma larga valeta, em um lugar íngreme, o que fazia aquilo tão perigoso para ele como uma cachoeira seria para nós. Ele estava perto demais para parar; então o barco seguiu, e o pobre soldado de chumbo pôde apenas segurar-se o mais rigidamente possível, sem mover uma pálpebra para mostrar que não estava com medo. O barco rodopiou umas três ou quatro vezes, e então encheu-se de água até a borda; nada poderia impedi-lo de afundar. O soldado agora estava em pé, com água até o pescoço, enquanto o barco afundava mais e mais, e o papel tornou-se mole com a umidade. Até que enfim, a água fechou-se sobre sua cabeça. Ele pensou na pequena dançarina elegante que jamais veria novamente, e as palavras da canção soaram em seus ouvidos:

— Cuidado, cuidado soldado! Ou a morte pode estar ao seu lado!

Então o barco desmanchou-se, o soldado afundou na água e, imediatamente depois, foi engolido por um grande peixe. Oh, como estava escuro lá dentro! Um bocado mais escuro que no túnel, e mais estreito também, mas o soldadinho de chumbo continuou firme e manteve-se esticado, empunhando seu mosquete. O peixe nadou para lá e cá, fazendo os mais maravilhosos movimentos, porém por fim ficou muito quieto. Depois de um tempo, um faixo de luz o atravessou, e então a luz do dia aproximou-se. Uma voz gritou:

— Eu declaro que aqui está o soldado de chumbo.

O peixe havia sido pego, levado ao mercado e vendido à cozinheira, que o levou para a cozinha e o abriu com um facão. Ela levantou o soldado, segurou-o pela cintura entre seu indicador e polegar e dirigiu-se até a sala.

Estavam todos ansiosos para ver esse maravilhoso soldado que havia viajado dentro de um peixe; mas ele não estava nem um pouco orgulhoso. Eles o puseram sobre a mesa, e – quantas coisas curiosas acontecem no mundo! – lá estava o soldadinho na mesmíssima sala da janela da qual ele havia caído! Lá estavam as mesmas crianças, os mesmos brinquedos sobre a mesa, e o mesmo belo castelo com a pequena dançarina elegante à porta; ela ainda se equilibrava sobre uma perna e levantava a outra, tão firme quanto ele. Vê-la tocou tanto o soldado de chumbo que ele quase chorou lágrimas de chumbo, mas as segurou. Apenas a olhou, e os dois permaneceram em silêncio. Todavia, um dos garotinhos pegou o soldado de chumbo e o jogou no fogão. Ele não tinha razão para fazê-lo, portanto deve ter sido culpa do troll preto da caixa de rapé. As chamas acenderam o soldado e o calor era bastante terrível, mas se era proveniente do fogo real ou do fogo do amor, ele não sabia dizer. Então, ele viu que as cores brilhantes desapareceram de seu uniforme – se tinham sido lavadas durante sua jornada ou se era efeito de sua tristeza, não se poderia dizer. Ele olhou para a pequena dama, e ela devolveu o olhar. Ele se sentiu derreter, contudo, ainda se manteve firme, com sua arma em seu ombro. De repente, a porta da sala se abriu e a corrente de ar pegou a pequena dama; ela flutuou como uma sílfide para dentro do fogão ao lado do soldado e, em instantes, ficou em chamas e sumiu. O soldado de chumbo dissolveu-se em um caroço e, na manhã seguinte, quando a empregada levou as cinzas do fogão, ela o achou na forma de um pequenino coração de chumbo. Mas, da pequena dançarina, nada restou, exceto a rosa de ouropel, que ficou enegrecida pelas brasas.

Jacob e Wilhelm Grimm

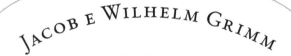

1812

MÉDIO

O Alfaiate valente

Das tapfere Schneiderlein | Alemanha

Um alfaiate mata sete moscas com apenas um golpe e anuncia em uma placa: "Sete em um golpe!". Um gigante que cruza seu caminho, vendo a frase, acredita que aquele camponês é uma ameaça e o desafia.

E M UMA MANHÃ DE VERÃO, UM PEQUENO ALFAIATE estava sentado à sua tábua, próximo à janela, trabalhando alegremente com toda sua habilidade quando uma velhinha desceu a rua, gritando:

— Geleia boa à venda! Geleia boa à venda!

Aquela voz soou agradável para os ouvidos do pequeno alfaiate; então ele pôs a cabeça para fora da janela e chamou:

— Aqui, minha boa senhora! Venha cá se quiser um cliente!

A pobre mulher subiu os degraus com sua cesta pesada e ficou feliz em desembalar e exibir todos os seus potes ao alfaiate. Ele olhou para cada um deles e, levantando todas as tampas, levou seu nariz a cada um, dizendo enfim:

— A geleia parece muito boa; você pode pesar 60 gramas para mim, mas não me importaria de ganhar 100 gramas.

A mulher, que antes esperava achar um bom cliente, deu-lhe o que ele pediu, mas saiu zangada e resmungando.

— Essa geleia é a coisa certa para mim – disse o pequeno alfaiate. — Vai me dar força e destreza.

Ele tirou o pão do armário, cortou um pedaço e passou geleia nele; colocou-o perto dele e continuou cosendo[17], mais galante do que nunca. Enquanto isso, o aroma da doce geleia estava se espalhando pela sala, onde havia algumas moscas que logo foram atraídas por ele e voaram para tomar parte.

— Espere um pouco, quem convidou vocês? – disse o alfaiate, e expulsou as convidadas indesejadas.

Mas as moscas, sem entender seu idioma, não desistiriam assim tão facilmente e retornaram em maior número do que antes. Então, o alfaiate, não aguentando mais, pegou no canto da chaminé um pano esfarrapado e disse:

— Ora, agora vocês vão ver! – E bateu nelas sem misericórdia.

Quando ele parou e contou os mortos, achou sete pequenos cadáveres estendidos diante de si.

....

17 Unir com linha e agulha, dando pontos. [N.E.]

— Isso é de fato alguma coisa – disse, maravilhado com sua própria valentia. — A cidade inteira saberá disso.

Então, ele se apressou para cortar um cinto, costurou-o e inscreveu em letras grandes: "Sete em um golpe!"

— A cidade, disse eu? – falou o alfaiate. — O mundo inteiro o saberá! – E seu coração fremia de alegria, como a cauda de um cordeiro.

O alfaiate apertou o cinto em volta de si e começou a pensar em sair pelo mundo, pois sua oficina parecia pequena demais para sua adoração. Assim, ele procurou na casa por algo que fosse útil levar consigo, mas não achou nada exceto um queijo velho, que pôs no bolso. Do lado de fora da porta, notou que um pássaro havia ficado preso nos arbustos; então, ele o pegou e o pôs em seu bolso com o queijo. Dessa forma, partiu valentemente em seu caminho e, como estava leve e ativo, não se sentiu cansado. O caminho o levou sobre uma montanha e, ao alcançar o topo, viu um horrível gigante sentado lá, olhando em volta à vontade. O alfaiate foi valentemente até ele e disse:

— Camarada, bom dia! Aí está você, olhando o mundo todo! Eu estou a caminho de lá para buscar a minha sorte. Você quer ir comigo?

O gigante olhou para o alfaiate desdenhosamente e falou:

— Seu patifezinho! Seu miserável!

— Pode ser! – respondeu o pequeno alfaiate e, desabotoando o casaco, mostrou ao gigante seu cinto. — Você pode ler aqui se eu sou um homem ou não!

O gigante leu: "Sete em um golpe!" e, pensando que eram homens que o alfaiate havia matado, sentiu imediatamente mais respeito pelo pequenino. Mas, como queria testá-lo, pegou uma pedra e a apertou com tanta força que água saiu dela.

— Agora faça o mesmo que fiz – disse o gigante. — Isto é, se você tiver força para tanto.

— Isso não é muita coisa – afirmou o alfaiate. — Chamo isso de brincadeira.

E ele pôs a mão no bolso, tirou o queijo e apertou-o tanto que leite saiu dele.

— Bem – disse o pequeno. — O que acha disso?

O gigante não sabia o que dizer, pois não acreditava que o homenzinho conseguiria. Então, levantou um pedregulho e arremessou-o tão alto que ele quase saiu de vista.

— Agora, coleguinha, tente fazer isso!

— Belo arremesso – confirmou o alfaiate. — Mas o pedregulho caiu de novo no chão. Já eu, vou arremessar e ele nunca mais vai voltar.

Ele remexeu o bolso, tirou o pássaro e arremessou-o para cima. E o pássaro, quando se viu livre, voou para longe e não voltou mais.

— O que achou disso, camarada? – perguntou o alfaiate.

— Não há dúvida que você pode arremessar – disse o gigante. — Mas vamos ver se pode carregar.

Ele levou o alfaiate até um grande carvalho que havia caído no chão e disse:

— Agora, se você for forte o bastante, ajude-me a carregar esta árvore para fora do bosque.

— De bom grado – respondeu o homenzinho. — Você leva o tronco nos seus ombros, e eu levo os galhos com toda sua folhagem, o que é muito mais difícil.

Dessa maneira, o gigante pôs o tronco nos ombros e o alfaiate sentou-se em um galho. E o gigante, que não podia ver o que o homem fazia, tinha a árvore inteira para carregar com o homenzinho em cima também. O alfaiate estava muito alegre e feliz e cantarolou: "Havia três alfaiates cavalgando por aí", como se carregar a árvore fosse brincadeira de criança. O gigante, depois de se esforçar parte do caminho sob todo aquele peso, cansou-se e disse:

— Olha só, eu preciso abaixar a árvore!

O alfaiate pulou para baixo e, pegando a árvore com ambos os braços como se a estivesse carregando, disse ao gigante:

— Tá vendo? Você não consegue carregar a árvore, mesmo sendo tão grande!

Eles continuaram um pouco mais e logo chegaram a uma cerejeira. O gigante segurou os galhos mais altos, onde estavam as frutas mais maduras e, puxando-os para baixo, deu-as ao alfaiate para comer. Mas o pequeno alfaiate era fraco demais para segurar a árvore e, quando o gigante soltou,

a árvore saltou de volta a arremessou o alfaiate ao ar. Quando ele caiu de novo, sem qualquer dano, o gigante perguntou:

— Como pode? Você não tem força o bastante para segurar um raminho pequeno como esse?

— Não me falta força alguma – respondeu o pequeno alfaiate. — Como seria possível, para quem matou sete com um só golpe? Eu só pulei por cima da árvore por causa dos caçadores que estão atirando aí embaixo, nos arbustos. Pule aqui também, se você conseguir!

O gigante fez uma tentativa mas, não conseguindo galgar a árvore, continuou pendurado nos galhos, de forma que mais uma vez o pequeno alfaiate levou a melhor sobre ele. Então o gigante disse:

— Você é um camarada tão valente; imagine se você viesse à minha toca e passasse a noite!

O alfaiate estava bastante disposto e o seguiu. Quando eles alcançaram a toca, viram alguns outros gigantes sentados em volta do fogo; cada um tinha um carneiro assado numa mão, e os comiam. O pequeno alfaiate olhou em volta e pensou:

— Há mais espaço aqui do que na minha oficina.

O gigante mostrou-lhe uma cama e disse-lhe que era melhor ele se deitar e dormir. A cama era, porém, grande demais para o alfaiate; então ele não ficou lá, mas esgueirou-se até um canto para dormir. Tão logo deu meia-noite, o gigante levantou, pegou um enorme bastão de ferro e estraçalhou a cama com um golpe! Ele imaginou que assim havia dado um fim naquele *gafanhoto* que era o alfaiate. Muito cedo pela manhã, os gigantes foram à floresta e se esqueceram completamente o pequeno alfaiate; e, quando eles o viram vindo atrás deles, vivo e alegre, ficaram terrivelmente assustados e, pensando que ele iria matá-los, todos fugiram com muita pressa.

Assim, o pequeno alfaiate continuou marchando, sempre seguindo o seu nariz. Depois que percorreu um longo caminho, entrou em um pátio que pertencia ao palácio do Rei e sentiu-se tão arrebatado pelo cansaço que se deitou e caiu no sono. Nesse meio tempo, várias pessoas vieram e o olharam muito curiosamente, lendo em seu cinto "Sete em um só golpe!"

— Oh! – exclamaram eles. — Por que este grande lorde viria até aqui em tempos de paz? Que grande herói ele deve ser.

As pessoas contaram ao Rei sobre ele, e todos acharam que se uma guerra irrompesse, o homenzinho seria um valioso e útil guerreiro e não deveriam deixá-lo partir a nenhum custo. O Rei, então, convocou o seu conselho e mandou um de seus cortesãos ao pequeno alfaiate para implorar-lhe, tão logo ele acordasse, que servisse no exército do Rei. O mensageiro postou-se e esperou ao lado do dorminhoco até que seus membros começaram a esticar, seus olhos a se abrir, e ele pôde levar a mensagem de volta. E a resposta foi:

— Essa foi a razão pela qual eu vim – disse o alfaiate. — Estou pronto para entrar no serviço do Rei.

Ele foi recebido muito honrosamente e um cômodo separado foi reservado para ele. Mas o resto dos soldados ficaram muito invejosos do pequeno alfaiate e desejavam que ele fosse para muito longe dali.

— O que se pode fazer a respeito? – eles discutiram entre si. — Se puxarmos uma briga e lutarmos com ele, então sete de nós cairão a cada golpe. Isso não será bom para nós.

Eles chegaram a uma decisão e foram todos juntos ao Rei pedir sua exoneração.

— Jamais quisemos – eles disseram — servir com um homem que mata sete em um só golpe.

O Rei se sentiria mal por perder todos os seus fiéis servos por causa de um homem, e desejou que eles jamais o tivessem visto e, assim, teria se livrado dele se pudesse. Mas não ousaria exonerar o pequeno alfaiate por medo de que ele matasse toda a sua gente ou pusesse a si mesmo no trono. Pensou por um longo tempo sobre isso e enfim decidiu o que faria. Ele mandou chamar o pequeno alfaiate e disse-lhe que, como ele era um grande guerreiro, tinha uma proposta a fazer. Contou-lhe que em um bosque de seus domínios moravam dois gigantes que causavam muitos danos, por roubos, assassinatos e incêndios, e que nenhum homem ousava aproximar-se deles, pois temiam por suas vidas. Mas, se o alfaiate vencesse e matasse esses dois gigantes, o Rei lhe daria sua única filha em matrimônio e metade de seu reino como dote; e disse-lhe ainda que cem cavaleiros iriam com ele para lhe auxiliar.

Isso seria o bastante para um homem como eu!, pensou o pequeno alfaiate. *Uma linda princesa e metade de um reino não se acham todos os dias.*

E ele disse ao Rei:

— Ah, sim, eu posso sim vencer os gigantes, mas não preciso desses cem cavaleiros; aquele que pode matar sete com um só golpe não precisa ter medo de dois!

Então, o pequeno alfaiate partiu e os cavaleiros o seguiram. Quando chegou aos limites do bosque, disse à sua escolta:

— Fiquem aqui enquanto vou atacar os gigantes.

Ele correu para dentro do bosque e olhou em volta. Depois de um tempo, avistou os dois gigantes: eles estavam deitados sob uma árvore, dormindo e roncando tanto que todos os galhos balançavam. O pequeno alfaiate, muito vivo, encheu os bolsos de pedras e escalou a árvore, fazendo seu caminho até um dos galhos, de modo que estivesse logo acima dos dois dorminhocos. De lá, soltou uma pedra atrás da outra para que caíssem no peito de um dos gigantes. Por muito tempo, o gigante sequer notou isso, mas enfim acordou e empurrou seu companheiro, dizendo:

— Por que você está me batendo?

— Você está sonhando – disse o outro. — Eu não estou tocando em você.

E eles se recompuseram para dormir de novo. Então, o alfaiate deixou cair uma pedra no outro gigante.

— O que será isso? – ele gritou. — O que você está jogando em mim?

— Não estou jogando nada em você – respondeu o primeiro gigante, resmungando.

Eles discutiram sobre isso por um tempo, mas, como estavam cansados, desistiram e seus olhos se fecharam novamente. O pequeno alfaiate começou seu jogo novamente: escolheu uma pedra mais pesada e jogou-a com força no peito do primeiro gigante.

— Agora chega! – ele gritou, levantou-se como um louco e atingiu seu companheiro com tamanho golpe que a árvore tremeu acima deles. O outro pagou-lhe na mesma moeda, e eles brigaram com tanta fúria que arrancaram árvores pelas raízes para usar como armas um contra o outro, de forma que enfim ambos acabaram mortos no chão. Então, o pequeno alfaiate desceu.

— Mais um golpe de sorte... – disse. — Ainda bem que essa árvore onde eu estava sentado não foi arrancada, senão eu teria tido que pular como um esquilo de uma árvore para a outra.

Ele desembainhou sua espada, deu em cada um dos gigantes alguns golpes em seu peito e voltou até os cavaleiros, dizendo:

— Está feito, dei um fim em ambos. Foi difícil; na briga, eles arrancaram árvores para se defender, mas não adiantou. Eles tiveram de lidar com um homem que pode matar sete num só golpe.

— Então você não está ferido? – perguntaram os cavaleiros.

— De modo algum – respondeu o alfaiate. — Não me tocaram um fio de cabelo.

Os cavaleiros ainda assim não acreditaram e cavalgaram bosque adentro para ver. Lá, acharam os gigantes chafurdados no próprio sangue e árvores arrancadas por todo lado.

O pequeno alfaiate então reclamou seu prêmio prometido, mas o Rei arrependeu-se de sua oferta e buscou novamente ver-se livre do herói.

— Antes que possa possuir minha filha e metade do meu reino – disse ele ao alfaiate —, você deve cumprir um outro ato heroico. No bosque, vive um unicórnio que causa muitos danos; você deve prendê-lo.

— Um unicórnio não causa mais terror em mim do que dois gigantes. Sete em um só golpe! Esse é o meu jeito! – foi a resposta do alfaiate.

Então, levando consigo uma corda e um machado, saiu até o bosque e disse àqueles que foram ordenados a acompanhá-lo que esperassem do lado de fora. Ele não precisou procurar muito; o unicórnio logo veio e o ameaçou, como se fosse matá-lo sem demora.

— Calma, calma – disse. — Quando há muita pressa, é preciso ser cuidadoso e calmo.

Ele continuou em pé até que o animal chegasse muito perto, e então deslizou silenciosamente para trás de uma árvore. O unicórnio correu com toda sua força até a árvore e enfiou seu chifre tão fundo no tronco que não conseguia retirá-lo de novo, e assim foi capturado.

CARL OFFTERDINGER E HEINRICH LEUTEMANN

— Agora eu te peguei – disse o alfaiate, saindo detrás da árvore e colocando a corda ao redor do pescoço do unicórnio; ele pegou seu machado e soltou o chifre e, quando toda a sua comitiva se reuniu, guiou o animal e o levou à presença do Rei.

O Rei não quis ainda dar-lhe a recompensa prometida e deu-lhe uma terceira tarefa para cumprir. Antes que o casamento pudesse ser realizado, o alfaiate deveria aprisionar um javali que havia causado grande mal no bosque. Os caçadores deveriam acompanhá-lo.

— Muito bem – disse o alfaiate. — Isso é brincadeira de criança.

Mas ele não levou os caçadores até dentro do bosque, pelo que eles ficaram muito felizes, pois o javali já os recebera tantas vezes e de tal maneira que não queriam perturbá-lo. Quando o javali avistou o alfaiate, correu até ele com a boca espumando e as presas brilhantes prontas para derrubá-lo, porém o hábil herói correu para dentro de uma capelinha, que por sorte estava por perto, e pulou rápido por sobre uma janela do outro lado. O javali correu atrás dele e, quando entrou na capela, a porta fechou-se atrás dele e ele ficou lá, preso, pois era grande e pesado demais para pular pela janela também.

Então, o pequeno alfaiate chamou os caçadores para que eles pudessem ver o prisioneiro com seus próprios olhos. Ele foi novamente até o Rei, que agora, gostasse ou não, era obrigado a cumprir sua promessa e dar-lhe sua filha e metade de seu reino. Mas se ele soubesse que o grande guerreiro era apenas um humilde alfaiate, ficaria ainda mais insultado. O casamento foi celebrado com grande esplendor e pouca alegria, e o alfaiate tornou-se um Rei.

Uma noite, a jovem rainha ouviu seu marido dizendo em seu sono:

— Agora, garoto, me faça aquele colete e remende aquelas calçolas, ou vou bater com minha régua nos seus ombros!

Quando percebeu de quão baixa camada era seu marido, foi até seu pai na manhã seguinte e contou-lhe tudo. Ela implorou para que a libertasse de um homem que não era melhor do que um alfaiate. O Rei confortou-a, dizendo:

— Esta noite, deixe a porta de seu quarto aberta, e a minha guarda estará do lado de fora; quando ele estiver dormindo, eles entrarão, o prenderão e o levarão até um navio, no qual ele será mandado até o outro lado do mundo!

A esposa ficou conformada, mas o aguadeiro do Rei, que estivera ouvindo tudo isso, foi até o pequeno alfaiate e contou a ele todo o plano.

— Vou impedir isso – disse ele.

À noite, ele se deitou como sempre na cama e, quando sua esposa pensou que ele estava dormindo, levantou, abriu a porta e deitou-se novamente. O pequeno alfaiate, que apenas a fizera crer que estava adormecido, começou a murmurar claramente:

— Agora, garoto, me faça aquele colete e remende aquelas calçolas, ou vou bater com minha régua nos seus ombros! Eu matei sete com um só golpe, matei dois gigantes, apanhei um unicórnio e capturei um javali selvagem; teria eu medo de quem espera fora da minha porta?

E quando eles ouviram o alfaiate dizer isso, um grande medo os acometeu; eles fugiram como se fossem lebres selvagens e nenhum deles ousou atacá-lo.

E, por toda a sua vida, o pequeno alfaiate continuou a ser um Rei.

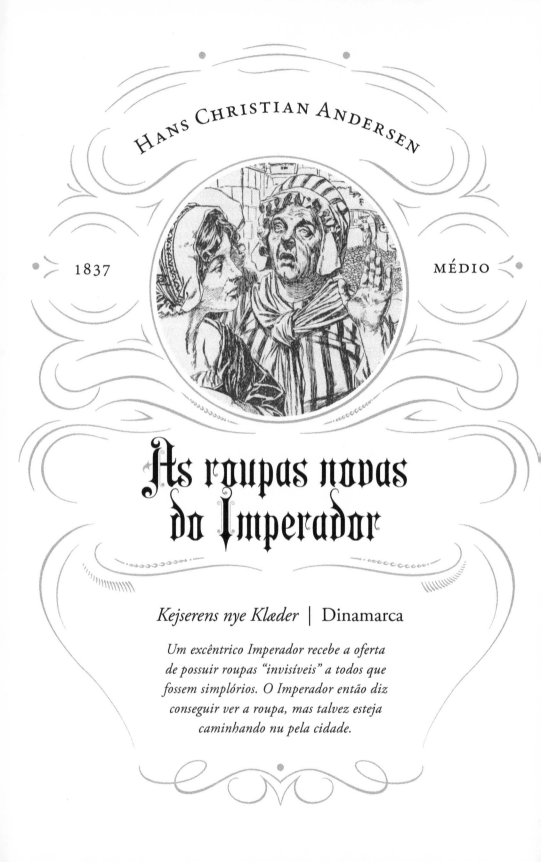

HANS CHRISTIAN ANDERSEN

1837

MÉDIO

As roupas novas do Imperador

Kejserens nye Klæder | Dinamarca

*Um excêntrico Imperador recebe a oferta
de possuir roupas "invisíveis" a todos que
fossem simplórios. O Imperador então diz
conseguir ver a roupa, mas talvez esteja
caminhando nu pela cidade.*

Á MUITOS ANOS, HAVIA UM IMPERADOR QUE gostava tão excessivamente de roupas novas que gastava todo o seu dinheiro para se vestir. Ele não se preocupava com seus soldados ou em ir ao teatro ou a caçadas – exceto quando lhe propiciavam a oportunidade de expor suas roupas novas. Ele tinha um traje diferente para cada hora do dia; e, do mesmo modo que se costuma dizer de qualquer outro rei ou imperador que "ele está em deliberação", dizia-se dele: "O Imperador está em decoração". O tempo passava alegremente na grande cidade que era sua capital; estranhos chegavam todo dia à corte. Um dia, dois velhacos, dizendo ser tecelões, apareceram. Eles declararam saber como tecer panos com as mais belas cores e os padrões mais elaborados; panos de cujas roupas manufaturadas teriam a maravilhosa capacidade de permanecer invisíveis a todos que não fossem dignos dos cargos que ocupavam, ou que eram extraordinariamente simplórios.

Essas devem, de fato, ser roupas esplêndidas!, pensou o Imperador. Se eu tivesse semelhante traje, eu poderia ao mesmo tempo descobrir que homens de meu reino são indignos de seus cargos, e também distinguir os sábios dos tolos! Esse pano deve ser tecido para mim imediatamente! – E ele fez com que vastas somas de dinheiro fossem dadas aos dois tecelões, para que começassem seu trabalho sem demora.

Então, os dois falsos tecelões prepararam dois teares e fingiram trabalhar muito cuidadosamente, quando na realidade não faziam nada. Eles requisitaram a mais delicada seda e fios de ouro mais puro, colocando ambos em suas próprias algibeiras, e continuaram seu pretenso trabalho nos teares vazios até tarde da noite.

Eu gostaria de saber como os tecelões estão progredindo com meu pano, disse o Imperador a si mesmo, depois de algum tempo; ele ficou, contudo, bastante envergonhado quando lembrou que um simplório, ou alguém indigno de seu cargo, não seria capaz de ver a manufatura.

Obviamente, ele pensou que não tinha nada a temer por sua pessoa, mas ainda assim preferia enviar alguém para trazer-lhe notícias dos tecelões e seu trabalho antes de se incumbir do assunto. Todas as pessoas da cidade tinham ouvido falar da maravilhosa propriedade que o tecido possuía e todos estavam ansiosos para saber quão sábios, ou quão ignorantes, seus vizinhos provariam ser.

— Vou enviar meu mais antigo e fiel ministro aos tecelões – disse o Imperador enfim, depois de alguma deliberação. — Ele será mais capaz de ver como o tecido funciona, pois é um homem de bom-senso e ninguém pode ser mais apropriado para seu cargo do que ele.

Então, o antigo e fiel ministro entrou no salão onde os patifes trabalhavam com toda a pompa, em seus teares vazios.

Qual é o significado disso?, pensou o velho, arregalando seus olhos. *Eu não posso discernir a mínima parte de um fio nesses teares!* – Contudo, ele não expressou seus pensamentos em voz alta.

Os impostores pediram-lhe, muito cortesmente, que fizesse o favor de se aproximar de seus teares e então perguntaram-lhe se a estampa o agradava, e se as cores não eram muito belas; ao mesmo tempo, apontavam para as armações vazias. O pobre ministro olhou e olhou; ele não podia discernir nada nos teares, e por uma boa razão: não havia nada lá.

O quê?!, pensou ele novamente. *Será possível que sou um simplório? Eu nunca achei isso; e ninguém deve sabê-lo agora, se for o caso. Será possível que eu seja indigno de meu cargo? Não, isso não se pode dizer tampouco. Nunca confessarei que não posso ver o pano.*

— Bem, senhor Ministro! – disse um dos patifes, ainda fingindo trabalhar. — O senhor ainda não disse se o pano lhe agrada.

— Ó, é excelente! – respondeu o velho ministro, olhando para o tear através dos óculos. — Esse padrão e as cores, sim, eu direi ao Imperador, sem demora, quão incrivelmente belos eu os acho.

— Ficaremos muito agradecidos ao senhor – disseram os impostores, e então eles começaram a nomear as diferentes cores e descreveram os padrões do pano falso. O velho ministro ouviu atentamente suas palavras, de modo que pudesse repeti-las ao Imperador; e então os patifes pediram mais seda e ouro, dizendo que era necessário para completar o que havia sido começado. Todavia, eles puseram tudo o que foi dado em suas algibeiras e continuaram a trabalhar com a mesma aparente diligência em seus teares vazios.

O Imperador então enviou outro funcionário de sua corte para ver como os homens estavam trabalhando e para certificar-se de que o pano estaria pronto em breve. Aconteceu o mesmo com esse cavalheiro que com o ministro; ele inspecionou os teares por todos os lados, mas não podia ver nada além de armações vazias.

— O pano não lhe parece belo, como pareceu ao meu senhor, o ministro? – perguntaram os impostores ao segundo emissário do Imperador; ao mesmo tempo, faziam os gestos como antes e falavam sobre estampa e cores que não estavam lá.

Eu certamente não sou estúpido!, pensou o mensageiro. *Deve ser porque não sou digno de meu posto bom e lucrativo! Isso é muito estranho; porém, ninguém saberá disso.* – E, dessa forma, ele elogiou o pano que não podia ver e declarou que estava encantado tanto com as cores como com os padrões.

— Realmente, Vossa Majestade Imperial – disse ele a seu soberano, quando retornou. — O tecido que os tecelóes estão preparando é extraordinariamente magnífico.

Toda a cidade estava falando do tecido esplêndido que o Imperador havia mandado tramar com suas posses.

E agora, o Imperador em pessoa desejava ver a manufatura dispendiosa, enquanto estava ainda no tear. Acompanhado por um seleto número de funcionários da corte, entre os quais estavam os dois homens honestos que já haviam admirado o tecido, ele foi até os astutos impostores, que, tão logo souberam da chegada do Imperador, seguiram trabalhando mais diligentemente que nunca, ainda que não tivessem passado um fio sequer pelos teares.

— O trabalho não é magnífico? – disseram os dois oficiais da coroa, já mencionados. — Vossa Majestade só pode estar muito satisfeito ao vê-lo! Que estampa esplêndida! Que cores gloriosas! – E, ao mesmo tempo, eles apontavam para as armações vazias; pois imaginaram que todos os outros podiam ver essa requintada obra de arte.

Como é possível?, disse o Imperador a si mesmo. *Eu não consigo ver nada! É mesmo terrível! Eu sou um simplório, ou sou indigno de ser um Imperador? Isso seria a pior coisa a acontecer.*

— Ah, a roupa é encantadora – disse ele em voz alta. — Tem a minha completa aprovação. – E sorriu com muita graça, olhando atentamente os

W. HEATH ROBINSON

teares vazios; pois de forma alguma diria ele que não conseguia enxergar o que os dois oficiais de sua corte haviam elogiado tanto.

Todo seu séquito agora forçava os olhos, esperando descobrir algo nos teares, mas eles não podiam enxergar nada mais que os outros; não obstante, todos exclamavam "Ó, que lindo!", e aconselhavam Sua Majestade a mandar fazer alguma roupa nova deste esplêndido material para o desfile iminente. "Magnífico! Encantador! Excelente!" ressoavam de todos os lados; e todos estavam excepcionalmente alegres. O Imperador compartilhava da satisfação geral; e presenteou os impostores com a faixa de uma ordem de cavalaria, para ser usada em suas botoeiras, e o título de "Cavalheiros Tecelões".

Os patifes sentaram-se a noite inteira antes do dia no qual o desfile deveria ocorrer, e acenderam dezesseis velas para que todos vissem quão ansiosos estavam para terminar o novo traje do Imperador. Eles fingiram enrolar o pano fora dos teares, cortaram o ar com suas tesouras e costuraram com agulhas sem qualquer fio.

— Vejam! – gritaram eles, enfim. — As novas roupas do Imperador estão prontas!

E então o Imperador, com todos os nobres de sua corte, veio aos tecelões; e os velhacos levantaram seus braços, como se segurassem algo, dizendo:

— Eis as calças de Vossa Majestade! Aqui está a echarpe! Eis o manto! Toda a roupa é leve como teia de aranha; poder-se-ia pensar que não está usando nada quando se veste, porém essa é a grande virtude deste tecido delicado.

— Sim, de fato! – diziam todos os cortesãos, ainda que nenhum deles pudesse ver nada dessa raríssima manufatura.

— Se Vossa Majestade Imperial tiver a graciosa bondade de retirar suas roupas, nós vamos ajustar a nova, aqui em frente ao espelho.

O Imperador apropriadamente despiu-se, e os trapaceiros fingiram ajustar-lhe às novas roupas; o Imperador virou-se para um lado e para o outro diante do espelho.

— Quão esplêndido Sua Majestade parece em suas roupas novas, e quão bem elas cabem! – todos diziam. — Que modelo! Que cores! Essas são de fato vestes reais!

— O dossel que deve ser levado sobre Vossa Majestade, no desfile, está esperando – anunciou o mestre-sala.

— Estou deveras pronto – respondeu o Imperador. — As minhas roupas novas me servem bem? – perguntou, virando-se novamente em frente ao espelho, para parecer examinar seu belo traje.

Os gentis-homens da câmara[18], que deveriam segurar a cauda da roupa de Sua Majestade, apalparam o chão como se para levantar as pontas do manto e fingiram estar carregando algo, pois eles jamais revelariam algo como simploriedade ou indignidade para seus cargos.

Então, o Imperador andou sob seu dossel no meio da procissão pelas ruas de sua capital; e todo o povo que assistia, em pé ou das janelas, gritava:

— Ó, que lindas as roupas novas de nosso Imperador! Que cauda magnífica há atrás de seu manto; e quão gracioso é o caimento da echarpe!

Em suma, ninguém admitia *não ver* as tão admiradas roupas; porque fazê-lo seria autodeclarar-se um simplório ou um indigno de seu labor.

---

[18] No original, pode ser traduzido como "os lordes dos quartos". Na corte portuguesa, esse cargo correspondia ao de "gentil-homem da câmara", motivo pelo qual foi utilizado o termo. [N.T.]

ANNE ANDERSON

Certamente, nenhum dos vários trajes do Imperador jamais havia tido um impacto tão grande quanto esse, invisível.

— Mas o Imperador não está vestindo nada! – disse uma criancinha.

— Ouçam a voz da inocência! – exclamou seu pai; e o que a criança dissera foi cochichado de pessoa em pessoa.

— Mas ele não está vestindo nada! – enfim, todo o povo gritou.

O Imperador ficou contrariado, pois ele sabia que o povo estava certo, mas pensou que o desfile tinha que continuar! E os gentis-homens da câmara fizeram mais esforço que nunca para parecer segurar uma cauda, ainda que na verdade não houvesse nenhuma cauda a segurar.

Contos Raros

*Curadoria de histórias
inéditas, especiais, diferentes
ou que ainda não haviam
sido traduzidas para o
idioma português*

GIAMBATTISTA BASILE

1634

MÉDIO

Sol, Lua e Talia

Sole, Luna e Talia | Itália

*Sendo considerada a versão original e mais antiga
publicada de A Bela Adormecida,
conta a história de uma moça que foi abusada
durante seu sono encantado por um
Rei casado de outra região.*

O QUINTO DESVIO DO QUINTO DIA

CERTA VEZ, VIVEU UM GRANDE LORDE QUE FOI ABENçoado com o nascimento de uma bela filhinha, a quem nomeou de Talia. Ele chamou sábios e astrólogos para predizer o que destino reservava para a menina e, depois que esses homens consultaram e formaram o horóscopo dela, disseram-lhe que Talia seria colocada em grande perigo por uma farpa de linho. O Lorde então decretou que nenhum linho ou qualquer tipo de corda entraria em sua casa; ele pensou que, ao fazer isso, protegeria sua filha do seu destino.

Um dia, Talia, que já havia se tornado uma bela jovem, estava olhando pela janela quando viu uma velha mulher por perto, girando uma roca. A moça ficou tão curiosa sobre o instrumento, pois nunca vira um, que convocou a velha para parar seus afazeres e deixá-la ver o aparelho. Talia implorou para poder esticar o linho, mas, tão logo o fez, uma farpa entrou debaixo da sua unha, e ela caiu no chão, morta. Assim que a mulher assustada viu o que aconteceu, correu rapidamente para fora da casa.

Quando o infeliz pai ouviu essa série de eventos desastrosos, ficou devastado. Ele vestiu o corpo de Talia com as roupas mais bonitas que ela possuía e a repousou em um estrado coberto de brocado. Sem conseguir suportar o pensamento de enterrar a filha, mandou colocar o trono na sala palaciana de uma de suas propriedades rurais, e então abandonou a construção para sempre.

Depois de algum tempo, um rei estava caçando na floresta próxima à propriedade quando seu falcão escapou e voou janela adentro do palácio. O pássaro não retornou ao dono ao ser chamado, então o rei mandou um servo bater na porta daquele lugar, pretendendo pedir que devolvessem a ave. Como não houve nenhuma resposta, e a casa estava bem trancada, o jovem rei disse aos seus servos que ele mesmo escalaria a parede e entraria pela janela para recuperar o seu animal. Ao fazer isso, vagou pelo palácio, cômodo por cômodo, mas não achou nada e nem ninguém. Por fim, chegou a um largo e lindo quarto de desenho, onde encontrou uma encantadora garota que parecia estar dormindo. Ele a chamou, mas ela não despertou. Enquanto olhava para a jovem e tentava acordá-la, ela lhe pareceu tão incrivelmente adorável que ele não pôde evitar desejá-la e começou a se sentir aquecido por aquele desejo. O rei a pegou em seus braços e a levou para a cama, depositando na jovem os seus frutos do amor. Deixando-a lá, abandonou o palácio e voltou para sua própria cidade, onde assuntos urgentes não o deixaram pensar no incidente por um longo tempo.

Mas Talia, que não estava morta, e sim meramente inconsciente, ficou grávida e, depois de nove meses, deu à luz a gêmeos, o mais belo menino e a mais bela menina que já nasceram. Fadas bondosas fizeram o parto e colocaram as duas crianças para mamarem nos seios da mãe. Um dia, um dos bebês, não conseguindo encontrar o mamilo da mãe, começou a sugar-lhe o dedo. Ele chupou com tanta força que tirou a farpa, e Talia acordou como de um sonho. Quando viu os bebês, não sabia o que havia acontecido ou como eles chegaram até ela, mas os abraçou com amor e os deu de mamar até que eles estivessem satisfeitos.

Ela nomeou seus filhos de Sol e Lua. As fadas bondosas continuaram a ajudá-la, provendo-a com comida e bebida, que apareciam como que servidas por criados invisíveis.

O rei, por fim, lembrou-se de Talia e pensou consigo mesmo que iria ao palácio na floresta, para ver se a adorável moça ainda estava dormindo lá. Dizendo que iria caçar, viajou até a propriedade e ficou extremamente alegre ao encontrar a jovem acordada e com duas lindas crianças. Revelou a Talia quem ele era, o que havia acontecido e como ela se tornou uma mãe sem saber. Enquanto conversavam, ambos perceberam que estavam formando uma conexão de amizade e amor e, depois de alguns dias, quando finalmente chegou o momento do jovem rei ir embora, ele prometeu que retornaria para ela e a levaria para o seu reino. Em seu caminho de volta para casa, percebeu que estava desesperadamente apaixonado por Talia e por seus dois filhos e mal podia dormir pensando neles; quando ele dormia, chamava o nome deles em sonho.

Porém, o rei já tinha uma esposa, que começou a desconfiar depois que seu marido não voltou por vários dias da caçada e o ouviu chamar nomes estranhos em seus sonhos. Tomada de raiva e ciúmes, ela convocou o secretário real e disse:

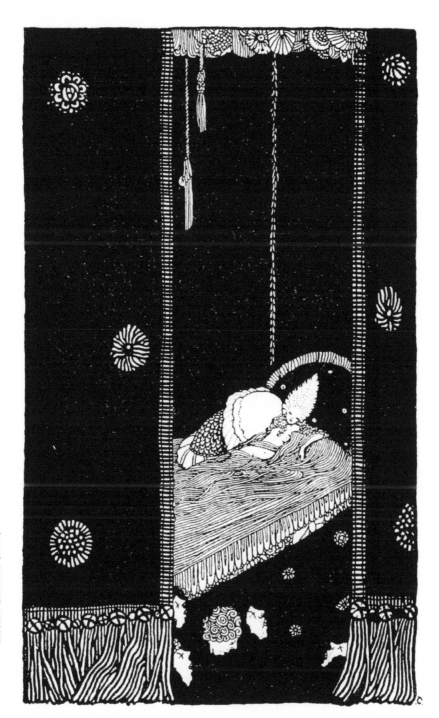

HARRY CLARKE (1922)

— Você está entre a cruz e a espada, meu jovem. Se trair seu rei e me disser quem é a sua amante, eu o darei riquezas além da sua imaginação. Porém, se não me disser, sua vida não valerá nada, porque mandarei matá-lo.

O secretário estava cheio de medo, mas, no fim, ele valorizava mais a sua vida do que a honra, e disse à rainha o que o rei havia lhe confiado. A rainha, quando ouviu tudo isso, enviou o secretário até Talia com uma suposta mensagem do rei, dizendo:

— Me envie as crianças agora, pois sinto falta delas e quero vê-las.

Talia, cheia de alegria ao perceber que seu amante amava tanto os filhos, obedeceu ao chamado e enviou os pequenos de volta com o funcionário real.

A rainha, odiando as crianças ainda mais depois que viu o quão belas eram, os levou até a cozinha e ordenou ao cozinheiro que os matasse e preparasse um delicioso prato com seus restos mortais para o jantar do rei. O cozinheiro ficou horrorizado com a sugestão e, apesar de ter concordado em fazê-lo, secretamente levou as crianças até a sua esposa e pediu que os escondesse. Então, ele matou dois cordeiros recém-nascidos, e escondeu a carne em cem diferentes pratos. Quando o rei chegou à mesa do jantar, a rainha pediu, com grande prazer, que os pratos fossem servidos ao seu marido. Enquanto ele comia com evidente contentamento, a alegria dela não tinha limites, e ela continuou o incentivando a comer mais, dizendo:

— Você está comendo o que é seu.

Depois que ela havia dito isso várias vezes, o rei começou a ficar irritado com a esposa, sem entender a insinuação, e finalmente disse, furioso:

— Eu sei bem que o que estou comendo é meu! Isso porque você não trouxe consigo nada para essa casa! – E ele se levantou e se retirou, ficando por vários dias em uma vila próxima para superar sua raiva.

Nesse meio tempo, a rainha mandou o secretário buscar Talia, enviando uma falsa mensagem do rei em que ele alegava o quanto desejava sua presença e não suportava mais aquela separação. Talia obedeceu com prazer, e ela mesma desejava muito estar com o seu senhor, que era tão amável e gentil. Mas imagine o horror da jovem quando foi levada à rainha, cuja face queimava com ódio extremo!

A rainha lhe disse:

— Bem-vinda, Madame Troccola. É você a vagabunda lasciva que se engraçou com meu marido? É você a vadia cruel que tem se aproveitado dele e me dado náuseas? Prepare-se para ir ao purgatório, onde pagará pela dor que me causou!

Talia tentou argumentar, contando tudo que havia acontecido entre eles, que ela havia se tornado amante do rei enquanto dormia, mas a rainha simplesmente riu sem acreditar e ordenou que uma enorme fogueira fosse acesa no pátio do palácio, onde pudessem jogar Talia.

Talia, tentando ganhar tempo, ajoelhou-se na frente da rainha e pediu como último desejo que lhe fosse permitido tirar as suas roupas finas antes de ser jogada ao fogo. A rainha não sentiu pena alguma da moça, mas havia notado que o vestido de Talia era muito lindo, incrustado de joias, então a permitiu se despir, pensando em manter aqueles trajes para si após matá-la. Talia começou muito vagarosamente a tirar suas roupas. Enquanto removia cada peça, gritou, e lágrimas escorriam por suas bochechas enquanto pensava nos horrores que teria de enfrentar. A cada peça de roupa, seus gritos se tornavam mais altos e comoventes.

O rei estava acabando de retornar ao castelo quando escutou os lamentos. Seguindo o som, encontrou a rainha e a chorosa Talia, que já havia removido quase toda a sua roupa, com a exceção de seus trajes íntimos. Ele exigiu uma explicação, e rainha respondeu que ele havia comido os filhos sem saber e que a sua amante estava para ser queimada na fogueira como uma prostituta.

Quando o infeliz rei ouviu o que havia se passado, foi possuído pela aflição, chorando:

— Como eu poderia ter comido os meus próprios lindos bebês? Por que minhas próprias veias não gritaram em reconhecimento? Sua mulher venenosa e maligna! Como você pôde fazer algo tão horrível?

Dizendo isso, o rei se assegurou de que a própria rainha fosse jogada à fogueira que foi preparada para a inocente Talia, e ordenou que queimassem seu secretário também, por ter participado desse plano tão perverso. O último a ser queimado seria o cozinheiro, que o rei acreditava

ARTHUR RACKHAM

ter aceitado matar os seus filhos, mas, ao ser arrastado à frente, o pobre homem protestou, gritando:

— Não retribua minha fidelidade com essa punição horrível, Sua Majestade. Eu salvei seus filhos. Eles não estão mortos, pois os escondi com a minha esposa.

O rei foi tomado por alegria e respondeu:

— Se o que diz é verdade, você será recompensado como nenhum homem foi recompensado um dia.

O cozinheiro então chamou sua esposa e pediu que trouxesse consigo Sol e Lua para o rei, que, ao vê-los, os cobriu de beijos e carinhos. Ele não conseguia parar de beijar e abraçar seus filhos e a mãe deles, aconchegando-os em seus braços. O rei deu ao cozinheiro uma rica recompensa e o tornou um cavalheiro. E, é claro, casou-se com Talia, que viveu uma vida longa e feliz com o seu marido e seus filhos, sempre lembrando bem que "A pessoa que é favorecida pela fortuna tem boa sorte mesmo quando está dormindo[19]."

Quei ch'ha ventura, il bene,
anche dormendo, ottiene.

---

[19] Na época (1600), é possível que os leitores acreditassem que amor verdadeiro poderia nascer de um abuso e provindo de um homem casado. Gostamos de crer que, hoje em dia, este pensamento tenha mudado. [N.E.]

CHARLES PERRAULT

1697

MÉDIO

O Pequeno Polegar

Le petit Poucet | França

*A menor das crianças de um casal é levada
para a morte na floresta com seus irmãos, mas
consegue guiá-los para a casa de um ogro,
onde passa por outros perigosos contratempos
que não a fome.*

ERA UMA VEZ UM HOMEM E A SUA MULHER, VENDE-dores de lenha, que tinham sete filhos, todos homens. O mais velho tinha dez anos, e o mais novo, apenas sete. Alguém pode se perguntar como um vendedor de lenha poderia ter tantos filhos em tão pouco tempo; mas isso era devido ao fato de sua esposa ser eficiente em seu papel e nunca trazer menos do que dois por parto. Eles eram muito pobres, e seus sete filhos os incomodavam bastante, porque nenhum era capaz de fazer por merecer o pão que comiam. O que os preocupava era a criança mais nova, que tinha uma estatura muito baixa e quase nunca falava uma palavra, fazendo-os acreditar que era um sinal de estupidez quando, na verdade, era um sinal de bom senso. Ele era bem pequeno e, ao nascer, não era maior que um polegar; o que o fez ser chamado de Pequeno Polegar.

A pobre criança levava a culpa por tudo e, mesmo sendo culpado ou não, estava sempre errado; ele era, não obstante, o mais astuto, e tinha uma parcela muito maior de sabedoria que todos os seus irmãos juntos. Se falava menos do que ouvia, pensava muito mais.

Aconteceu que a família estava em um ano muito ruim, e a fome era tão grande que essas pobres pessoas resolveram se livrar dos seus filhos. Uma noite, quando todos estavam na cama e o vendedor de lenha estava sentado próximo ao fogo com a mulher, ele disse a ela, com o seu coração pronto para explodir em luto:

— Você vê claramente que não somos capazes de manter nossas crianças, e não posso vê-los morrendo de fome. Estou resolvido a aban-doná-los na floresta amanhã; o que pode ser feito facilmente, porque enquanto eles estão ocupados catando lenha, podemos fugir e deixá-los sem que notem nada.

— Ah! – exclamou a esposa. — E consegue mesmo encontrar em seu coração uma razão para perder seus filhos na floresta?

Em vão, o marido explicou-lhe o estado de extrema pobreza da família; mas a esposa não aceitava a ideia. Ela era, de fato, pobre, mas era também a mãe deles. Entretanto, considerando o luto que seria para ela vê-los morrer de fome, por fim consentiu e foi para cama aos prantos.

GUSTAVE DORÉ

Pequeno Polegar ouviu cada palavra que foi dita. Enquanto os pais conversavam, ele se levantou delicadamente e se escondeu debaixo do banco do seu pai, a fim de escutar o que eles diziam sem ser visto. Quando foi para a cama novamente, não dormiu uma piscadela pelo resto da noite, pensando no que teria de fazer. Ele levantou cedo na manhã e foi para o lado do rio, onde encheu os bolsos com pequenas pedras, e então voltou para casa.

Todos eles saíram, mas Pequeno Polegar nunca disse aos seus irmãos uma sílaba do que sabia. A família seguiu até a parte mais densa da floresta, onde não podiam se ver caso estivessem a mais de dez passos de distância uns dos outros. O lenhador começou a cortar madeira, e os meninos a juntarem gravetos para fazer lenha. O pai e a mãe, vendo as crianças ocupadas com o trabalho, se afastaram pouco a pouco e então correram para longe por um caminho secundário, através de alguns arbustos.

Quando as crianças viram que tinham sido deixadas sozinhas, começaram a chorar tão alto quanto podiam. Pequeno Polegar as deixou chorar à vontade, sabendo muito bem como voltar para casa, pois, ao vir, teve o cuidado de derrubar ao longo do caminho os pedregulhos que tinha nos bolsos. Então, disse às crianças:

— Não fiquem assustados, irmãos. O pai e a mãe nos deixaram aqui, mas irei guiá-los de volta para casa se vocês me seguirem. – Eles o fizeram, e Pequeno Polegar os levou para casa pelo mesmo caminho em que chegaram à floresta. Eles não se aventuraram a entrar, mas se sentaram na porta, ouvindo o que o pai e a mãe estavam dizendo.

No momento em que o vendedor de lenha e sua esposa chegaram em casa, o senhor das terras onde viviam havia enviado dez coroas, o que ele devia há muito tempo e que o casal não esperava receber. Isso os deu vida nova, pois os pobres estavam famintos. O vendedor de lenha mandou sua esposa imediatamente ao açougueiro. Como fazia muito tempo desde que eles haviam comido um pouco, ela trouxe para casa três vezes mais carne do que duas pessoas poderiam jantar. Tendo enchido suas barrigas, a mulher disse:

— Ai de mim! Onde estão nossos pobres filhos? Eles fariam um bom banquete com o que temos de sobra aqui; mas foi você, William, que tinha a ideia fixa de perdê-los! Eu te disse que deveríamos nos arrepender disso; o que eles estarão fazendo agora na floresta? Ai de mim! Minha Nossa, os lobos já possivelmente os devoraram! Sua ação foi muito inumana! Ter perdido todas as suas crianças!

O vendedor de lenha ficou quieto por paciência, pois sua esposa repetiu isso mais de vinte vezes. No fim, ele ameaçou espancá-la caso ela não segurasse a própria língua. Não era que o vendedor de lenha não estivesse, talvez, mais preocupado do que a sua esposa, mas ela o provocou e ele tinha o mesmo tipo de humor de muitos outros homens, que amam quando suas mulheres falam o certo, mas acham extremamente inoportuno que elas estejam sempre certas. A mãe se afogava em lágrimas, exclamando:

— Ai de mim! Onde estão meus filhos agora, meus pobres filhos?

Ela falou isso tão alto que as crianças, que estavam na porta, começaram a exclamar, todas juntas:

— Aqui estamos! Aqui estamos!

Ela correu imediatamente até a porta e disse, os abraçando:

— Estou grata em vê-los, meus queridos filhos! Vocês estão com muita fome e cansados; e meu pobre Peter, você está horrivelmente cheio de lama! Venha para dentro e me deixe limpá-lo.

Agora, você precisa saber que Peter era o seu filho mais velho, a quem ela amava mais que todos os outros, pois era um pouco ruivo como a mãe. Os meninos se sentaram para jantar e comeram com grande apetite, como agradava ao pai e a mãe, que reconheceram o quão assustadas as crianças estavam na floresta, falando quase sempre todos juntos.

As boas pessoas estavam extremamente gratas por seus filhos estarem mais uma vez em casa, e essa alegria durou pelo tempo em que as dez coroas duraram. Quando o dinheiro acabou, eles caíram novamente na sua antiga inquietação e resolveram perder as crianças novamente. Dessa vez, por segurança, levariam os meninos a uma distância muito maior do que a da primeira vez. Eles não podiam mais falar disso secretamente, mas foram ouvidos pelo Pequeno Polegar, que se esforçou para escapar dessa dificuldade assim como da vez anterior. Porém, apesar de ele ter se levantado muito cedo na manhã para pegar mais pedregulhos, ficou desapontado, pois encontrou a porta da casa com as duas trancas fechadas e estava sem saber o que fazer. Quando o lenhador deu para cada filho um pedaço de pão para o café-da-manhã, Pequeno Polegar pensou que poderia usar esse pão ao invés dos pedregulhos, jogando pequenos pedaços dele no meio do caminho; então ele o colocou em seu bolso.

HEINRICH LEUTEMANN E CARL OFFTERDINGER

O pai e mãe os levaram para a parte mais fechada e obscura da floresta e, fugindo por um caminho alternativo, os deixaram lá. Pequeno Polegar não estava muito apreensivo por isso, pois acreditava que poderia achar seu caminho de novo facilmente, seguindo o pão que despedaçou por todo o trajeto. Mas ele ficou muitíssimo surpreso quando não encontrou uma migalha; os pássaros haviam comido cada pedacinho. Os irmãos estavam agora em grande aflição, pois quanto mais longe iam, mais saíam do caminho e mais e mais ficavam perdidos dentro da floresta.

A noite havia chegado agora, e um pavoroso vento forte os deixou terrivelmente assustados. Eles acharam que ouviram lobos uivando por todos os lados, querendo devorá-los; e mal ousavam falar ou virar suas cabeças. Depois disso, uma grossa chuva caiu, molhando-os até os ossos; seus pés escorregavam a cada passo que davam, e eles caíam dentro da lama. Quando se levantavam do meio da sujeira, suas mãos estavam em um estado deprimente.

Pequeno Polegar subiu no alto de uma árvore para ver se podia descobrir alguma coisa; e, tendo virado a sua cabeça para todos os lados, viu por fim uma luz brilhando, como a chama de uma vela, mas estava a uma distância considerável. Ele desceu e, ao chegar ao chão, não podia mais vê-la, o que o deixou muito triste. Entretanto, caminhando por algum tempo com os seus irmãos na direção em que vira a luz, ele a avistou novamente quando saíram da floresta.

Os meninos finalmente chegaram na casa onde a vela brilhava, não sem medo em abundância; pois eles frequentemente a perdiam de vista cada vez que entravam em uma descida. Eles bateram na porta, e uma boa mulher a abriu, perguntando o que desejavam.

Pequeno Polegar lhe disse que eles eram crianças pobres que tinham se perdido na floresta e desejavam abrigo ali, pelo amor de Deus. A mulher, sendo tão, tão linda, começou a chorar e disse:

— Ai de mim! Pobre bebês, para onde vocês vieram!? Vocês sabiam que essa casa pertence a um Ogro cruel, que come crianças pequenas?

— Ah! Querida senhora – respondeu Pequeno Polegar (que estremeceu cada junta de seu corpo, assim como seus irmãos) —, o que faremos? Com toda certeza, os lobos da floresta irão nos devorar nesta noite se você nos recusar refúgio. Assim, iríamos preferir que o cavalheiro nos devorasse. Talvez ele se apiede de nós, especialmente se você implorar isso.

A mulher do Ogro, que acreditava que poderia escondê-los de seu marido até o amanhecer, os deixou entrar e os levou para se esquentarem perto de um excelente fogo, pois havia um carneiro inteiro assando para o jantar do Ogro.

Quando eles começaram a se aquecer, ouviram três, quatro grandes batidas na porta; era o Ogro, que havia chegado em casa. Assim, a mulher os escondeu debaixo da cama e foi recebê-lo. O Ogro rapidamente perguntou se o jantar estava pronto e o vinho aberto; então, sentou-se à mesa. O carneiro ainda estava todo cru e sangrento, mas ele gostava mais desse jeito. Cheirou de um lado para o outro, dizendo:

— Sinto cheiro de carne fresca.

— O que você cheira – disse sua esposa —, deve ser o bezerro que matei há pouco e esfolei.

— Sinto cheiro de carne fresca, eu te digo mais uma vez – replicou o Ogro, olhando zangado para a esposa. — E há algo aqui que não entendo.

Enquanto ele falava essas palavras, levantou-se da mesa e foi diretamente até a cama.

— Ah! – disse. — Vejo como você me traiu, mulher amaldiçoada! Eu não sei por que não como você também, mas é bom para você ter essa carcaça velha e dura. Aqui está a boa caça, que vem bem a calhar para entreter três Ogros conhecidos meus, que devem me prestar uma visita em um dia ou dois.

Com isso, arrancou os meninos de debaixo da cama, um por um. As pobres crianças caíram de joelhos e imploraram pelo seu perdão, mas estavam lidando com um dos mais cruéis Ogros no mundo que, longe de ter qualquer pena deles, já os tinha devorado com os olhos. Ele disse à mulher que os irmãos seriam a coisa mais deliciosa de comer quando jogados em um saboroso molho. Então, pegou uma grande faca e se aproximou das pobres crianças, amolando-a sobre uma grande pedra que segurava com a mão esquerda. Ele já tinha agarrado um dos meninos quando sua esposa lhe disse:

Doré

— Por que você precisa fazer isso agora? Não há tempo suficiente amanhã?

— Segure a sua tagarelice – disse o Ogro. — Eles estarão mais macios hoje.

— Mas você já tem tanta carne – retrucou a esposa. — Você não tem motivo para fazer isso agora. Aqui está um bezerro, dois carneiros e meio cachorro.

— Isso é verdade – disse o Ogro. — Dê a eles uma barriga bem cheia, para que não fujam, e os coloque na cama.

A boa mulher ficou extremamente contente com isso e deu aos irmãos um bom jantar; mas eles estavam tão assustados que não podiam comer nem um pouco. E, quanto ao Ogro, ele sentou-se de novo para beber, estando muito satisfeito por ter achado meios de agradar aos seus amigos. Ele bebeu uma dúzia de copos além do normal, o que afetou sua cabeça e o fez ir para a cama.

O Ogro tinha sete filhas, todas crianças pequenas, e essas jovens ogras tinham uma aparência muito bela, porque estavam acostumadas a comer carne fresca como o pai. Porém, tinham pequenos olhos verdes, redondos; narizes aduncos; bocas grandes e dentes longos e afiados, que ficavam a uma boa distância uns dos outros. Elas ainda não eram infinitamente más; mas tinham caminhos promissores nisso, pois já mordiam criancinhas e podiam sugar seu sangue. As meninas ogras foram colocadas na cama mais cedo, com uma coroa de ouro sobre suas cabeças. Havia, no mesmo quarto, outra cama bem grande, e foi lá onde a esposa do Ogro colocou os sete menininhos. Depois disso, foi para sua cama com o marido.

Pequeno Polegar, que tinha observado as coroas sobre as cabeças das ogras e estava com medo de que o Ogro mudasse de ideia quanto a não matá-los, levantou por volta de meia-noite e, levando a sua boina e a de seus irmãos, suavemente as colocou na cabeça das sete ogras. Antes disso, tirou suas coroas de ouro e as colocou na sua e nas cabeças dos irmãos; assim, o Ogro podia confundi-los com as suas filhas. Tudo isso aconteceu conforme ele previu, pois o Ogro acordou também por volta de meia-noite e, arrependido de ter deixado para o amanhecer o que poderia ter feito ao longo da noite, jogou-se de pé da cama com pressa, pegando a sua grande faca.

— Vejamos – ele disse — como os nossos pequenos ladrões estão. Não vou pensar duas vezes.

Ele então levantou e foi apalpando dentro do quarto das suas filhas, deitando-se onde os meninos dormiam em um sono profundo, com a exceção de Pequeno Polegar, que estava terrivelmente assustado em ter o Ogro tocando sua cabeça. O Ogro, sentindo as coroas de ouro, disse:

— Quase cometo um terrível erro. Acho que me empanturrei muito ontem à noite.

Então, foi para a cama onde as meninas estavam, e encontrou as boinas dos meninos.

— Hah! – ele disse. — Meus meninos alegres, vocês estão aqui? Vamos ao trabalho!

E, falando essas palavras, sem mais cerimônias, cortou a garganta de todas as suas sete filhas.

Satisfeito com o que havia feito, voltou para a cama com a sua mulher. Tão logo Pequeno Polegar ouviu o Ogro roncar, acordou os seus irmãos e ordenou-lhes a se vestirem prontamente e o seguirem. Eles escaparam em silêncio pelo jardim e pularam o muro. Continuaram correndo quase a noite inteira, tremendo o tempo todo e sem saber para que caminho estavam indo.

O Ogro, quando acordou, disse à sua esposa:

— Vá lá em cima e vista aqueles malandros que vieram aqui ontem à noite.

A Ogra ficou extremamente surpresa com a bondade do seu marido, não sonhando de maneira alguma com o que ele havia feito. Mas, pensando que ele tinha ordenado que vestisse seus visitantes, foi para cima e ficou estranhamente atônita quando encontrou suas sete filhas mortas e banhadas em sangue. Ela desmaiou, pois essa é a reação que quase toda mulher teria em um caso como esse. O Ogro, preocupado com a demora de sua esposa, levantou-se e foi ajudá-la. Ele não ficou menos impressionado do que ela com essa cena espantosa.

— Ah! O que foi que eu fiz? – exclamou. — Os desgraçados amaldiçoados pagarão por isso e neste instante!

Ele então jogou uma vasilha de água na face da esposa e a trouxe de volta a si:

— Dá-me rapidamente – exclamou ele — minhas botas de sete léguas, para que eu possa pegá-los.

Ele saiu e, tendo corrido um grande pedaço de um lado para outro, finalmente encontrou a estrada onde as pobres crianças estavam, não mais do que a cem passos da casa dos seus pais. Eles espiaram o Ogro, que ia de montanha a montanha em uma passada, atravessando rios como se fossem riachos. Pequeno Polegar, vendo uma pedra oca perto de onde estavam, fez seus irmãos se esconderem nela e se apertou lá dentro também, vigiando constantemente por onde andava o Ogro.

O Ogro, que se encontrava muito cansado de sua longa e não frutífera jornada (pois as botas de sete léguas davam fadiga extrema a quem as usava), teve uma ótima ideia de descansar e sentou-se na pedra onde os meninos se escondiam. Como estava muito cansado, caiu no sono e, depois de se acomodar, começou a roncar tão assustadoramente que as pobres crianças não estavam com menos medo dele do que quando ele levantara a faca para cortar suas gargantas. Pequeno Polegar não estava muito mais assustado do que os irmãos, e lhes disse que deviam fugir logo para casa, enquanto o Ogro dormia profundamente. Os meninos seguiram o seu conselho e chegaram em casa em pouco tempo.

Pequeno Polegar chegou até o Ogro, puxou suas botas com gentileza e as colocou nas próprias pernas. As botas em bem grandes e largas, mas como eram encantadas, tinham o poder de se tornarem maiores ou menores, dependendo das pernas daqueles que as usassem. Então, elas se adaptaram aos pés de Pequeno Polegar também, como se tivessem sido feitas para ele.

Ele foi imediatamente à casa do Ogro, onde achou a esposa chorando amarguradamente pelo assassinato das suas filhas.

— O seu marido – disse Pequeno Polegar — está em grande perigo. Foi tomado por um grupo de ladrões, que juraram matá-lo se ele não entregar todo o ouro e toda a prata que tem. Assim que eles colocaram

HARRY CLARKE (1922)

adagas em sua garganta, ele me viu e me pediu que viesse e te contasse o que está acontecendo. Disse que você deveria me dar o que quer que ele tenha de valor, sem guardar nada; senão eles irão matá-lo sem misericórdia.

HARRY CLARKE (1922)

Como o caso é muito urgente, ele me pediu que eu usasse, você vê que eu as estou calçando, as suas botas, para que eu pudesse me apressar mais e fazer a senhora acreditar em mim.

A boa mulher, estando tristemente assustada, deu a ele tudo o que tinha, pois o Ogro era um excelente marido, apesar de comer criancinhas. Pequeno Polegar, com todo o dinheiro do Ogro, foi para a casa de seu pai, onde foi recebido com alegria em abundância.

Existem muitas pessoas que não concordam com essa circunstância e fingem que Pequeno Polegar nunca roubou o Ogro; que ele apenas pegou honestamente as botas de sete léguas, com consciência tranquila, pois o monstro não fazia outro uso delas além de perseguir criancinhas. Esse pessoal afirma que eles foram muito bem assegurados disso, porque comiam e bebiam com frequência na casa do vendedor de lenha. Eles declaram que, quando Pequeno Polegar tirou as botas do Ogro, foi até a corte, onde foi informado sobre a falta de notícias de um certo exército que batalhava há várias léguas de distância. Ele foi, dizem, ao Rei, e lhe informou que, se sua majestade assim desejasse, traria notícias do exército antes que a noite chegasse.

O Rei o prometeu uma grande quantia em dinheiro sob essas condições. Pequeno Polegar cumpriu sua palavra e retornou na mesma noite com notícias. Esta primeira expedição o tornou conhecido e ele começou a conseguir o que queria, pois o Rei o pagava muito bem para seguir suas ordens, e várias damas lhe davam o que ele desejasse para levar e trazer notícias de seus amados em batalha – missões essas que o traziam muitos ganhos. Havia algumas mulheres casadas também que mandavam cartas aos seus maridos, mas elas o recompensavam tão mal que ele zombava do que recebia.

Depois de um tempo na carreira de mensageiro, e após ter ganhado com isso grande riqueza, ele foi para a casa do pai, que não foi capaz de expressar a alegria pelo seu retorno. Pequeno Polegar transformou positivamente toda a família, comprou casas para o pai e os irmãos, assegurando-os muito bem nesse mundo e, em pouco tempo, subiu bastante nas boas graças do Rei.

A moral

De muitas crianças os pais não devem reclamar,
Se eles são bonitos; brilham no julgamento dos pais;
Cortezes em comportamento; em corpo, fortes,
Semblante gracioso, e de linguagem elegante.
Mas se talvez um filho se prova fraco,
Eles o ultrajam, riem dele, enganam e traem.
Esta é maneira deste mundo amaldiçoado; e, ainda assim
Às vezes, esse garoto de rua a quem menosprezam vemos,
Através de eventos não previstos, a honra conseguir,
E fortuna trazer a toda sua família.

HANS CHRISTIAN ANDERSEN

1848 · CURTO

A Pequena vendedora de fósforos

Den lille pige med svovlstikkerne | Dinamarca

Considerado um dos contos mais tristes de Hans Andersen, A Pequena Vendedora de Fósforos *tramita entre o abandono e a esperança em uma noite de Natal.*

ERA VÉSPERA DE ANO-NOVO. JÁ ESTAVA ESCURECENDO e fazia um frio intenso com a neve caindo. Mas a despeito de todo o frio, e da neve, e da noite que caía rapidamente, via-se uma menininha descalça e de cabeça descoberta. Bem, é verdade que estava usando chinelos quando saíra de casa, mas os chinelos eram muito grandes, pois eram os que a mãe usava, e escaparam-lhe dos pezinhos gelados quando atravessou correndo pela rua para fugir de duas carruagens que vinham em disparada. Não foi possível achar um deles, pois o outro fora apanhado por um rapazinho que saiu correndo, gritando que aquilo ia servir de berço aos seus filhos quando os tivesse.

A menina continuou a andar, agora com os pés descalços e gelados. Levava no avental velhinho uma porção de pacotes de fósforos. Tinha na mão uma caixinha: não conseguira vender uma só em todo o dia e ninguém lhe dera sequer um níquel. Assim, esmaecendo de fome e de frio, ia se arrastando penosamente, vencida pelo cansaço e desânimo. Parecia a imagem viva da miséria. Os flocos de neve caíam pesados sobre os lindos cachos dourados que lhe emolduravam graciosamente o rosto, mas para a menina isso nada valia, nem lhe era importante. Pelas janelas das casas, via as luzes que brilhavam lá de dentro. Sentia-se na rua um cheiro bom de ganso assado; ora era a véspera de ano-novo, isso sim, ela não esquecia.

Achou um canto, formado pela saliência de uma casa, e acocorou-se ali, com os pés encolhidos para abrigá-los ao calor do corpo, mas cada vez sentia mais e mais frio. Não se animava a voltar para casa, porque não tinha vendido uma única caixinha de fósforos e não ganhara sequer um níquel. Era certo que levaria uma sova do pai por nada ter vendido e em sua casa era quase tão frio quanto ali, pois só tinham o teto para proteção e ainda assim o vento entrava uivando, apesar dos trapos e das palhas com que lhe tinham tapado as enormes frestas.

O frio era tanto que as mãozinhas estavam gélidas, endurecendo de frio. Quem sabe se acendesse um fósforo ajudasse a aquecer. Pelo menos se animava a tirar ao menos um da caixinha e riscá-lo na parede para acendê-lo. Puxou um da caixinha – *rrrec*! Como estalou e faiscou, antes de pegar fogo! Surgiu uma luz, bem clara, e parecia mesmo uma vela quando abrigou o fogo com a mão. Sim, era uma vela bem esquisita aquela! Pareceu-lhe que estava sentada diante de uma grande estufa, de pés e maçanetas de bronze polido. Ardia nela um fogo magnífico, que espalhava suave calor. E a meninazinha ia estendendo os pés enregelados para aquecê-los, mas apagou-se o clarão! Sumiu-se a estufa, tão quentinha, e ali ficou ela no seu canto gelado, com um fósforo apagado na mão. Só via a parede escura e fria.

Riscou outro fósforo. Onde a luz batia, a parede se tornava transparente como um véu e ela via tudo dentro da sala da casa. Estava posta a mesa. Sobre a toalha alvíssima como a neve, via-se, fumegando entre toda aquela porcelana tão fina, um belo ganso assado, recheado de maçãs e ameixas. O ganso, porém, saltou da mesa ainda com o garfo e a faca cravados em suas costas e correu em direção à menina. Mas naquele instante, o fósforo apagou e ela tornou a ver somente a parede fria e úmida na noite escura.

Riscou outro e àquela luz resplandecente viu-se sentada debaixo de uma linda árvore de Natal! Era muito maior e mais decorada do que aquela que vira, no Natal passado, ao espiar pela porta de vidro da casa do negociante rico. Entre os galhos, milhares de velas fulguravam, além dos cartões coloridos como os que via em vitrines e ela contemplava cada detalhe. A menininha estendeu os braços diante de tantos esplendores e, então, o fogo apagou. Todas as luzinhas da árvore de Natal foram subindo, subindo mais alto, cada vez mais alto e, de repente, ela viu que eram estrelas que cintilavam no céu. Mas uma caiu lá de cima, deixando uma risca de fogo reluzente no caminho.

— Alguém morreu – disse a pequena vendedora de fósforos.

Sua avó, a única pessoa que a amara no mundo e que já estava morta, lhe dizia sempre que quando vimos uma estrela cadente no céu é um sinal de que uma alma está subindo para Deus.

Riscou mais um fósforo na parede e desta vez foi a avó quem lhe apareceu, a sua boa avó, sorridente e amorosa, no esplendor da luz.

— Vovó! – gritou a pobre menina. — Leva-me contigo, sei que quando o fósforo se apagar vais desaparecer, como sumiram a estufa quente, o ganso assado e a linda árvore de Natal!

E a coitadinha pôs-se a riscar na parede todos os fósforos da caixa, para que a avó não se desvanecesse. Eles ardiam com tamanho brilho que

ARTHUR RACKHAM

parecia dia e nunca ela vira a vovó tão grandiosa nem tão bela! E ela tomou
a neta nos braços e juntas voaram, em um halo de luz e esplendor, mais e

HELEN STRATTON

mais alto, longe da Terra, para um lugar onde não há mais frio, nem fome, nem sede, nem dor, nem medo, porque elas estavam, agora, com Deus.

Na madrugada seguinte, a menina jazia sentada no canto entre as casas, com as faces coradas e um sorriso refrigério nos lábios. Morrera de frio, na última noite do ano velho. O novo ano iluminou o pequenino corpo, ainda sentado no canto, com a mãozinha cheia de fósforos queimados.

— Sem dúvida, ela quis aquecer-se – diziam os passantes.

Ninguém pudera imaginar que lindas visões ela tivera, nem em que glória e júbilo tinha entrado com a velha avó para a felicidade do ano-novo.

CHARLES PERRAULT

1697 MÉDIO

Pele de Asno

Peau d'Âne | França

Um Rei perde sua esposa e, mais tarde, deseja casar-se com a própria filha. Ela, para fugir do homem que não ama, pede vestidos e prendas quase impossíveis de se conseguir, mas mesmo assim precisa escapar.

ERA UMA VEZ UM REI, O MAIOR SOBRE A TERRA, AMÁVEL na paz e terrível na guerra, e não havia outro que se comparasse a ele. Os vizinhos o temiam, os seus estados estavam calmos e por todas as partes via-se florir, à sombra das suas gloriosas batalhas, as virtudes e as belas-artes. A sua adorável esposa, companheira fiel, era formosa e bela, dotada de um espírito tranquilo e doce, e ele se sentia mais feliz de ser seu esposo do que de ser rei. Da casta e terna união desse casal cheio de doçura e concórdia, havia nascido uma filha, com tantas virtudes que ele se consolava de não ter filhos homens.

No seu vasto e abastado palácio tudo era magnífico, em todo lugar formigava uma grande abundância de cortesãos e valetes, havia nas suas cavalariças cavalos grandes e pequenos de todos os portes, cobertos de belas capas duras de ouro e de bordados. Todavia, o que mais surpreendia toda a gente ao entrar lá era que, no lugar mais alto, um grande asno exibia suas enormes orelhas. Essa esquisitice pode gerar estranheza, mas quando se conhece as virtudes sem igual deste animal, não parece que a honra seja demasiada grande. A natureza formou-o de tal modo que nunca fazia estercos, e sim belos escudos e luíses de ouro de todas as feições, que todas as manhãs iam recolher.

Ora, o céu – que por vezes se cansa de fazer os homens contentes, que sempre junta às suas graças alguma desgraça, tal como a chuva ao dia mais ensolarado – permitiu que uma severa doença subitamente atacasse os dias radiosos da rainha. Por todos os lados se buscava socorro, porém nem os médicos mais estudados nem os charlatães da moda puderam ajudar, nem todos juntos puderam cessar o incêndio que a febre acendia à medida que aumentava.

Chegada a sua hora, a rainha chamou por seu esposo e revelou:

— Deixe-me fazer um último pedido, se algum dia vir a ter vontade de se casar novamente, quando eu já não estiver aqui...

— Ah – disse o rei —, esses questionamentos são em vão, nunca na minha vida eu desejarei tal coisa, fique tranquila.

— Eu acredito – respondeu a rainha. — Seu amor perpétuo é prova disso, contudo preciso que prometa que não se casará novamente.

Se encontrar uma mulher mais bela, perfeita e sagaz que eu, realize seu matrimônio com ela.

A confiança da rainha nos seus charmes fazia-na encarar tal promessa como uma jura, obtida com habilidade, de não casar-se mais. O rei jurou, pois, com os olhos marejados, tudo o que a rainha queria.

A rainha morreu em seus braços e jamais um marido ficou tão triste e em prantos. Ao ouvi-lo soluçar noite e dia, julgou-se que o seu luto não duraria muito e que ele chorava seu amor póstumo como um homem apressado que desejava liquidar o assunto.

Não se enganavam. Ao fim de alguns meses ele quis começar uma nova escolha, mas a escolha não era fácil, era preciso ser fiel à promessa que, portanto, a nova noiva deveria ser mais atraente e cheia de qualidades que a que acabara de falecer.

Nem a corte repleta de belezas, nem o campo, nem a cidade, nem os reinos ao redor aonde se foi procurar puderam encontrar tal mulher. Só a infanta era mais bela e possuía ainda ternos atrativos de que a falecida carecia. O próprio rei se deu conta e ardendo de um amor extremo, concluiu loucamente que devia desposar a própria filha. Encontrou mesmo um casuísta que julgou que o caso era condizente. Mas a jovem princesa, triste de ouvir falar de tal amor, lamentava-se e chorava noite e dia.

Com a alma cheia de desgostos, ela foi ao encontro da madrinha que morava numa gruta remota ricamente ornada de madrepérolas e corais. Era uma admirável fada, que na sua arte não tinha comparação. Não será preciso dizer o que era uma fada nesses felizes tempos, pois tenho a certeza de que sua ama contou para você desde os seus mais verdes anos.

— Sei o que a traz aqui – disse a madrinha ao ver a princesa. — Sei a profunda tristeza de seu coração, mas ao meu lado não precisa se preocupar mais. Nada poderá prejudicá-la, contanto que siga os meus conselhos. É verdade que seu pai quer desposá-la, escutar o seu pedido desvairado seria um grande erro, mas é possível recusá-lo sem que seu coração se enterneça por ele. Peça um vestido que seja da cor do Tempo. Apesar de todo o seu poder e de toda a sua riqueza, por mais que o céu em tudo favoreça os seus desígnios, o rei jamais poderá realizar essa promessa.

HARRY CLARKE, 1922

A princesa foi trêmula dizer ao pai apaixonado seu pedido. Imediatamente, o rei chamou os alfaiates mais importantes e disse-lhes que

se não fizessem, sem demasiada delonga, um vestido da cor do Tempo seriam enforcados.

O segundo dia ainda não raiara e já lhe traziam o vestido desejado: o mais belo azul-celeste, rodeado por grandes nuvens de ouro, de uma cor diáfana. A infanta, invadida de alegria e de tristeza, não soube o que dizer ou como fugir ao seu compromisso. Então, a madrinha lhe sussurrou:

— Princesa, peça-lhe um mais brilhante e menos trivial, que seja da cor da Lua. Isso ele não lhe dará.

Mal a princesa tinha feito o seu pedido, o rei disse ao bordador:

— Que o astro não tenha mais esplendor e que em quatro dias, sem falta, entreguem-no para mim.

O rico vestido foi feito na data marcada, tal como o rei havia especificado. Nos céus onde a noite desdobra seus véus, a própria lua é menos pomposa que o vestido de prata, mesmo quando em seu máximo brilho, no meio do seu ciclo recorrente, faz empalidecer as estrelas.

A princesa, admirando o vestido, estava prestes a consentir. No entanto, inspirada pela madrinha, disse ao rei apaixonado:

— Só ficarei contente quando tiver um vestido ainda mais brilhante e de cor tão viva quanto o Sol.

O rei, que a amava de um amor arrebatado, mandou vir imediatamente um rico lapidador e encomendou-lhe que fizesse o vestido de um tecido soberbo de ouro e de diamantes, dizendo-lhe que se ele não o satisfizesse convenientemente, faria-o morrer no meio dos mil tormentos.

O rei não teve que se dar ao trabalho, porque o habilidoso artesão trouxe a preciosa obra antes de a semana terminar. Esta era tão bela, viva e radiante que o próprio louro amante de Clímene, quando passeia no arco dos céus no seu carro de ouro, não encandeia os olhos com mais intenso brilho.

A princesa, confusa com estes presentes, não sabia mais o que responder ao seu pai e rei. Mas, depressa, a madrinha a tomou pela mão e disse ao ouvido:

— Não hesite. Afinal, todos estes presentes não são assim tão grande maravilha. Veja, o rei tem aquele asno que, você sabe, incessantemente produz escudos de ouro. Peça a pele desse raro animal, sendo esta a fonte de toda a sua fortuna, ou muito me engano, isso não lhe será dado.

Embora a fada fosse muito sábia, ela ignorava que o amor impetuoso pouco se importa à prata e ao ouro, desde que possa satisfazer-se. Galantemente, a pele lhe foi concedida assim que foi solicitada.

A infanta assustou-se terrivelmente quando lhe trouxeram a pele e queixou-se amargamente de sua sorte. A madrinha apareceu e explicou que quando se faz o bem, nada se deve recear. Orientou-a a deixar crer ao rei que ela estava totalmente disposta a sujeitar-se com ele à lei conjugal. Mas ao mesmo tempo, ela deveria partir sozinha e bem disfarçada para algum estado longínquo a fim de evitar um mal tão certo e próximo.

— Eis aqui – prosseguiu ela — uma arca onde vamos colocar todos os seus vestidos, o seu espelho e artigos de toalete, assim como os seus rubis e diamantes. Dou-lhe ainda a minha varinha; se a levardes na mão, a arca seguirá seu caminho escondida sob a terra. E se quiser abrir o baú, basta tocar a varinha na terra para vê-lo perante seus olhos. Para se tornar irreconhecível, a pele de asno será um disfarce perfeito. Esconda-se bem dentro da pele, que ninguém acreditará, sendo tão feia, poder esconder algo tão belo.

Mal a princesa saía assim travestida da morada da fada madrinha, o rei que se aprontava para a celebração do feliz casamento. No frescor da manhã, ficou sabendo do seu funesto destino. Não houve casa, caminho ou bulevar que não fosse revistado prontamente. Mas foi em vão tanta agitação, ninguém podia adivinhar o que acontecera à princesa. Espalhou-se por todos os lados um triste e torpe desgosto. Afinal, não haveria bodas, baile ou doces de festa. Desencorajadas, as damas da corte nem quiseram jantar, mas foi, sobretudo, o padre que ficou triste por almoçar tão tarde e não ter tido oferendas.

Neste ínterim, a infanta seguia o seu caminho com o rosto completamente sujo e cheio de gordura. A todos os andantes, estendia a mão e tentava arranjar um lugar para servir, porém os menos delicados e os mais infelizes, vendo-a com tão mau aspecto e tão asquerosa, não queriam escutar nem recolher em casa uma criatura tão imunda. Ela andou bem longe, muito longe, ainda mais longe. E, enfim, entrecorreu que a moça

HARRY CLARKE, 1922

chegou a uma granja onde se precisava de uma serviçal que lavasse trapos sujos e a pocilga dos porcos.

Instalaram-na num canto, ao fundo da cozinha, onde os criados, esses insolentes, não faziam nada senão zangá-la, contradizê-la e ralhar com ela. Perseguiam-na sob todos os pretextos, já não sabiam mais que peça lhe pregar e era o alvo cotidiano de todos os deboches e chistes.

Aos domingos, tinha um pouco mais de descanso. Havendo cumprido as suas tarefas de manhã, entrava no quarto e, atrás da porta fechada, desencardia-se, abria a arca e alinhava os potinhos de beleza. Diante de seu grande espelho, contente e satisfeita, punha ora o vestido de Lua, ora aquele no qual brilhava o fogo do Sol, ora o belo vestido azul que todo o azul-celeste não conseguia igualar. Ficava triste apenas por não poder ver a cauda de seus belos vestidos derramarem-se sobre o estreitíssimo chão. Gostava de se ver assim, jovem, rubra e branca, cem vezes mais elegante do que qualquer outra e tal doce prazer amparava-a e permitia-lhe chegar ao domingo seguinte.

Quase me esquecia de dizer que, nesta rica granja, se fazia criação de aves para um rei poderoso e magnânimo. Ali, havia galinhas da Índia, galinhas-d'água, galinhas-d'angola, alcatrazes, patos da Guiné e mil outros pássaros de bizarras maneiras, quase todos diferentes entre si, que enchiam à vontade dez quintais inteiros.

O filho do rei vinha frequentemente repousar neste harmonioso lugar com os senhores da corte, bebendo água gelada, quando voltavam da caça. O seu ar era real, a sua expressão marcial e propícia a fazer estremecer os mais orgulhosos batalhões. Pele de Asno viu-o de bem longe com ternura e a ousadia fez com que ela percebesse, sob sua imundice e andrajos, que ainda batia um coração de princesa.

Mas que porte majestoso ele tem, ainda que despretensioso! E como é amável, pensou ela. *Que bem-aventurada é a jovem a quem o seu coração esteja prometido! Eu estaria mais bem vestida com um vestido sem valor, com o qual ele me tivesse honrado, do que com todos aqueles que tenho.*

Um dia o príncipe, andando sem destino de paragem em paragem pela granja, passou numa área obscura onde ficava o humilde aposento de Pele de Asno. Por acaso, pôs um olho no buraco da fechadura. Sendo dia de festa, ela tinha se arranjado ricamente e posto as esplêndidas roupas, tecidas de ouro fino e grandes diamantes, que rivalizavam com o sol na mais pura claridade. Contemplando-a, o príncipe ficou à mercê de seus desejos e tal foi seu deslumbramento que mal conseguia retomar o fôlego ao olhá-la. Independentemente dos vestidos, a beleza da face, o seu belo perfil, a sua alva brancura, os seus traços finos e a sua frescura juvenil, deixaram-no cem vezes mais fascinado. Mas certo ar de grandeza, mais ainda, um pudor modesto e ajuizado, apoderaram-se de todo o seu coração. No calor do fogo, ele esteve três vezes para derrubar a porta. Porém, crendo ver uma divindade, por três vezes o seu braço se deteve por respeito.

No palácio, isolou-se pensativo e lá suspirava noite e dia. Não queria mais ir ao baile, embora fosse carnaval. Detestava a caça, detestava a comédia, já não tinha apetite e tudo lhe fazia mal ao coração, sendo o fundo de sua doença uma triste e mortal languidez.

Indagou-se sobre quem era aquela admirável ninfa que vivia em um recinto ao fundo de uma área tenebrosa, onde nada se vislumbrava em pleno dia.

— É Pele de Asno – disseram-lhe —, que nada tem de ninfa e nem de bela. Chamam-na assim por causa da pele que traz sobre os ombros, é verdadeiro remédio para o amor, dado ser em suma o animal mais feio que se possa ver a seguir do lobo.

Podiam falar, ele não acreditava. Os traços que o amor inscreveu estavam ainda presentes na sua memória e não seriam dela apagados.

Entretanto, a rainha, de quem ele era filho único, chorava e se desesperava enquanto tentava em vão que ele declarasse a causa do seu mal. Ele gemeu, chorou, suspirou e nada disse. Apenas que queria que Pele de Asno lhe fizesse um bolo com as próprias mãos. A mãe não entendia o que o filho queria dizer:

— Ora, minha senhora! – disseram-lhe. — Essa Pele de Asno é uma toupeira, ainda mais feia e repelente que a mais suja servente.

— Não importa – exclamou a rainha —, é preciso satisfazê-lo e é nisso apenas que devemos todos pensar.

A mãe o amava tanto que lhe teria dado ouro para comer se ele quisesse.

Assim, Pele de Asno pegou a farinha, que mandara peneirar de propósito para obter uma massa mais fina, o sal, a manteiga e ovos frescos. E trancou-se no quarto para fazer bem o seu bolo. Primeiro, lavou as mãos, os braços e o rosto. Pôs um suntuoso avental de prata e iniciou os preparos.

Dizem que, por ter trabalhado às pressas, caiu na massa um dos seus anéis de grande valor. Mas aqueles que supostamente conhecem bem esta história asseguram que ela pôs lá de propósito. Francamente, tal eu ousaria crer, estando seguro de que ela se dera conta quando o príncipe havia espiado a sua porta e a olhara pelo buraco da fechadura. Neste ponto, a mulher é tão esperta e o seu olhar tão certeiro, que não se pode observá-la um só momento sem que ela saiba que a vimos. Tenho também a certeza, e poderia jurá-lo, de que ela não teve dúvida nenhuma de que o seu anel seria bem recebido pelo seu jovem amante.

Jamais ninguém assou um quitute tão delicioso. O príncipe achou tão bom que por pouco não engoliu também o anel, tal era a sua fome gulosa. Quando viu a esmeralda da joia, assim como o estreito círculo de ouro que marcava a forma do dedo, o seu coração foi acometido por uma alegria incrível, que o guardou instantaneamente na sua cabeceira. Dado o seu mal aumentar, os sagazes e experientes médicos, vendo-o emagrecer a cada dia, julgaram pela sua grande ciência que ele estava doente de amor.

Como o casamento, por mais que o censurem, é a melhor das curas para tal doença, decidiram casá-lo. Primeiro, ele se fez rogado, mas depois disse:

— Estou de acordo, desde que me deem em casamento a pessoa a quem este anel sirva.

Foi grande a surpresa do rei e da rainha perante este pedido peculiar, mas ele estava tão mal que não ousaram dizer não.

E assim começou a busca daquela a quem o anel deveria servir, independentemente do sangue ou posição. Não havia quem não quisesse ceder o seu direito a tal. Tendo corrido a notícia de que para pretender o príncipe havia de se ter o dedo delgado, as charlatãs viram sua vez e agora tinham os segredos de tornar os dedos bem finos. Uma mulher, seguindo um capricho grotesco, raspou o dedo como se fosse uma beterraba. Outra cortou um pedaço e apertou o dedo, crendo assim diminuí-lo. Outra ainda, usando certa poção para apequená-lo, descamou a pele. Enfim, não houve nada a que as damas não recorressem para fazer o dedo se ajustar ao anel.

O teste foi inaugurado pelas jovens princesas, as marquesas e as duquesas. Mas seus dedos, embora delicados, eram muito encorpados e não entravam. Também as condessas, as baronesas e demais pessoas nobres apresentaram a mão em vão.

Em seguida, vieram as jovens mais pobres, algumas muito formosas, cujos belos e pequenos dedos pareceram por vezes ajustarem-se ao anel. Mas este, sempre demasiado pequeno ou demasiado redondo, recusava todas com o mesmo desdém.

Foi preciso chegar, enfim, às criadas, cozinheiras, servas rústicas e guardadoras de perus, numa palavra todo o rebotalho, cujas mãos vermelhas e escuras vinham tão cheias de esperança. Apresentaram-se moças cujo dedo, grande e compacto, teria dificilmente passado no anel do príncipe como um cabo através do furo de uma agulha.

Finalmente pensou-se ter concluído, já que faltava apenas a pobre Pele de Asno lá no fundo da cozinha. Mas como crer que o céu a destinasse a reinar? O príncipe disse:

— E por que não? Façam-na vir.

Todos desataram a rir, escarnecendo:

— O que pretende ele trazendo esta molambenta aqui?

Mas quando ela tirou dos ombros a pele, apresentou uma mãozinha que parecia de marfim, levemente tingido de púrpura, e o seu dedinho foi envolto à justa pelo anel, a corte caiu numa surpresa insondável.

Levaram-na imediatamente ao rei, mas ela pediu que antes de aparecer perante seu amo e senhor lhe dessem tempo de pôr outro vestido. Em boa verdade, todos se preparavam para rir desse vestido. Mas quando ela voltou e atravessou as salas com a sua roupa suntuosa, cujas ricas belezas nunca haviam sido igualadas, então o seu charme e graça divinamente ressaltados por seus amáveis cabelos louros, em que se misturavam diamantes que faiscavam a luz dos seus grandes olhos azuis, doces, longos e cheios de orgulhosa majestade que fitavam nunca sem encantar. Sua cintura, tão delgada e fina, poderia ser abraçada por duas mãos. Por comparação, empalideceram os encantos das damas da corte e dos seus ornamentos.

Rodeado pela alegria e barulho de toda a assembleia, o bom rei estava fora de si ao descobrir na sua nora tantos atrativos, a rainha estava entontecida e o príncipe, seu querido amante, com a alma preenchida de mil prazeres, sucumbia sob o peso do seu êxtase. Imediatamente, cada um tomou as medidas necessárias ao casamento. O rei convidou todos os reis da vizinhança, os quais diversamente ornados com paramentos brilhantes deixaram os seus estados para estarem presentes nesse grande dia. Alguns chegaram das regiões da aurora, montados em grandes elefantes. Outros, vindos da costa mourisca, sendo mais feios, assustavam as crianças. Enfim, chegaram de todos os cantos do mundo e exuberaram na corte.

Nenhum rei, nenhum potentado apareceu com tanto esplendor como o pai da noiva. Outrora apaixonado por ela, o tempo havia purificado o fogo abrasador que consumira sua alma. Havia já banido qualquer desejo criminoso e o pouco que restava na sua alma dessa odiosa chama só tornava mais vivo o seu amor paternal. E assim que a viu:

— Bendito seja o céu que permite que eu te reveja, minha filha querida – disse ele, chorando de alegria e correndo para beijá-la ternamente.

O futuro esposo ficou muito contente em saber que se tornava o genro de um rei tão poderoso. Nesse momento, chegou a madrinha, que contou toda a história e assim acabou de elevar Pele de Asno à glória.

AUTORIA DESCONHECIDA

386-534

CURTO

Hua Mulan

木蘭辭 | China

*Em uma canção original da dinastia Wei, Mulan
é uma corajosa personagem lendária da história
chinesa que se veste como homem para lutar uma
guerra no lugar do pai.*

M ULAN ACENA DA PORTA
Mas escute, e não ouvirá o som do tear
Apenas uma garota lamentando

"Diga-me, dama, se está buscando seu amor?"

"Ó, não, não. Não estou pensando em amor,
Mas ontem a noite li sobre a guerra,
Que o Khan havia requerido muitos homens

Batalhas escritas em doze pergaminhos,
E em cada uma delas havia o nome de meu pai

Os filhos dele não são adultos,
E dentre todos os meus irmãos, sou a mais velha

Ó, deixe-me ir ao mercado comprar a sela e o cavalo,
E cavalgar com os soldados no lugar de meu pai"

No mercado do leste ela comprou um valente alazão,
No do oeste, a sela e o uniforme,

No mercado do sul, comprou o bridão e a rédea,
E no do norte, comprou um longo chicote

À noite, já acampava às margens do Rio Amarelo,
E não podia ouvir a mãe e o pai chamando seu nome,
Apenas as águas do rio navegando pela escuridão

Quando amanheceu, ela deixou o rio e tomou seu caminho,
E ao entardecer, estava às margens das Águas Negras

Não podia ouvir a mãe e o pai chamando seu nome
Apenas a voz abafada dos bárbaros estrangeiros nas colinas de Yen

Mil léguas ela pisoteara nas incumbências da guerra,
Cruzou fronteiras e colinas como um pássaro,

Embora os ares do norte ecoassem os toques dos vigias,
A luz invernal brilhava em sua cota de malha

O capitão lutara cem batalhas, e morrera,
Os guerreiros ganharam seu descanso após dez anos,
E voltaram para casa, vendo o rosto do Imperador

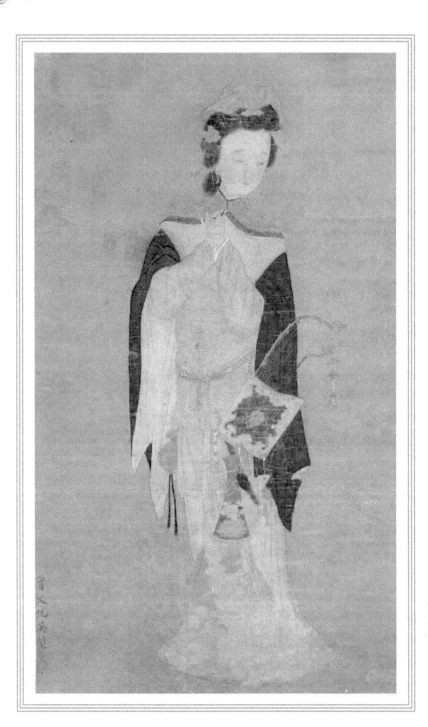

QIU YING 仇英, SÉCULO XVIII, BRITISH MUSEUM

O Filho do Paraíso[20] estava sentado no Salão de Luz,
E os atos dos corajosos foram escritos em doze livros

Entre prêmios ele ofereceu cem mil,
Então falou o Khan, perguntando o que Mulan queria

"Não peço por nenhum posto oficial
Apenas imploro por um camelo que possa caminhar cem milhas por dia,
para que à minha casa eu possa voltar"

Então seus pais ouviram que ela chegara
Foram até o portão e a trouxeram de volta para o lar

E quando sua pequena irmã soubera de sua chegada,
Correu para a porta e sentiu o rosto ruborizar

Quando o irmãozinho ouviu que a irmã voltara,
Afiou sua faca e a arremessou como um raio,
Em direção aos porcos e ovelhas

Mulan abriu os portões que levam à torre do leste,
E sentou-se na cama da torre do oeste

Ela abandonou sua pesada manta de soldado,
E vestiu novamente seus vestidos

Parou na janela e amarrou os cabelos,
Foi ao espelho e maquiou o rosto

Partiu de casa e se encontrou com seus companheiros de batalha,
E os deixou surpresos,
Pois eles haviam marchado com ela por doze anos,
Sem saberem que era uma garota

Pois a lebre macho se senta com as penas cruzadas,
E a fêmea tem os olhos embaçados,
Mas se colocar ambos, lado a lado,
Saberá o mais astuto dizer qual é qual?

20 Um sagrado título para Imperadores da China. [N.E.]

CHARLOTTE HAPAI

1920

MÉDIO

O Semideus Maui

CONTOS HAVAIANOS

Maui conquers the sun
e *Maui's Fishhook* | Estados Unidos

*Em uma lenda tradicional Maori muito rara no
Brasil, o semideus Maui captura o sol e conta as
aventuras com seu mágico anzol.*

MAUI CAPTURA O SOL

HINA, A DEUSA QUE HÁ MUITO, MUITO TEMPO FEZ seu lar na grande caverna sob as cachoeiras Rainbow Falls, tinha o dom de fazer kapas[21]. As kapas feitas por Hina era tão incrivelmente artísticas e delicadas que as pessoas saíam de todas as partes da Ilha para vê-las e cobiçá-las. Saíam até mesmo de Mauna Loa, de Kona e Kailua, e desciam a costa de Hamakua, vindos de Waipio, e de outras ilhas também.

Era difícil fazer kapa todo dia, principalmente ter que procurar oloná, que Hina às vezes usava. Mas ela também usava o casco de mamake e wauke, que eram muito abundantes e muito boas para fazer kapa.

Por mais interessado que estivesse na manufatura e decoração daquele tecido bonito, o filho de Hina, o semideus Maui, se mantinha longe do trabalho. Na manufatura da kapa, era proibido que homens participassem, mas ele não conseguia conter algumas sugestões quando a mãe criava desenhos místicos como decoração de seu trabalho.

Depois que a kapa era feita, tinha que ser colocada ao Sol para secar. Porém, quando Hina pegava as estruturas para secagem, o Sol já estava muito baixo. Cedo demais, as sombras apareciam sobre o riacho embaixo das Rainbow Falls, alertando que a noite se aproximava e que era hora de recolher a kapa.

Com frequência, as tintas com as quais os desenhos eram pintados na kapa não estavam totalmente secas quando ela era levada para dentro, e muitos belas peças ficavam borradas, estragadas. Os dias eram curtos

---

21 Resumidamente, este é o processo de manufatura das kapas: quando cheio de seiva glutinosa, o casco da amoreira é retirado e enxaguado com água corrente até a camada de fora ficar amolecida. Ela é raspada e o casco interno é batido com ripas de palmeira até que faixas de oito centímetros passem a ter de 25 a 30cm de largura. As bordas dessas ripas, então, são unidas com uma cola vegetal forte e lixada com mais batidas. Isso é feito de modo tão habilidoso, que é impossível identificar as marcas de união entre as ripas. A kapa usada para roupas e lenços costuma ser macia como musselina fina. A produção de kapas costuma ficar totalmente sob a responsabilidade das mulheres, e os homens nunca se ocupam com nenhum desses processos. [Nota do livro original de 1920]

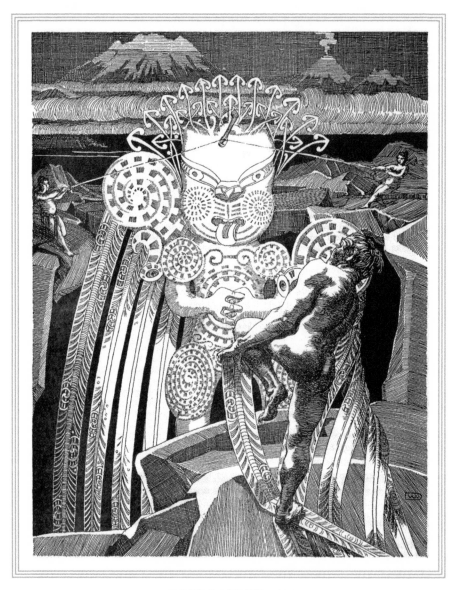

WILHELM DITTMER, 1907

no desfiladeiro estreito e o Sol incendiava diretamente na kapa por apenas algumas horas, indo além das rochas altas do lado ocidental, e a escuridão tomava conta da caverna, aumentando conforme a noite avançava.

Maui ficava muito triste ao ver as kapas da mãe estragadas com frequência, então ele pediu ao Sol que fosse mais lento. Durante um ou dois dias, ele tornou o ritmo mais moderado e Hina ficou feliz com as kapas que conseguiu fazer. Mas logo, o Sol inclemente voltou a avançar depressa, esquecendo-se totalmente de sua promessa a Maui.

Assim, Maui se determinou a estabelecer um acordo duradouro com o Sol, e partiu em sua canoa em direção a Maui, a ilha que tem seu nome e onde está localizada Haleakala – que é hoje em dia, a maior cratera extinta do mundo e, no passado, o lar do Sol. Maui esperava pegá-lo ali.

Quando Maui chegou ao lado leste de Haleakala, o Sol estava desaparecendo do outro lado. Maui sabia que ele voltaria de manhã, então se preparou para passar a noite esperando.

Quando o Sol voltou à sua casa na manhã seguinte, Maui o pegou pelos raios, que o Sol usava como pernas, e com o porrete mágico que sempre levava em muitas de suas expedições, quebrou muitos deles. Aleijado, o Sol foi forçado a ficar para conversar, apesar de gritar avisando que ele deveria ser solto, já que não havia tempo a se perder. O dia tinha que seguir para o oriente. Mas Maui persistiu e lembrou o Sol de suas promessas.

Depois de muita discussão, eles concordaram em fechar um acordo; o Sol prometeu ir devagar por seis meses no ano e então, nos outros seis meses, se apressaria como antes.

Maui ficou contente com esse acordo, certo de que o Sol não se esqueceria de novo, pois o havia prejudicado muito. Demoraria algum tempo, ele pensou, para que os raios de Sol se curassem.

Então, muito satisfeito com esse sucesso, Maui permitiu que o Sol realizasse seu trajeto, enquanto ele se preparava para voltar com toda a velocidade, levando a boa notícia a sua mãe.

O ANZOL DE MAUI

MAUI, O PODEROSO E JOVEM SEMIDEUS QUE VIVIA com sua mãe, Hina, na grande caverna atrás das Rainbow Falls, havia sido bem-sucedido em muitas aventuras arriscadas, e se preocupava tanto com o bem-estar de sua gente que decidiu realizar o que seria seu maior feito de destreza e bondade.

Maui tinha um anzol mágico que usava com habilidade enquanto pescava com os irmãos. Maui era muito astuto e rápido, mas nunca tinha sido um bom pescador. Ele ficava na canoa e passava o anzol pela água, sem pegar peixes, mas puxando aqueles que seus irmãos pegavam e rindo da cara de surpresa deles quando puxavam a linha e nada encontravam.

Eles não confiavam em Maui, que nunca permitia que eles vissem seu anzol, mas sabiam que tinha um formato diferente dos anzóis deles. Era mais complexo, um anzol duplo, de duas pontas, quando o anzol comum tinha só uma. Mas os irmãos nunca conseguiam vencê-lo em seus truques.

Por fim, deixaram de permitir que Maui os acompanhasse nas viagens de pesca, pois ele levava todos os peixes e as honras, e todos eles sabiam – incluindo Maui – que ele não os merecia. Então, Maui costumava ir sozinho à baía, mas o anzol permanecia parado no fundo de sua canoa mágica que, como é relatado na lenda de Kuna, o levou das margens da Ilha de Maui até a entrada de Wailuku com duas remadas.

Enquanto navegava, Maui observou algumas das pessoas que não tinham a sorte de ter canoas mágicas, e concluiu que muitas remadas seriam necessárias para mandá-las adiante na água.

Um dia, enquanto ele estava dentro da canoa observando outra passando, evidentemente a caminho de uma ilha vizinha, o semideus se perguntou se não seria mais fácil ver todas as ilhas unidas, de modo que as pessoas pudessem viajar a qualquer parte do reino sem as difíceis travessias com canoas.

Após convocar uma reunião dos líderes e homens fortes havaianos, Maui informou a eles que tinha um plano para unir todas as ilhas. Disse que precisaria da ajuda deles para unir as ilhas, mas por mais que puxassem, nunca deveriam olhar para trás para ver o quanto estava sendo realizado, somente quando as ilhas estivessem bem unidas.

Os homens prometeram obedecer a Maui e logo se dedicaram à nova tarefa. A ilha agora conhecida como Maui foi a escolhida para a primeira tentativa. Maui prendeu seu anzol mágico na parte da ilha mais próxima do Havaí, e quando deu a ordem, os homens e líderes fortes remaram com toda a força que tinham. Lentamente, a ilha se movimentou atrás deles.

Ninguém ousou olhar ao redor, por mais que estivessem doidos de curiosidade para ver o resultado de seus esforços. Lenta e firmemente, eles remaram até as duas ilhas estarem separadas por poucos metros. Então, um dos líderes não conseguiu mais conter a curiosidade e olhou ao redor.

Num instante, o feitiço foi quebrado. A ilha se moveu pelo mar até sua antiga posição, e todo o esforço empregado por Maui e pelos outros homens não pôde detê-la. Só sobrou um pedaço pequeno de terra – aquele no qual o anzol ainda estava preso. Hoje, aquele pedaço de terra é coberto por pandanos e coqueiros, e é conhecida como Ilha do Coco.

A decepção de Maui com seu primeiro fracasso em uma empreitada tão importante foi tão grande que ele não quis mais tentar. Ele disse que seu anzol tinha perdido o feitiço e, entristecido, ele o levou embora em sua canoa. Com ele, subiu o rio Wailuku até sua casa atrás das Rainbow Falls, onde chorou por muitos dias pela tentativa frustrada. Depois, por não ver mais serventia no anzol, ele o levou da caverna para dentro da floresta perto de sua casa, onde ficou sem ser usado até a chegada do haole, ou homem branco.

Para os primeiros colonizadores, o anzol mágico de Maui tinha menos interesse como anzol e mais como material para construção, e não existe mais nem um pedaço dele. Mas nas bifurcações da Piihonua-Kaumana Road, é para ver a depressão de forma peculiar onde ficou por muito tempo, antes de a vanguarda da civilização varrer a vasta selva dos tempos de Maui do local onde ficava.

1845

MÉDIO

Sapatinhos Vermelhos

De røde sko | Dinamarca

Em um dos contos de fadas mais sombrios e sangrentos, uma menina veste sapatos vermelhos proibidos pela avó que, magicamente, agarram-se aos seus pés e dançam sozinhos com ela floresta adentro.

ERA UMA VEZ UMA GAROTINHA BONITA E DELICADA, mas tão pobre que, durante todo o verão, precisava andar descalça. No inverno, tinha de usar grandes tamancos de madeira, que raspavam contra seus tornozelos, deixando-os vermelhos e doloridos. Era simplesmente terrível.

No centro do povoado, vivia a Velha Sapateira que juntou algumas tiras de pano vermelho e fez o melhor que pôde para transformá-las em um par de sapatos. Eram bem grosseiros, mas feitos com carinho para serem presenteados à garotinha, que se chamava Karen.

Precisamente no dia em que sua mãe foi enterrada, Karen ganhou os sapatos vermelhos e os usou pela primeira vez. Não eram os sapatos apropriados para o luto, mas ela não tinha outros. Então, os vestiu em seus pés e acompanhou o pobre e rústico caixão feito de palha.

Naquele momento, passou uma imponente e antiga carruagem, e dentro estava uma nobre e velha senhora. Ela olhou para a menina e, sentindo pena, pediu ao pastor que lhe confiasse a órfã, prometendo que a trataria bem.

Karen pensou que tudo havia acontecido por estar usando os sapatos vermelhos. A velha senhora, porém, disse que os sapatos eram horríveis e os queimou. Karen, então, passou a andar bem vestida, teve que aprender a ler e a costurar, e todos diziam que ela era bonita. No entanto, o espelho ia além:

— És mais que bonita. És formosa!

Certa vez, a Rainha percorreu o país em companhia de sua filhinha, a princesa. As pessoas se aglomeraram em frente ao castelo e Karen lá estava também. A princesinha, em um luxuoso vestido branco, apareceu na janela para que todos a admirassem. Ela não tinha uma coroa de ouro, mas usava um esplêndido par de sapatos vermelhos feito de marroquim. É claro que era muito mais bonito do que aqueles que a Velha Sapateira havia feito para a pequena Karen. Sim, nada há no mundo como um par de sapatos vermelhos!

Quando Karen estava com idade suficiente para ser crismada, ganhou roupas novas e também devia receber sapatos novos. O melhor sapateiro mediu seus pequenos pés e na sapataria dele havia enormes estantes de

W. HEATH ROBINSON, 1913

vidro, que exibiam graciosos sapatos e botinas muito polidas. Tudo parecia atraente, mas tendo em conta que a velha senhora não enxergava bem, os sapatos exibidos não lhe deram nenhum prazer. Entre os diversos pares, havia um da cor vermelha que parecia muito com os sapatos usados pela princesa. Eram lindos! O sapateiro disse à Karen que os fizera para a filha de um conde, mas não tinha servido.

— Devem ser de verniz – comentou a velha. — Vejam como brilham!

— Sim, são muito brilhantes! – disse Karen.

Os sapatos lhe serviram e a velha senhora os comprou, mas não fazia ideia de que eram vermelhos. Se soubesse, jamais teria permitido Karen usá-los na sua crisma, mas foi exatamente isso o que a menina fez.

Todo mundo olhou para os pés dela. Quando Karen caminhou pelo corredor da igreja em direção ao coro, até os velhos quadros nas criptas – retratos de sacerdotes e suas esposas com colarinhos rígidos e longas togas pretas – pareciam ter seus olhos fixos em seus sapatinhos vermelhos. E só nos sapatos ela pensava quando o padre colocou a mão na cabeça e, falando sobre o sagrado batismo, o pacto com Deus, disse que dali por diante ela deveria ser uma boa cristã. O órgão soava solenemente, as crianças cantavam com doçura no coro junto com o velho cantor da igreja, mas, ainda assim, Karen só conseguia pensar em seus sapatinhos vermelhos.

À noite, a velha senhora ouviu de todos da paróquia sobre os sapatos vermelhos. Ela contou a Karen que usar vermelho na igreja era feio e inapropriado. Daquele dia em diante, todas as vezes que Karen fosse à igreja, deveria usar sapatos pretos, mesmo que estivessem desgastados.

No domingo seguinte, Karen deveria ir para a comunhão. Ela olhou para seus sapatos pretos e depois para os vermelhos. Então, fixou para os vermelhos e os calçou.

Era um belo dia ensolarado, Karen e a velha senhora pegaram o atalho pelos trigais onde era pouco árido.

Na porta da igreja, elas conheceram um velho soldado que estava inclinado sobre uma muleta. Ele tinha uma excêntrica e longa barba que era mais ruiva do que branca. Na verdade, era ruiva. Ele fez uma grande reverência e perguntou à velha senhora se poderia polir seus sapatos. Também Karen estendeu-lhe o seu pezinho.

— Vejam só esses lindos sapatinhos dançantes! – exclamou o soldado.

— Que eles fiquem firmes enquanto você dança – acrescentou, dando uma palmada na sola dos sapatos.

A velha senhora deu algumas moedinhas para o soldado e entrou na igreja com Karen.

Lá dentro, todos fitaram os sapatinhos vermelhos e até os retratos olharam para eles também. Quando Karen ajoelhou-se no altar e encostou o cálice nos lábios, pensava apenas em seus sapatos vermelhos, que pareciam flutuar no cálice à sua frente. Ela se esqueceu até de cantar o salmo e também de recitar a Oração do Senhor.

Depois, todos os fiéis deixaram a igreja e a velha senhora subiu na carruagem. Quando Karen estava levantando seu pé para acompanhá-la, o velho soldado que estava por perto comentou:

— Vejam só esses lindos sapatinhos dançantes!

Ouvindo-o, Karen não conseguiu se controlar e deu alguns passinhos de dança. Mal o fez, porém, e seus pés não foram mais capazes de parar. Era como se os sapatinhos tivessem tomado o controle. Dançando sempre, ela contornou, sem querer, todo o ângulo da igreja. O cocheiro teve que a perseguir e forçá-la a entrar na carruagem. Mas os pés da menina continuaram a dançar, dando pontapés bem doloridos na velha senhora. Finalmente, conseguiram tirar os sapatos dela e só então suas pernas se acalmaram.

Em casa, os sapatos foram colocados em um armário, mas Karen precisava sempre ir admirá-los.

Após um tempo, a velha senhora adoeceu e foi dito que não sobreviveria. Seu estado requeria cuidados especiais e quem melhor para fazer isso do que Karen?

Na cidade, porém, estava para ter um grande baile e Karen fora convidada. Ela olhou para a velha senhora – que afinal não viveria muito –, olhou para os sapatinhos vermelhos, porque olhar não faria mal algum. E os calçou porque também não havia mal algum nisso. Então, foi para o baile e começou a dançar.

Quando Karen queria ir para direita, os sapatinhos viravam para a esquerda. Quando queria dançar para um lado do salão, eles dançavam para o outro. Dançaram e desceram as escadas, saíram para a rua e para além do portão da cidade. Ela dançou e dançou, e a dançar era obrigada, e foi levada até a sombria floresta.

Algo brilhava entre as árvores. Karen julgou que fosse a lua, mas era um rosto, o rosto do velho soldado de barba ruiva. Ele acenou com a cabeça e disse:

— Vejam só esses lindos sapatinhos dançantes!

Karen ficou horrorizada e tentou arrancar os sapatinhos vermelhos, mas eles não saíam. Ela rasgou suas meias, mas os sapatos estavam presos em seus pés. Ela dançou e dançou, e a dançar era obrigada. Saiu dançando por sobre vales e colinas, debaixo de chuva ou de sol, de dia e de noite. À noite, porém, era mais terrível.

Dançando, sempre, Karen entrou no cemitério da igreja. Ali os mortos não se juntaram à sua dança, tinham coisa melhor para fazer do que dançar. Ela quis sentar-se numa sepultura onde cresciam ervas amargas, mas para ela não havia descanso nem sossego. Quando dançou em direção à porta da igreja, ela percebeu que estava guardada por um anjo de longa roupagem branca, com asas que lhe iam dos ombros até o chão. Sua expressão era grave e severa, e em uma das mãos segurava uma espada larga e cintilante.

— Dançarás! – disse o anjo. — Dançarás com seus sapatos vermelhos até tornar-se fria e pálida, até tua pele enrugar-se como a de um cadáver. Dançarás de porta em porta, e onde morem crianças soberbas e fúteis, baterás à porta para que te ouçam e tenham pavor de ti! Dançarás, dançarás para sempre.

— Tenha piedade! – implorou Karen.

Mas não ouviu a resposta do anjo, pois seus sapatos já a levavam através do portão, aos campos, cruzando caminhos e atalhos, fazendo-a dançar ininterruptamente.

Certa manhã, passou dançando em frente a uma porta que conhecia bem. Dentro da casa soavam salmos, e, então, ia saindo um caixão adornado com flores. Karen soube que a velha senhora falecera.

Agora ela estava completamente sozinha no mundo e amaldiçoada por um anjo de Deus.

Ela dançou e dançou, e a dançar era obrigada, dançava pela noite adentro. Seus sapatos a levaram por sobre roseiras com espinhos que a deixaram coberta de sangue. Dançando através do bosque, chegou a uma casinha solitária. Lá, sabia que morava o carrasco, então bateu com seus dedos no vidro da janela e gritou:

— Venha para fora! Venha para fora! Não posso entrar porque estou dançando!

O carrasco respondeu:

— Com certeza você não sabe quem eu sou, sabe? Sou aquele que corta a cabeça dos maus e posso sentir meu machado ficando impaciente.

— Não me corte a cabeça! – chorou Karen. — Se você fizer isso eu não poderei me arrepender. Mas vá em frente e corte meus pés com os sapatos vermelhos.

Karen confessou seus pecados e o carrasco cortou-lhe os pés com os sapatinhos vermelhos. E, com os pés já cortados, viu os sapatos saírem dançando pelo campo afora e desaparecerem na floresta profunda.

O carrasco esculpiu pezinhos de madeira e muletas para ela. Ensinou-lhe o salmo que era cantado pelos pecadores, e depois de beijar a mão que manuseara o machado, ela saiu caminhando pelo bosque.

— Sofri muito tempo por causa desses sapatos vermelhos – disse a menina. — É hora de ir à igreja para que todos me vejam.

Saiu mancando, rumo à igreja, o mais rápido que podia e quando lá chegou, viu os sapatinhos vermelhos dançando na sua frente. Horrorizada, deu as costas e não entrou.

Passou a semana inteira entristecida e chorou muitas lágrimas amargas. Mas quando chegou o domingo, disse:

— Já sofri e fiquei de luto por tempo suficiente. Creio que sou, agora, tão boa quanto a maioria das pessoas sentadas na igreja.

Ela saiu com confiança, mas quando chegou ao portão viu os sapatinhos vermelhos dançando à sua frente. Virou-se aterrorizada e, desta vez, arrependeu-se dos seus pecados do fundo do coração.

HELEN STRATTON

Karen foi ao presbitério e pediu que a deixassem trabalhar ali. Prometeu trabalhar duro e fazer tudo que fosse pedido, não fazia questão de

HELEN STRATTON

ordenado. Tudo que precisava era apenas um teto e a chance de estar com pessoas boas. A mulher do pastor teve pena dela e lhe deu serviço. Ela era prestativa e trabalhava muito. À noite, sentava-se em silêncio e ouvia o pastor ler a Bíblia. Todas as crianças eram muito amáveis com ela, mas quando falavam sobre vestidos e adereços, de como ser uma linda rainha, ela meneava tristemente a cabeça.

No domingo seguinte, foram todos à igreja e perguntaram se ela gostaria de acompanhá-los. Lágrimas rolaram dos seus olhos e olhando com pesar para suas muletas, teve que ficar. Enquanto os outros foram ouvir a palavra de Deus, ela se recolheu em seu quartinho pequeno e solitário, apenas o suficiente para uma cama e uma cadeira. Karen sentou-se com seu hinário e quando lia, com devoção, o vento trouxe até ela os sons do órgão da igreja. Ergueu sua face úmida de lágrimas e clamou:

— Ajudai-me, ó Senhor!

Num clarão de luz solar, apareceu-lhe o mesmo anjo de roupagem branca que vira na porta da igreja. Na mão onde antes ele segurava uma espada afiada, agora havia um lindo ramo verde, repleto de rosas. Tocou o teto com o ramo, que se elevou em abóbada, onde brilhava uma estrela dourada. Depois tocou as paredes, que se distenderam, e Karen viu o órgão e ouviu suas notas. Viu os retratos antigos dos sacerdotes e de suas esposas. Viu também que os fiéis estavam sentados em bancos esculpidos e cantavam salmos.

A própria igreja viera até a pobre garota, no seu pequeno quarto. Ou seria, talvez, que ela se achava, de repente, na igreja? Viu-se sentada em um banco junto com os outros do presbitério. E quando terminaram o salmo, olharam para ela e acenaram dizendo:

— Que bom teres vindo, Karen!

— Estou aqui pela graça de Deus – ela respondeu.

O órgão começou a soar e doce era o coro das crianças. Um raio de sol dourado e cálido entrou pela janela e iluminou o banco onde Karen estava sentada. Também seu coração se preencheu de sol, de paz e alegria. Sua alma pairou pelos raios até Deus e nunca mais ninguém perguntou pelos sapatinhos vermelhos.

JACOB E WILHELM GRIMM

1812

MÉDIO

Irmãozinho e Irmãzinha

Brüderchen und Schwesterchen | Alemanha

*Dois irmãos precisam fugir de sua violenta
madrasta, mas o menino acaba bebendo
de uma fonte mágica e se transforma em
um cervo, e começa a ser perseguido pelos
homens do Rei.*

O IRMÃO TOMOU A MÃO DE SUA IRMÃ E DISSE:

— Desde que nossa mãe morreu, não tivemos nenhum dia bom. Nossa madrasta nos bate todo dia e, se nos aproximarmos dela, nos chuta para longe. Não temos nada para comer além de cascas de pão duro e velho, e o cachorro que fica debaixo da mesa tem passado melhor que nós porque consegue um bom pedaço de vez em quando. Se a nossa mãe soubesse, morreria de pena! Vamos nos aventurar mundo afora!

E assim eles foram. Viajaram o dia todo pelos campos, prados e lugares pedregosos. Quando choveu, a irmã disse:

— O céu está chorando conosco.

À noite, eles chegaram a uma grande floresta. Estavam tão cansados e famintos devido à sua grande viagem que escalaram uma árvore bem grande e caíram no sono.

Na manhã seguinte, quando acordaram, o sol estava alto no céu e brilhava através das folhas. Então, o irmão disse:

— Irmã, estou com sede. Se eu pelo menos soubesse onde encontrar um riacho, poderia ir lá e beber sua água! Mas acho que consigo ouvir um correndo.

Então o irmão levou a irmã pela mão e foi em busca do córrego. Mas a madrasta malvada deles era uma bruxa e sabia que as duas crianças tinham fugido. Esgueirando-se atrás deles, como somente bruxas sabem fazer, colocou um feitiço em todos os riachos da floresta.

Quando eles acharam um correndo tranquilamente pelas pedras, e o irmão se preparava para beber daquela água, a irmã ouviu o que dizia o ribeiro corrente:

— Se tornará um tigre aquele que beber de mim! Aquele que beber de mim se tornará um tigre!

Então a irmã pediu:

— Ó, querido irmão, não beba! Ou então você se tornará uma besta selvagem e me fará em pedaços.

O irmão se conteve de beber, apesar da sua grande sede, e disse que esperaria até que cruzassem com um novo riacho. Quando assim aconteceu, a irmã ouviu o córrego dizer:

— Se tornará um lobo aquele que beber de mim! Aquele que beber de mim, um lobo se tornará!

Então a irmã suplicou:

— Ó, querido irmão, não beba! Ou você se tornará um lobo e irá me devorar!

O irmão se conteve de beber e disse:

— Esperarei até chegarmos ao próximo riacho e então eu precisarei beber. Não importa o que você diga, minha sede está grande demais.

E quando eles chegaram no terceiro riacho, a irmã o ouviu dizer:

— Aquele que beber de mim se tornará um pequeno cervo. Um pequeno cervo se tornará aquele que beber de mim!

Então a irmã disse:

— Ó, meu irmão, eu te peço que não beba! Ou você se tornará um pequeno cervo e fugirá para longe de mim.

Mas ele já havia se ajoelhado ao lado do riacho e bebido da água. Tão logo as primeiras gotas passaram por seus lábios, o menino se tornou um pequeno cervo.

A irmã chorou por seu pobre irmão perdido, e o pequeno cervo chorou também, ficando tristemente ao lado dela. Por fim, a menina disse:

— Se tranquilize, querido cervinho, pois eu certamente não irei deixá-lo nunca.

Então, ela desatou seu cinto e o prendeu ao redor do pescoço do pequeno cervo. Em seguida, juntou alguns juncos para fazer uma corda macia, a qual atou ao animal e o guiou, seguindo para o interior da floresta. Quando já tinham ido bem, bem longe, chegaram por fim a uma pequena casa, que estava tão vazia que a menina pensou: *Nós poderíamos muito bem morar aqui.*

Ela apanhou folhas e musgos para fazer uma cama macia para o pequeno cervo. Pela manhã, a menina saiu para buscar raízes, frutas e nozes para ela, além de grama fresca para o pequeno cervo, que comeu da sua mão com alegria, gracejando ao seu redor. À noite, quando a irmã estava cansada e já tinha feito suas preces, deitou sua cabeça nas costas do animalzinho, que servia como um travesseiro para ela, e delicadamente caiu no sono. Se ao menos o seu irmão recuperasse sua forma original, seria uma vida encantadora. E eles viveram muito tempo na floresta, sozinhos.

Aconteceu que o Rei daquele país organizou uma grande caçada naquela região. O soprar das cornetas de chifres, o latido dos cães e o desejoso grito dos caçadores soavam por toda a floresta. O pequeno cervo ouviu e ficou ansioso para juntar-se a eles.

— Ó – disse à irmã —, me deixe ir até a caçada. Eu não posso mais ficar para trás.

Ele implorou tanto que, por fim, ela consentiu.

— Mas, lembre-se – disse a jovem —, volte para mim à noite. Preciso trancar a casa contra os predadores selvagens e, para que eu te reconheça, você deve bater na porta e dizer: "irmãzinha, me deixa entrar". A não ser que eu ouça isso, não a destrancarei.

O pequeno cervo saltitou para fora e sentiu-se grato e alegre por estar no ar livre. O Rei e seus caçadores viram o belo animal e começaram prontamente a persegui-lo, mas não conseguiam alcançá-lo porque ele saltitava por cima dos arbustos e desaparecia. Tão logo escureceu, o irmão voltou para a sua pequena casa, bateu na porta e disse:

— Irmãzinha, me deixa entrar.

Então a porta foi aberta, e ele descansou a noite toda em sua cama macia. Na manhã seguinte, a caçada recomeçou e, quando o pequeno cervo ouviu as cornetas e o grito do caçador, não podia mais descansar. Ele disse:

— Irmãzinha, me deixe sair, eu preciso ir.

A irmã abriu a porta e disse:

— Agora, lembre-se de que você deve voltar à noite e dizer as mesmas palavras.

Quando o Rei e seus caçadores viram o cervinho com a gola dourada, o perseguiram de perto, mas ele era muito ágil e veloz. Isso durou o dia todo e, por fim, os caçadores o cercaram. Um deles machucou levemente a pata do animal, fazendo com que o pequeno cervo mancasse e reduzisse seu ritmo.

Então, um caçador se esgueirou atrás dele até a pequena casa. Ele escutou quando o irmão chamou:

KAY NIELSEN

— Irmãzinha, me deixe entrar. — E viu a porta ser aberta e fechada atrás do animal. O caçador notou tudo isso com cuidado, foi até o Rei e lhe disse tudo o que viu e ouviu.

Então o Rei falou:

— Amanhã, nós iremos caçar novamente.

Mas a irmã estava apavorada quando viu que seu pequeno cervo estava ferido. Ela lavou a patinha dele, colocou ervas curativas ao seu redor e disse:

— Deite-se na sua cama, querido cervo, e descanse, que você ficará bom logo.

A ferida era muito pequena, então o cervo não sentiu mais nada na manhã seguinte. E, quando ele ouviu os barulhos da caçada do lado de fora, disse:

— Eu não posso ficar aqui dentro, preciso ir atrás deles. Não serei pego facilmente de novo!

A irmã começou a chorar:

— Eu sei que você será morto. Serei deixada aqui, sozinha nessa floresta e esquecida por todos. Não posso te deixar ir!

— Então morrerei aqui em anseio – respondeu o pequeno cervo. — Quando ouço o som das cornetas, sinto como se eu devesse saltar para fora da minha pele.

A irmã, vendo que não havia como evitar, destrancou a porta com o coração pesado, e o pequeno cervo saltitou para dentro da floresta, bem e alegre. Quando o Rei o viu, disse aos caçadores:

— Sigam-no o dia todo até que a noite chegue, e cuidado para não machucá-lo.

Tão logo o sol se pôs, o Rei disse aos seus caçadores:

— Agora, me mostrem a pequena casa na floresta.

E, quando chegou à porta, ele bateu e chamou:

— Irmãzinha, me deixa entrar!

A porta se abriu, e o Rei entrou. Lá estava a jovem mais bela que ele já havia visto. A donzela gritou quando viu, em vez do pequeno cervo, o homem de pé, com a coroa dourada em sua cabeça. Mas o Rei a olhou com gentileza, tomou a sua mão e disse:

— Você irá ao meu castelo comigo e se tornará minha esposa querida?

— Ó sim – respondeu a donzela —, mas o cervo precisa ir também. Não poderia deixá-lo.

E o Rei disse:

— Ele permanecerá ao seu lado enquanto você viver, e não faltará nada a ele.

Então, o cervinho entrou saltitante na casa, e sua irmã atou a cordinha nele e o conduziu para fora do casebre.

O Rei colocou a bela donzela em seu cavalo e a levou até o seu castelo, onde o casamento foi realizado com grande pompa. Ela se tornou uma Rainha, e eles viveram juntos e felizes por um longo tempo. O pequeno cervo foi bem cuidado e querido, e saltitava pelo jardim do castelo.

Enquanto isso, a madrasta malvada, que era a culpada por ter empurrado as crianças mundo afora, sonhava diariamente que a irmãzinha fora comida por algum predador da floresta e o irmãozinho, na forma de um pequeno cervo, morto por caçadores. Mas quando ouviu que eles estavam tão felizes e que todas as coisas estavam indo bem, ciúmes e inveja cresceram no seu coração. Seu principal pensamento era como trazer infortúnio aos irmãos.

Sua própria filha, que era feia como o pecado e tinha apenas um olho, reclamou:

— Eu nunca tive chance de ser Rainha.

— Esqueça isso – disse a velha mulher para acalmá-la. — Quando o momento chegar, estaremos preparadas.

Depois de um tempo, a Rainha trouxe um belo menino ao mundo e, naquele dia, o Rei estava caçando. A velha bruxa tomou a forma de uma camareira, entrou no quarto onde a Rainha estava deitada e disse:

— Venha, o banho está pronto. Irá refrescá-la e lhe dar nova energia. Venha rápido, ou irá esfriar.

A filha da bruxa estava perto, então elas carregaram a Rainha adoentada ao quarto de banhos, onde a deixaram. Lá, elas fizeram uma grande fogueira para sufocar a bela e jovem Rainha.

Quando elas conseguiram, a velha mulher colocou um capuz sobre sua filha e a deitou na cama no lugar da Rainha, dando-lhe também sua forma e seu semblante. Porém, ela não conseguiu lhe restaurar o olho perdido e, para que o Rei não percebesse, sua filha tinha de se deitar sobre o lado onde não havia olho.

À noite, quando o Rei voltou para casa e ouviu que um pequeno filho lhe fora dado, alegrou-se com todo o seu coração e seguiu prontamente para a cama da sua querida esposa, a fim de ver como ela estava. E então, a velha mulher gritou apressadamente:

— Por sua vida, não abra as cortinas para deixar que a luz recaia sobre ela! Ela precisa ficar quieta.

Então o Rei se afastou e nunca soube que a falsa Rainha estava deitada na cama.

À meia-noite, quando todos dormiam, a ama, que estava sentada ao lado do berço da criança, viu a porta do quarto ser aberta e a verdadeira Rainha entrar. Ela pegou a criança no colo e lhe deu de mamar. Em seguida, balançou o travesseirinho dele, colocou-o de volta e o cobriu com a colcha. A Rainha não se esqueceu do pequeno cervo também: foi até onde ele estava deitado e acariciou suas costas. Então, em perfeito silêncio, saiu pela porta.

Na manhã seguinte, a ama perguntou aos guardas da vigília se alguém tinha entrado no castelo durante a noite, mas eles disseram que não haviam visto nada. E a Rainha veio por várias noites, sem dizer uma palavra; a ama sempre a via, porém não ousava falar a respeito disso com ninguém.

Após algum tempo com tudo decorrendo dessa maneira, a Rainha pareceu encontrar sua voz e disse, uma noite:

— Meu filho e meu pequeno cervo, virei vê-los mais duas vezes. Mais duas vezes eu virei, e então terá de ser o fim.

A ama não disse nada, mas, tão logo a Rainha desapareceu, ela foi ao Rei e contou tudo a ele. O Rei disse:

— Ah, céus! O que eu escuto?! Irei pessoalmente observar a criança amanhã à noite.

Então, à noite, ele foi até o quarto da criança. À meia-noite, a Rainha apareceu e disse:

— Meu filho e meu pequeno cervo, virei vê-los mais uma vez. Mais uma vez, e então terá de ser o fim.

E ela cuidou da criança, como costumava fazer, antes de sumir. O Rei não ousou falar com a esposa, mas a observou novamente na noite seguinte, quando a ouviu dizer:

— Meu filho e meu pequeno cervo, venho vê-los apenas essa vez. Apenas essa vez eu venho, e agora precisa ser o fim.

O Rei não podia mais se conter e correu até ela, dizendo:

— Você é a minha querida esposa!

Ela respondeu:

— Sim, eu sou a sua querida esposa!

E, naquele momento, pela graça dos céus, a vida retornou à Rainha, e ela estava mais uma vez bem e forte. Então, disse ao Rei a armadilha que a bruxa cruel e sua filha haviam feito. O Rei levou ambas a julgamento e a sentença foi proferida para as duas. A filha foi enviada para a floresta, onde foi devorada por bestas selvagens, e a bruxa foi queimada, morrendo miseravelmente.

Tão logo seu corpo virou cinzas, o feitiço foi removido do pequeno cervo e ele tomou a forma humana novamente. E, então, a irmãzinha e o irmãozinho viveram felizes e juntos até o fim.

JOSEPH JACOBS

1894

MÉDIO

Filhos de Lir

CONTO CELTA

The Fate of the Children of Lir | Inglaterra

Original irlandês e recontado por Joseph Jacobs, Filhos de Lir é semelhante ao conto Cisnes Selvagens, *em que crianças são transformadas em pássaros e sofrem um triste destino.*

A CONTECEU QUE OS CINCO REIS DA IRLANDA SE contataram para determinar quem deveria ser o Rei dos Reis, e o rei Lir, da Colina do Campo Branco, esperava ser certamente o eleito. Quando os nobres formaram o conselho, escolheram Dearg, filho de Daghda, para ser o Rei dos Reis, pois seu pai fora um druida bom e ele era o mais velho de seus filhos. Porém, Lir deixou a Assembleia de Reis e foi para casa na Colina do Campo Branco. Os outros reis teriam o seguido para dar-lhe ferimentos de lança e espadas por não jurar lealdade ao homem a quem eles haviam dado o poder. Mas Dearg, o Rei, não aceitou ouvir essa ideia e disse:

— É preferível que nos unamos a ele pelo vínculo de parentesco, para que a paz possa ser mantida nestas terras. Mande até Lir, para ser sua esposa, uma das três mais belas donzelas e de melhor reputação em Erin[22]: as três filhas de Oilell de Aran, minhas três próprias amas de leite.

Então os mensageiros disseram a Lir que Dearg, o Rei, o concederia um filho adotivo dos seus próprios filhos adotivos. Lir se agradou com a ideia e saiu no dia seguinte com cinquenta carruagens da Colina do Campo Branco. Ao chegar ao Lago do Olho Vermelho, perto de Killaloe, viu as três filhas de Oilell. Dearg, o Rei, lhe disse:

— Escolha entre as donzelas, Lir.

— Eu não sei qual seria a melhor dentre todas – disse Lir —, mas a mais velha delas é a mais nobre, e é ela a quem devo escolher.

— Se é assim – disse Dearg, o Rei —, Ove é a mais velha, e ela será dada a ti se tu assim desejares.

Então Lir e Ove casaram-se e voltaram juntos à Colina do Campo Branco.

Depois disso, eles tiveram gêmeos, um filho e uma filha, e os deram os nomes de Fingula e Aod. Em seguida, mais dois filhos vieram, Fiachra e Conn. Quando eles nasceram, Ove morreu. Lir sentiu o amargor de seu luto pela esposa, mas foi apenas por seu grande amor aos filhos que ele não morreu de tristeza. Dearg, o Rei, entristeceu-se por Lir e o chamou à sua presença, dizendo:

---

22 Do original irlandês *Éirinn* – uma espécie de nome afetuoso para a Irlanda. [N.E.]

— Nós estamos tristes por Ove em seu nome; mas, para que a nossa amizade não se desfaça, eu te darei a irmã dela, Oifa, como esposa.

Então Lir concordou; eles se casaram e o rei a levou consigo para a sua casa. A princípio, Oifa sentia afeição e honra pelos filhos de seu marido e de sua irmã; de fato, todos os que viam os quatro irmãos não podiam negar-lhes o amor de sua alma. Lir era próximo às crianças, e elas sempre dormiam em camas em frente a de seu pai, que costumava acordar muito cedo todas as manhãs para deitar-se com os filhos. Mas, a partir disso, uma pontada de ciúmes passou por Oifa, e ela veio a sentir pelos meninos ódio e inimizade.

Um dia, Oifa chamou a sua carruagem e entrou nela com as quatro crianças de Lir. Fingula não queria ir com a madrasta nessa jornada, pois havia sonhado na noite passada com um aviso contra Oifa; contudo, não podia evitar o seu destino.

Quando a carruagem chegou ao Lago dos Carvalhos, Oifa disse ao povo:

— Matem os quatro filhos de Lir e eu lhes darei uma recompensa de cada tipo no mundo.

Mas eles se recusaram e lhe disseram que aquele era um pensamento muito cruel. Então ela levantou uma espada para destruir as crianças, porém a sua própria feminilidade e fraqueza não a deixaram seguir em frente. Por isso, a madrasta levou seus enteados para o lago, a fim de se banharem, e eles a obedeceram.

Tão logo chegaram ao lago, ela os atingiu com a vara de feitiços de um druida e os transformou em quatro belos e perfeitamente brancos cisnes. Em seguida, cantou para eles essa música:

"Fora com vocês, por sobre as ondas selvagens, crianças do Rei!
Doravante seus gritos serão aqueles dos bandos de pássaros."

E Fingula respondeu:

"Sua bruxa! Nós vos conhecemos pelo nome certo!
Possas tu nos conduzir de onda para onda,
Mas por vezes nós descansaremos na costa

Nós teremos alívio, e você punição,
Apesar de nossos corpos estarem no lago,
Nossas mentes, ao menos, voaram para casa."

E, novamente, Fingula falou:

— Designe um fim à ruína e miséria que vós pusestes sobre nós.

Oifa riu e disse:

— Nunca vocês serão livres até que a mulher do sul seja unida com o homem do norte, até que Lairgnen de Connaught case com Deoch de Munster; e ninguém nunca terá poder para tirá-los desta forma. Por novecentos anos, vocês irão vagar por entre os lagos e riachos de Erin. Apenas isso eu vos concedo: que vocês mantenham a sua fala, e não haverá música no mundo igual a vossa, a música melancólica que deverão cantar.

Isso ela disse porque o arrependimento devido a maldade que havia feito a tomou.

E então, por fim, Oifa disse:

"Para longe de mim, suas crianças de Lir,
Doravante, o esporte dos ventos selvagens.
Até que Lairgnen e Deoch se unam,
Até que vocês cheguem ao noroeste do Erin Vermelho.

"Uma espada de traição está atravessada no coração de Lir,
De Lir, o forte campeão,
Ainda que eu tenha trespassado a espada.
Minha vitória me corta o coração."

Então ela virou seus corcéis e foi para o salão de Dearg, o Rei. Os nobres da corte lhe perguntaram onde estavam as crianças de Lir, e Oifa disse:

— Lir não os confiará a Dearg, o Rei.

Mas Dearg pensou consigo mesmo que essa mulher havia cometido alguma traição contra eles, e, assim, enviou mensageiros ao salão do Campo Branco.

Lir perguntou aos mensageiros:

— Por qual motivo vieram?

HELEN STRATTON, 1915

— Para buscar vossos filhos, Lir – eles disseram.

— Eles não chegaram até vocês com Oifa? – perguntou Lir.

— Eles não chegaram – responderam os mensageiros —, e Oifa disse que você não havia deixado as crianças irem com ela.

Então Lir, ao ouvir essas coisas, ficou abatido e triste em seu coração, pois sabia que Oifa havia feito algo de errado contra suas crianças, e seguiu em direção ao Lago do Olho Vermelho. Quando os irmãos o viram se aproximar, Fingula cantou o seguinte:

"Bem-vinda, cavalgada de corceis
Aproximando-se do Lago do Olho Vermelho,
Uma comitiva de temor e mágica
Certamente busca por nós.

"Movamo-nos para a margem, ó Aod,
Fiachra e gracioso Conn,
De nenhum dono sob este céu esses cavaleiros podem ser
Mas do Rei Lir com a sua ponderosa casa."

Enquanto ela cantava isso, o Rei Lir chegou à margem do lago e ouviu os cisnes falando com vozes humanas. Ele conversou com os animais e perguntou quem eram. Fingula respondeu:

— Nós somos vossas crianças, arruinadas por vossa esposa, irmã de nossa própria mãe, e pela sua mente doentia e seus ciúmes.

— Por quanto tempo o feitiço deverá permanecer sobre vocês? – perguntou Lir.

— Ninguém pode nos libertar até que a mulher do sul e o homem do norte se unam, até Lairgnen de Connaught casar Deoch de Munster.

Então Lir e seus homens gritaram de tristeza, chorando e lamentando, e ficaram próximos à margem do lago, ouvindo a música silvestre dos cisnes até que os animais voaram para longe. O rei Lir se dirigiu ao salão de Dearg, o Rei, e lhe disse o que Oifa havia feito aos seus filhos. E Dearg fez seu poder recair sobre Oifa, ordenando-a dizer que forma na terra ela consideraria a pior de todas. Ela disse que seria a forma de um demônio do ar.

— É nessa forma na qual eu colocarei você – disse Dearg, o Rei, e ele a atingiu com o cajado de feitiços e magia de Druida e a transformou em um demônio do ar.

Ela rapidamente fugiu. Oifa ainda hoje é um demônio do ar, e será para todo o sempre.

Mas as crianças de Lir continuaram a deleitar os clãs irlandeses com a doce e encantadora música de suas canções, tanto que nenhum deleito que se comparasse com a música dos cisnes jamais foi ouvido no Erin, até que o tempo determinado para deixarem o Lago do Olho Vermelho chegou.

Então Fingula cantou essa música de despedida:

"Adeus a ti, Dearg, o Rei,
Mestre de todo o saber dos Druidas
Adeus a ti, nosso pai querido,
Lir da Colina do Campo Branco.

"Nós já excedemos o nosso tempo
para longe e separados das assombrações dos homens
Na corrente do Moyle,
Nossas feições serão amargas e salgadas,

"Até que Deach venha a Lairgnen.
Então venham, irmãos de, outrora, bochechas rosas
Vamos partir do Lago do Olho Vermelho,
Vamos partir com tristeza da tribo que nos amou."

E depois eles levantaram voo, voando alto, levemente e pelos ares, até chegarem a Moyle, entre Erin e a Escócia.

Os homens de Erin ficaram entristecidos com a partida deles, e foi proclamado por toda Erin que, dali em diante, nenhum cisne seria morto. Então os filhos de Lir ficaram solitários, sozinhos, preenchidos de frio, tristeza e arrependimento, até que uma forte tempestade recaiu sobre eles e Fingula disse:

— Irmãos, vamos designar um local para nos reencontrarmos caso o poder dos ventos nos separe.

E eles disseram:

— Vamos, ó irmã, para a Pedra das Focas.

Então as ondas subiram, o trovão rugiu, o raio brilhou e a varredora tempestade chegou, e as crianças de Lir se separaram umas das outras por sobre o imenso mar. Entretanto, uma calma plácida veio depois da grande tempestade. Fingula, ao se ver sozinha, disse:

"Ai de mim que estou viva
Minhas asas estão congeladas a meus lados.
Ó, amados três, Ó, amados três,
que se esconderam sob o abrigo das minhas penas,
Até os mortos voltaram aos vivos
Eu e os três nunca nos encontraremos novamente!"

E ela voou sobre o lago das focas e logo viu Conn vindo em sua direção, com um ritmo pesado e penas encharcadas, e Fiachra também, gélido, molhado e enfraquecido, e não havia palavras que eles conseguissem falar, tão gelados e sem forças estavam. Mas Fingula os acomodou debaixo de suas asas e disse:

— Se Aod pudesse se juntar a nós agora, nossa felicidade estaria completa.

Porém, logo eles viram Aod vindo em sua direção, com a cabeça seca e as penas lisas; Fingula o colocou sobre as penas do seu peito, Fiachra sob sua asa direita e Conn sob a asa esquerda. Assim, eles fizeram esse verso:

"Nossa madrasta foi cruel conosco,
Ela jogou sua mágica em nós,
Nos enviando para o norte no mar
Na forma de cisnes encantados.

"Nosso banho sobre a costa da cordilheira
é a espuma da maré de salmoura cristalina,
A nossa parte da festividade da cerveja
É a salmoura do mar de crista azul."

Um dia, eles viram uma esplêndida marcha de corcéis puros e brancos vindo na sua direção. Quando os corcéis chegaram mais perto, perceberam que os dois filhos do Rei vinham procurando pelos cisnes para lhes dar notícias de Dearg e Lir.

— Eles estão bem – disseram os filhos de Dearg, o Rei —, e estão vivendo em alegria, exceto pelo fato de que vocês não estão com eles e por não saberem aonde vocês foram quando deixaram o Lago do Olho Vermelho.

— Nós não estamos felizes – disse Fingula, e ela cantou essa canção:

> *"Feliz é esta noite na casa de Lir,*
> *Abundante é a carne e o vinho deles.*
> *Mas as crianças de Lir – qual a recompensa deles?*
> *Por pijamas, nós temos as nossas penas,*
> *E por nossa comida e vinho –*
> *A areia branca e a amarga água salgada,*
> *A cama de Fiachra e o lugar de Conn,*
> *Debaixo da cobertura das minhas asas no Moyle,*
> *Aod tem abrigo no meu seio,*
> *E lado a lado nós descansamos."*

Os filhos de Dearg, o Rei, foram ao Salão de Lir e lhe disseram a situação de seus filhos.

Então o dia para as crianças de Lir cumprirem a sua parte chegou, e eles voaram de Moyle para a baía de Erris, e ficaram lá até que o momento do seu destino chegasse. Logo eles partiram até a Colina do Campo Branco e encontraram o lugar desolado e vazio, com nada além de residências destelhadas e florestas de urtigas – nenhuma casa, nem fogo, nem habitações. Os quatro se aproximaram uns dos outros e soltaram alto seus gritos de lamentação. Fingula cantou esta canção:

> *"Ai de mim! Isto é amargura para o meu coração*
> *Ver a casa de meu pai abandonada –*
> *Sem cães de caça, sem matilhas de cães,*
> *Sem mulheres, e sem bravos reis*

JOHN DUNCAN

"Sem copos de chifres, sem copos de madeira,
Ninguém bebendo em seus corredores luminosos.
Ai de mim! Eu vejo pelo estado da casa dele
Que o senhor desta casa e nosso pai não mais vive.

"Muito temos sofrido nos nossos anos vagando,
Por bofetadas de vento, por frio congelante;
Agora chega a nossa maior dor -
Não há mais um homem que nos conheceu na casa onde nascemos."

Então as crianças de Lir voaram para longe, em direção à Ilha da Glória de Brandan, O Santo, e lá acomodaram-se sobre o Lago dos Pássaros, até que o sagrado Patrick veio até a Irlanda e o sagrado Mac Howg seguiu para a Ilha da Glória.

Na sua primeira noite na Ilha, as crianças de Lir escutaram a voz do sino dele soando para as preces matinais, de modo que os cisnes começaram a se agitar em terror e os irmãos deixaram Fingula sozinha.

— O que é, queridos irmãos? – ela perguntou. — Nós não sabemos que voz fraca e amedrontadora é essa que ouvimos.

Então Fingula recitou o seguinte:

"Ouçam o sino do Clérigo,
Aprumem suas asas e ergam-se
Graças a Deus ele está vindo,
Fiquem agradecidos que vocês o ouvem,

"Ele nos libertará da nossa dor,
E trazê-los das rochas e pedras.
Graciosas crianças de Lir
Ouçam o sino do Clérigo."

E Mac Howg desceu para a beira do lago e disse a eles:
— São vocês os filhos de Lir?
— Somos nós, sim – eles responderam.

— Graças a Deus! – disse o santo. — É por sua causa que vim para esta ilha, além de todas as outras ilhas na Irlanda. Venham até a terra agora e coloquem sua confiança em mim.

Então eles chegaram ao chão firme, e Mac Howg fez para os irmãos correntes de prata bem clara; uma entre Aod e Fingula e uma entre Conn e Fiachra.

Acontecia que, neste momento, Lairgnen era príncipe de Connaught e ia se casar com com Deah, a filha do rei de Munster. Ela havia ouvido a história das aves e foi tomada de amor e afeição por eles, e disse que não se casaria até que tivesse as maravilhosas aves da Ilha da Glória. Lairgnen mandou o santo Mac Howg em uma busca pelos cisnes. Mas o Santo não os entregava, e ambos, Lairguen e Deoch, foram até lá.

Lairgnen foi pegar os pássaros do altar, mas tão logo colocou as mãos neles, a cobertura de pena dos animais caiu e os filhos de Lir se tornaram três homens bem velhos, e Fingula, uma magra e murcha velhinha, sem sangue ou carne. Lairguen, sentindo-se causador do sofrimento, saiu do lugar com pressa, mas Fingula cantou essas palavras:

"Venha e nos batize, Ó Clérigo,
Limpe as nossas manchas
Neste dia, eu vejo a nossa cova -
Fiachra e Conn de cada lado,
e no meu colo, nos meus braços,
coloque Aod, meu belíssimo irmão."

Depois disso, os filhos de Lir foram batizados. E eles morreram e foram enterrados como Fingula havia dito, Fiachra e Conn de cada lado dela, e Aod à sua frente. Um marco para túmulos foi erguido, e nele foram escritos seus nomes em runas. E esse foi o destino das crianças de Lir.

JACOB E WILHELM GRIMM

APROX.
1830

CURTO

O Flautista de Hamelin

Rattenfänger von Hameln | Alemanha

*Tradicional na Alemanha, a cidade de Hamelin
é real e possui uma lenda de um flautista mágico
que livra toda a vila de uma infestação de ratos.
Sem pagamento, o homem se vinga de uma
maneira bastante cruel.*

E RA UMA VEZ, ÀS MARGENS DE UM GRANDE RIO NO norte da Alemanha, uma cidade chamada Hamelin. Os cidadãos de Hamelin eram pessoas honestas e viviam felizes em suas casas de pedras cinzentas. Ao longo dos anos, a cidade se tornou bem rica.

Então, um dia, uma coisa extraordinária aconteceu para perturbar a paz.

Hamelin sempre teve ratos, vários deles. Mas, até então, nunca foram um perigo, pois os gatos sempre resolviam o problema da maneira usual: matando-os. Porém, de repente, os ratos começaram a se multiplicar.

No fim, um mar negro desses roedores infestou toda a cidade. Primeiro, eles invadiram os celeiros e armazéns, então, por falta de algo melhor, mordiam a madeira, os tecidos e qualquer outra coisa. A única coisa que não comiam era metal. Os cidadãos, aterrorizados, se uniram para pedir aos conselheiros de Hamelin que os livrassem da praga. No entanto, por um longo tempo, o conselho ficou sentado na sala do prefeito, tentando pensar em um plano.

— O que nós precisamos é de um exército de gatos!

Mas todos os gatos estavam mortos.

— Nós colocaremos veneno na comida, então...

Contudo, a maior parte da comida já havia acabado, e nem mesmo o veneno parou os ratos.

— Isso não poderá ser feito sem ajuda! – disse o prefeito, com tristeza.

Foi então que, naquele momento, houve uma batida alta na porta. *Quem poderia ser?*, os patriarcas da cidade pensaram com ansiedade, cientes das multidões raivosas. Eles cuidadosamente abriram a porta e, para a sua surpresa, lá estava um rapaz alto e magro, vestido em cores fortes, com uma longa pena em seu chapéu e apontando uma flauta dourada na direção deles.

— Eu libertei as outras cidades de besouros e morcegos – o estranho anunciou — e, por mil florins, irei libertá-los de seus ratos!

— Mil florins!? – exclamou o prefeito. — Nós te daremos cinquenta mil se você tiver sucesso!

E prontamente o estranho se afastou, dizendo:

The Pied Piper of Hamelin

— Está tarde agora, mas, ao amanhecer, não haverá um rato sobrando em Hamelin!

O sol ainda estava baixo no horizonte quando o som de uma flauta ressoou pelas ruas de Hamelin. O flautista vagarosamente fez o seu caminho por entre as casas, enquanto os ratos o seguiam. Eles saíam por portas, janelas e calhas, ratos de vários tamanhos, todos atrás do flautista. E, enquanto tocava, o estranho marchava em direção ao rio, para o meio da corrente. Atrás dele, a onda de roedores que o seguiu se afogou, e os bichos mortos foram levados pela corrente do rio.

Quando o sol já estava alto no céu, não havia um rato sequer na cidade. Houve uma alegria maior ainda na prefeitura, até que o flautista veio pedir o seu pagamento.

— Cinquenta mil florins? – exclamaram os conselheiros. — Nunca!

— Mil florins, ao menos! – bradou o flautista, com raiva.

Mas o prefeito não cedeu.

— Os ratos agora estão todos mortos e não podem voltar nunca mais. Então fique grato por cinquenta florins, ou você não receberá nem isso.

Os olhos do flautista brilharam de raiva e ele levantou o dedo, ameaçando o prefeito:

— Você se arrependerá amargamente de ter quebrado a sua promessa – disse, e então desapareceu.

ARTHUR RACKHAM

J.P. DAVIS 1871

Um arrepio percorreu os conselheiros, mas o Prefeito deu de ombros e falou animadamente:

— Nós economizamos cinquenta mil florins!

À noite, livres do pesadelo dos ratos, os cidadãos de Hamelin dormiram com mais tranquilidade do que nunca. Porém, quando um estranho som de flauta tocou pelas ruas ao amanhecer, apenas as crianças o ouviram.

Atraídas como que por mágica, elas se apressaram para fora de suas casas. Novamente, o flautista caminhou pela cidade, mas dessa vez eram crianças de todos os tamanhos que seguiam o som da sua flauta excêntrica.

A longa procissão logo deixou Hamelin e fez seu caminho por entre a floresta, até alcançar o pé de uma grande montanha. Quando o flautista chegou na pedra escura, tocou a sua flauta ainda mais alto e uma grande porta se abriu. Lá dentro, havia uma caverna. As crianças marcharam para dentro dela, atrás do flautista e, quando a última criança entrou na escuridão, as portas se fecharam.

Um grande desabamento veio e bloqueou a entrada da caverna para sempre. Apenas um pequeno e mirrado menino escapou deste destino, e foi ele quem contou o que havia acontecido aos cidadãos assustados, que procuravam por seus filhos. E, não importava o que eles fizessem, a montanha nunca desistiu de suas vítimas.

Muitos anos se passaram até que vozes alegres de outras crianças voltassem a correr pelas ruas de Hamelin. A memória da dura lição permanecia no coração de todos e era passada de pai para filho através dos séculos.

1838

LONGO

Os Cisnes Selvagens

De vilde svaner | Dinamarca

Elisa e seus onze irmãos príncipes sofrem uma maldição, da qual apenas ela é capaz de livrá-los. Mas isso só será possível se ela se mantiver calada e jamais contar sobre sua responsabilidade.

*L*Á LONGE, ONDE AS ANDORINHAS SE REFUGIAM do inverno, viveu um rei que possuía onze filhos, e uma filha chamada Elisa. Os onze irmãos, todos príncipes, costumavam ir à escola com estrelas nos peitorais e espadas nas cinturas. Eles escreviam em ardósias douradas com lápis de diamantes e podiam ler tão bem sem um livro quanto com um – por isso, não havia erro quanto às suas essências de príncipes reais. Já Elisa sentava-se num pequeno escabelo espelhado com um livro de figuras que custara metade de um reino. Oh, essas crianças eram muito felizes; mas isso não poderia durar para sempre.

Seu pai, que era o rei, casou-se com uma rainha má que não era nem um pouco gentil com as pobres crianças – isso os irmãos descobriram logo no primeiro dia. Tudo estava festivo no castelo, mas, quando as crianças quiseram brincar juntas ao invés de comer os vários bolos e as tortas de maçã mais desejadas, a madrasta só permitiu que brincassem de faz-de--conta com um pouco de areia numa xícara.

Na semana seguinte, ela mandou Elisa se hospedar com os camponeses no interior e não demorou muito até convencer o rei de muitas coisas ruins sobre os garotos.

— Voem para o mundo e consigam seu próprio sustento – ordenou a Rainha má às crianças. — Vocês devem voar como pássaros sem voz!

Mas ela não pôde fazer tão mal a eles quanto desejava. Os irmãos se tornaram onze cisnes selvagens e belos, que voaram através da janela do palácio com um arenso incomum, cruzando o parque e o bosque.

Era cedo da manhã quando eles chegaram ao lugar onde sua irmã Elisa estava dormindo, na casa dos camponeses. Os animais voaram por cima do telhado da casa, virando e torcendo seus longos pescoços e batendo suas asas; mas ninguém os ouviu, nem sequer os viu. Eles tiveram de voar de novo e subiram em direção às nuvens, longe do mundo, e pousaram num tronco escuro e grande, que se esticava até a costa do mar.

A pobre Elisa estava no quarto dos camponeses, brincando com uma folha verde, pois não tinha outros brinquedos. Ela fez um pequeno buraco na folha, através do qual olhava para o sol e parecia que podia ver os olhos brilhantes dos seus irmãos. Sempre que os raios solares e quentes batiam contra sua bochecha, a menina se lembrava dos seus beijos. Um dia passava igual ao outro. Quando o vento soprava através das roseiras, do lado de fora da casa, sussurrava para as rosas:

— Quem pode ser mais bela que vocês?

Mas as rosas balançavam a cabeça e respondiam:

— Elisa!

E quando a velha camponesa sentava à porta, lendo seus Salmos, o vento vinha por sobre as folhas e perguntava para o livro:

— Quem pode ser mais fiel que você?

— Elisa! – dizia o livro. Tanto as rosas quanto o livro de Salmos falavam a verdade.

A princesa deveria voltar para casa ao completar quinze anos, mas, quando a rainha viu como havia se tornado bela, ficou muito irritada e seu coração se encheu de ódio. Ela transformaria a garota num cisne com muito prazer, assim como seus irmãos, porém não ousou fazer isso logo, pois o rei queria ver sua filha.

Logo no início da manhã, a rainha sempre ia para a banheira, construída de mármore e adornada com almofadas macias e belos carpetes. Ela pegou três sapos, beijou-os e disse ao primeiro:

— Sente-se sobre a cabeça de Elisa quando ela for à banheira, para que se torne inerte como você.

Para o segundo, ordenou:

— Sente-se sobre a sua testa para que ela se torne tão feia quanto você e para que o rei não a reconheça!

E, para o terceiro, sussurrou:

— Descanse sobre seu coração e deixe um espírito maligno cair sobre ela. Que essa seja sua ruína.

Então a rainha colocou os sapos na água limpa, que se tornou esverdeada imediatamente.

Ela chamou Elisa, tirou sua roupa e a fez entrar na banheira. Quando a menina mergulhou, um dos sapos entrou em seus cabelos, o outro ficou em sobre testa e o terceiro, em seus seios. Porém, no momento em que ela emergiu, havia três papoulas vermelhas flutuando na água. Se não fossem criaturas venenosas e não tivessem sido beijadas por uma feiticeira, os sapos teriam se transformado em rosas carmim, mas ainda assim se tornaram flores por simplesmente descansarem sobre o corpo da jovem. Elisa era muito boa e inocente para que a feiticeira tivesse algum poder sobre ela.

Quando a rainha má a viu, esfregou sobre a enteada nódoa de nogueira e espalhou em seu rosto um creme malcheiroso. Ela ainda bagunçou seu belo cabelo, tornando-a irreconhecível. O rei ficou horrorizado ao ver a menina e disse que aquela não podia ser sua filha.

Ninguém poderia dizer nada, a não ser os cães do campo e as andorinhas, mas eles eram apenas animais estúpidos e suas opiniões de nada serviam.

A pobre Elisa chorou e pensou nos seus onze irmãos, que estavam todos perdidos. Arrastou-se tristemente para fora do castelo e vagou o dia inteiro, passando por prados e pântanos, até uma grande floresta. Não sabia, afinal, para onde queria ir, mas se sentia muito triste, com saudade dos irmãos que, sem dúvida, foram expulsos do castelo assim como ela. Decidiu sair e procurá-los, porém, tão logo começou sua empreitada, a noite caiu. Elisa havia se perdido, então deitou-se sobre o musgo macio, fez sua oração vespertina e recostou sua cabeça sobre uma elevação. Estava tudo calmo, o ar estava agradável e centenas de vagalumes voavam ao seu redor, na grama e no pântano, como uma chama verde. Quando ela gentilmente mexeu um dos galhos sobre sua cabeça, os pequenos insetos brilhantes caíram nela como uma chuva de estrelas.

Ela sonhou com seus irmãos a noite toda. Novamente, os doze eram crianças e brincavam todos juntos; os meninos escreviam com lápis de diamante sobre ardósias douradas e ela olhava o livro que custara metade de um reino. Porém, eles não escreviam mais traços ou curvas como antigamente; não, eles narravam suas mais bravas conquistas e tudo que haviam visto e vivido. Enquanto isso, o livro de figuras ganhava vida. Os pássaros cantavam, as pessoas andavam para fora das páginas e falavam com Elisa e com seus irmãos. Quando ela virava a página, os desenhos voltavam aos seus lugares, para que não houvesse confusão entre as imagens.

Ao acordar, o sol já estava alto. Era verdade que ela não podia ver muito bem através dos espessos galhos das majestosas árvores, mas os raios de sol luziam áureos ao redor da floresta. Havia uma deliciosa fragrância de grama fresca e ervas no ar e os pássaros já estavam quase prontos para pousar sobre seus ombros. Ela podia ouvir sons de água, pois havia várias

fontes ali, que fluíam para uma lagoa com um amável fundo arenoso. Arbustos fechados rodeavam o lugar, mas existia uma área derrubada pelos cervos que foi por onde Elisa passou para atingir a margem. Era tão transparente que, se os galhos não tivessem se mexido com a brisa, ela teria pensado que estavam pintados no fundo, tão perfeito era o reflexo de cada folha, tanto as iluminadas pelo sol, como as que estavam na sombra.

Quando viu seu próprio rosto, ficou muito assustada. Estava todo sujo e feio, mas, ao molhar suas pequenas mãos e esfregar os olhos e a testa, sua pele branca brilhou novamente. Então, tirou a roupa e entrou na água fresca. Não havia no mundo uma princesa mais bonita do que Elisa.

Após se vestir novamente e trançar seu longo cabelo, correu para uma fonte cristalina e bebeu um pouco da água com suas mãos. Então continuou a vagar na floresta, embora não tivesse a mínima ideia de para onde estava indo. Pensava em seus irmãos, e num Deus piedoso que não a abandonava. Ele havia deixado maçãs silvestres crescerem para alimentar os famintos e, assim, mostrou-a uma árvore cujos galhos estavam curvados pelo peso das frutas. Ali, Elisa teve seu almoço e, usando os galhos como apoio, entrou na parte mais densa da floresta. Estava tão quieto que conseguia escutar os próprios passos e cada folha caída que amassava com os pés. Não havia um pássaro à vista, nenhuma luz solar atravessava os ramos folhosos e os troncos altos estavam tão próximos uns dos outros que, ao olhar para frente, parecia uma cerca de traves pesadas impedindo a sua passagem. A solidão era imensa e completamente nova na vida de Elisa.

Em uma noite escura, quando nenhum vagalume brilhava no pântano, Elisa deitou-se tristemente para dormir. Parecia que os galhos sobre ela se partiam enquanto o Salvador olhava-a amavelmente e cabecinhas de anjos espiavam sobre Sua cabeça e por debaixo dos Seus braços.

Ao acordar, não estava certa se sonhara aquilo ou se fora verdade.

Durante sua caminhada, encontrou uma velha com um cesto cheio de frutinhas, das quais ela deu um pouco à garota. Elisa perguntou se a mulher vira onze príncipes passando pela floresta.

— Não – disse a velha. — Mas ontem eu vi onze cisnes, com coroas douradas sobre suas cabeças, nadando num riacho perto daqui.

Ela levou Elisa a uma ladeira, onde um riacho corria ao seu pé. As árvores de ambas as margens se elevavam com ricos galhos folhosos, uns em direção aos outros, que não conseguiam se tocar – as raízes estavam torcidas para fora da terra, curvadas sobre a água, como se as árvores quisessem entrelaçar seus galhos. Elisa se despediu da velha e caminhou ao longo do rio, até que ele desaguou no mar.

O belo mar aberto jazia frente à moça, mas não havia velas, nem mesmo barcos. Como ela poderia prosseguir? Olhou as inúmeras pedras na praia, todas arredondadas pela água. Vidro, metal, pedra, o que quer que fosse fora moldado pela água, que era muito mais macia que sua mão.

— Com esse fluxo incansável, tudo que é mais duro é amolecido. Serei tão incansável quanto a água! Muito obrigada pela lição, claras ondas rolantes! Algum dia, assim diz meu coração, vocês me trarão meus queridos irmãos!

Onze penas de ganso estavam sobre as algas; Elisa as tomou e as juntou. Ainda havia gotas d'água nelas. Se era água ou se eram lágrimas, ninguém sabia. Estava tudo muito solitário à beira-mar, mas ela não se sentia sozinha, pois o mar muda constantemente. Havia mais mudanças no mar no curso de algumas horas do que na água fresca de um lago ao longo de um ano. Se uma nuvem escura aparecesse, era como se o mar quisesse dizer "eu também posso ficar escuro!". E, então, o vento soprava forte e as ondas mostravam suas cristas brancas. Mas, se as nuvens fossem vermelhas e o vento parasse, o mar parecia uma folha de roseira, ora branco, ora verde. Porém, não importando a calmaria, sempre havia uma pequena movimentação próxima à orla – a água subia e descia gentilmente, como o peito de uma criança adormecida.

Quando o sol estava quase se pondo, Elisa viu onze cisnes selvagens com coroas douradas na cabeça voando em direção à orla. Eles voavam em fila, um atrás do outro, como uma serpentina branca. Elisa subiu de volta à margem e se escondeu atrás de um arbusto. Os cisnes pousaram próximos a ela e bateram suas grandes asas brancas.

Assim que o sol afundou atrás da água, os cisnes soltaram suas penas e se transformaram em onze belos príncipes; eram os irmãos de Elisa. Embora houvessem mudado bastante, ela os reconheceu imediatamente e pulou em seus braços, chamando-os pelo nome. Eles se encantaram por reconhecer a pequena irmã, que havia crescido e se tornando tão bela. Eles riam e choravam, e contaram como a terrível madrasta os havia tratado.

— Nós, irmãos – disse o mais velho —, temos de voar sob a forma de cisnes enquanto o sol estiver acima do horizonte. Quando ele se põe, retomamos nossa forma humana. Então, sempre procuramos um lugar para descansar antes do crepúsculo, pois se estivermos voando quando o sol se pôr, despencaremos céu abaixo. Não vivemos aqui; há um outro lugar, tão bonito quanto este, além do mar. Mas o caminho é muito longo e é preciso cruzar o oceano para chegar lá. Não há uma única ilha onde possamos passar a noite, só uma pequena pedra no meio da água. É grande o suficiente para ficarmos pertinho um dos outros. Se o mar se agita, a água bate em nós. Ainda assim, agradecemos a Deus por termos um lugar digno para passar a noite como humanos e, se não fosse por isso, não poderíamos revisitar nossa querida terra natal, pois nosso voo leva dois dos dias mais longos do ano. Só podemos vir aqui uma vez por ano e ficamos apenas onze dias. Vagamos pela floresta, de onde espiamos o palácio onde nascemos e, para além dele, podemos ver as torres altas da igreja em que nossa mãe está enterrada. Achamos que as árvores e os arbustos daqui estão ligados a nós; e os cavalos cavalgam pelos descampados como víamos na infância. Os fogões ainda cantam as mesmas velhas canções, que costumávamos dançar quando éramos crianças. Esta é a nossa pátria. Fomos trazidos a ela e aqui te encontramos, irmãzinha! Ficaremos ainda dois dias e depois precisaremos voar para longe, para um país bonito que não é nossa amada terra natal. Mas como poderíamos levá-la conosco, se não temos nem barco e nem navio?!

— E como eu poderia libertá-los? – perguntou a irmã, e assim prosseguiram com a conversa quase a noite toda, dormindo apenas poucas horas.

Elisa acordou com o farfalhar das asas dos cisnes sobre ela; seus irmãos haviam se transformado novamente e estavam voando em grandes círculos, até que ela os perdeu de vista. Um deles, o mais novo, ficara. Ele deitou a cabeça sobre seu peito e ela o acariciou com seus dedos. Eles passaram o dia juntos. Quando a noite caiu, os outros voltaram e, assim que o sol baixou, retomaram suas formas naturais.

— Amanhã partiremos e não podemos voltar até o próximo ano, mas não podemos deixá-la assim! Você tem coragem de vir conosco? Meus braços são fortes o bastante para te carregar sobre a floresta, então, certamente, nossas forças juntas devem ser suficientes para levá-la através do oceano.

— Sim! Levem-me com vocês! – pediu Elisa.

Eles passaram a noite tecendo uma rede grande e forte, com casca elástica de salgueiro amarrada a juncos duros. Elisa deitou-se nela e, quando o sol surgiu e seus irmãos se transformaram em cisnes novamente, eles pegaram a rede com os bicos e levantaram um voo mais alto que as nuvens, com a querida irmã, que dormia. Os raios de sol caíam sobre seus rostos, então um dos cisnes voava sobre a cabeça da jovem, para que suas asas largas a mantivessem na sombra.

Eles já estavam bem longe quando Elisa acordou. Ela achava que ainda era um sonho, parecia tão estranho ser carregada alto no céu, sobre o oceano. Ao seu lado, estavam um galho com frutas maduras e um cacho de raízes saborosas, as quais seu irmão mais novo havia coletado para ela e pelas quais ela retribuiu com um sorriso agradecido. Elisa sabia que era ele que voava sobre sua cabeça para mantê-la na sombra.

Os irmãos voavam tão alto que o primeiro navio avistado parecia uma gaivota flutuando na água. Uma nuvem enorme surgiu atrás deles como uma montanha. Elisa viu sua própria sombra nela e as dos onze cisnes parecendo gigantes. Era a figura mais bonita que ela já vira, mas, quando o sol se elevou, a nuvem ficou para trás e a figura desapareceu.

Eles voaram e voaram o dia todo, como uma flecha cortando o vento, mas foram mais devagar que o normal, pois agora tinham a irmã para carregar. Uma tempestade se aproximava e a noite também; Elisa viu o sol baixando com o coração cheio de medo, pois a pedra ainda não fora avistada. Os cisnes pareciam se esforçar mais do que nunca, coitados! Ela era a causa do atraso. Assim que o sol baixasse completamente, eles se transformariam em homens e despencariam céu abaixo e se afogariam. Ela fez uma prece do fundo do coração, mas, ainda assim, nenhuma pedra apareceu. Nuvens negras, que pareciam de chumbo e ameaçadoras, se juntaram, fortes ventanias anunciavam a tempestade e os clarões dos raios se seguiam rapidamente.

O sol estava agora no nível do mar. O coração de Elisa apertou quando, repentinamente, os cisnes dispararam para baixo, tão rápido que ela pensou que estavam caindo, e então subiram novamente. Metade do sol já havia desaparecido no momento em que, pela primeira vez, ela viu a pequena pedra, que não parecia maior do que a cabeça de uma foca sobre o mar. O sol baixava rapidamente, não estava maior que uma estrela, porém, logo os pés de Elisa pisaram em terra firme. O sol sumiu como as últimas chamas de um papel queimando; ela viu os irmãos se levantarem de braços dados ao seu redor, mas havia espaço apenas para cada um. As ondas batiam na pedra e os lavava como uma forte chuva. Os céus brilhavam com fogo contínuo e os raios rolavam, estrondo após estrondo. Ainda assim, irmã e irmãos seguraram-se nas mãos e cantaram um salmo que os dava conforto e coragem.

O ar estava puro e calmo na aurora. Assim que o sol surgiu, os cisnes partiram com Elisa para longe da ilhota. O mar ainda estava agitado; parecia, de onde estavam, que a espuma branca sobre as águas verde-escuras eram milhões de cisnes flutuando nas ondas.

Quando o sol se elevou mais, Elisa viu metade das massas de gelo flutuando no ar, com geleiras brilhantes no alto. Havia um palácio no meio, de uma milha de comprimento, com uma coluna larga construída sobre a outra. Abaixo delas, balançavam palmeiras e flores maravilhosas, tão grandes quanto rodas de um moinho. Ela perguntou se ali era o país para onde iria, mas os cisnes balançaram a cabeça, porque o que ela via era uma miragem; o belo e mutante palácio de Fada Morgana. Nenhum mortal ousava entrar nele. Elisa olhou para o palácio, porém, enquanto observava, jardins e montanhas se dissolveram e, no lugar, vinte igrejas se ergueram, com suas torres altas e vitrais pontudos. Ela parecia ouvir os sons do órgão, contudo, era o mar que escutava. Quando se aproximou das igrejas aparentes, elas se transformaram numa imensa frota navegando abaixo de si; todavia, era apenas a bruma sobre as águas. Sim, Elisa via mudanças constantes e agora realmente enxergava a terra para a qual viajava. Belas montanhas azuis se elevavam à sua frente com cedros e palácios. Muito antes do sol se pôr, estava sentada entre os montes, em frente a uma caverna coberta de delicada vegetação rasteira. Parecia uma peça de bordado.

— Agora veremos com o que sonhará hoje à noite – disse o irmão mais novo, enquanto mostrava onde Elisa iria dormir.

— Se ao menos eu sonhasse como poderia libertá-los... – ela murmurou, e o pensamento preencheu sua mente. Pediu seriamente ajuda a Deus e, mesmo ao dormir, continuou com sua oração. No sonho, parecia voar

DALZIEL BROTHERS

para a Fada Morgana, no seu castelo aéreo. A fada vinha em sua direção, encantadora e brilhante – ainda assim, muito semelhante à velha que havia lhe dado as frutas na floresta e lhe dito sobre os cisnes e as coroas douradas.

— Seus irmãos podem ser libertados – ela disse. — Mas você tem coragem e resistência o suficiente para tanto? O mar é, de fato, mais macio que suas mãos e ele molda as pedras mais duras, porém ele não sente a dor que seus dedos irão sentir. Ele não tem coração, não para a dor e a angústia que você deverá sofrer. Vê esta urtiga que tenho nas mãos? Muitas desse tipo crescem ao redor da pedra onde você dorme; apenas essas e as que crescem nos cemitérios podem ser usadas. Lembre-se disso! Estas você deve arrancar, embora elas queimem e irritem suas mãos. Amasse-as com os pés e você terá linho. Com ele, faça onze casacos de malha com mangas longas. Jogue-os sobre os cisnes selvagens e o feitiço será quebrado! Mas, lembre-se: do momento em que começar até o final, mesmo que leve anos, não deve dizer uma palavra! A primeira palavra que disser cairá sobre o coração dos seus irmãos como uma adaga. A vida deles depende da sua língua. Lembre-se muito bem disso!

Ao mesmo tempo, ela tocou a mão de Elisa, que ardia como fogo e fez a menina despertar. Era um dia claro e, próximo onde ela dormira, havia uma urtiga como a de seu sonho. A jovem se ajoelhou, agradeceu a Deus e saiu da caverna para começar seu trabalho. Colheu as horríveis urtigas com suas mãos delicadas, que queimaram como fogo. Bolhas enormes surgiram em seus dedos e em seus braços, mas Elisa sofreria com boa vontade se fosse para libertar seus amados irmãos. Amassou cada folha com seus pés descalços e as torceu para formar um linho verde.

Quando o sol se pôs e seus irmãos voltaram, eles se alarmaram por terem-na encontrado muda e pensaram que fosse mais algum feitiço da malvada madrasta. Mas, ao verem suas mãos, entenderam que aquilo era para eles. O mais novo chorou e, onde suas lágrimas caíssem, Elisa não sentia dor e as bolhas desapareciam.

Ela passou a noite trabalhando, pois não podia descansar até libertar seus irmãos. Todas as manhãs, os cisnes saíam e ela ficava sentada solitariamente, mas o tempo nunca passou tão rápido. Um casaco já estava pronto e ela começou o segundo. Então, uma corneta de caça soou por entre as montanhas, assustando-a. O som se aproximou e ela ouviu cães latindo. Aterrorizada, correu para dentro da caverna e amarrou as urtigas que havia colhido, formando um bolo sobre o qual se sentou.

Nesse momento, um cachorro grande se aproximou da moita, e outro, e outro, latindo alto e correndo para frente e para trás. Em poucos minutos, todos os caçadores estavam diante da caverna, e o mais belo deles era o rei daquele país. Ele entrou e se dirigiu à Elisa: nunca havia avistado garota tão bonita.

— Como chegou aqui, bela criança? – perguntou. Elisa balançou a cabeça, não ousava falar. A salvação e a vida de seus irmãos dependiam do seu silêncio. Escondeu suas mãos no avental para que o rei não visse seu sofrimento.

— Venha comigo! – ele disse. — Você não pode ficar aqui. Se for tão boa como é bela, irei vesti-la em sedas e veludos, colocarei uma coroa dourada sobre sua cabeça e você viverá comigo no meu mais suntuoso castelo! – Então ele a colocou sobre seu cavalo, enquanto ela chorava e torcia as mãos. Mas o rei falava: — Eu só penso em sua felicidade, você me agradecerá um dia por isso!

Então ele partiu por entre as montanhas, segurando-a à sua frente sobre seu cavalo, e os caçadores o seguiram.

Quando o sol se pôs, a cidade com suas igrejas e cúpulas surgiu e o rei a levou ao seu palácio, onde fontes enormes jorravam em salões de mármore. As paredes e o teto eram enfeitados com pinturas, mas Elisa não tinha olhos para aquilo – ela só chorava e sofria. Passivamente, as servas a vestiram com vestidos reais, amarraram pérolas em seu cabelo e colocaram luvas em suas mãos feridas.

Elisa estava estonteantemente amável quando ficou em pé com toda a sua magnificência. As cortesãs curvaram-se diante dela e o rei a proclamou sua esposa, embora o arcebispo tenha balançado a cabeça e cochichado que temia que a bela dama da floresta fosse uma princesa que confundia seus olhos e amaldiçoava o rei em silêncio.

O rei recusou-se a escutá-lo e ordenou que a música tocasse, que a mais rica comida fosse servida e que as mais adoráveis donzelas dançassem para sua futura esposa. Elisa foi guiada por jardins fragrantes até aposentos maravilhosos, mas nada colocou um sorriso em seu rosto ou em seus olhos. A tristeza sentava-se ali e reinava como que perpetuamente. Por fim, o rei abriu a porta de uma pequena alcova, próxima ao quarto onde dormiria. Estava adornado com carpetes verdes e caros, feitos exatamente para dar a aparência da caverna onde ela fora encontrada. No cháo, havia o bolo de linho que havia torcido a partir das urtigas e, no teto, estava pendurado o casaco que ela já terminara. Um dos caçadores havia trazido todas as coisas como curiosidades.

— Aqui você pode sonhar que está de volta ao seu antigo lar! – disse o rei. — Aqui está o trabalho com o qual você se ocupava. No meio do seu esplendor, pode ser que a agrade pensar nessas coisas.

Quando Elisa viu tudo aquilo tão precioso para seu coração, um sorriso apareceu em seus lábios pela primeira vez e o sangue voltou a irrigar sua face. Pensou na libertação de seus irmãos e beijou a mão do rei. Ele pressionou a dela em seu coração e ordenou que todos os sinos das igrejas se dobrassem ao seu matrimônio. A amável garota muda da floresta seria a rainha do país.

O arcebispo sussurrou palavras más aos ouvidos do rei, mas elas não atingiram seu coração. O casamento aconteceu e o arcebispo mesmo teve de colocar a coroa sobre a cabeça de Elisa. Em sua raiva, pressionou o aro dourado com bastante força para causar dor à jovem rainha. Contudo, um aro mais pesado, seu lamento pelos irmãos, já pressionava seu coração, então ela não pensava nas dores corpóreas.

Seus lábios estavam selados – uma única palavra de sua boca custaria a vida de seus irmãos, porém, seus olhos estavam cheios de amor pelo belo rei, que havia feito tudo para agradá-la. A cada dia, ela se apegava mais a ele e ansiava por confidenciá-lo, contar-lhe seus sofrimentos. Todavia, muda precisava ficar e, em silêncio, precisava terminar seu trabalho. Assim, escondia-se à noite na alcova decorada como a caverna e lá costurava um casaco atrás do outro. Ao terminar o sétimo, todo seu linho havia sido usado. Ela sabia que as urtigas que precisava cresciam também nos cemitérios, mas precisava colhê-las por si só. Como chegaria lá?

Oh, o que é a dor nos meus dedos se comparada à angústia do meu coração?, pensou. *Preciso arriscar sair, os céus não me abandonarão!*

Com bastante terror no coração, como se estivesse para fazer algo ruim, escapou uma noite para o jardim iluminado pela lua e, através das longas galerias e pelas ruas silenciosas, seguiu até o cemitério. Avistou lá, próximo a uma lápide, um grupo de espíritos horríveis, que comiam a carne dos corpos. Eles retiravam suas vestes rasgadas, como se fossem tomar banho, e entravam nas covas recém-cavadas com seus dedos esguios, arrancando a carne dos cadáveres e as devorando. Elisa precisou passar por perto e eles fixaram seus olhares malignos nela, mas a jovem rezou, colheu as urtigas e voltou correndo para o palácio com elas.

Uma pessoa a viu – justamente o arcebispo, que estava na vigília enquanto os outros dormiam. Certamente, todas as suas opiniões ruins sobre a rainha agora estavam justificadas. Nada estava certo com ela – devia ser uma bruxa e logo enfeitiçaria o rei e seus súditos.

Ele contou ao rei no confessionário o que havia visto e o que temia. Quando as palavras ruins passaram por seus lábios, os santos sacudiram a cabeça, como se dissessem: "Não, Elisa é inocente!" O arcebispo, entretanto, interpretou de outro modo, como se testemunhassem contra ela e sacudissem a cabeça para os seus pecados. Duas lágrimas rolaram sobre a face do rei, que voltou para casa com dúvidas em seu coração. Quis dormir à noite, mas nenhum sono veio aos seus olhos. Ele percebeu Elisa ir para sua alcova.

Dia a dia, a face do rei escurecia – Elisa percebeu, mas não podia imaginar a causa. Aquilo a assustou, o que ela já não estava sofrendo por seus irmãos!? Suas lágrimas rolaram sobre o veludo púrpura real, que ficaram nele como diamantes brilhantes. Todas que vissem seu esplendor queriam também ser rainhas.

Ela, porém, já estava quase no fim do seu trabalho – apenas um casaco faltava, mas, novamente, não tinha mais linho e não sobrara nenhuma urtiga. Mais uma vez, uma última, precisava ir ao cemitério colher alguns punhados de urtiga. Pensou, amedrontada, na solidão do caminho e nos terríveis espíritos, mas sua vontade era forte, assim como a confiança religiosa.

Elisa foi, mas o rei e o arcebispo a seguiram e viram-na desaparecer pela entrada velha do cemitério. Enxergaram também os espíritos sentados nas covas, assim como Elisa, e o rei virou a cabeça, pois achava que ela estava entre eles – ela, cuja cabeça descansara sobre seu peito naquela mesma noite.

— As pessoas devem julgá-la! – grunhiu, e assim as pessoas o fizeram. — Deixem-na ser consumida pelas chamas!

De seus aposentos reais, Elisa fora conduzida para uma cela escura e úmida, onde o vento assobiava pela janela enferrujada. Ao invés de veludo e seda, deram-lhe o bolo de urtiga que ela colhera para usar como travesseiro. Os casacos queimantes lhe foram dados para serem suas cobertas, mas Elisa não teria pedido nada mais precioso.

Ela se pôs ao trabalho mais uma vez, com muitas orações. Do lado de fora da prisão, garotos de rua cantavam muitas canções ridicularizantes sobre a rainha e nenhuma alma disse uma palavra para confortá-la.

Perto do crepúsculo, ela ouviu o som de asas de cisne perto da janela. Era seu irmão mais novo; por fim ele a havia encontrado. Ele soluçou de alegria, embora soubesse que aquela noite poderia ser a última de sua irmã. Porém, seu trabalho estava quase pronto e seus irmãos estavam lá.

O arcebispo veio para passar suas últimas horas com ela, como prometera ao rei. Elisa balançou a cabeça e, com olhares e gestos, pediu-lhe para sair. Ela só tinha aquela noite para terminar o trabalho, ou tudo teria sido em vão, tudo – sua dor, suas lágrimas, suas noites sem dormir. O arcebispo veio novamente com palavras amargas sobre a moça, mas a pobre Elisa sabia que era inocente e continuou com seu trabalho.

Os ratos corriam pelo chão, levando as urtigas para seus pés, como que para dar toda a ajuda que pudessem. Um sabiá pousou na janela enferrujada, onde cantou a noite inteira, tão alegre quanto podia, para mantê-la encorajada.

Ainda era madrugada quando os onze irmãos chegaram aos portões do palácio, pedindo para serem levados ao rei. Não houve permissão, porém, pois não havia amanhecido e o rei ainda dormia – ninguém ousava acordá-lo. Mas aí o sol nasceu e, mesmo quando o rei chegou, não havia mais irmãos a serem vistos, apenas onze cisnes selvagens passeando pelo palácio.

A população inteira passou pelos portões da cidade, todos queriam ver a bruxa queimar. Um cavalo miserável puxava a carroça que trazia Elisa. Eles haviam colocado sobre ela um avental verde e todo o seu lindo cabelo estava solto sobre sua amável cabeça. Suas faces estavam morbidamente pálidas, seus lábios se moviam levemente, enquanto seus dedos torciam o novelo verde. Mesmo a caminho da morte, ela não podia abandonar seu trabalho inacabado. Dez casacos finalizados estavam aos seus pés – ela trabalhava no décimo primeiro, em meio aos insultos do povo.

— Olhe como a bruxa resmunga. Ela nunca teve um livro de salmos nas mãos! Não, lá está ela, com sua magia venenosa. Destrocem aquilo em mil pedaços!

A multidão avançou sobre ela para destruir seu trabalho, então onze cisnes brancos voaram e pousaram na carroça, batendo as asas. A multidão se afastou com medo.

— É um sinal dos céus! Ela é inocente! – eles sussurraram, mas não ousaram dizer em voz alta.

O carrasco tomou-a pela mão, porém, Elisa apressadamente jogou os onze casacos sobre os cisnes, que foram imediatamente transformados em onze belos príncipes; mas o mais novo possuía uma asa no lugar de um braço, pois uma manga estava faltando do seu casaco de malha, porque sua irmã não conseguiu terminá-lo.

— Agora eu posso falar! Sou inocente!

O povo que viu o que acontecia curvou-se diante dela como se Elisa fosse uma santa, mas ela afundou sem vida nos braços de seus irmãos, tamanho o estresse, o terror e o sofrimento que suportara.

— Sim, ela é inocente, de fato – disse o irmão mais velho, e contou tudo que havia se passado.

Enquanto ele falava, uma fragrância magnífica se espalhou, como se houvesse milhões de rosas.

Cada galho da pilha havia criado raízes e brotado ramos, e um grande arbusto de flores surgiu. Bem no topo, havia uma flor pura e branca, que brilhava como uma estrela. O rei a colheu e a repousou sobre o peito de Elisa, que acordou com alegria e paz no coração.

Todos os sinos soaram em seus próprios acordes e todos os pássaros se juntaram ao seu redor. Certamente uma procissão matrimonial caminhou de volta ao palácio como nenhum rei jamais vira!

E. STUART HARDY, 1899

JUST MATHIAS THIELE

1823

CURTO

Chicken Little

Kylling Kluk | Dinamarca

Em uma história infantil de repetições, um galinho confunde uma noz caindo em suas costas com o fim no mundo, e acaba sem querer levando todos os seus amigos para uma emboscada.

*E*ra uma vez um galinho chamado Kluk. Uma noz caiu nas suas costas e lhe deu um golpe tão forte que ele caiu e rolou pelo chão. Ele correu até a galinha e disse:

— Høne[23] Pøne, corra, acho que o mundo está se acabando!

— Quem disse isso, galinho Kluk?

— Ah, uma noz caiu nas minhas costas e me atingiu com tanta força que eu rolei pelo chão.

— Então vamos fugir – disse a galinha.

Eles correram até o galo e disseram:

— Hane Pane, corra, acho que o mundo está se acabando.

— Quem disse isso, Høne Pøne?

— O galinho Kluk.

— Quem disse isso, galinho Kluk?

— Ah, uma noz caiu nas minhas costas e me atingiu com tanta força que eu rolei pelo chão.

— Então vamos fugir – disse o galo.

Eles correram até o pato e disseram:

— And Svand, corra, acho que o mundo está se acabando.

— Quem disse isso, Hane Pane?

— Høne Pøne.

— Quem disse isso, Høne Pøne?

— O galinho Kluk.

— Quem disse isso, galinho Kluk?

— Ah, uma noz caiu nas minhas costas e me atingiu com tanta força que eu rolei pelo chão.

— Então vamos fugir – disse o pato.

Eles correram até o ganso.

— Gaase Paase, corra, acho que o mundo está se acabando.

— Quem disse isso, And Svand?

— Hane Pane.

....

23 *Kylling* significa "galinho", *Høne* singifica "galinha", *Hane* significa "galo", *And* significa "pato", *Gaase* significa "ganso" e *Ræv* significa "raposa". As outras palavras são usadas como repetição de rima para que a leitura fique atraente para crianças pequenas. [N.E.]

ARTHUR RACKHAM PARA A VERSÃO INGLESA

— Quem disse isso, Hane Pane?

— Høne Pøne.

— Quem disse isso, Høne Pøne?

— O galinho Kluk.

— Quem disse isso, galinho Kluk?

— Ah, uma noz caiu nas minhas costas e me atingiu com tanta força que eu rolei pelo chão.

— Então vamos fugir – disse o ganso.

Todos correram até a raposa e disseram:

— Ræv Skræv, corra, acho que o mundo está se acabando.

— Quem disse isso, Gaase Paase?

— And Svand.

— Quem disse isso, And Svand?

— Hane Pane.

— Quem disse isso, Hane Pane?

— Høne Pøne.

— Quem disse isso, Høne Pøne?

— O galinho Kluk.

— Quem disse isso, galinho Kluk?

— Ah, uma noz caiu nas minhas costas e me atingiu com tanta força que eu rolei pelo chão.

— Então vamos fugir – disse a raposa.

E todos correram até a floresta. E a raposa disse:

— Agora devo contar e ver se todos estão aqui. Eu, Ræv Skræv, um; Gaase Paase, dois; And Svand, três; Hane Pane, quatro; Høne Pøne, cinco; e o galinho Kluk, seis. Ei! Esse eu vou comer.

Em seguida, disse:

— Vamos correr.

Então todos eles entraram mais fundo na floresta. E a raposa disse:

— Agora devo contar e ver se todos estão aqui. Eu, Ræv Skræv, um; Gaase Paase, dois; And Svand, três; Hane Pane, quatro; Høne Pøne, cinco. Ei! Esse eu vou comer. – E assim continuou até ter comido todos eles.

JOSEPH JACOBS

1890

CURTO

A História dos Três Ursos

The Story of the Three Bears | Inglaterra

Em uma das versões mais antigas de Cachinhos
Dourados, A História dos Três Ursos *não se trata
de uma garotinha, mas de uma idosa que invade a
casa de três ursos e foge após ser descoberta.*

*E*RA UMA VEZ TRÊS URSOS[24] QUE VIVIAM JUNTOS EM sua própria casa, em um bosque. Um deles era o Pequenino, um urso bem baixinho; outro era um urso de tamanho médio, o Mediano; e o terceiro era um urso enorme, Gigante. Cada um deles tinha uma tigela para seu mingau: uma tigelinha para o urso Pequenino, uma de tamanho médio para o Mediano, e uma tigelona para o urso Gigante. E eles também tinham cada um uma cadeira na qual sentar: a menor era do Pequenino; havia uma de tamanho normal para o Mediano e uma grande cadeira para o urso Gigante. Além disso, tinham cada um uma cama: uma caminha para o urso Pequenino, uma média para o Mediano, e uma cama imensa para o Gigante[25].

Um dia, depois que eles fizeram o mingau para o café-da-manhã e o puseram em suas tigelas, saíram a passear pelo bosque enquanto o mingau esfriava, para que não queimassem suas bocas caso comessem muito cedo. Enquanto eles estavam caminhando, uma Velhinha veio até a casa. Ela não podia ser uma mulher boa e honesta, pois primeiro olhou pela janela e depois pelo buraco da fechadura e, não vendo ninguém na casa, levantou o ferrolho. A porta não estava trancada, porque os Ursos eram ursos bons, que não faziam mal a ninguém e nunca suspeitariam que alguém lhes faria mal.

Então, a Velhinha abriu a porta e entrou; e muito satisfeita ficou quando viu o mingau sobre a mesa. Se ela tivesse sido uma boa velhinha, teria esperado até que os Ursos viessem para casa e, talvez, eles a teriam convidado para tomar café, pois eram ursos bons – um pouco rudes talvez, como são os ursos, mas ainda assim muito amáveis e hospitaleiros. Porém, ela era uma mulher impudente e má e começou a se servir.

....

24 Esta tradução é uma das versões mais antigas desta história; posteriormente, ela ficou conhecida pelo nome de Cachinhos Dourados – nome dado à garotinha de cabelos cacheados que substituiu a protagonista idosa nas versões posteriores. [N.T.]

25 Os nomes dos ursos, no original, são "Small. Wee Bear" (Urso Pequeno Pequenino); "Middle-sized Bear" (Urso de Tamanho Médio) e "Great, Huge Bear" (Urso Grande e Enorme). Como o autor usa sempre as mesmas palavras como nomes dos ursos, procuramos condensá-las em um nome só. [N.T.]

Primeiramente, ela experimentou o mingau do urso Gigante, e estava muito quente; e ela soltou um palavrão por causa disso. Então, experimentou o mingau do Mediano, e estava frio demais; ela soltou um palavrão por isso também. E, por último, ela foi até o mingau do urso Pequenino e experimentou. Ele não estava nem tão quente e nem tão frio; estava perfeito, e ela gostou tanto dele que comeu tudo! Mas a Velhinha endiabrada disse um palavrão sobre a tigelinha, porque não tinha o bastante para ela.

A Velhinha, então, sentou-se na cadeira do urso Gigante, e era muito dura para ela. Depois, sentou na cadeira do urso Mediano, mas era muito macia. Por fim, sentou-se na cadeira do Pequenino, e não era nem tão dura e nem tão macia; era perfeita. Então, ela lá ficou até que o fundo da cadeira quebrou e a mulher caiu no chão, soltando um palavrão por causa disso.

A Velhinha subiu as escadas até o quarto no qual os três Ursos dormiam. Inicialmente, ela deitou na cama do Gigante, mas era muito alta na cabeceira para o seu gosto. Em seguida, deitou-se na cama do urso Mediano, porém o pé da cama era muito alto para ela. Por último, deitou-se na cama do urso Pequenino, que não era nem tão alta na cabeceira, nem no pé; era perfeita. Ela se cobriu confortavelmente e ficou lá deitada até cair no sono.

Por esse horário, os três Ursos pensaram que seu mingau estaria na temperatura ideal, então eles vieram para casa tomar seu café-da-manhã. Só que a Velhinha tinha deixado a colher do urso Gigante dentro do seu mingau.

— Alguém mexeu no meu mingau! – disse o Gigante, com sua grande voz rouca e áspera.

Quando o urso Mediano olhou para o seu mingau, viu que a colher também estava dentro. Eram colheres de madeira; se eles tivessem colheres de prata, a Velhinha endiabrada as teria colocado no bolso.

— Alguém mexeu no meu mingau! – disse o urso Mediano em sua voz neutra.

Então, o urso Pequenino olhou para o seu mingau, e havia uma colher dentro da tigela, mas o mingau havia sumido.

PETER NEWELL   WALTER CRANE

— Alguém mexeu no meu mingau e comeu ele todo! – disse o Pequenino, com sua vozinha mirrada.

Diante disso, os três Ursos, vendo que alguém havia entrado em sua casa e comido o café-da-manhã do urso Pequenino, começaram a procurar. Só que a Velhinha não havia posto a almofada dura no lugar quando se levantou da cadeira do urso Gigante.

— Alguém sentou na minha cadeira! – disse o Gigante, com sua grande voz rouca e áspera.

A Velhinha havia achatado a almofada macia do urso Mediano.

— Alguém sentou na minha cadeira! – disse o urso Mediano em sua voz neutra.

E você sabe o que a Velhinha havia feito à terceira cadeira.

— Alguém sentou na minha cadeira e quebrou o fundo! – disse o Pequenino, com sua vozinha mirrada.

Os três Ursos acharam necessário procurar um pouco mais; então subiram as escadas até seus quartos. A Velhinha havia puxado o travesseiro da cama do urso Gigante para fora do lugar.

LEONARD LESLIE BROOKE, 1900

— Alguém deitou na minha cama! – disse o Gigante, com sua grande voz rouca e áspera.

A Velhinha também tinha puxado uma almofada do urso Mediano para fora do canto.

— Alguém deitou na minha cama! – disse o urso Mediano, em sua voz neutra.

E quando o urso Pequenino veio olhar sua cama, a almofada estava no lugar correto, e o travesseiro também estava em seu lugar por sobre a almofada; e, sobre o travesseiro estava a cabeça feia e suja da Velhinha, que não estava em seu lugar, porque não devia estar ali.

— Alguém deitou na minha cama; e está aqui! – disse o Pequenino, com sua vozinha mirrada.

A Velhinha tinha ouvido durante seu sono a grande voz áspera e rouca do urso Gigante, mas estava dormindo tão profundamente que para ela não parecia mais que o bramir do vento ou o ressoar de um trovão. Ela ouvira a voz neutra do urso Mediano, mas era como se ouvisse alguém falar em um sonho. Porém, quando ouviu a voz do Pequenino, tão aguda e tão estridente, acordou na hora. Ela se levantou e, ao ver os três Ursos de um lado da cama, cambaleou pelo outro e correu até a janela. A janela estava aberta, pois os ursos, bons e ordeiros como eram, sempre abriam as janelas de seu quarto ao levantar de manhã. A Velhinha pulou para fora; e quer ela tenha quebrado o pescoço na queda ou corrido pelo bosque e se perdido, ou achado seu caminho para fora do bosque, sido presa pelo condestável e mandada a uma Casa de Correção por seus atos, eu não sei dizer. Mas os três Ursos nunca mais a viram.

GIAMBATTISTA BASILE

1634

MÉDIO

As três irmãs

Verde Prato | Itália

Invertendo os papéis do heroísmo, As três
irmãs *explora o lado da força feminina
para resgatar um príncipe, mesmo em
meio a inúmeros perigos.*

É UMA GRANDE VERDADE QUE, DA MESMA MADEIRA, se formam estátuas de ídolos e vigas de forcas, tronos reais e tendas de sapateiros; e outra coisa estranha é que, dos mesmos trapos, são feitos o papel no qual a sabedoria dos sábios é escrita e a coroa que é posta na cabeça de um bobo-da-corte. O mesmo, também, pode ser dito das crianças: uma filha é boa[26] e outra é má; uma é preguiçosa, a outra, uma boa dona-de-casa; uma é bonita e a outra é feia; uma é rancorosa e, a outra, bondosa; uma é azarada, a outra nasceu com boa sorte, mesmo quando, sendo de uma mesma família, deveriam ser da mesma natureza. Mas, deixando esse assunto para aqueles que sabem mais sobre ele, vou apenas dar-lhes um exemplo na história das três filhas da mesma mãe, no qual vocês verão as diferenças entre os modos que levaram as filhas más à vala e a filha boa ao topo da Roda da Fortuna.

Havia, certa vez, uma mulher que tinha três filhas, duas tão azaradas que nada jamais tinha sucesso com elas; todos os seus projetos davam errado e todas as suas esperanças viravam palha. Mas, a mais nova, que se chamava Nella, nasceu com boa sorte, e acredito de verdade que, em seu nascimento, todas as coisas conspiraram para lhe conceder os melhores e mais seletos dons em seu poder. O Céu deu-lhe a perfeição de sua luz; Vênus, a incomparável beleza da forma; o Amor, o primeiro dardo de seu poder; a Natureza, a flor das boas-maneiras. Ela nunca começou nenhum trabalho que não fluísse adequadamente; ela nunca tomou nenhuma responsabilidade que não tivesse sucesso preciso; ela nunca se levantou para dançar sem que se sentasse sob aplausos. Por conta de tudo isso, Nella era invejada por suas ressentidas irmãs e, mesmo assim, era amada e benquista por todos os outros; enquanto suas irmãs desejavam que estivesse embaixo da terra, os outros queriam exaltá-la e levantá-la sobre as mãos.

Só que havia naquele país um Príncipe encantado que era tão atraído por sua beleza que se casou com ela em segredo. E, para que eles pudessem aproveitar a companhia um do outro sem acender as suspeitas de sua

---

26 Em contos tão antigos, é comum notar que as características consideradas "adequadas" para uma mulher – como ser boa dona-de-casa e bela – estão relacionadas ao seu valor como pessoa. A mesma classificação nem sempre acontece com personagens masculinos. [N.E.]

mãe, que era uma mulher malvada, o Príncipe construiu uma passagem de cristal que ia do palácio real até a casa de Nella, a doze quilômetros de distância. Então, ele lhe deu um certo pó, dizendo:

— Toda vez que você desejar me ver, jogue um pouco desse pó no fogo e eu virei instantaneamente por essa passagem, tão rápido quanto um pássaro, correndo pela estrada de cristal para me deliciar com essa face de prata.

Tendo arranjado dessa forma, não se passava uma noite sem que o Príncipe não entrasse e saísse, fosse e voltasse, pela passagem de cristal; até que enfim as irmãs, que espionavam as ações de Nella, descobriram o seu segredo e elaboraram um plano para acabar com a diversão. E, para que pudessem cortar o fio de uma vez, elas quebraram a passagem aqui e ali; de forma que, quando a garota infeliz jogou o pó dentro do fogo para dar sinal ao seu marido, que sempre vinha correndo com uma pressa furiosa, ele se machucou de tal maneira nos cristais quebrados que era de verdade uma cena deplorável de ver. E, estando impedido de continuar, ele voltou todo cortado e dilacerado como uma calçola de holandês. Então, ele mandou chamar os médicos da cidade; mas, como o cristal era encantado, os ferimentos eram mortais e nenhum remédio humano surtia efeito. Quando o Rei viu isso, desesperado pela condição de seu filho, anunciou uma proclamação para que quem quer que curasse os ferimentos do Príncipe, se mulher, virasse sua esposa e, se homem, tivesse metade de seu reino.

Mas quando Nella, que estava se recuperando da perda do Príncipe, ouviu isso, sujou o rosto com carvão e se disfarçou. Enganando suas irmãs, saiu de casa e foi vê-lo antes de sua morte. Porém, como a essa hora o baile dourado do Sol, no qual ele brinca nos Campos do Paraíso, estava rumando para o oeste, a noite a surpreendeu em um bosque perto da casa de um ogro, onde, para escapar do perigo, ela subiu em uma árvore. Enquanto isso, o ogro e sua esposa estavam sentados à mesa, com as janelas abertas para aproveitar o ar fresco enquanto comiam; tão logo eles esvaziaram suas canecas e apagaram as lamparinas, começaram a conversar sobre uma coisa ou outra; e Nella, que estava tão perto deles como a boca do nariz, ouviu tudo o que eles falavam.

Dentre outras coisas, a ogra disse a seu marido:

— Meu lindo Pele-Peluda, conte-me quais são as novas; o que eles dizem no mundo lá fora?

E ele respondeu:

— Acredite, não há nem uma largura de mão limpa; tudo está turvo e torto!

— Mas o quê? – respondeu sua esposa.

— Ora, eu poderia contar belas histórias sobre toda a confusão que está acontecendo – redarguiu o ogro. — Mas as coisas que se escuta são o bastante para levar à loucura, como tolos recompensados com presentes, larápios estimados, covardes homenageados, bandidos protegidos e homens honestos menosprezados. Porém, como estas coisas só causam aborrecimentos, vou apenas contar a você o que aconteceu ao filho do Rei: ele fez um caminho de cristal por meio do qual ele costumava visitar uma linda moça; mas, por algum motivo, eu não sei qual, toda a estrada foi quebrada; e enquanto ele corria pela passagem como sempre, se machucou de tal maneira que, antes que parasse o vazamento, todo o condutor de sua vida secou. O Rei, na verdade, expediu uma proclamação com grandes promessas para quem quer que cure seu filho; mas é tudo trabalho perdido e o melhor que ele pode fazer é preparar-se para o luto e arranjar o funeral.

Quando Nella ouviu a causa da doença do Príncipe, suspirou e chorou amargamente, dizendo a si mesma:

— Quem é a alma maldosa que quebrou a passagem e causou tanta tristeza?

Todavia, enquanto a ogra continuou falando, Nella ficou calada como um rato e escutou:

— E será possível – disse a ogra — que o mundo está perdido para esse pobre Príncipe, e que não haja nenhum remédio para esse seu mal?

— Ouça, Vozinha – respondeu o ogro —, os médicos não conseguem achar remédios que ultrapassem as fronteiras da natureza. Essa não é uma febre que cede à medicina e à dieta, muito menos são aqueles ferimentos ordinários, que requerem gaze e óleo; pois o encantamento que estava no vidro quebrado produz o mesmo efeito que suco de cebola nas pontas de flechas e torna os ferimentos incuráveis. Só existe uma coisa que poderia salvar a vida dele, mas não me peça para dizer a você, pois é algo muito importante.

— Por favor, me diga, meu caro e velho Presa-Longa – gritou a ogra.
— Diga-me, se não quiser que eu morra!

— Está bem – disse o ogro. — Vou dizer a você, desde que me prometa não contar a nenhuma alma vivente, pois isso seria a ruína de nossa casa e a destruição de nossas vidas.

— Não tema, meu querido, doce maridinho – replicou a ogra. — Você verá antes porcos com chifres, macacos com asas, toupeiras com olhos, que uma única palavra disso passando por meus lábios.

E, dizendo isso, ela pôs uma mão sobre a outra e jurou.

— Fique sabendo, então – disse o ogro —, que não há nada sob o céu ou acima do chão que pode salvar o Príncipe das garras da morte, exceto nossa gordura. Se seus ferimentos forem ungidos com isso, sua alma será resgatada bem no momento em que deixaria seu corpo.

Nella, que escutara tudo o que passou, deu tempo ao tempo para deixá-los terminar sua conversa; e, então, descendo da árvore e tomando coragem, bateu à porta do ogro, gritando:

— Ah! Meus bons senhores, peço-lhes caridade, doações, algum sinal de compaixão! Tenham piedade de uma pobre, miserável, desgraçada criatura que foi banida pelo destino para longe de seu país e destituída de toda ajuda humana, que foi tomada pela noite neste bosque e está morrendo de frio e de fome!

E, chorando assim, ela continuou batendo e batendo à porta.

Ao ouvir esse barulho ensurdecedor, a ogra estava prestes a jogar-lhe meio pão e mandá-la embora. Mas o ogro, que era mais ávido por carne que o esquilo por nozes, o urso por mel, o gato por peixe, o carneiro por sal, ou o burro por farelos, disse à sua esposa:

— Deixe a pobre criatura entrar, pois, se ela dormir nos campos, quem sabe ela não é comida por algum lobo.

Em suma, ele falou tanto que sua esposa enfim abriu a porta para Nella; embora com toda sua pretensa caridade, ele estava todo o tempo pensando em comê-la em quatro mordidas. Mas o glutão age de uma maneira e o anfitrião de outra, pois o ogro e sua esposa beberam até que ficaram bastante embriagados. Quando eles deitaram para dormir, Nella pegou uma faca de um armário e fez picadinho deles em um instante.

Então, pôs toda a gordura em um frasco, foi direto à corte, onde, apresentando-se ao Rei, ofereceu-se para curar o Príncipe. Diante disso, o Rei ficou exultante e a levou ao quarto de seu filho, e tão logo ela o ungiu com a gordura, o ferimento fechou-se em um momento como se ela tivesse jogado água sobre o fogo, e ele ficou sadio como um peixe.

Quando o Rei viu isso, disse a seu filho:

— Essa boa mulher merece a recompensa prometida pela proclamação, e então você deve desposá-la.

Mas o príncipe respondeu:

— Não adianta, pois não tenho uma despensa em meu corpo cheia de corações para dividir com tantas; meu coração já foi dado e outra mulher é a sua senhora.

Nella, ouvindo isso, redarguiu:

— Você não deveria mais pensar nesta que foi a causa de todo seu infortúnio.

— Meu infortúnio me foi causado por suas irmãs – disse o Príncipe. — E elas vão se arrepender disso.

— Então você realmente a ama? – perguntou Nella.

E o Príncipe falou:

— Mais que minha própria vida.

— Então me abrace – disse Nella. — Pois eu sou o fogo de seu coração.

Mas o Príncipe, vendo o tom manchado em sua pele, respondeu:

— O fogo em meu coração pertence à outra pessoa. Afaste-se! Não sei quem você é!

Nella, percebendo que ele não a identificava, pediu uma bacia de água limpa e lavou sua face. Tão logo a nuvem de fuligem foi removida, o sol brilhou, e o Príncipe, reconhecendo-a, apertou-a contra o seu coração e a assumiu como esposa. Então, ele jogou as irmãs dela em um forno, provando assim o velho ditado: "nenhum mal jamais fica sem punição".

Nullo male fu mai senza castico

ALEXANDER AFANASYEV

APROX.
1855

LONGO

Baba Yaga e Vasilissa, a Bela

Василиса Прекрасная | Rússia

*Popular na Rússia, a bruxa Baba Yaga é
conhecida por ter uma cabana com pés de galinha.
Vasilissa, a filha de um Czar, perde a mãe, mas
recebe dela um presente mágico: Uma boneca que
a ajuda nos maiores perigos.*

E M UM CERTO CZARADO[27], ALÉM DE TRÊS VEZES NOVE reinos, depois de altas cadeias montanhosas, vivia um mercador. Ele fora casado por doze anos, mas nesse tempo lhe foi concedida apenas uma criança, uma filha, que desde o berço foi chamada Vasilissa[28], a Bela. Quando a garotinha tinha oito anos, sua mãe adoeceu e, após poucos dias, via-se claramente que ela morreria. Então ela chamou sua filhinha para junto de si e, pegando uma bonequinha de madeira de debaixo do cobertor da cama, colocou-a em suas mãos, dizendo:

— Minha pequena Vasilissa, minha querida filha, escute o que eu digo; lembre-se bem de minhas últimas palavras e não falhe em cumprir os meus desejos. Eu estou morrendo e, com a minha bênção, deixo a você essa bonequinha. Ela é muito preciosa, pois não há outra igual no mundo todo. Carregue-a sempre com você, em seu bolso, e nunca a mostre a ninguém. Quando o mal a ameaçar ou a tristeza cair sobre você, vá até um cantinho, pegue a boneca de seu bolso e dê a ela alguma coisa para comer e beber. Ela vai comer e beber um pouquinho, e então você poderá contar-lhe sua aflição e pedir-lhe conselhos. Ela lhe dirá como agir em horas de necessidade.

Assim dizendo, ela beijou a filhinha na testa, abençoou-a e, pouco depois, morreu.

A pequena Vasilissa sofreu muito a perda da mãe, e sua tristeza foi tão profunda que, quando a noite escura veio, ela deitou-se em sua cama e chorou sem conseguir dormir. Passado algum tempo, lembrou-se da bonequinha, então se levantou, retirou-a do bolso de seu vestido e, pegando também um pedaço de pão e um copo de *kvass*[29], pôs tudo diante dela:

....

27 Território controlado por um Czar (ou Tzar), nome dado aos governantes russos até a Revolução de 1917. [N.T.]

28 O nome Vasilissa (também escrito Vasilisa) é a forma feminina de Basil, derivado de basileus, que significa "rei". Vasilissa, pois, significa "rainha", e é um nome comum nos contos-de-fada russos. Basil também é o nome em inglês do manjericão, conhecido como O Rei das ervas. [N.T.]

29 Bebida fermentada levemente alcoólica, típica da Rússia e da Ucrânia, feita a partir de pão de centeio ou frutinhas. [N.T.]

— Aqui está, minha bonequinha, pegue. Coma e beba um pouco, e escute o meu pesar. Minha querida mãe está morta e eu sinto a falta dela.

Então os olhos da bonequinha começaram a brilhar como pirilampos e, de repente, ela ganhou vida. Ela comeu um pedaço do pão e tomou um gole da *kvass* e, quando já havia comido e bebido, disse:

— Não chore, pequena Vasilissa. A dor é pior à noite. Deite-se, feche seus olhos, console-se e vá dormir. A manhã é mais sábia do que a noite.

Então Vasilissa, a Bela, deitou-se, consolou-se e dormiu. No dia seguinte, sua tristeza era menos profunda e, suas lágrimas, menos amargas.

Depois da morte de sua esposa, o mercador manteve o luto por muitos dias, como era apropriado, mas ao final desse tempo, começou a querer casar-se novamente e procurou por uma esposa adequada. Isso não foi difícil de encontrar, pois ele possuía uma boa casa, com um estábulo com cavalos velozes, além de ser um bom homem, que doava bastante aos pobres. De todas as mulheres que ele viu, porém, a que lhe era, em sua opinião, a mais compatível, era uma viúva mais ou menos de mesma idade que a sua, com duas filhas. E ela, ele pensou, além de ser uma boa dona de casa, poderia ser uma gentil madrasta para sua pequena Vasilissa.

Então, o mercador casou-se com a viúva e a trouxe para casa como sua esposa, mas a garotinha logo descobriu que sua madrasta estava bem longe de ser o que seu pai imaginara. Ela era uma mulher fria e cruel, que desejara o mercador por conta de sua fortuna e que não tinha amor nenhum por sua filha.

Vasilissa era a maior beleza de todo o vilarejo, enquanto as filhas da viúva eram tão dispensáveis e medíocres como dois corvos; por causa disso, as três a invejavam e a odiavam. O trio dava a ela todos os tipos de incumbências e tarefas difíceis de realizar, de modo que a labuta a fizesse magra e desgastada e que seu rosto ficasse queimado do sol e do vento[30]; elas a tratavam tão cruelmente para que a menina tivesse poucas alegrias na vida. Mas tudo isso a pequena Vasilissa suportou sem reclamar e,

---

30 Pode parecer estranho que o sol e o vento sejam colocados na mesma sentença como causas de queimadura, mas temos de lembrar que na Rússia, os ventos gélidos podem sim causar queimaduras por exposição prolongada, fenômeno chamado de "windburns". [N.T.]

enquanto as duas filhas de sua madrasta cresciam sempre mais magras e feias, a despeito do fato de não terem tarefas difíceis a cumprir, de nunca saírem quando estava frio ou chovendo e de sentarem sempre com os braços dobrados como damas de uma Corte, Vasilissa possuía bochechas como sangue e leite e ficava a cada dia mais e mais bela.

A razão disso era a bonequinha, sem cuja ajuda a pequena Vasilissa jamais poderia dar conta de todo o trabalho que lhe era atribuído. A cada noite, quando todos os outros já estavam em sono profundo, Vasilissa levantava da cama, levava a bonequinha até um aposento e, fechando a porta, dava-lhe algo comer e beber, e dizia:

— Aqui está, minha bonequinha, pegue. Coma e beba um pouco, e escute o meu pesar. Vivo na casa de meu pai, mas minha madrasta maldosa deseja me expulsar do mundo branco[31]. Diga-me! Como devo agir, o que devo fazer?

E então os olhos da bonequinha começavam a brilhar como vagalumes, e ela ganhava vida. Ela comia um pouco da comida, tomava um gole da bebida, e então confortava e dizia a Vasilissa como agir. Enquanto Vasilissa dormia, a bonequinha fazia todo seu trabalho do dia seguinte, para que a Vasilissa só restasse descansar na sombra das árvores e colher flores, já que a bonequinha já havia retirado as ervas daninhas do quintal, regado os pés de repolho, pegado baldes de água fresca do poço e aquecido o fogão na temperatura certa. E, além disso, a bonequinha lhe ensinara a fazer um unguento de uma certa erva que a protegia de queimaduras de sol. Então, toda a alegria da vida de Vasilissa vinha por causa da bonequinha que ela sempre carregava consigo, em seu bolso.

Os anos se passaram, até que Vasilissa cresceu e chegou à idade em que é melhor se casar. Todos os jovens na vila, nobres e vassalos, ricos e pobres, pediam sua mão, enquanto nenhum deles parava para sequer olhar as filhas da madrasta, tão desfavorecidas que eram. Isso aumentou

---

31 O "mundo branco" é uma expressão datada que designa a Europa, durante muito tempo usada na Rússia como referência ao mundo como um todo. Uma expressão atual seria "minha madrasta maldosa deseja livrar-se de mim." [N.T.]

IVAN BILIBIN

ainda mais a raiva que a madrasta nutria por Vasilissa; ela respondia a cada jovem galante que batia à sua porta com a mesma frase:

— Nunca a mais nova se casará antes que as mais velhas!

E, a cada vez em que um pretendente saía porta afora, a madrasta acalmava sua raiva e ódio batendo na enteada. Assim, ainda que Vasilissa crescesse cada dia mais amável e graciosa, estava frequentemente infeliz e, se não fosse pela bonequinha em seu bolso, ela já teria tido vontade de deixar o mundo branco.

Chegou um tempo em que se tornou necessário para o mercador deixar a sua casa e viajar para um distante Czarado. Ele se despediu de sua esposa e de suas duas filhas, beijou Vasilissa, deu-lhe suas bênçãos e partiu, incumbindo-as todas de fazerem uma prece todos os dias pelo seu retorno a salvo. Mal ele saiu da vista do vilarejo, porém, e a madrasta vendeu sua casa, encaixotou todos os seus bens e mudou-se com elas para outro domicílio, distante da cidade, em uma vizinhança sombria à beira de uma floresta selvagem. Lá, todos os dias, enquanto suas filhas trabalhavam dentro de casa, a esposa do mercador mandava Vasilissa em uma tarefa ou outra floresta adentro, fosse para achar um galho de um arbusto raro ou para trazer-lhe flores ou frutinhas.

Mas lá nas profundezas da floresta, como a madrasta bem sabia, existia uma clareira verde[32], e nessa clareira havia uma cabaninha miserável construída sobre pés de galinha, onde vivia uma Baba Yaga[33], uma velha bruxa. Ela vivia sozinha e ninguém ousava se aproximar da cabana, pois ela comia pessoas como se come galinhas. A esposa do mercador mandava Vasilissa floresta adentro todo dia, esperando que ela encontrasse a velha bruxa e fosse devorada; porém, a garota sempre voltava para casa sã e salva, porque sua bonequinha mostrava-lhe onde os arbustos, as flores e frutinhas cresciam, e não a deixava chegar perto da choupana que ficava

---

[32] Literalmente 'gramado', 'relva'; mas há um uso arcaico que significa "clareira". [N.T.]

[33] Baba Yaga é uma figura sobrenatural e folclórica, presente em diversos contos eslavos, representada como uma (às vezes com outras irmãs, por isso o uso de "uma" Baba Yaga) bruxa velha e feroz, que vive em uma casa construída sobre pés de galinha. A palavra "baba" ainda é usada como sinônimo de "avó" ou "velha" em línguas como búlgaro e romeno; no russo, "babushka" (avó) deriva dela. [N.T.]

sobre pés de galinha. E cada vez a madrasta a odiava mais e mais por não ter sofrido nenhum mal.

Numa noite de outono, a madrasta chamou as três garotas e deu uma tarefa a cada uma. A uma de suas filhas ela incumbiu tecer um pedaço de renda; a outra, mandou tricotar um par de calçolas; e, para Vasilissa, deu uma bacia de linho para ser fiado. Ela ordenou que cada uma terminasse sua parte, e então apagou todas as fogueiras da casa, deixando apenas uma única vela acesa no quarto onde as três trabalhavam e foi dormir.

Elas trabalharam por uma, por duas, por três horas, até que uma das irmãs mais velhas pegou uma pinça para ajeitar o pavio da vela e, desajeitadamente (como sua mãe a havia instruído), a apagou, como que por acidente.

— O que faremos agora? – perguntou a outra irmã. — As fogueiras estão todas apagadas, não há qualquer luz em toda a casa, e nós não acabamos as nossas tarefas!

— Nós devemos sair e arranjar fogo – disse a que havia apagado a vela. — A única casa por perto é uma cabana na floresta, onde vive uma Baba Yaga. Uma de nós deve ir e pedir fogo a ela.

— Eu tenho luz suficiente, que vem dos meus alfinetes de aço – disse a irmã que estava fazendo o rendado. — E não vou.

— E eu tenho bastante luz das minhas agulhas prateadas – disse a outra, que tricotava as calçolas. — E não vou.

— Você, Vasilissa – as duas irmãs disseram —, deve ir e conseguir o fogo, pois não tem nem alfinetes de aço e nem agulhas de prata, e não tem como enxergar para fiar o seu linho!

As duas irmãs se levantaram, empurraram Vasilissa para fora da casa e trancaram a porta, gritando:

— Você não vai entrar enquanto não tiver trazido fogo!

Vasilissa sentou-se nos degraus em frente à porta, tirou a boneca minúscula de dentro de um bolso e de outro ela tirou o jantar que estava preparado para ela; pôs a comida diante da boneca e disse:

— Aqui está, minha bonequinha, pegue. Coma e beba um pouco, e escute o meu pesar. Eu devo ir até a cabana da velha Baba Yaga, lá na floresta escura, para pegar emprestado um pouco de fogo, mas tenho medo de que a bruxa me devore. Diga-me! O que devo fazer?

Então os olhos da bonequinha começaram a brilhar como duas estrelas e ela ganhou vida. Ela comeu um pouco e disse:

— Não tema, pequena Vasilissa. Vá até onde foi mandada. Enquanto eu estiver com você, nenhum mal a velha bruxa lhe causará.

Então, Vasilissa colocou a bonequinha de volta no bolso, fez o sinal da cruz e começou a entrar na floresta escura e selvagem.

Se ela caminhou muito ou pouco é fácil contar, mas a jornada foi difícil[34]. A floresta era muito escura, e ela não podia deixar de tremer de medo. De repente, ouviu o som dos cascos de um cavalo e um homem passou a galope por ela. Ele estava vestido todo de branco, e o cavalo que montava também era branco como o leite, assim como os arreios que usava; e, assim que ele passou por ela, anoiteceu.

Ela seguiu um pouco mais adiante e mais uma vez ouviu o som dos cascos de um cavalo, e então outro homem passou por ela a galope. Ele estava vestido todo de vermelho, e o cavalo que montava era vermelho como o sangue, assim como os arreios que usava. Assim que ele passou por ela, o sol se ergueu no horizonte.

Durante aquele dia inteiro, Vasilissa caminhou, pois havia se perdido. Ela não conseguia achar qualquer caminho na floresta escura e não tinha comida nenhuma para pôr diante da bonequinha e fazê-la criar vida.

Mas, à noite, ela chegou enfim à clareira verde onde a cabaninha miserável ficava, sobre seus pés de galinha. A parede ao redor da cabana era feita de ossos humanos e no seu teto havia caveiras. Havia um portão no muro, cujas dobradiças eram ossos de pés humanos e, as fechaduras, ossos de mandíbulas humanas, com dentes afiados. Esta visão horrorizou Vasilissa e ela parou, imóvel como uma coluna enterrada no chão.

Enquanto ela permanecia imóvel, um terceiro homem a cavalo veio galopando. Sua face era preta, e ele estava todo vestido de preto; o cavalo

---

34 Frase comum em contos de fada russos, significa que falar (ou contar) é fácil, mas a jornada foi bem difícil, uma forma de fazer o ouvinte/leitor acrescentar com a própria imaginação as tribulações da personagem. [N.T.]

que ele montava era da cor do carvão. Ele galopou até ao portão da cabana e desapareceu ali, como se houvesse afundado no chão; e, naquele momento, a noite chegou e a floresta escureceu.

Mas não estava escuro na clareira verde, pois instantaneamente todos os olhos das caveiras no muro se acenderam e brilharam até o local se tornar claro como o dia. Quando viu isso, Vasilissa tremeu tanto de medo que não pôde correr.

Então, de repente, a floresta se encheu de um barulho terrível; as árvores começaram a gemer, os galhos a chiar e as folhas secas a se agitar, e a Baba Yaga veio voando da floresta. Ela estava cavalgando um grande almofariz de ferro, dirigindo-o com o pilão, e, enquanto se aproximava, varria o caminho atrás dela com uma vassoura de cozinha.

Ela cavalgou até o portão e, parando, disse:

— Casinha, casinha! Mamãe não te pôs assim; vire as costas para a floresta e fique de frente para mim! – E a cabaninha virou-se de frente para ela e ficou parada. Então, farejando em volta, a Baba Yaga gritou: — Fu! Fu! Eu sinto um cheiro russo! Quem está aí?

Vasilissa, num grande temor, aproximou-se da velha e, curvando-se muito baixo, disse:

— É somente Vasilissa, vovó. As filhas de minha madrasta me mandaram à senhora para pegar um pouco de fogo emprestado.

— Bem... – disse a velha bruxa. — Eu as conheço. Mas se lhe der o fogo, você vai ficar comigo um tempo e fazer alguns trabalhos para pagar por ele. Se não, você será a comida da minha ceia. – Então, ela se voltou ao portão e gritou: — Olá! Vocês, minhas fechaduras sólidas, destranquem-se! Você, meu robusto portão, abra!

Instantaneamente, as fechaduras se destrancaram, o portão abriu sozinho e a Baba Yaga adentrou assoviando. Vasilissa entrou logo atrás dela e, de imediato, o portão fechou de novo e as fechaduras estalaram com força ao fechar.

Quando elas entraram na cabana, a velha bruxa atirou-se em frente ao forno, esticou suas pernas ossudas e disse:

— Ande, pegue e ponha já sobre a mesa tudo o que está nesse forno! Eu estou com fome!

IVAN BILIBIN

Vasilissa correu, acendeu uma lasca de madeira em uma das caveiras na parede, pegou a comida do forno e pôs diante da bruxa. Havia carne cozida suficiente para alimentar três homens fortes. Ela trouxe ainda, da adega, *kvass*, mel, e vinho tinto; e a Baba Yaga comeu e bebeu de tudo, deixando para a garota apenas um pouco de sopa de repolho, uma crosta de pão e um naco de leitão.

Quando sua fome estava saciada, a velha bruxa, ficando sonolenta, deitou-se sobre o forno e disse:

— Escute-me bem e me obedeça: amanhã, quando eu for embora, limpe o quintal, varra o chão e cozinhe meu jantar. Então, pegue um quarto da medida de trigo da minha despensa e cate todos os grãos pretos e as ervilhas bravas. Cuide para fazer tudo o que ordenei, senão será a comida da minha ceia.

Dentro em pouco, a Baba Yaga virou-se para a parede e começou a roncar; e Vasilissa soube que ela tinha caído em sono profundo. Ela foi até o canto, pegou a bonequinha do seu bolso, pôs diante dela um pouquinho de pão e sopa de repolhos que tinha guardado e, caindo no choro, disse:

— Aqui está, minha bonequinha, pegue. Coma e beba um pouco, e escute o meu pesar. Estou aqui na casa da velha bruxa e o portão no muro está trancado e eu estou com medo. Ela me deu uma tarefa difícil e, se eu não fizer tudo que ordenou, vai me comer amanhã. Diga-me, o que devo fazer?

Os olhos da bonequinha começaram a brilhar como duas velas. Ela comeu um pouquinho de pão, bebeu um pouquinho da sopa e disse:

— Não tenha medo, Vasilissa, a Bela. Reconforte-se. Ore e vá dormir; a manhã é mais sábia que a noite.

Então, Vasilissa acreditou na bonequinha e reconfortou-se. Ela rezou, deitou-se no chão e dormiu profundamente.

Quando acordou, muito cedo na manhã seguinte, ainda estava escuro. Ela levantou e olhou pela janela e viu que os olhos das caveiras que ficavam em cima do muro estavam esmaecendo. Enquanto ela olhava, o homem todo trajado em branco, cavalgando o cavalo branco como leite, galopou rapidamente ao redor da cabana, pulou o muro e desapareceu; e, quando o fez, o céu ficou bastante claro e os olhos das caveiras tremeluziram e se apagaram. A velha bruxa estava no quintal; neste momento, começou a assoviar, e o grande almofariz de ferro, o pilão e a vassoura de cozinha voaram para fora da cabana até ela. Enquanto ela entrava no almofariz, o homem vestido todo em vermelho, montado em seu cavalo vermelho como sangue, galopou como o vento ao redor da cabana, pulou sobre o muro e sumiu e, naquele momento, o sol nasceu. Então a Baba Yaga gritou:

— Olá! Vocês, minhas fechaduras sólidas, destranquem-se! Você, meu robusto portão, abra!

E as fechaduras destrancaram-se, o portão abriu e ela partiu no almofariz, dirigindo-o com o pilão e varrendo o caminho atrás de si com a vassoura.

Quando Vasilissa viu-se sozinha, examinou a cabana e teve a impressão de que ela tinha uma abundância de tudo. Passou um tempo parada, lembrando de todo o trabalho que fora ordenada a fazer e pensando por onde começar. Mas, quando voltou a si e olhou ao seu redor, esfregou os olhos, pois o quintal já estava cuidadosamente limpo, todo o chão estava bem varrido e a bonequinha estava sentada no armazém, separando os últimos grãos pretos e ervilhas bravas da quarta medida do trigo.

Vasilissa correu e pegou a bonequinha em seus braços.

— Minha querida bonequinha! – ela gritou. — Você me salvou do meu problema! Agora eu tenho só que cozinhar o jantar da Baba Yaga, já que todas as outras tarefas estão feitas!

— Cozinhe, então, com a ajuda dos céus – disse a bonequinha. — E então descanse, e que o cozinhar a faça saudável!

E, assim dizendo, ela rastejou para o bolso de Vasilissa e se tornou novamente apenas uma bonequinha de madeira.

Assim, Vasilissa descansou todo o dia e ficou revigorada; quando estava perto de anoitecer, ela pôs a mesa para a ceia da velha bruxa e sentou-se, olhando pela janela, esperando-a chegar. Depois de um tempo, ouviu o som dos cascos de um cavalo e o homem trajado de preto, montado em um cavalo preto como carvão, galopou acima do portão do muro, desaparecendo como uma grande sombra escura. Instantaneamente, escureceu muito, e os olhos de todas as caveiras começaram a reluzir e brilhar. Subitamente, as

IVAN BILIBIN

árvores passaram a chiar e gemer, as folhas e arbustos a carpir e suspirar, e a Baba Yaga veio pela floresta escura, montada no enorme almofariz de ferro, conduzindo-o com o pilão e varrendo o chão atrás de si com a vassoura de cozinha. Vasilissa deixou-a entrar; e a bruxa, cheirando tudo a sua volta, perguntou:

— Bem, você fez perfeitamente todas as tarefas que ordenei, ou devo comê-la no meu jantar?

— Faça o favor e veja por si mesma, vovó – respondeu Vasilissa.

A Baba Yaga foi a todo lugar, batendo com seu pilão de ferro e examinando tudo cuidadosamente. Mas a bonequinha havia feito o seu trabalho tão bem que, por mais que ela tentasse, não conseguia achar um defeito do qual reclamar. Não havia erva daninha restante no quintal, nem mancha de poeira no chão, ou sequer um grão preto ou ervilha brava misturada ao trigo.

A velha bruxa ficou muito irritada, porém foi obrigada a fingir que estava satisfeita:

— Bom, você fez tudo bem – ela disse e, batendo palmas, gritou. — Olá! Meus fiéis servos! Amigos de meu coração! Apressem-se e moam meu trigo!

Imediatamente, três pares de mãos apareceram, apanharam a medida de trigo e levaram-na embora.

A Baba Yaga sentou-se para jantar e Vasilissa pôs diante dela toda a comida do forno, com *kvass*, mel e vinho tinto. A velha bruxa comeu tudo, até os ossos, até quase o último pedaço, o suficiente para saciar quatro homens fortes e, então, ficando sonolenta, esticou suas pernas ossudas em frente ao forno e disse:

— Amanhã, faça tudo como fez hoje; e, além dessas tarefas, pegue de meu armazém meia medida de sementes de papoula e limpe-as, uma a uma. Alguém misturou terra com elas para me tapear e enfurecer, e eu as quero perfeitamente limpas.

Assim dizendo, ela se virou para a parede e logo começou a roncar.

Quando ela adormeceu, Vasilissa foi a um cantinho, pegou a bonequinha de seu bolso, colocou diante dela uma parte da comida que havia sobrado e pediu por seu conselho. E a bonequinha, quando ganhou vida e comeu um pouquinho de comida e bebericou um golinho de bebida, disse:

— Não se preocupe, bela Vasilissa! Reconforte-se. Faça exatamente como fez noite passada: ore e vá dormir.

Então, Vasilissa reconfortou-se. Ela rezou e foi dormir, e não acordou até a manhã seguinte, quando ouviu a velha bruxa assoviando no quintal.

Correu até a janela bem a tempo de vê-la se acomodar no almofariz; e, enquanto ela o fazia, também o homem trajado em vermelho, montando o cavalo como sangue, saltou sobre o muro e se foi, exatamente quando o sol nasceu na floresta selvagem.

Assim como aconteceu na primeira manhã, aconteceu na segunda. Quando Vasilissa olhou, descobriu que a bonequinha tinha acabado todas as tarefas, exceto a de cozinhar o jantar. O quintal estava varrido e em ordem, o chão estava tão limpo quanto madeira nova, e não existia um grão de terra sequer na meia medida de sementes de papoula. Ela descansou e refrescou-se até a tarde, quando cozinhou o jantar; e, quando a noite chegou ela pôs a mesa e sentou-se para esperar a velha bruxa chegar.

Logo, o homem de preto, no cavalo como o carvão, galopou por cima do portão, e a escuridão caiu e os olhos das caveiras começaram a brilhar como o dia; e então o chão começou a tremer, e as árvores da floresta começaram a gemer e as folhas secas a farfalhar, e a Baba Yaga chegou montada em seu almofariz, dirigindo-o com seu pilão e varrendo o chão atrás de si com a vassoura.

Quando ela entrou, cheirou tudo ao seu redor e andou pela cabana, batendo com o seu pilão; mas, mesmo examinando e vasculhando como pôde, novamente ela não achou motivo para reclamar e ficou com mais raiva que nunca. Bateu palmas e gritou:

— Olá! Meus fiéis servos! Amigos de minha alma! Apressem-se e prensem o óleo das sementes de papoula! – E instantaneamente, os três pares de mãos apareceram, pegaram a medida de sementes de papoula e levaram-na embora.

Pouco depois, a velha bruxa sentou-se para jantar e Vasilissa trouxe tudo que havia cozinhado, o suficiente para alimentar cinco homens crescidos; colocou diante dela, trouxe cerveja e mel, e ficou esperando silenciosamente. A Baba Yaga comeu e bebeu tudo, cada pedaço, deixando um pouco menos de um farelo de pão; e disse abruptamente:

— Bem, por que não diz nada, mas fica aí parada como se fosse estúpida?

— Eu nada falei – Vasilissa respondeu — porque não me atrevi. Mas se me permitir, vovó, eu desejo fazer algumas perguntas.

— Bem... – disse a velha bruxa. — Só lembre que cada pergunta não levará a nada bom. Se sabe demais, envelhecerá muito cedo. O que deseja perguntar?

— Peço que fale dos homens em seus cavalos – disse Vasilissa. — Quando vim para a sua cabana, um cavaleiro passou por mim. Ele estava todo vestido de branco e galopava em um cavalo branco como o leite. Quem era ele?

— Aquele era meu dia branco e brilhante – respondeu a Baba Yaga com raiva. — Ele é um servo meu, mas não pode machucá-la. Pergunte-me mais.

— Depois disso... – prosseguiu Vasilissa. — Um segundo cavaleiro me ultrapassou. Ele estava todo vestido em vermelho e cavalgava um cavalo vermelho como o sangue. Quem era ele?

— Esse era meu servo, o sol, redondo e vermelho; e ele, também, não pode feri-la – respondeu a Baba Yaga, rangendo seus dentes. — Pergunte-me mais.

— Um terceiro cavaleiro – continuou Vasilissa — veio galopando sobre o portão; ele era negro, suas vestes também eram negras e seu cavalo negro como o carvão. Quem era ele?

— Esse era meu servo, a noite negra e escura! – respondeu a velha bruxa, furiosamente. — Mas ele também não pode fazer mal a você. Pergunte-me mais!

Mas Vasilissa, lembrando que a Baba Yaga havia dito que nem toda pergunta leva ao bem, ficou em silêncio.

— Pergunte-me mais! – gritou a velha bruxa. — Por que não me pergunta mais? Pergunte-me dos três pares de mãos que me servem!

Mas Vasilissa viu como a bruxa rosnou para ela e respondeu:

— As três perguntas são o suficiente para mim. Como a senhora disse, vovó, eu não quero, por saber demais, envelhecer muito cedo.

— É bom para você – disse a Baba Yaga — que não tenha perguntado sobre elas, mas só do que viu fora dessa cabana. Se tivesse perguntado deles, meus servos, os pares de mãos levariam você também, como fizeram com o trigo e as sementes de papoula, para se tornar minha comida. Agora é a minha vez de fazer-lhe uma pergunta. Como foi capaz, em tão pouco tempo, de executar perfeitamente todas as tarefas que lhe dei? Diga-me!

Vasilissa estava com tanto medo ao ver como a velha bruxa rangia os dentes que quase lhe contou sobre sua bonequinha, mas caiu em si a tempo de responder:

— A benção de minha falecida mãe me ajuda.

Então a Baba Yaga levantou-se, tomada pela fúria.

— Ponha-se para fora da minha casa já! - ela gritou. — Não quero ninguém que carrega uma bênção cruzando meus domínios! Suma daqui!

Vasilissa correu para o quintal e, lá atrás, ouviu a velha bruxa gritando para as fechaduras e para o portão. As fechaduras se abriram, o portão abriu-se, e ela correu para fora da clareira. A Baba Yaga pegou da muralha uma das caveiras de olhos brilhantes e arremessou-a em Vasilissa.

— Tome! – uivou. — É o fogo para as filhas da sua madrasta! Pegue! Foi para isso que elas a mandaram aqui; que elas fiquem felizes!

Vasilissa pôs a caveira na ponta de uma vara e lançou-se pela floresta, correndo tão rápido quanto podia, achando seu caminho graças a luz que saía dos olhos da caveira, que se se apagou quando a manhã chegou.

Quer tenha ela corrido um caminho longo ou curto, ou tenha sido o caminho fácil ou difícil, por volta da noite do dia seguinte, quando os olhos da caveira começaram a cintilar, ela saiu da floresta escura e selvagem e chegou à casa de sua madrasta.

Quando chegou perto do portão, pensou:

Com certeza, a esta altura, elas já devem ter achado algum fogo. – E jogou a caveira na cerca-viva, mas a caveira falou com ela:

— Não me jogue fora, bela Vasilissa; leve-me para sua madrasta.

Então, olhando para a casa e não vendo nenhuma centelha de luz vinda de nenhuma das janelas, ela pegou a caveira novamente e a levou com ela.

Desde que Vasilissa partira, a madrasta e suas duas filhas não tiveram nem fogo e nem luz na casa. Quando elas batiam pedras ou aço, a estopa não acendia; e o fogo que traziam dos vizinhos apagava-se imediatamente ao cruzar os limites do seu terreno, de modo que elas não puderam iluminar a casa, aquecer-se, ou cozinhar algo para comer. Portanto agora, pela primeira vez em sua vida, Vasilissa sentiu-se bem-vinda. Elas lhe abriram a porta, e a esposa do mercador, sua madrasta, rejubilou-se ao descobrir que o fogo da caveira não se apagou tão logo fora trazido:

— Talvez o fogo da bruxa resista – disse e levou a caveira para dentro do melhor quarto. Colocou-a sobre um castiçal e chamou suas duas filhas para admirá-la.

Contudo, os olhos da caveira de repente começaram a brilhar e lampejar como carvões vermelhos e, para onde quer que as três se virassem ou corressem, os olhos as perseguiam, crescendo, ficando mais largos e mais brilhantes, até queimarem como duas fornalhas, quentes e mais quentes. Assim, a esposa do mercador e suas duas filhas perversas pegaram fogo e se reduziram a pó. Só Vasilissa, a Bela, fora poupada.

Pela manhã, Vasilissa cavou um buraco profundo no chão e enterrou a caveira. Então, trancou a casa e partiu para a vila, onde foi viver com uma mulher idosa que era pobre e não tinha filhos. Assim ela permaneceu por muitos dias, esperando pelo retorno de seu pai do longínquo Czarado.

Mas, sentido-se solitária, o tempo logo começou a arrastar-se mais e mais. Um dia, disse à velha senhora:

— É tedioso para mim, vovó, sentar-me ociosa toda hora. Minhas mãos querem trabalho para fazer. Vá, pois, e compre para mim algum linho, o melhor e mais fino que possa ser encontrado, e pelo menos eu poderei fiá-lo.

A velha apressou-se e comprou um pouco de linho do melhor tipo e Vasilissa sentou-se para trabalhar. Tão bem ela fiou que a linha saiu uniforme e fina como um fio de cabelo, e logo já havia o suficiente para começar a tecer. Porém, a linha era tão fina que nenhuma armação sobre a qual tecer pôde ser achada, nem nenhum tecelão concordou em construir uma.

Desse modo, Vasilissa foi até seu armário, pegou a bonequinha de seu bolso, colocou diante dela comida e bebida e pediu por sua ajuda. Depois que ela comeu e bebericou um pouquinho, a bonequinha ganhou vida e disse:

— Traga para mim uma armação velha, uma cesta velha e alguns cabelos da crina de um cavalo, e vou arranjar tudo para você.

Vasilissa se apressou para trazer tudo o que a bonequinha pediu e, quando a noite chegou, rezou e foi dormir. Na manhã seguinte, achou uma armação pronta, feita perfeitamente para tecer suas linhas finas.

Ela teceu por um mês; teceu por dois meses; por todo o inverno, Vasilissa teceu sua linha fina até que toda a peça de tecido ficasse completa, de uma textura tão fina que poderia ser passada, como um fio, pelo buraco de uma agulha. Quando a primavera chegou, ela branqueou o tecido, que ficou tão branco que nem à neve se poderia comparar. Então, disse à velha senhora:

— Pegue esta peça de tecido e leve ao mercado, vovó, e a venda; o dinheiro que conseguir deve bastar para pagar por minha comida e alojamento aqui.

Quando a velha senhora examinou a peça, porém, disse:

— Eu jamais venderia tal tecido no mercado; ninguém deve usar isto exceto o próprio Czar, e amanhã levarei ao Palácio.

No dia seguinte, como havia dito, a senhora foi ao esplêndido Palácio do Czar e decidiu ficar andando de um lado para outro, em frente às janelas. Os servos vieram perguntar-lhe o que desejava, mas ela nada respondeu, e continuou andando de um lado para o outro. Eventualmente, o Czar abriu sua janela e perguntou:

— O que quer, senhora, já que veio até aqui?

— Ó, Majestade, Czar... – respondeu a velha senhora. — Eu tenho comigo uma maravilhosa peça de tecido de linho tão espantosamente tecida que não mostrarei a ninguém além de vós!

O Czar ordenou que a trouxessem diante de si e, quando viu o linho, foi acometido de grande espanto por sua beleza e delicadeza.

— Quanto deseja por isso, velha senhora? – perguntou.

— Não há dinheiro que possa comprá-lo, paizinho Czar[35] – ela respondeu. — Mas eu o trouxe como um presente para vós.

O Czar não pôde agradecê-la o suficiente. Ele pegou o tecido e mandou-a para casa com muitos presentes valiosos.

---

[35] Existem registros na linguagem russa de um sentimento de relação íntima e paternal entre o Czar e seus súditos; ele era chamado em diversos textos de "o Czar pai", "o pai soberano", etc; a língua russa é ainda cheia de diminutivos, e uma destas formas pode ser traduzida como "paizinho Czar". [N.T.]

IVAN BILIBIN

IVAN BILIBIN

Costureiras foram chamadas para fazer camisas daquele tecido para ele; mas, quando o tecido foi cortado, era tão fino que não havia ninguém que fosse proficiente e habilidoso o suficiente para costurá-lo. A melhor costureira em todo o Czarado foi convocada, todavia não se atreveu a assumir a responsabilidade. Então, finalmente o Czar mandou chamar pela velha senhora e disse:

— Se a senhora sabe como fiar tal tipo de linha e tecer tal tecido, deve também saber como costurar dele camisas para mim.

A velha senhora respondeu:

— Ó Majestade, Czar, não fui eu quem teceu a peça: este foi o trabalho de minha filha adotiva.

— Então pegue o tecido – disse o Czar — e ordene-a que o faça para mim.

A velha pegou a peça, trouxe-a para casa e contou a Vasilissa a ordem do Czar:

— Bem, eu sabia bem que este trabalho teria de ser feito por minhas próprias mãos – disse Vasilissa e, trancando-se em seu quarto, começou a fazer as camisas. Tão bem e tão rápido ela fez o trabalho que logo uma dúzia de camisas estava pronta. Então, a senhora carregou-as para o Czar, enquanto Vasilissa lavou seu rosto, arrumou seus cabelos, colocou seu melhor vestido e sentou-se à janela para ver o que aconteceria. Em pouco tempo, um servo vestido com a farda do Palácio veio até a casa e, entrando, disse:

— O Czar, nosso senhor, deseja ele mesmo ver a hábil costureira que fez essas camisas e recompensá-la com suas próprias mãos.

Vasilissa levantou-se e foi imediatamente ao Palácio; logo que o Czar a viu, apaixonou-se por ela com toda sua alma. Ele a tomou por sua alva mão e a fez sentar-se ao seu lado.

— Bela donzela... – ele disse. — Nunca vou me separar de vós; e vós deverás ser minha esposa.

Assim, o Czar e Vasilissa, a Bela, se casaram. O pai dela retornou do longínquo Czarado; e ele e a velha senhora viviam sempre com Vasilissa em seu Palácio esplêndido, com toda alegria e contentamento. E quanto à pequena bonequinha de madeira, ela a carregou consigo em seu bolso por toda a vida.

HANS CHRISTIAN ANDERSEN

1845

MÉDIO

O Rouxinol e o Imperador da China

Nattergalen | Dinamarca

Em uma crítica à Revolução Industrial e suas maquinarias, o conto de Hans Andersen apresenta um delicioso enredo de valorização do real, do belo e da natureza com um Imperador chinês e um rouxinol falante.

N A China, como você sabe, o Imperador é um chinês e todas as pessoas que ele tem por perto são chinesas também. Já faz muitos anos, mas é exatamente essa a razão pela qual vale a pena ouvir a história, antes que seja esquecida. O palácio do Imperador era o mais esplêndido do mundo, completa e inteiramente feito de porcelana fina, muito cara, mas tão quebradiça e arriscada de se tocar que era necessário ter muito cuidado. No jardim, as flores mais extraordinárias eram vistas e amarradas aos mais magníficos sininhos de prata, de modo que ninguém podia passar sem perceber uma flor. Sim, tudo era tão cuidadosamente pensado no jardim do Imperador e ele se estendia tanto que o próprio jardineiro não conhecia o seu fim. Se você continuasse andando, encontraria uma linda floresta com árvores altas e lagos extensos, que continuava até o oceano azul e profundo. Grandes barcos podiam velejar logo abaixo dos galhos, e nesses galhos vivia um Rouxinol, o qual cantava tão divinamente que mesmo o pobre pescador, que tinha muito mais no que pensar, quando estava à noite puxando sua rede de pesca, parava e escutava o passarinho.

— Senhor, como é bonito! – ele dizia, mas então tinha de cuidar de suas tarefas e esquecia o pássaro.

Ainda assim, na noite seguinte, quando ele cantava de novo e o pescador se aproximava, mais uma vez o homem dizia:

— Senhor, como é bonito!

Viajantes vinham de todos os países do mundo até a cidade do Imperador e ficavam maravilhados com o palácio e o jardim, mas quando chegavam a ouvir o Rouxinol, todos diziam:

— Afinal, esta é a melhor coisa!

E os viajantes contavam sobre isso ao chegarem em casa. Pessoas inteligentes escreviam muitos livros sobre a cidade, o palácio e o jardim, mas não esqueciam o Rouxinol: era colocado sobre todas as outras coisas, e aqueles que sabiam fazer poesia escreviam os mais amáveis poemas sobre o Rouxinol que vivia na floresta, perto do lago profundo.

Os livros circulavam o mundo todo e alguns deles chegavam, vez ou outra, ao Imperador também. Ele estava sentado em sua cadeira dourada, lendo e lendo e, a cada minuto, concordava com a cabeça, pois agradava-lhe ouvir a esplêndida descrição da cidade, do palácio e do jardim. "Mesmo assim, o Rouxinol é a melhor coisa de todas", estava escrito lá.

— O que é isso? – disse o Imperador. — O Rouxinol? Ora, eu não sei de nada sobre isso! Há tal pássaro em meu Império? No meu jardim? Eu nunca ouvi nada a respeito! Parece que a leitura nos faz descobrir belas informações.

Então, ele chamou o seu Marechal, que era de patente tão alta que, quando qualquer pessoa inferior a ele lhe dirigia a palavra ou perguntava-lhe algo, ele nunca respondia nada exceto "P", o que não significava nada.

— Parece que há um pássaro muito formidável aqui – disse o Imperador. — É dito que ele é a melhor coisa em meu vasto reino! Por que ninguém jamais me falou nada sobre isso?

— Eu nunca tinha ouvido falarem a respeito – respondeu o Marechal. — Isso nunca foi apresentado na Corte.

— Eu desejo que ele venha aqui esta noite e cante diante de mim – declarou o Imperador. — Aqui está o mundo todo sabendo do que eu possuo, e eu não sei nada a respeito!

— Eu nunca tinha ouvido falarem disso – repetiu o Marechal. — Eu tenho que procurá-lo, eu tenho que achá-lo.

Mas onde estava ele? O Marechal correu escadas acima e abaixo, e pelos corredores e passagens, mas ninguém, de todas as pessoas que ele encontrou, ouvira falar do Rouxinol. O Marechal correu de volta ao Imperador e disse que certamente devia ser uma invenção das pessoas que escreveram os livros.

— Sua Majestade Imperial não imagina as coisas que as pessoas escrevem! Toda forma de invenções, como algo que é chamado de A Arte Negra.

— Mas o livro no qual eu li isso – disse o Imperador — foi-me mandado pelo todo poderoso Imperador do Japão, então não pode ser uma inverdade. Eu ouvirei o Rouxinol! Ele deve estar aqui hoje à noite. Ele tem toda a minha benevolência, mas, se não vier, toda a corte terá seus estômagos pisoteados depois de terem comido!

— Tsing-pe![36] – exclamou o Marechal, e correu de novo por todas as escadarias e corredores e passagens; e metade da corte corria com ele, pois

---

[36] Pode ser uma variação do chinês ch'in p'ei, ou "como quiser" [FRANK, Jeffrey and

HARRY CLARKE

eles não desejavam ter seus estômagos pisoteados. Havia muito clamor e gritaria por esse Rouxinol que era conhecido pelo mundo todo, mas não por ninguém na corte.

Enfim, eles encontraram uma pobre garotinha na cozinha. Ela disse:

— Ah, senhor, o Rouxinol? Eu o conheço bem; sim, de verdade, como ele canta! Toda noite, eu tenho permissão de levar restos de comida da mesa para a minha pobre mãe doente. Ela vive perto da praia e, quando estou voltando e fico cansada e descanso um pouco na floresta, eu escuto o Rouxinol cantar. As lágrimas vêm aos meus olhos com isso: é como se minha mãe estivesse me beijando.

— Garotinha da cozinha – disse o Marechal —, prometo a você uma posição permanente na cozinha e permissão para ver o Imperador comer se você nos guiar até o Rouxinol, pois ele é o convidado desta noite.

Então, todos partiram juntos para a floresta, onde o Rouxinol costumava cantar. Metade da corte estava lá. Quando eles estavam a caminho, uma vaca começou a mugir.

— Ah! – exclamaram os pajens da corte. — Agora conseguimos ouvir! É realmente um poder memorável para um animal tão pequeno. Mas tenho quase certeza de que já ouvi isso antes.

— Não, isso são as vacas mugindo – disse a garotinha da cozinha. — Ainda estamos longe do lugar.

Então sapos começaram a coaxar no lago.

— Amável – comentou o mestre de Chinês do palácio. — Agora eu o ouço! Lembra-me pequenos sinos de igreja!

— Não, isso são os sapos – disse a garotinha da cozinha. — Mas eu acho que vamos ouvi-lo em breve agora.

Então o Rouxinol começou a cantar.

— É isso! – disse a garotinha. — Ouçam, ouçam! E ali está ele! – E ela apontou para o pequeno pássaro cinzento entre os galhos.

— Será possível? – perguntou o Marechal. — Eu jamais teria imaginado que seria assim! E como parece gasto! Certamente ele perdeu a sua cor diante de tantas pessoas distintas por perto.

Diana Crone Frank. The Stories of Hans Christian Andersen: A New Translation from the Danish. New York: Houghton Mifflin, 2003, p. 151.]

— Pequeno Rouxinol – a garotinha da cozinha gritou alto —, nosso gracioso Imperador deseja muito que você cante para ele.

— Com o maior prazer – respondeu o Rouxinol, e cantou tão bem que foi puro deleite.

— Lembra sinos de vidro – disse o Marechal. — E vejam sua pequena garganta, como trabalha! É muito curioso que nunca o tenhamos visto antes! Será um grande sucesso na corte.

— Devo cantar uma vez mais para o Imperador? – perguntou o Rouxinol, que pensou que o Imperador estivesse lá também.

— Meu excelente pequeno Rouxinol – disse o Marechal —, tenho o grande prazer de ter sido ordenado a convidá-lo ao festival da corte desta noite, onde você vai encantar sua exaltada Graça Imperial com seu canto charmoso.

— Soaria melhor na floresta verde – disse o Rouxinol.

Mas ele os acompanhou alegremente quando ouviu que o Imperador o requisitara.

No palácio, havia uma tremenda recepção. As paredes e pisos, que eram de porcelana, brilhavam com a luz de milhares de lamparinas douradas. As flores mais lindas com as quais se podia fazer ornamentos foram postas nas janelas. Havia correria por todo lado e correntes de ar, mas isso fazia com que todos os sinos badalassem até que não se pudesse ouvir a própria voz.

No meio do grande salão onde o Imperador estava sentado, um poleiro dourado foi montado e nele o Rouxinol deveria ficar. Toda a corte estava lá, e a garotinha da cozinha obteve permissão para ficar atrás da porta, uma vez que agora ela tinha o título de Empregada da Cozinha Real. Todos estavam em seus melhores trajes e olhavam para o pequenino pássaro cinzento. O Imperador acenou para ele.

E o Rouxinol cantou tão lindamente que lágrimas vieram aos olhos do Imperador; as lágrimas correram por suas bochechas e o Rouxinol então cantou ainda mais deliciosamente, atingindo diretamente o coração do Imperador, que ficou muito satisfeito. Ele disse que o passarinho deveria ter seu chinelo dourado para usar no pescoço, mas o Rouxinol agradeceu e disse que já tinha recompensa o suficiente.

— Eu vi lágrimas nos olhos do Imperador; isso é para mim o mais rico dos tesouros. As lágrimas de um Imperador têm um poder maravilhoso. Só Deus sabe como fui bem pago.

E ele cantou novamente com uma doce voz divina.

— É o mais admirável evento que se pode conceber – disse todo o grupo de damas; e elas puseram água em suas bocas para que gorgolejassem quando se lhes falasse e acharem que elas, também, eram Rouxinóis.

Sim, e os lacaios e camareiras deixaram claro que também estavam satisfeitos, o que significa muito, pois são as pessoas mais difíceis de se agradar. De fato, o Rouxinol realmente fez um grande sucesso.

Ele deveria agora permanecer na corte e ter a sua própria gaiola, e liberdade para se exercitar porta afora duas vezes ao dia e uma vez à noite. Ele tinha doze servos, cada um com um fio de seda atado à sua perna, que usavam bem apertados. Não havia qualquer satisfação nessas expedições. A cidade inteira falava do pássaro extraordinário e, quando duas pessoas se encontravam, uma delas não dizia nada exceto "Rou" e a outra completava com "Xinol", diante do que as duas suspiravam e se entendiam perfeitamente. E ainda mais: onze filhos de açougueiros foram nomeados em sua homenagem, porém nenhum deles tinha uma nota musical sequer no corpo.

Um dia, chegou um grande pacote para o Imperador, no qual estava escrito "Rouxinol".

— Aqui temos mais um livro sobre nosso celebrado pássaro – disse o Imperador.

Mas, não era um livro e sim uma pequena máquina que ficava em uma caixa; um Rouxinol artificial, feito para lembrar um verdadeiro, porém todo cravejado de diamantes, rubis e safiras. Tão logo o pássaro artificial foi montado, ele podia cantar uma das canções que o verdadeiro cantava e sua cauda se movia para cima e para baixo, brilhando em prata e ouro. Ao redor de seu pescoço, havia um pequeno laço no qual estava escrito "O Rouxinol do Imperador do Japão é pobre diante daquele do Imperador da China".

— Isto é encantador – diziam todos.

E o homem que trouxera o pássaro artificial imediatamente recebeu o título de Grande Trazedor Imperial de Rouxinóis.

Agora eles deveriam cantar juntos, e que dueto seria!

Então eles tiveram que cantar juntos, mas nunca dava certo, pois o Rouxinol de verdade cantava com seu próprio estilo e o pássaro artificial fugia para os tons de valsa.

— Ele não tem culpa – disse o maestro. — Ele mantém um ritmo certo e é perfeito para o meu gosto!

Então, o pássaro artificial cantaria sozinho. Ele fazia tanto sucesso quanto o verdadeiro e era, além de tudo, muito mais bonito de se olhar, pois brilhava como um bracelete ou um broche.

Trinta e três vezes, ele cantou a mesmíssima melodia, e ainda assim não se cansou. As pessoas teriam adorado ouvi-lo de novo e de novo, todavia o Imperador disse que agora o Rouxinol de verdade deveria cantar um pouco, mas onde estava ele? Ninguém tinha notado que ele voara para fora da janela aberta em direção à sua própria floresta verde.

— Mas o que significa isso? – perguntou o Imperador.

Todos na corte censuraram e disseram que o Rouxinol era a mais ingrata das criaturas.

— Mesmo assim, nós temos o melhor pássaro no fim das contas – disseram.

O pássaro artificial teve que cantar novamente. Era a quadragésima quarta vez que eles ouviram a mesma música, mas eles não sabiam disso ainda, pois ela era muito difícil e o maestro elogiava o pássaro nos melhores termos e assegurava que este era superior ao

Rouxinol verdadeiro, não só no tocante à plumagem e aos muitos diamantes, como também internamente.

— Pois observem, meus senhores, e o Imperador acima de todos, que com o Rouxinol real ninguém pode calcular o que virá em seguida, mas com este pássaro artificial tudo é definido; é sempre assim, e nunca diferente! Pode-se confiar nele, pode-se abri-lo e mostrar a inventividade humana, como as valsas são montadas, em que ordem vão e como uma segue a outra.

— Exatamente o que penso – concordaram todos.

E o maestro obteve permissão para, no domingo seguinte, mostrar o pássaro ao povo. O Imperador disse que eles também deviam ouvi-lo cantar. E assim aconteceu, e todos ficaram maravilhados como se tivessem se embriagado com chá, como é a genuína moda chinesa, e diziam "Oh!", apontando o dedo *fura-bolo* no ar para então acenar com a cabeça. Porém, o pobre pescador, que ouvira o verdadeiro Rouxinol, disse:

— Ele canta muito bem e é até parecido, mas há algo faltando; eu não sei o quê.

O Rouxinol de verdade foi exilado das terras e do reino. O pássaro artificial tinha um lugar certo numa almofada de seda perto da cama do Imperador. Todos os presentes que haviam sido feitos para ele, como ouro e joias, ficavam à sua volta e ele tinha sido elevado ao título de *Grande Rouxinol Cantador Imperial*. Em precedência, era o *Número Um do Lado da Mão Esquerda*, pois o Imperador considerava esse lado o mais distinto, no qual ficava o coração; mesmo o coração de um Imperador fica do lado esquerdo. E o maestro escreveu vinte e cinco volumes sobre o assunto do pássaro artificial. O trabalho era muito culto e muito longo, cheio das palavras mais difíceis da língua chinesa; todos diziam que o haviam lido e compreendido, pois de outro modo seriam considerados estúpidos e teriam seus estômagos pisoteados.

Então, as coisas continuaram assim por um ano. O Imperador, a corte e todo o resto dos chineses sabiam de cor cada cacarejo da canção do pássaro artificial, mas precisamente por essa razão eles gostavam dele: eles mesmos podiam cantar junto, e assim faziam. Os garotos de rua cantavam:

— Zizizi! Kluk, kluk, kluk!

E o Imperador cantava também: de fato, era admitidamente primoroso.

Porém, uma noite, quando o pássaro estava cantando e o Imperador estava deitado na cama ouvindo-o, algo fez um estalo dentro do pássaro. Zim, zim! Todas as rodinhas zuniam dentro dele e a música parou. O Imperador pulou da cama e mandou chamar seu médico pessoal, mas de que servia? Eles trouxeram um relojoeiro e, depois de muitos exames, ele conseguiu dar um jeito de consertar o pássaro. Contudo, ele disse que o Rouxinol artificial deveria ser usado apenas de vez em quando, pois estava muito gasto nos rolamentos e seria impossível substitui-los de modo que mantivesse a qualidade da música. Essa era uma grande aflição! Apenas uma vez por ano deveriam deixar o pássaro cantar e, mesmo assim, era um esforço severo. Nessas ocasiões, o maestro fazia um pequeno discurso cheio de palavras difíceis e dizia que ele estava tão bom quanto antes.

Cinco anos haviam passado e uma grande tristeza se abateu sobre todo o país, pois no fundo todos gostavam muito de seu Imperador e agora ele estava doente. Dizia-se que ele não se recuperaria. Um outro Imperador já fora escolhido, mas as pessoas ficavam do lado de fora, na rua, perguntando ao Marechal como estava seu Imperador.

— "P" – dizia ele, e balançava a cabeça.

Frio e pálido estava o imperador em sua grande e majestosa cama; toda a corte acreditava que estava morto e cada um deles ia prestar respeito ao novo Imperador. Os servos do quarto real corriam para fora para fofocar sobre isso e as empregadas do palácio tinham longas pausas para o café. Em todo lugar, em todos os corredores e salões, tecidos eram postos para que os passos não se ouvissem, e então tudo era muito, muito quieto. Porém, o Imperador ainda não estava morto; duro e pálido, ele ficou lá em sua cama majestosa com as longas cortinas de veludo e as borlas pesadas de ouro. Lá no alto, uma janela ficou aberta e a lua brilhava por entre ela sobre o Imperador e o pássaro artificial.

O pobre Imperador mal conseguia respirar; parecia que alguma coisa estava sentada em seu peito. Ele abriu os olhos e viu que era a Morte que sentava em seu torso e colocava a sua coroa dourada; ela segurava uma das espadas de ouro do Imperador em uma das mãos e na outra, seu esplêndido estandarte. Por todo lugar, nas dobras das grandes cortinas de veludo,

EDMUND DULAC

rostos estranhos se exibiam, alguns muito horríveis, outros divinamente bondosos. Estes eram todos os atos bons e ruins do Imperador, olhando para ele agora que a Morte estava com ele.

— Lembra-se disso? – sussurravam, um após o outro. — Lembra-se disso?

E eles lhe falavam sobre muitas coisas, de modo que o suor descia-lhe pela testa.

— Eu nunca soube disso – disse o Imperador. — Música, música! O grande tambor da China! – gritou. — Para que eu não escute o que estão dizendo!

Eles continuaram, e a Morte acenou com a cabeça, como um chinês, para tudo o que diziam.

— Música! Deixem-me ouvir música! – gritava o Imperador. — Você, abençoado passarinho de ouro, cante, cante! Eu lhe dei ouro e coisas preciosas; eu mesmo pendurei meu chinelo dourado no seu pescoço! Cante, cante!

Mas o pássaro ficou em silêncio: não havia ninguém para dar-lhe corda e, sem isso, ele não cantava. E a Morte continuou olhando para o Imperador com seus grandes buracos vazios e tudo estava quieto, medonhamente quieto.

Naquele instante, ouviu-se, próximo à janela, a mais amável canção. Era o pequeno Rouxinol de verdade, que sentava no galho do lado de fora. Ele ouvira a necessidade de seu Imperador e, então, veio cantar para ele sobre consolação e esperança; enquanto cantava, as formas ficavam mais e mais sombrias. O sangue correu mais e mais rápido pelo corpo frágil do Imperador, e a própria Morte ouviu e disse:

— Continue, Rouxinol, continue.

— Sim, se você me der a esplêndida espada dourada! – disse o Rouxinol. — Sim, se você me der o rico estandarte e me der a coroa dourada do Imperador.

E a Morte deu cada um dos tesouros por uma canção. O Rouxinol continuou cantando; e cantou sobre o calmo cemitério, onde as rosas brancas cresciam, onde a árvore anciã cheirava bem e onde a grama fresca era umidificada com as lágrimas de quem já partiu. Então, uma saudade desse jardim arrebatou a Morte e ela flutuou para fora da janela como uma névoa branca e fria.

— Obrigado, obrigado – agradeceu o Imperador. — Ó pássaro divino, eu o reconheço agora. Eu o expulsei de minhas terras e meu reino e ainda assim você cantou para expulsar os meus pecados e livrar meu coração da Morte. Como posso recompensá-lo?

HARRY CLARKE

— Você já me recompensou – disse o Rouxinol. — Derramei lágrimas de seus olhos na primeira vez que cantei e eu nunca esquecerei disso. Essas são as joias que fazem bem ao coração do cantor. Mas durma agora e fique bem e forte. Eu cantarei para você.

E ele cantou. O Imperador caiu num doce sono, um sono que era bom e curativo. O sol estava brilhando pelas janelas sobre ele quando acordou, fortalecido e completo. Nenhum de seus servos tinha aparecido ainda, pois acreditavam que ele estava morto, mas o Rouxinol ainda sentava lá, cantando.

— Você deve sempre ficar comigo – declarou o Imperador. — Você só cantará quando quiser. E quanto ao pássaro artificial, eu o quebrarei em mil pedaços.

— Não faça isso – disse o Rouxinol. — Ele fez o bem que podia. Mantenha-o como antes. Eu não posso fazer do palácio a minha casa, porém deixe-me vir aqui quando eu quiser. Então, sentarei à noite no galho ali na janela e cantarei para você, para fazê-lo feliz e pensativo também. Cantarei sobre os felizes e sobre aqueles que sofrem. Cantarei sobre o mal e o bem que estão em você e que estão escondidos de você. O pequeno pássaro canoro voa para longe, para o pobre pescador, os casebres dos trabalhadores, para todos que estão longe e excluídos de sua corte. Eu amo seu coração mais que a sua coroa; e ainda assim a coroa tem um perfume bastante sagrado. Eu virei, cantarei para você, mas uma coisa você deve me prometer.

— Qualquer coisa – disse o Imperador, em suas roupas imperiais que ele mesmo vestira, e segurando a espada, pesada por causa do ouro, contra seu coração.

— Uma coisa eu peço: não diga a ninguém que você tem um passarinho que lhe conta tudo. Será melhor assim.

E com isso, o Rouxinol voou para longe.

Os servos entraram no quarto, certos que veriam seu Imperador morto e, surpresos, pararam no meio do caminho quando o Imperador disse:

— Bom dia!

Nota sobre os Contos

Os contos clássicos e originais datam de centenas, talvez milhares de anos antes da produção em massa da mídia impressa – como livros, jornais e periódicos – sendo propagados oralmente e alterados à escolha do próprio contador de histórias.

Seus primeiros registros, que mantêm-se legíveis até hoje, datam de 1600 a 1900 em edições francesas, alemãs, dinamarquesas, italianas, orientais, árabes, nórdicas, russas e inglesas. Algumas versões são ainda mais antigas que as selecionadas para a coleção, mas perderam o sentido "clássico" dos enredos conhecidos. Por isso, preferimos nos ater aos escritores de maior renome, como Perrault, Andersen, Grimm e Jacobs e suas técnicas narrativas.

Muitos destes contos foram traduzidos de forma fiel para o inglês, que possui os melhores exemplares impressos, ilustrados e disponíveis para leitura. Mesmo assim, verificamos detalhes nas versões em seus idiomas primários para que as histórias sejam o mais próximas possíveis das publicadas três ou quatro séculos atrás.

Como mantivemos alguns costumes de escrita e expressões dos autores, cada conto é bastante diferente dos demais, variando também em profundidade de enredo ou alterações para as versões cinematográficas. Por vezes, são narrativas mais sombrias, delicadas, religiosas ou complexas que as remodeladas pela indústria audiovisual, mas igualmente encantadoras.

Cada história foi escolhida com capricho em uma vasta pesquisa. Por isso, esperamos que tenha curtido esta viagem ao passado!

CARINHOSAMENTE, Equipe Wish

CPSIA information can be obtained
at www.ICGtesting.com
Printed in the USA
BVHW080214011221
622874BV00001B/23